学术研究丛书

传统文学的境界

叶金宝　主编

刘　青　执行主编

创于1897 商务印书馆 The Commercial Press

图书在版编目(CIP)数据

传统文学的境界/叶金宝主编. —北京:商务印书馆,2024
(学术研究丛书)
ISBN 978-7-100-22905-0

Ⅰ.①传… Ⅱ.①叶… Ⅲ.①中国文学-古典文学研究-文集 Ⅳ.①I206.2-53

中国国家版本馆 CIP 数据核字(2023)第 165721 号

传统文学的境界
叶金宝 主编

商 务 印 书 馆 出 版
(北京王府井大街36号 邮政编码100710)
商 务 印 书 馆 发 行
徐州绪权印刷有限公司印刷
ISBN 978-7-100-22905-0

2024 年 6 月第 1 版 开本 640×960 1/16
2024 年 6 月第 1 次印刷 印张 25¼
定价:118.00 元

◇ 序 ◇

《学术研究》杂志自1958年创刊以来，古代文学研究一直是其中文学栏目重要的发稿方向，早期就得到詹安泰、王季思等学界泰斗的大力支持，有着深厚的历史传统。在传统的积淀与滋养下，本刊古代文学研究版块一直秉持的发稿方向是：立足中国本位，在新视野的开拓与材料的解读中，进行学理性的探讨，以期建构中国古代文学理论体系。

古代文学学科有着历史悠久、积淀深厚的研究传统，自新中国成立以来，古代文学研究在继承丰硕研究成果的基础上，研究领域随着时代不断拓展，研究方法也日趋多元与成熟，既保持传统治学的醇正，又在自我审视、自我批判中不断创新。古代文学的研究对象不断丰富，小说、戏曲、民间文学等领域持续产生新的研究热点；随着文学内部研究对象的不断扩展，外部研究也如火如荼，在史学与文学、哲学与文学、艺术与文学、地理与文学等各个学科之间形成跨界融合的良好发展态势，为整个古代文学研究带来了新的活力。在此基础上，中国古代文学理论研究也掀起了本土化、中国化思潮，并尝试建构中国古代文学理论体系与话语。对此，《学术研究》持续关注古代文学研究的前沿，回顾这些成果，正好可以反映出近10年古代文学学科的研究前沿，为相关研究提供理论参考，这也是编辑这一文集的初衷。

本书收录的胡大雷教授《传统文论的境界》一文的题目能够体现本书

的宗旨：诸位学者虽然研究方向、方法有所不同，但都展现了古代文学研究的高度和境界。因此，借鉴这个题目，拟定了本书的标题“传统文学的境界”。

本文集大体包含如下内容：

一、中国古代理论体系与话语建构

随着西方文艺理论热潮的褪去，学者们尝试建构具有中国风范、中国气派的古代文学理论体系，彰显时代精神与文化自信。饶龙隼《中国古代文学制度论纲》阐发并标举文学制度观念，提出有关文学制度的一系列理论创见。其文学制度“三层位论”，将文学制度分为外、中、内三层，以统摄纷繁复杂的文学制度研究，并总结文学制度研究的六条路径、三个维度、五大论域和四项价值，从学理创新与范式更替等层面推进中国文学制度研究。贺仲明《介入现实　化为现实——对“中国古代文论现代转化”的两点思考》直面古代文论在思想视阈中面临的困境，提出要有更强的文学整体意识和现代意识。古代文论应与现实文学构成一种良性互动关系，并要与现代意识融合、创新。

二、古代文学研究的视野与方法

古代文学研究在文献整理上已有深厚积淀，研究者在此基础上从总体上把握古代文学发展的规律和特质，兼具扎实的考证与宏阔的视野。如党圣元《中国传统文学批评中的“体认”功夫论》发现传统文学批评中的

"体认"范畴影响遍及诗文、小说、戏曲、绘画、书法，并且关涉中国艺术思维的一些奥秘，既指示了文学创作与文学批评鉴赏之终极目的，又标示了主客一体的审美境界。探讨"体认"这一传统文论范畴有别于当代文论话语，形成文史哲合一的整体性知识思维，进一步明确古代文学批评的整体性品格，有助于传统文论的范畴的当代转换。蒋寅《翁方纲诗学的取法途径与理论支点》在对文献材料和翁方纲诗学话语的细致梳理中，考辨其诗学观念的形成和理论支点，展现了丰富的诗学现象和理论内容，更体现出作者不同寻常的学术视野。胡大雷《传统文论的境界》以常见文献为基础，回到文学现场，重新发现中国特色的学理命题。传统文论的境界正是从创立单独的理论、评价具体的作品起始，汲取经、子、史的资源而构成自身独立的体系，进而扩大学科范围，从对文学文章的批评，延伸到对所有文章的批评，再到对所有语言文字作品的批评，从而实现以"文"而"王天下"的理想，这一掷地有声的结论显示了作者深厚的理论形态，也凸显出当下古代研究对中华文化立场的坚守。李舜臣《何谓诗人：中国古代"诗人"观念的演变》从常见文献入手，考察中国古代"诗人"观念演变的过程，并彰显中国古代"诗人"观念演变进程中所涵摄的重要诗学现象和命题。对概念的历时性考察揭示不同时期观念的发展与变化规律，有着广博的整体视野，避免了研究走入碎片化。

此外，中外文化背景下的研究从重视中外融合走向本土化的方法创新与重构。如左鹏军《文化的中西古今之变与近代文体的转换生新》从中西文化碰撞冲突、交融会通中考察近代文学观念与创作、文体观念与形态变革。在经历这次重建变革之后，中国文体逐渐走出了传统的相对稳定的格局，进入了一个重建生新、尝试探索、创造发展的新阶段，也是一个逐渐自觉、主动地关注并试图融入世界文学与文化格局的新阶段。在当下的文学研究也处于历史性变革的阶段，这篇文章为我们提供了在这一阶段开阔深入、贴切准确、同情理解的态度，以及能够吸取的经验，为未来的文体变革和文化建设提供有价值的借鉴。妥建清《情理文化传统与晚明浪漫主义》重点阐释晚明浪漫主义与西方近代浪漫主义不同之处，并在中西文化比较视野下进行晚明浪漫主义研究，将理论阐释奠基于翔实的资料之上，不仅为中国审美文化史提供了新颖的个案，还推进了中国近现代思想史的研究。戴伟华《中日文献互证的理路和方法——张志和止作〈渔歌〉一首考》这篇文章在中日文献比较中，还原史籍原貌，可以视为“取异族之故书与吾国之旧籍互相补正”运用的极具说服力和操作性的个案，对早期词生成状态的探讨亦有重要意义。

在方法论层面，文化学、民俗学、原型批评等方法的运用令人耳目一新，具备较强的开放性和包容性。如宁稼雨《中体西用：关于中国神话文学移位研究的思考》从构建中国式神话研究体系的角度出发，借鉴西方原型批评关于神话文学移位学说的理论和西方民间文学研究领域主题学的研究方法，提出了在神话研究领域以“中体西用”取代“西体中用”的理论设想和具体操作方法，希望借此扭转以中国文学素材迎合西方理论的现象。王昕《古代小说题材的文化史研究——以“前世为僧”故事的跨文本流传为线索》从文化史角度切入，考察“前世为僧”故事这一古代小说的题材来源，其材料的使用从魏晋六朝开始，到明清文人笔记、白话小说和戏曲，以独特的视野将多样的文献统摄其中。作者站在文化史整体视角将不同的时期拥有不同语境与历史的“前世为僧”故事缀合在一起，从而使我们对古代小说题材的演化有新的理解和阐释角度。张之为《唐代踏歌文化构建及其域外流衍——基于民俗、文学、礼仪的考察》以踏歌这一作为具备原初属性的音乐艺术样式为具备典型意义的案例，在文化学视阈下，回到民俗踏歌生成的现场，在中外材料的比较分析中仔细辨析，提出独特的见解。

三、古代文学研究格局的开拓

古代文学研究格局的开拓主要集中在以下几个方面：

一是对研究对象的开拓，如何诗海《明清总集凡例与文体批评》由关注总集对文体的说明进而关注凡例这一说明文字的体裁本身，具有独特的问题意识和研究视角，不仅拓展文体学研究的视阈，还是“回归文本”这一导向的具体实践。王兆鹏《21 世纪以来词学研究的进展与瞻望》高屋建瓴总结词学研究的进展，并从文献整理和理论研究两个层面探讨未来的词学研究发展面向，预见了近几年词学研究的发展趋势，除此之外文中提到词学研究今后发展的三个面向“回归文本”“面向当代”“关注‘云端’”还有待进一步深入。纪德君《试论中国古代说唱文学研究的开拓与创新》敏锐地发现通俗文学研究的新增长点，说唱文学是对社会文化的反映，亟需在全面、系统地发掘、整理各种说唱文学文献资料的基础上，拓新研究的视野、角度与理论方法。

二是研究视角的转换，如潘建国《西洋照相石印术与中国古典小说图像本的近代复兴》从图像史和物质文化的角度关注中国古典小说的近代传播。西洋照相石印术 19 世纪末 20 世纪初传入与普及后，古典小说图像本呈现出复兴景象，照相石印术是推动中国古典小说近代传播的不可忽视的物质文化因素。程章灿《玩物：晚清士风与碑拓流通》考察晚清高度繁荣的碑拓市场，碑拓流通既是商品流通的一种，也是文化传播的途径。闫月珍《物：中国文学研究的新途径》在中国文学研究日益走向多元，更加重视学科自身的发展规律的背景下，提出应重视对文学与物质文化之间关系的探讨。这篇文章发表于 2017 年，具有“导夫先路”的作用，在此之后关于中国文学与物质文化的研究成果频出。此外，顾明栋《中国诗歌的开放诗学》从现代诗学视角分析中国诗歌的深层结构。现当代文学借鉴古代文学研究范式是一个趋势，这篇文章却用现当代的研究方法对古代文学进行回眸，或许会得到另一种不同的启发性结论。

三是对地域文学的关注。地域文学研究是近年来古代文学研究的热点。吴承学和程中山的《岭南诗话与岭南诗学》对岭南诗话的遗存情况做了系统梳理，并概述了岭南诗话的发展，提出由于岭南诗话的特点在于作者俱为广东籍，整体侧重谈论广东诗人诗事，地域色彩最为鲜明，其中最重要的是对岭南诗史的建构和岭南诗学传统的自我认同及其阐释。文中提到的研究思路、研究方法具有很强的可操作性，在地域文学研究中具有典范意义。

本文集通过选取《学术研究》近10年所刊发的具有代表性的论文，真实地保留这一时期的学术风貌以及学术风会的某些变化，以期为读者了解某一时期的整体学术发展，提供更为全面的信息。《周易》中说：“天下同归而殊途，一致而百虑。”希望广大学界师友通过这一文集，既承认殊途，又看到一致，为学界开拓更为多元的视角，生发更为广泛的思考。

编者

2023年9月

目录

前瞻与展望

理论与方法

前瞻与展望

介入现实　化为现实

对“中国古代文论现代转化”的两点思考

贺仲明*

一、“古代文论现代转化”的论争和症结

“中国古代文论现代转化”[1]是近年来文学理论界受到广泛关注的一个重要问题。以之为题的学术讨论声势浩大，“就其讨论时间之长，包含内容之广，以及论辩的丰富性、争论的持久性，参与的广泛性、反思的深刻性等来说，都堪称是新时期以来最为重要的文论话题”[2]；而且，结合近

* 暨南大学文学院教授。

1 学术界对此问题的表达存在“中国古代文论现代转换”和“中国古代文论现代转化”的差别。大多数学者使用前者，但童庆炳等学者坚持使用后者。虽然只是一字之差，但“转化”更侧重创造性，强调变化性；“转换”则更侧重保持本来面貌，更强调整体性。我认为“转化”才是更合适的方式。

2 高建平等：《当代中国文学批评观念史》，北京：中国社会科学出版社，2019 年，第 262 页。

年来的学术潮流更可以看到，学术界对这一问题的关注远不止一次讨论，而是贯穿性地体现在连续的多个相关学术讨论中，并传达出文学理论界的一些共同诉求。

早在 20 世纪 90 年代初，就有学者提出中国古代文论的现代化问题："中国的古代文论在当今还具有什么意义？那些古代典籍是否可能以积极的姿态参预当代文论？在学术的意义上，这已经是一个迫在眉睫的问题。"[1] 此后，文论"失语症"讨论更以集体性的方式表达了对这一问题的关注。正如曹顺庆所指出的："长期以来，中国现当代文艺理论基本上是借用西方的一整套话语，长期处于文论表达、沟通和解读的'失语'状态。"[2] 学者们对"失语"的针砭，最根本的症结就在于人们认为当前几乎所有文学理论话语都是建立在西方文论的基础之上，缺乏中国文学理论独立的声音，也就是实质上处于"失语"状态。对"失语"的关注和批评，是表达对"有语"的期盼，中国古代文论的现代转化问题呼之欲出。紧接着，以"古代文论现代转化"为题的讨论更直接将问题提出来。参与讨论的学者众多，目的和观点也不尽相同，但可以确定的是，讨论的主流思想在于"'把古代文论的优秀传统作为当代资源进行开发'，使丰富的古代文论遗产尽可能充分地'为建设有中国特色的现代文艺学服务'"[3]，也就是具有将古代文论现代化，实现"古为今用"的明确目的和要求。正因为如此，讨论除了关注转化的必要性之外，还有很多文章涉及转化的可能性，对究竟应该如何转化的问题进行了深入探究。有学者

1 南帆：《古代文论的当代意义》，《文艺理论研究》1990 年第 2 期。

2 曹顺庆：《文论失语症与文化病态》，《文艺争鸣》1996 年第 2 期。

3 陈定家：《从古代传统到当代资源——"中国古代文论的现代转换"研究述评》，《求索》2001 年第 4 期。

甚至提出了转化的具体步骤和措施："我们现在所采取的具体途径和方法是：首先进行传统话语的发掘整理，使中国传统话语的言说方式和文化精神得以彰明；然后使之在当代的对话运用中实现其现代化的转型，最后在广取博收中实现话语的重建。"[1]

中国古代文论现代转化讨论热潮持续了十几年，近几年才渐渐沉寂。然而这并不意味着人们对此失去了热情，在另一个产生热烈反响的学术讨论中，这一问题实质上得到了延续和深入，这就是对西方文论"强制阐释"问题的讨论。[2]从表面上看，"强制阐释"问题的讨论针砭的是西方文论，没有直接探讨中国古代文论，但其背后的深层问题仍与之息息相关。因为"强制阐释"虽然属于西方文论的缺憾，但考虑到西方文论在当前中国文论中具有的绝对影响力，因此，讨论的实质还是针对中国文学理论现实，内在的要求与之前的"失语症"问题一脉相承，都关联着中国文论主体性匮乏问题。所以，有学者在评述这一讨论时，非常明确地将它与中国文论的主体性联系起来，认为它体现着"新的理论创新……更加关注中国文学本体。只有有意识地激发汉语文学的自主意识，并与西方 / 世界优秀理论成果对话，才有新的创新机遇，也才能避免强制阐释的困境，给已经困顿、几近终结的文学理论以自我更新的动力，给中国文学理论和批评开辟出一条更坚实的道路"[3]。还有讨论者明确指出解决"强制阐释"问题的关键在于中国文论的独立性："中国必须要做的或许就是要回到自己的路子上去，回到自己的理论上去，因为我确信中国有自己的文学理论、文学发展的理论和文学

1 曹顺庆、李思屈：《重建中国文论话语的基本路径及其方法》，《文艺研究》1996 年第 2 期。

2 张江：《强制阐释论》，《文学评论》2014 年第 6 期。

3 陈晓明：《理论批评：回归汉语文学本体》，《文学评论》2015 年第 3 期。

发展史的理论。”[1]

以“古代文论现代转化”为中心的多次文学理论讨论，持续时间长达30年，参与者更涵盖了文学理论界的许多著名学者。它体现了文学理论界的集体性焦虑和主体精神自觉，即不满和渴望改变在西方文学理论主导下的当前中国文论现状，直接或间接地传达出希望中国古代文论焕发青春的强烈意图。从更深远的文化背景看，这一讨论的产生，与改革开放以来中国社会的发展和文化的强盛，以及中华民族文化复兴的梦想都有深刻而密切的联系。不过，讨论固然促进了古代文论整理和研究工作，但就目前看，所取得的成绩与中国古代文论真正实现“现代转化”还有不小的距离。最直观的表现，就是中国古代文论概念实质上没有成为当前文学理论的实践话语，更没有在现实文学评论中具体应用，也没有影响到西方文论在当前文学批评话语中的统治力。换句话说，尽管文论家们努力探讨“意境”“抒情”等中国古代文论概念的意义和价值，但这些概念却始终停留在纯粹的理论研究层面，没有为现实文学理论家和评论家所接受和运用。各种“文学理论”著作所使用的概念范式，文学批评家所运用的话语体系，都是以现代西方理论为绝对主导，古代文论还没有融入文学生活当中。

中国古代文论现代转化所面临的困境，最关键的症结还是思想视域问题。目前学界基本上局限在古代文论内部讨论和思考，但这一问题的中心虽然是古代文论，关联的却是中国文学整体。因此，要真正解决这一问题，需要有更强的文学整体意识和现代意识，特别是需要有对现实文学的介入和实用性的价值观念。

1 张江、西奥·德汉、生安峰:《开创中西人文交流和对话的新时代》,《探索与争鸣》2016年第1期。

二、古代文论的现实介入

在很多人看来，“古代文论的现代转化”问题似乎与现实文学无关[1]，但实际上，它与现实文学的关联很重要。因为判断一种文论是否有现实价值，也就是是否完成了“现代转化”，一个最重要的标准就是看其是否具有现实应用性。如果不具有现实应用价值，那就说明其意义价值只是停留在过去，没有实现现代价值的转化。所以，古代文论现代转化最关键也是最核心的工作，就是要将它应用到现实文学中。只有能够在现实文学中得到应用，古代文论显示了自己的现代生命力，才能说完成了现代转化。

古代文论产生的背景和应用的对象是中国古代文学。“五四”之后，中国文学道路发生了巨变。正如茅盾对传统中国文学的批评：“以文学为游戏为消遣，这是国人历来对于文学的观念；但凭想当然，不求实地考察，这是国人历来相传的描写方法；这两者实是中国文学不能进步的主要原因。”[2]以西方文学为蓝本的中国现代文学，在思想内容和文学形式上都表现出对古代文学传统的反叛，差异和断裂比较明显。现代文学的出现，极大地改变了中国文学的面貌，也导致古代文论实用价值的时代性局限。现代文学是中国文学自身演变与西方文化冲击的共同结果，也是中国文学蜕变和新生不可缺少的重要过程，但这并不是说现代文学与中国传统文学的断裂一定会长期存在。在正常情况下，它应该是一个过渡性的阶段和过程。从历史上看，中国文学受外来文化（文学）的影响并

1　虽然也有学者在讨论中提出有必要将古代文论运用于现实文学实践中，但并没有意识到文学创作也是关系古代文论转化的关键问题。参见陈伯海：《“变则通，通则久”——论中国古代文论的现代转换》，《文学遗产》2000 年第 1 期。

2　茅盾：《一年来的感想与明年的计划》，《小说月报》第 12 卷第 12 号，1921 年。

不鲜见，甚至可以说，在中国文学的发展和丰富过程中，必须接受外来思想观念和方法的冲击与洗礼，也难免会出现短暂的差异和断裂。但中国文学接受的每一次冲击，都以将其融入自身为结果。也就是说，中国文学接受外来文化（文学）影响的正常路径，是将外在因素与本民族文学传统相交流，融为一个有机的整体，并以文学的现实书写为基本方式，帮助其汇入民族文学的长河之中，成为影响人们生活和思想观念的重要文化内容。只有当它水乳交融地融入民族文学和文化之中，才能说完成了接受的过程。这一过程受多重因素制约，或顺利或坎坷，或时长或时短，但它最终都需要走过模仿和学习阶段，重新建立起独立主体性。

中国现代文学的情况也不例外。中国现代文学的正常发展，正如其在五四时期对传统文学的激烈反叛必不可少一样，它此后的发展过程也必然要经历回归自身传统的过程。当然，这不是简单的回归，而是融入现代文化之后的提升。在这一过程中，作家在创作实践上的努力至关重要。因为文学从根本上说不是一种观念或理论，而主要是以艺术形式对生活的表现。优秀的文学作品是文学观念的生动体现，也是文学赢得大众、融为社会文化的重要前提。作家的探索既出于感性的自觉，也是文学自身最深层意识的直觉，是文学融汇中国传统与西方现代最直观也最重要的方式。在这一过程中，理论家的意义也同样重要。特别是中国古代文论学者，需要承担重要的角色任务，具体而言主要有三方面：其一，引导作家关注传统文学精神，让他们了解其特点和价值，认识其魅力和个性，即充分阐扬中国古代文学的特点和魅力，阐释古代文论的现代意义，增加作家对古代文学和理论的了解及兴趣。其二，在新文学历史中寻找和发掘具有中国传统文化因素的作家作品，从理论高度张扬其意义，总结其利弊得失，突出其样板性的方向和价值，并运用古代文论方法或精神，对这些创作进行分析和总结。在这一过程中，将古代文论思想融入现行的以西方文学思想为主导的文学理论中，进行融合和系统化，然后逐步形成自己的主体性。其三，以评论和理论方式予以推广、推介，影响创作实践，引导读者欣赏，改变社会审美习惯。

总的来说，在中国现代文学融入现代观念、重建自我主体的过程中，古代文论与现实文学应该构成一种良性互动关系。文学创作在感性和实践上进行探索，为古代文论的现代化转化提供充分的空间和新鲜活力；而经过现代文化洗礼的古代文论思想，则对创作实践进行理性总结和归纳，促进作家走向更高和更深的主体自觉。

从文学创作实践看，已经具有百年历史的中国现代文学在本土化回归方面所取得的成就不是很高。这其中有文学思潮自身的原因，更与外在环境有深刻联系。百年中国受到战乱等多种因素的困扰，现代文学的本土化道路也充满坎坷，长期居于边缘化位置。但这并不意味着没有这方面的努力和成绩。从现代文学诞生之日起，就一直有作家在致力于探索现代文学的本土化道路，其中不乏与中国传统文学关联方面的努力。比如诗歌界的闻一多、废名、梁宗岱等。[1]小说界则更多，最早有废名、沈从文的抒情小说创作，稍后又有施蛰存对传统小说艺术的回归。近年来，更有莫言、贾平凹、李锐等作家在倡导“向后转”，探索与中国传统文学审美的联系。遗憾的是，作家们的这些实践，没有得到理论家的深入关注和系统总结。其中，古代文论的缺席是一个重要原因。因为只有在对古代文论非常熟悉和造诣深厚的基础上，才能很好地发现、挖掘和总结这些作家的创作实践，将其与古代文学传统进行有效的融合。而在现实中，一方面，很少有古代文论学者关注现代作家的文学创作，另一

1　参见张洁宇：《论早期中国新诗的本土化探索及其启示》，《中国现代文学研究丛刊》2017 年第 9 期。

方面，大多数现代文学批评家缺乏深厚的古代文论功底，他们所运用的批评话语都是现代西方的，批评立场也都是以西方文学为主体的。所以，除了有个别批评家依靠自身良好的传统文学素养和深远的思想视野，能够运用一些古代文论观念和方法来批评现代作家作品——典型如李健吾在对沈从文、巴金等人的批评中，既借鉴西方文学理论，又有一定的传统文论思想介入，客观上推动了作家们的创作实践，大部分批评家都缺乏这种能力和高度，很难对这些创作的意义价值进行深入的挖掘，做出恰当的评价。所以，尽管有作家在实践上做出了贡献，但理论界和批评界并没有对他们的创作进行深入思考和总结。大家对这些创作的认识基本上停留在个体价值层面，没有有意识地与现代文学的本土化回归道路相关联，更没有将其置于深远的民族文学背景上予以深化和拓展。作家们的许多自觉和努力就只能处在自生自灭的环境中，被“现代化”“西方化”的文学主流轻易压倒。诗歌界闻一多开创的“格律诗”理论近百年中没有得到进一步的发展，反而日益边缘化；中国现代抒情小说的创作和兴盛来源于废名、沈从文等作家对传统的深层自觉，也没有得到深入的挖掘和推崇，最终只能湮没。这些都是典型的例证。

我们当然不能将这些问题简单地归咎于学者方面，但学者的意识问题确实值得提出。一方面，也许受乾嘉学术遗风的影响，很多古代文学特别是古代文论研究者习惯于将自己的学术纯粹化，缺少与现实文学的关联。但其实，古代文论学者也是文学现场的重要组成部分，特别是在现代中国文学所处的新旧交替时代，古代文论学者更需要有现代转化意识和现实应用意识。另一方面，现代文学批评家也要加强古代文学和文论素养。这其中有教育方面的因素，也有思想意识方面的问题，绝大多数现代文学批评家可能对西方文论谙熟于心，但对古代文学和文论则可能是门外汉。所以，如果说在20世纪上半叶还有部分批评家能够适当结合中国古代文论进行文学批评，但之后的批评家就已经缺乏这种能力了。

外在方面的原因主要是文学研究的学科设置和归属问题。这体现在两个方面：其一，文学理论学科划分太细。目前，文学理论被划分为中国古代文论、西方文论、现代文论等不同学科领域，不同领域之间各有学术团体、学术期刊、学术活动，学者的研究也很少沟通和关涉。这严重影响到文学理论的建设，因为无论中国古代文论还是西方现代文论，它们所讨论的都是同一个问题，只不过表现形态有较大差异性，这正需要学者们将它们关联起来研究——如果说一个人的研究能力难以做到融会贯通，就更需要学者们的共同协作，将问题关联起来讨论。目前文学理论界不同领域之间的隔绝封闭状态，严重影响了古代文论的介入现实，也影响了当代文论家和批评家对古代文学理论的学习和应用，进而难以与文学创作形成批判性的互补而不是同质关系，以便进行有效的建设性批评。其二，文学理论与当代文学的分离。当前文学的学科设置中，文学理论和现当代文学分为两个二级学科，二者有不同的研究领域和学科要求。于是，大多数文学理论学者从事纯理论研究，不介入当下文学创作。一些学者局限于自己的研究领域内，缺少对现实文学的联系和兴趣，也很难有针对性的思考。特别是古代文论学者，更难形成与现实文学的密切联系，更遑言将自己研究的古代文学理论应用到对现实文学的批评中。

这样的现实，严重制约了文学理论特别是古代文论对现实文学的介入，从而既限制了文学现场的理论高度，也限制了古代文论与现实文学的结合。这需要改革学科设置和研究体制，遵从文学研究学科的独特性原则，改变以简单化的自然科学设置学科的模式。但同时更需要学者的自觉和努力，任何外在的藩篱都不应该束缚住学者的自由探索，只要学者们有突破学科界限的自觉和介入现场文学的努力，就能够改变当前的格局，真正推进文学理论的深度建设，让古代文论在现实文学中再次焕发青春。

三、现代意识的融合与创新

除了介入文学现实，古代文论现代转化还有很重要的一点，就是化为现实。换句话说，古代文论的现代转化不是让其回到古籍之中，而是要让它融入现实，在对其进行深化、拓展、融合和发展的前提下，让它成为现实文学理论和批评方法的一部分，焕发出新的生命力。这样，就需要有思想观念和方法上的创新意识。

首先，需要充分认识古代文论化为现实的必要性和可能性。这与我们对文学发展的方向认识有关。现代性思想，是人类文明发展的基本方向，但是，从文学方面说，需要有更全面的思考。因为现代性的内涵应该是丰富的，而不是只有单一方式。更重要的是，文学艺术本身就是个性化的产物，多元的文学差异性是世界文学的基础。很多人描绘和期待全球化时代“世界文学”的美景，但其实在任何时代，“世界文学”都不可能是单一的面貌，而是丰富的构成。[1]正如容格所说：“除了德国人能写出《浮士德》或者《查拉图什特拉如是说》(*Also sprach Zarathustra*)，我们能设想还有谁能写吗？这两部作品都利用了在德国人的灵魂中回荡着的某个东西——一个‘原始的意象’。”[2]独特深入的文学只有深邃的文

---

1 参见方维规：《何谓世界文学？》，《文艺研究》2017年第1期。

2 〔瑞士〕卡尔·G. 容格：《寻找灵魂的现代人》，王义国译，北京：光明日报出版社，2007年，第248页。

化才能造就，中国文学要想卓立于世界文学潮流，借助深厚的文化和文学传统非常必要。甚至说，如果只是一味追随西方文学，却不能形成自己独特的文学观念和审美特点，中国文学就永远无法达到世界优秀文学的高度。文学的独特性，必须借助于深厚的民族文化，借助于独特而悠远的民族文学和审美思想才能实现。

在这个意义上，古代文论的意义就充分彰显了出来。作为一种内容丰富、内涵独特而深刻的文学思想，古代文论体现的是一种文化精神和艺术个性，承载的是中国传统的思想文化，蕴含着中国人独特的思想方式和文化特质，包括世界观、审美观等。而且，中国古代文论是一种综合的文艺理论，而不是一种技术、方法，因此，它具有高度的抽象性和概括性，也具有时空的超越性，在立足于创造和转化的基础上，在符合民族文化特性的前提下，它是完全具有再生和发展的充分可能性的。当然，这种可能性是建立在批判和反思的前提之上的。也就是说，对于古代文论，我们既需要认识到其现代意义，也要认识到其时代局限性，特别是要认识到现代性是其现代转化的基本前提。正如有学者所说："没有一种文学理论能概括从古到今的文学，一个民族文学的古今差异远甚于同一时代文学的民族差异。文学理论体系总是反映一种共时性的认知结果。"[1] 古代文论是针对古代文学的产物，在具体实用性上已经滞后于现实文学的发展，不具有简单的现实应用性。所以，古代文论在总体上不可能取代当前运用的西方文论，而只能是以渗透性和补充性的方式参与到当前文论之中，逐渐产生影响。在这一过程中，古代文论将在与西方文论求同存异的基础上逐渐融汇，既帮助西方文论思想更好地融入中国现实，也使自己更具现实适应性，从而形成既具有中国传统文学特色，又

---

1 蒋寅:《如何面对古典诗学的遗产》,《粤海风》2002 年第 1 期。

呈现开放和现代特征的文论思想。对待古代文论，也绝不是无条件地接受，而是需要细致地甄别和淘洗，予以现代性的改造和扬弃。如中国古代文论中较强烈的政治依附色彩和等级观念，以及对人性和普通大众生活的忽视等，都应该彻底地批判和放弃。古代文论的现代转化不是文化保守主义，这是一个重要的思想前提。

其次，需要对古代文论进行科学的现代转化。除思想准备之外，还需要方法上的探索。古代文论现代转化是一个宏大的问题，涉及许多方法和细节，概而言之，以下两方面是最基本的。

其一是系统性和实用性的结合。古代文论转化的目的是发展、丰富当代文论，而不是回归和复古。在现代文化背景下，现代化和体系化是一种理论生存的重要前提。当前文论的发展也需要进行系统性建设，因此，古代文论要现代转化，就需要部分借鉴更现代的西方理论模式，在此基础上进行整理和运用，使其更具现实可行性和科学体系特征。当然，这种建设不是完全照着西方文学理论的现有模式来硬套，而是需要充分尊重和保持中国古代文论的个性特点，与西方文论进行辨析、关联和比较，在融汇中建立自己主体性地位。就当前成果来说，刘若愚的《中国文学理论》虽然受到一些学者的批评，认为它是以西方文学模式来改造古典文学理论，但它以融汇为中心的方向是非常有价值的。只有在这种融汇更为深入和充分的基础上，古代文论才能获得真正的现实价值空间。应该强调的是，“转化”的最终目标是实用，是将古代文论应用于文学批评实践中。所以，转化古代文论，重点不在于辨析内部细致的差异，而在于宏观整体的系统思考，在于将古代文学思想做现代方式的阐释、概括和表达，从而形成与西方和现实的对话。比如，在当前文学批评中虽然可以零星看到中国古代文论思想的影子，如“以意逆志”“文如其人”等，但是，批评家们所应用的只是这些文论的思想内涵，却无法体现为外在的话语方式。究其原因，主要是因为这些文论思想还没有得到现代的改造和整理，无法进行系统性的现代表达。只有通过现代改造，它才可能获得新的生命力。

其二是对文学精神的侧重。中国古代文论包括抽象精神和具体方法两个部分，其中最有价值的，也是文论转化的核心部分，是具有民族文化底蕴的抽象文学精神。它大致包括中国式的思维和审视世界的方式——如天人合一的生命观，有限物质和有限发展思想，以“和”“自然”“善”“节制”等为核心的文学观念，以及空白简洁、含蓄隽永、抒情美和意境美等艺术个性和富有中国特色的艺术传统，等等。这些文学精神是中国文化哲学的结晶，它们既是对中国传统文学作品的凝聚和提炼，也是中国文学艺术独特个性的深刻源泉，具有强烈的独特性和深刻性，并以之构成与西方文化鲜明的差异性，形成相互补充和启迪的对话关系。这也是在西方后现代思潮中，一些中国传统文化成为其思想资源的重要原因。在文学传统中，形式和方法层面的内容具有较强的时代局限性，抽象精神则更为深刻和稳定，从而成为中国文学最本质的特征。对这一点的认识也许能够更好地启迪一些当代作家。当前有不少作家尝试以多种方式回归传统文学，但他们的努力基本上都停留在语言、文体等文学形式层面，没有深入到文学精神。当然，对抽象文学精神的理解、把握以及将其运用到现实生活中，比单纯的形式借取要困难得多，对作家的传统素养要求也更高，这在客观上也限制了这些作家目前所取得的成就。抽象文学精神的形成与哲学等多种文学之外的因素有关，因此，对文学精神的借取和转化也需要超出文学，进入到更宽泛、更具综合的文化中去。这其中，哲学思想是最重要的部分。古代文论的根本源头与哲学密切相关，老庄、孔子的哲学思想不只是影响到中国人对文学的基本理解，也影响到更细致的文学理念和原则。要深入认识和转化古代文论，不深入认识古代哲学思想显然难以成功。同样，在中国传统文化中，艺术与文学有密切的共通性，特别是在抽象精神层面，二者很多思想甚至高度一致。古代艺术中的“以天地为师”“传神”等思想与文学理论之间有深刻的关联，也完全适用于文学创作。所以，对传统哲学思想、艺术思想的综合和融汇是古代文论现代转化不可忽略的一部分。

在任何时代文学中，理论都是非常重要的组成部分。它决定时代文学的个性和深度，也引导其发展方向，是文学具有独立性的重要标志。所以，古代文论能否完成现代转化，不只是影响中国文学能否以独立主体形象卓立于世界文学舞台，而且还影响文学创作的深度，甚至影响我们时代能否产生真正独创性的伟大作品。古代文论的现代转化也是民族复兴的一部分，当有着深厚中华文化底蕴的古代文论精神融汇到现实创作中，就是中国文化的思想和审美创造性焕发之时，也是中国文学再度腾飞之时。

（原载《学术研究》2022 年第 3 期）

试论中国古代说唱文学研究的开拓与创新

纪德君 *

说唱文学是中华民族文学艺术的重要组成部分。它是一种基于民间大众的生活、心理与想象，运用口语来说唱故事、塑造形象、反映社会生活的文学样式，具有鲜明的民族风格。说唱文学，源远流长，生生不息。在古代社会，它不仅将主流文化通俗化，将大传统与小传统融通起来，在民间建构、传播各种历史文化知识，而且承载着民众的思想情感、愿望与要求，培养、增进了民众的家国意识与民族文化认同感，因而对民众生活产生了广泛而深远的影响。然而，说唱文学由于土生土长，不登大雅之堂，故而在古代较难得到文人的关注、记载与研究；即使偶有记述与评论，也多半浮光掠影，往往还带有一定的偏见。清末民初以来，受西方文学观念的影响，我国学者开始重视俗文学，把过去认为不登大

* 广州大学人文学院教授、广府文化研究中心研究员。

雅之堂的小说、戏曲等奉为文学正宗，文学观念发生了根本性的转变。但是，这种转变实际上并不彻底。受强大的雅文学传统的影响，人们关注的还是那些比较接近雅文学的俗文学作品，即一些已经经典化了的戏曲、小说作品，对于真正最通俗的民间说唱文学，觉得从雅文学的角度来看，实在没有多少文学价值，因而仍然不够重视，投入的学术力量严重不足。鉴此，本文试对说唱文学研究状况进行简要回顾，具体分析说唱文学研究还存在的薄弱环节或不足之处，并就如何拓新说唱文学研究略陈管见。

一、说唱文学研究的简要回顾

说唱文学研究的贫弱，显然与说唱文学文献资料的散佚、稀见与发掘、整理及研究的不足有很大关系。20世纪上半叶，一些前辈学者如顾颉刚、郑振铎、马廉、阿英、刘复、李家瑞、赵景深、傅惜华、吴晓玲、陈汝衡等，在说唱文学文献的寻访与发现、资料的钩稽与考辨、目录与索引的编制、作品的校勘与整理，以及说唱文学文献的研究等方面，做出了筚路蓝缕的开创性工作，不仅发现了敦煌说唱文学、车王府曲本以及《大唐三藏取经诗话》《醉翁谈录》等重要文献，整理出版了《大鼓书词汇编》(杨庆五辑述，1920)、《梨花大鼓书词初编》(董莲枝编，1931)、《庚子国变弹词》(阿英编校，1935)、《升平署岔曲》(故宫博物院文献馆编，1935)、《弹词选》(赵景深选注，1938)、《鼓词选刊》(匏安居士编选，1939)、《鼓子曲存》(张长弓编，1947)、《大鼓片锦》(朱西奄编，1948)等，而且还发表了《蒙古车王府曲本分类目录》(顾颉刚编，1926—1927)、《西谛所藏弹词目录》(郑振铎，1927)、《中国俗曲总目稿》(刘复、李家瑞等编，1932)、《北平俗曲略》(李家瑞，1933)、《说书小史》(陈汝衡，1936)、《大鼓研究》(赵景深，1936)、《弹词考证》(赵景深，1937)、《弹词小说评考》(阿英，1937)、《中国俗文学史》(郑振铎，1938)、《鼓子曲言》(张长弓，1948)等重要论著，这为后来的说唱文学研究打下了根基。

新中国建立之初，党和政府对说唱文学高度重视，周恩来总理亲自发布《政务院关于戏曲改革工作的指示》，明确提出："中国曲艺形式，如大鼓、说书等，简单而又富于表现力，极便于迅速反映现实，应当予以重视。除应大量创作曲艺新词外，对许多为人民所熟悉的历史故事与优美的民间传说的唱本，亦应加以改造采用。"[1]在此背景下，"中国曲艺研究会""中国曲艺工作者协会"等专业性团体相继成立，《说说唱唱》《曲艺》等刊物得以创办，一些文化工作者及曲艺研究人员还在全国范围内开展说唱文学文献资料的搜集与整理，先后出版了《梁祝故事说唱集》(路工编，1955)、《白蛇传集》(傅惜华编，1955)、《西厢记说唱集》(傅惜华编，1955)、《十五贯戏曲资料汇编》(路工、傅惜华编，1957)、《董永沉香合集》(杜颖陶编，1957)、《岳飞故事戏曲说唱集》(杜颖陶编，1957)等专题型说唱文学作品，以及一些重要曲种的作品集，如《敦煌变文集》《董解元西厢记诸宫调》《全相平话五种》《清平山堂话本》《明成化说唱词话丛刊》《评书传统作品选》《扬州评话选》等。另外，一些著名说唱艺人的作品，如王少堂《武松》、陈士和《聊斋》、高元钧《武松传》等，也在这一时期得到整理出版。至于说唱文学研究，则主要有张长弓《河南坠子书》(1951)、傅惜华《曲艺论丛》(1953)、叶德均《宋元明讲唱文学》(1953)、李啸仓《宋元伎艺杂考》(1953)、陈寅恪《论

1　周恩来：《政务院关于戏曲改革工作的指示》，《人民日报》1951年5月7日。

〈再生缘〉》(1958)、关德栋《曲艺论集》(1958)、陈汝衡《说书史话》(1958)、中国曲艺工作者协会编《鼓曲研究》(1959)与《快书、快板研究》(1960)、李世瑜编《宝卷综录》(1961)等。这些论著对说唱文学的渊源流变、体制类别、题材内容、说唱形态、重要艺人与刊印流传等皆有较深入的研究，具有较高的学术价值。

改革开放以后，说唱文学研究再次焕发新的生机。一方面，大型说唱文艺志书的纂修，如《中国曲艺音乐集成》《中国曲艺志》等；说唱文献的叙录编目，如谭正璧编著《弹词叙录》(1981)与《木鱼歌·潮州歌叙录》(1982)、胡士莹编《弹词宝卷书目》(增订本，1984)、郭精锐等编著《车王府曲本提要》(1989)、车锡伦编《中国宝卷总目》(2000)、周良编著《弹词目录汇抄　弹词经眼录》(2006)、李豫等编《中国鼓词总目》(2006)、黄仕忠等《新编子弟书总目》(2012)等；说唱文献研究资料的钩稽汇考，如谭正璧等搜辑《评弹通考》(1985)、周良编著《苏州评弹旧闻钞》(增补本，2006)、唐力行主编《中国苏州评弹社会史料集成》(2018)等；大型说唱文献的汇集出版，如首都图书馆编《清车王府藏曲本》(2003)、黄仕忠等编《子弟书全集》(2012)、李豫主编《清末上海石印说唱鼓词小说集成》(2013)、车锡伦主编《中国民间宝卷文献集成》(2014)、北京大学图书馆编《未刊清车王府藏曲本》(2015)等，有力地推动了说唱文学研究的开展。另一方面，说唱文学的理论研究也开始四处开花，成果迭出，其中概论、史论著作，主要有陈汝衡《宋代说书史》(1979)、侯宝林等《曲艺概论》(1980)、赵景深《曲艺丛谈》(1982)、中国艺术研究院曲艺研究所编写《说唱艺术简史》(1988)、倪钟之《中国曲艺史》(1991)、姜昆与倪钟之主编《中国曲艺通史》(2005)、姜昆与戴宏森主编《中国曲艺概论》(2005)等；各类说唱文学的专门研究，主要有胡士莹《话本小说概论》(1980)、陈锦钊《快书研究》(1982)、谭达先《中国评书(评话)研究》(1982)、周良《苏州评弹艺术初探》(1988)、项楚《敦煌文学丛考》(1991)、张鸿勋《敦煌说唱文学概论》(1993)、汪景寿等《中国评书艺术论》(1997)、陆永峰《敦煌变文研究》(2000)、李小荣《变文讲唱与华梵宗教艺术》(2002)、龙建国《诸宫调研究》(2003)、崔蕴华《书斋与书坊之间——清代子弟书研究》(2005)、盛志梅《清代弹词研究》(2008)、富世平《敦煌变文的口头传统研究》(2009)、车锡伦《中国宝卷研究》(2009)、李真与徐德明《扬州评话艺术》(2009)、张泽洪《道教唱道情与中国民间文化研究》(2011)、冷纪平与郭晓婷《子弟书源流考》(2016)、周良《苏州评话弹词史补编》(2018)、董国炎《扬州评话发展史》(2019)、易德波《说书:扬州评话的口传艺术》(2019),等等。

可以说,说唱文学研究从20世纪上半叶的开创,到50—70年代的推进,再到80年代以来的全面拓展,经过几代学人的共同努力,无论在文献资料的整理还是理论研究方面,均取得了不俗的成就,为今天的说唱文学研究奠定了良好的基础。

二、说唱文学研究的不足或缺欠

虽然说唱文学研究已得到学界越来越多的关注,但是整体来看,还没有形成独立的学科,与小说、戏曲研究相比,明显薄弱、滞后,在文献整理和理论研究方面均存在不少有待继续拓展、深化的空间。

首先,说唱文学的文献家底还没有摸清。目前,除了敦煌变文、诸宫调、子弟书、宝卷的文献调查、整理相对全面外,其他各类说唱文学文本究竟有多少数量存世还是一个未知数。也就是说,现今尚有大量散存于国内各地乃至海外各公私图书馆以及私人藏书家之手的各类说唱文学文本，需要继续发掘、整理、编目与出版。

其次，说唱文学文献的整理，还存在诸多不足或缺欠。就已知的说唱文学文本来说，目前被整理出版的只是其中一小部分。即便是已整理、出版的一些说唱文本，由于整理者做了不少删改、加工，导致它们在不同程度上失却了本来面目，并没有多少研究价值。如1955年，罗杨、沈彭年参照小说原著《西游记》，对车王府鼓词《西游记》进行了整理和加工，他们把鼓词中稍微生僻、语句欠通与运用方言处均改为通俗易懂的现代白话文，同时加工润色了几乎所有唱词，特别是删除了说书人添加的所有情节，并根据其内容分成157回，标出回目，取名《说唱西游记》。虽然它可以为当时的曲艺艺人提供一个说唱底本，但对于今人研究清代鼓词的编创与表演等已没有参考价值。又如黑龙江人民出版社1988—1992年间曾整理、出版了一套说唱文学丛书，收录明清民间优秀说唱文本30余种，虽说有普及说唱文学之功，但其不足在于：妄改作品名称，比如改《双玉鱼》为《莲花梦》；对原书中所谓不健康的情节及语言进行删改；对某些不易为一般读者所理解的古吴语方言及苏白、粤白、闽白进行规范；多数作品不署作者及整理者的名字；不少作品没有前言、后记；对作品的作者、版本及整理等基本情况也不做介绍。因此，无法以之作为研究明清说唱文学的依据。

再次，有关说唱文学的作者、表演者、说唱体制、表演与接受、流传地域、版本、序跋、评点、考论等研究资料的发掘、辑录与整理，也存在很多薄弱环节。这主要表现在：（1）说唱文学研究资料的搜集、整理缺乏整体性，目前只有宝卷、弹词、子弟书、评话等研究资料的分类整理较有进展，而有些门类如俗赋、鼓子词、诸宫调、莲花落、货郎儿、词话、鼓词、道情、木鱼书等说唱研究资料的整理则亟待重视与加强；

（2）一些载录于史传、小说、戏曲、笔记、诗文别集、方志、宗教典籍以及近现代报纸杂志中的说唱文学研究资料，缺乏必要的、系统的钩稽与整理；（3）古代说唱文学研究资料的搜集、整理相对多一些，而近现代说唱文学研究资料的搜集、整理则明显不足；（4）汉民族说唱文学研究资料的搜集、整理相对多一些，而少数民族说唱文学研究资料的搜集、整理则很简略；（5）说唱文学研究资料的搜集与整理多局限于国内，而海外汉文文献中保存的说唱文学研究资料则有待进一步的调查与发掘。有鉴于此，目前亟需在全面钩稽、分类整理说唱文学研究资料的基础上，编纂一部涉及各曲种、多民族、跨时段、海内外的大型说唱文学研究资料汇编，并进而建立一个文献资料数据库，以期为说唱文学研究奠定坚实的文献基础。

最后，就说唱文学的研究状况来看，其研究成果的体量比较有限，质量也不太高。以古代文学研究的代表性刊物《文学遗产》所发表的各类说唱文学研究文章为例，从 1954 年创刊至 2018 年底，一共才发表了近 50 篇论文，并且主要探讨的是敦煌变文、诸宫调、弹词、子弟书、木鱼书、词话等少数几种说唱文学体裁。这也从一个侧面反映了说唱文学研究在整个古代文学研究场域中不成气候。

实际上，目前说唱文学研究虽然逐渐铺展开来，但也的确只有弹词、宝卷、子弟书、鼓词、评话得到了一定的关注，学术空白点较多，甚至一些较重要的学术问题，如说唱文学的文体流变，说唱文学的表演形态、地域分布、接受与传播，不同种类说唱文学之间的互涉关联，说唱文学与小说、戏曲、诗文之间的相互影响等，都没有得到应有的关注与深入的研究。至于说唱文学的学术史、批评史研究等则付之阙如，至今都没有一部对说唱文学研究进行整体观照、系统阐述的研究史著作出现，也没有一部梳理历代说唱文学批评史料与理论评价的批评史专著问世，甚至连相关研究论文也不多见，这就导致了说唱文学文献整理与研究的家底不清、学术谱系不明。另外，说唱文学的跨学科研究，也甚少有人问津。

三、说唱文学研究的开拓与创新

说唱文学研究之所以会存在上述这些薄弱环节，除了与不少学者在文学观念上鄙视说唱文学而不屑于研究它有关，实际上也与说唱文学的研究视角的逼仄与研究方法的局限等有较密切的关系。

迄今为止，说唱文学的研究还多拘囿于说唱文学本身，即便是说唱文学本体研究，也还需要加强对各类说唱文体的渊源流变、表演情况、艺术特征、流行地域、社会影响等的系统深入的考察。至于不同种类说唱文学之间的互涉关联等，也应纳入研究视野。以宋元“说话”为例，其不同家数如“讲史”“小说”与“说经”之间，就存在密切的互学互鉴关系。例如，当时最受市民欢迎的“小说”，面对与之有直接竞争关系的“讲史”“说经”，也会打破门户之见，兼收并蓄，所以现存的宋元小说家话本中才会出现《老冯唐直谏汉文帝》《汉李广世号飞将军》这样的短篇讲史以及《五戒禅师私红莲记》《陈可常端阳坐化》这样的说经文本。而“讲史”也不例外，胡士莹指出：“在元代的平话中，‘讲史’、‘铁骑儿’和‘小说’的某些成分已有合流，‘小说’的一部分（《水浒》题材）已在向长篇发展了。”[1] 因此，我们研究“讲史”“小说”与“说经”，也就不能忽视它们之间的互动与影响。

1 胡士莹：《话本小说概论》，北京：中华书局，1980 年，第 732 页。

不仅如此，说唱文学与小说、戏曲等往往也存在交叉、互动关系。本来，说唱文学与小说、戏曲等都植根于民间文化土壤，同属于俗文学范畴。试观《东京梦华录》《都城纪胜》《梦粱录》《武林旧事》《醉翁谈录》诸书，可知宋元时各种门类的俗文学，都是在“瓦舍勾栏”之类的生态场域中同生共长的，彼此间存在相当密切的互动与互渗关系。如南宋灌圃耐得翁《都城纪胜・瓦舍众伎》即说：“凡傀儡敷演烟粉灵怪故事、铁骑公案之类，其话本或如杂剧，或如崖词，大抵多虚少实。”又说：“凡影戏乃京师人初以素纸雕镞，后用彩色装皮为之，其话本与讲史书者颇同，大抵真假相半。”[1] 孙楷第据此阐述道：“宋之傀儡戏，其话本或如杂剧，或如讲史。宋之影戏，其话本尤与讲史为近。此二者以词言，皆不尽为代言体，应掺杂说话口气。以傀儡戏影戏虽扮演故事，而其扮演与讲唱本分为两事，其讲唱固可适用于说话体也。”[2] 这便揭示了傀儡戏影戏与“说话”“崖词”“杂剧”的互通关系。李家瑞也曾撰文探索民间说唱向戏剧的演化之迹，认为“无论哪一种戏剧，开头都是念两句引子，或念一首上场诗，这就是说书前头的致语（又称入话）的遗迹。又剧中人自表姓名，且自言自语的自述来历，这等地方，不能不说是受了说书的影响”[3]。叶德均则指出：“宋元南戏和元杂剧本是从说唱诸宫调及词话改变而来……其中保存许多变而未化的叙述体的遗迹。”[4] 至于明清时代的小说、说书与戏曲之间的互动、交流与互鉴等，更是司空见惯。胡士莹在

---

1 （南宋）孟元老：《东京梦华录》（外四种），北京：文化艺术出版社，1998 年，第 86 页。

2 孙楷第：《近世戏曲的唱演形式出自傀儡戏影戏考》，《沧州集》，北京：中华书局，2009 年，第 189 页。

3 李家瑞：《由说书变成戏剧的痕迹》，载王秋桂编：《李家瑞先生通俗文学论文集》，台北：台湾学生书局，1982 年，第 44 页。

4 叶德均：《宋元明讲唱文学》，《戏曲小说丛考》，北京：中华书局，1979 年，第 663—664 页。

谈到小说与说书的关系时就这样指出："小说和说书各有所长，又相互为用……或者是小说一出，即为说书人改编成说书节目（是小说等于详细的话本，如《红楼梦》、《聊斋志异》）；或者是说书人一有新书，即为文人改编为小说（是说书直接演化为小说，如《清风闸》、《飞跎传》）；或者是文人记录说书材料改编为小说，又反过来影响说书（如《三侠五义》）。如此，说书与创作小说关系密切。"[1]所以，他研究话本小说，就比较注意揭示话本小说与民间说书之间的互动与影响关系。实际上，20世纪前中期，蒋瑞藻、钱静方、顾颉刚、郑振铎、孙楷第、阿英、叶德均、傅惜华、赵景深、谭正璧等在从事说唱文学文献的搜集、整理与研究时，大都持有一种俗文学的整体观，注意将说唱文学与小说、戏曲等放在俗文学的生态场域中进行关联性考察与研究。遗憾的是，这一良好的学术开端，后来并未得到自觉的承续和发展，说唱文学与小说、戏曲等常常被人为地分割开来，进行各自为政的研究，彼此之间缺乏必要的沟通与交流，因而研究说唱文学也就难以确切、深入地揭示其生存、发展与演化的动因与规律等。

就说唱文学的研究角度而言，以往研究者一般多局限于从文学角度来研究、评价说唱文学。实际上，说唱文学的价值远不限于文学。刘半农早就提出："研究俗曲，可以从四方面进行：一、文学方面，二、风俗方面，三、语言方面，四、音乐方面。"[2]李家瑞在研究北平俗曲的基础上就写了一部数十万言的《北平风俗类征》。在音乐方面，由于说唱文学多半是配乐表演的，某些说唱文学体裁，单就文本形式看，并无什么差别，其区别主要在于不同的演唱音乐、伴奏乐器，因而说唱文学自然成为民间俗乐研究赖以取资的宝库。杨荫浏撰写《中国古代音乐史稿》时

---

1 胡士莹：《话本小说概论》，第618—619页。

2 李家瑞：《北平俗曲略》，北京：中国曲艺出版社，1988年，第7页。

就对说唱音乐多有涉猎。在语言方面，张涌泉在校注敦煌变文的基础上写成了经典之作《汉语俗字研究》。至于说唱文学对古代民间社会政治、历史、道德、商业、法律、宗教、信仰、医药、游艺等方面的生动反映，也使其具有多方面的社会文化价值。现今从新文化史学的角度将民间俗文学视为研究民间社会文化的重要资料，已逐渐成为一种新的学术潮流。如果从新文化史的角度来观照说唱文学，就不难发现说唱文学在古代民间文化知识体系建构过程中所扮演的重要角色、所发挥的重要功能。又如研究宝卷、道情等说唱文学，也无疑需要从宗教学的角度，把宝卷、道情放到特定的宗教和民间信仰的文化语境中，去研究其在产生和发展的历史过程中与民间佛教、道教之间的关系。总之，对于说唱文学，除了从文学角度研究外，也的确有必要从历史学、社会学、人类学、民俗学、宗教学、民族学、传播学、音乐学和语言学等角度，对之进行多维度、多层面的跨学科研究，这样才能更充分地发掘说唱文学的存在价值。

至于说唱文学的研究方法与评价标准，现在看来也还存在认识错位与评价失当的问题。长期以来，研究说唱文学的学者，习惯于以文人作家书面创作的眼光去看待说唱文学，评价故事编创时喜欢强调新颖性、独创性，评价情节结构时赞赏不落俗套、另辟蹊径，品评人物形象则推重人物性格的典型化与个性化等，这样的认识、评价，其实多少有点郢书燕说，不得要领。因为说唱文学依托的是民间口头传统，主要是为聆听而编创的。为了强化书场的讲唱与接受效果，同时也为了方便说唱技艺的习得与承传，说唱文学在塑造人物时往往喜欢走类型化、特征化、传奇化的路子，情节建构则多半是套路化、直线性、缀段式的，叙事写景则频繁地使用程式化的诗词赋赞、韵文套语。以研究口头史诗而著称的美国著名学者阿尔伯特·贝茨·洛德在《故事的歌手》中就指出，口头史诗的创编主要是依赖程式化的套语、话题与故事形式来进行的。我国学者朝戈金也指出："口头诗人并不追求我们通常认为是文艺作品的必要属性的所谓'独创性'或是'新颖性'。而观众也并不作这样的要求。一个经历了若干代民间艺人千锤百炼的口头表演艺术传统，它一定是在多个层面上都高度程式化了的。而且这种传统，是既塑造了表演者，也塑造了观众。"[1]当然，民间口头叙事"并不乏自己特有的创新。其叙事创新并不表现为编造新故事，而是表现为叙事者确保此时此刻与听众的互动——每一次讲故事的时候，讲故事的人都必须因时制宜、因地制宜、因人制宜。在口语文化里，听众必须被调动起来作出回应"，"另一方面，讲故事的人又给老故事引入新成分……古老的套语和主题必须在新鲜和复杂的现实环境中得到更新。不过，这些套语和主题往往是在新情况下重新洗牌，而不是被新材料取代"。[2]有鉴于此，我们在认识、研究和评价说唱文学时，就不能简单地套用评价作家文学所采用的理论与方法，而应该充分考虑口头文学与书面文学的差异，革新民间说唱文学的评判标准与研究方法。谭帆曾提出："对于俗文学的评判标准应突破以往'典型性'、'完整化'、'个性化'等原有的单一格局，而应更多考虑符合俗文学自身特性的审美标准，如以'形象'的类型化、'结构'的程式化、'功能'的娱乐化等来评判俗文学，从而建立一种俗文学所特有的价值标准。"[3]他所说的"俗文学"自然包括说唱文学在内。朝戈金在研究口传史诗时曾梳理、界定了一批适用于口传文学研究的基本概念与术语，如"口头传统""口承性""互文性""程式""主题或典型场景""故事范

1 朝戈金：《关于"口头创作的理论"》，载〔美〕约翰·迈尔斯·弗里：《口头诗学：帕里—洛德理论》，朝戈金译，北京：社会科学文献出版社，2000 年，第 19 页。

2 〔美〕沃尔特·翁：《口语文化与书面文化：语词的技术化》，何道宽译，北京：北京大学出版社，2008 年，第 31 页。

3 谭帆：《"俗文学"辨》，《文学评论》2007 年第 1 期。

型”，等等。[1] 我国本土的说唱文学研究其实也早已积累了数量可观的概念和术语，如关于说唱表演，有“抖包袱儿”“开脸儿”“摆砌末子”“诗赋赞”“变口”“贯口”“驳口”“现挂”“摘挂”，等等；关于情节建构，有“梁子”“书道儿”“柁子”“扣子”“书外书”，等等；关于人物模式，有“书根”“书领”“书胆”“书师”“书筋”“书贼”，等等[2]；关于叙事笔法，则有叙笔、明笔、暗笔、惊笔、捂笔、伏笔、缝笔、倒笔、插笔、栽笔、原笔、蹬笔、补笔，等等[3]。因此，在梳理、总结本土说唱理论的基础上，适当借鉴西方的口头诗学理论，重建一套基于民间说唱艺术而总结出来的理论话语体系，就显得尤为必要。

除以上所言外，说唱文学研究也有必要将文献整理、文本研究与田野调查有机地结合起来。当下有不少说唱文学如弹词、宝卷、评书、评话、大鼓、快书、坠子等，秉承着丰富的传统说唱基因，继续存活于民间，并且还多被列入非物质文化遗产的重要保护对象，所以对之进行深入的田野调查，不仅可以亲身体会某一说唱文学体裁的表演特点与艺术魅力，而且通过与历史文献记载相互印证，以“流”溯“源”，也有助于我们更切实地认识该种说唱文学的渊源与流变。在这一方面，车锡伦的宝卷研究做出了成功的示范。他在宝卷文献发掘整理和田野调查的基础上，对宝卷的历史发展与演唱形态等问题进行了相当深入的专题研究，由此开拓了宝卷研究的新局面。[4] 遗憾的是，目前这方面的研究还很薄弱，

1　朝戈金:《口传史诗诗学：冉皮勒〈江格尔〉程式句法研究》，南宁：广西人民出版社，2000年，第12—18页。

2　姜昆、戴宏森主编:《中国曲艺概论》，北京：人民文学出版社，2005年，第179—181页。

3　陈荫荣:《谈北京评书的笔法》,《曲艺艺术论丛》第7辑，北京：中国曲艺出版社，1986年，第58—66页。

4　参见车锡伦:《中国宝卷研究》第三编《田野调查研究报告》，桂林：广西师范大学出版社，2009年。

这无疑不利于说唱文学研究的深入开展和说唱文学艺术的保护、传承与发展。

总之，今后的说唱文学研究，亟需在全面、系统地发掘、整理各种说唱文学文献资料的基础上，拓新研究的视野、角度与理论方法，一方面既要立足于说唱文学本身，研究其作者、表演者、成书、版本、文体特征、说唱形态、渊源流变、地域分布以及不同门类的说唱文学之间的交互影响等，另一方面也要将说唱文学与戏曲、小说乃至诗文等文学样式贯通起来，将说唱文学的文献整理、文本研究与田野调查结合起来，开展跨文本、跨文体乃至跨学科的交叉、融通与互补研究，这样才庶几可以有效地拓展、深化说唱文学的研究空间，从不同维度、不同层面去研究、揭示说唱文学的价值与意义。

（原载《学术研究》2020 年第 5 期）

岭南诗话与岭南诗学

吴承学　程中山 *

一、岭南诗话的遗存情况

诗话与诗格、诗法等都是研究中国古典诗歌与诗学的重要文献。诗话之体，始创于北宋欧阳修《诗话》，自此以后，历代著述，汗牛充栋。古人早已注意到地域性诗话与诗学之关系。比如，早在明清时期郭子章《豫章诗话》、曹学佺《蜀中诗话》、郑方坤《全闽诗话》、陶文藻《全浙诗话》、杭世骏《榕城诗话》、梁章钜《长乐诗话》、民国屈向邦《粤东诗话》等，即以一地或一省为题介绍地方风雅，虽非一地一省的诗话专著汇编，但地域诗歌批评意识相当鲜明。20 世纪 90 年代以来，中国学术界对汇编地域（省）诗话文献的丛书及相关理论已做过一些工作。90 年

* 吴承学，中山大学中文系教授；程中山，香港中文大学中文系高级讲师。

代初中山大学黄国声已倡议编纂《岭南诗话汇编》，拟出版三十种广东人所撰的诗话，并于1995、1996年先后出版岭南诗话两种，其后因经费问题，汇编工作戛然而止。1995年，黄山书社出版由贾文昭主编的《皖人诗话八种》。前人筚路蓝缕，虽未竟全功，然已揭示地域诗话整理对研究地方诗歌的重要意义。不过，总体而言，目前学界对汇编地域（省）诗话文献丛书尚未有足够的重视。

广东，地处五岭之南，古称南越、粤、粤东、岭南。由于独特的地理环境，岭南文化和诗歌诗学的发展，有自身的独特性和阶段性。汉唐时期，民风淳朴，人文风气未盛，唐代除张九龄以诗闻名外，只有晚唐邵谒、陈陶一二人而已；宋代则余靖、崔与之、李昴英、赵必瑑等人物外，杰出者寥寥可数。直至明代，广东经济腾飞，海上交流频繁，人文风气云兴霞蔚。明代孙蕡《广州歌》云："广南富庶天下闻，四时风气长如春。""巍峨大舶映云日，贾客千家万家室。"[1]经济富庶带动人文风气的发展，诗歌创作蔚然成风，大家名流辈出，指不胜屈。岭南的诗社与诗派勃然而兴，声名远播。其中南园诗社的影响最大，社友孙蕡、赵介、王佐、李德、黄哲五人号称"南园五先生"，其后欧大任、梁有誉、黎民表、吴旦、李时行亦以诗名，时称"南园后五先生"，梁有誉更名列明"后七子"之一；再加黄佐、陈献章、邱濬、邝露、黎遂球、陈邦彦等名家辈出，遂形成有明一代的岭南诗派，颉颃中原，广受重视。明胡应麟《诗薮》云："国初吴诗派昉高季迪，越诗派昉刘伯温，闽诗派昉林子羽，岭南诗派昉于孙蕡仲衍，江右诗派昉于刘崧子高。五家才力，咸足雄据一方，先驱当代。"[2]胡应麟标举岭南与吴、越、闽、江右为明初五大诗

1 （明）孙蕡、欧大任等著，梁守中、郑力民点校：《南园前五先生诗·南园后五先生诗》，广州：中山大学出版社，1992年，第48页。

2 （明）胡应麟：《诗薮》续编卷1，上海：上海古籍出版社，1979年，第342页。

派，备受肯定。清初王士禛《渔洋诗话》也用“粤东诗派”称许广东诗歌。[1] 有清一代，广东诗坛大盛，清初岭南三大家屈大均、梁佩兰、陈恭尹，颉颃北方的江左三大家；自乾嘉以来，黎简、宋湘、冯敏昌、黄培芳、张维屏、谭康侯、黄钊、李黼平、陈澧、李长荣、黄遵宪、梁鼎芬、康有为、潘飞声、丘逢甲、黄节、陈融等，均是有广泛影响力的诗人。广东诗歌的兴盛带动一部部的地域诗歌总集，如黄登《岭南五朝诗选》、梁善长《广东诗粹》、温汝能《粤东诗海》、刘彬华《岭南群雅》、凌扬藻《国朝岭海诗钞》、张其淦《东莞诗录》等纷纷编成，影响深远。90 年代末，中山大学陈永正主编《全粤诗》，整理历代广东诗歌，实乃此领域集大成的文献，大量成果已经陆续印行。除了《全台诗》外，《全粤诗》是目前国内唯一以省为主题的地区诗歌大型汇编计划，可谓开学术风气之先。与粤诗有密切关系的粤诗话文献，早年虽有黄国声主编《岭南诗话汇编》之计划，但未克实现，至为可惜。2014 年我们发起编纂《全粤诗话》计划，收入现存 1949 年以前广东人所撰诗话，《全粤诗话》近期将由中华书局出版，该书将为研究岭南诗学提供比较重要的文献资源。

实事求是地说，岭南诗话的遗存情况并不理想，其中可能有复杂的历史原因。一般而言，地域诗话之编写或汇编，与地域诗歌之兴盛是相辅相成的。但岭南诗话的情况颇为特殊，就现存文献而言，和岭南诗歌相比，数量与规模都不相匹配。在中国诗话发展史上，广东诗话起步较晚，现存最早诗话为晚明东莞邓云霄《冷邸小言》，而邻近福建省早在宋代已有大量诗话，广东诗话相对要落后很多。如果不把广西蒋冕《琼台

1 《渔洋诗话》：“粤东诗派，皆宗区海目大相，而开其先路者，邝露湛若也。”（清）王士禛：《渔洋诗话》卷下，（清）王夫之等撰：《清诗话》，上海：上海古籍出版社，1999 年，第 202 页。

诗话》(此书乃记其师海南邱濬之诗事)计算在内的话,《冷邸小言》应是现存明代广东的唯一诗话，这对于明代诗家辈出的广东诗坛来说，简直不成比例。虽然据《广州府志・艺文略》所载，明代广东尚有新会黄淳《李杜或问》、南海卢龙云《谈诗类要》、南海熊一源《熊子濬诗话》三种[1]，但以数量来说，仍然偏少。宋元广东没有诗话遗存，而明代诗话遗存也极少，这种情况与宋元明粤诗的发展颇不相符。推其原因，有诸种可能：第一，或有地域文化与气候之原因。岭南地域上远离政治、文化中心，文化发展稍迟，且不甚受到重视。传统粤人注重实行，不尚议论，作多而论少，诗话撰作风气不盛，数量偏少。或粤人不重浮名，生平著述往往撰而不刊，自悦者多，流播者少。由于交通不便，与中原交流较少，文献外传不广。加之粤地气候潮湿闷热，书籍之发霉虫害，极为普遍，故纸质文献之流传与保存难度很大。凌扬藻《岭海诗钞・凡例》云:“岭海士习喜实行，耻浮名，故有著作等身、裒然成集者，亦取自怡悦，未尝辄付剞劂以问世，若篇什无几，积经岁月，必耗蠹而不可复留，居恒矻矻孳孳，而身后抱不言之痛者，比比矣。”[2]确实如此，广东方志所著录不少诗话及今都散佚不传，现存黄培芳《粤岳草堂诗话》《香石诗话》、李长荣《柳堂诗话》、胡曦《湛此心斋诗话》等亦均为作者生前未刊，或以稿钞本流传，或身故数十年后始印，俱可见一斑。第二，或有诗学传统原因。这可能与明代粤地宗唐诗家刻意刊落宋元之作有关。清人黄子高《粤诗搜逸・自序》曾云:“有明诸君，口谈唐律，遇宋元人作，辄行刊落，以故两代篇什，流传日尠。”[3]虽论明代粤地宋元诗流传情

1 （清）戴肇辰、苏佩训修，史澄、李光廷纂:《光绪广州府志》卷96,《中国地方志集成》本，上海：上海书店出版社，2003年，第9b—10a页。

2 （清）凌扬藻编:《国朝岭海诗钞》卷首，道光六年刊本，第1a—b页。

3 （清）黄子高:《粤诗搜逸》首页，上海：商务印书馆，1936年。

况，粤地宋元诗话之阙如，理应相似。第三，或因兵火之灾。如清兵入粤摧毁大量书籍文献也可能影响诗话的流传，陈恭尹《番禺黎氏存诗汇选序》云："吾粤著作之家，有明一代为多，而皆萃于广州。家有赐书，世承明德文章之士，每以风节相高，虽或散处外乡，而藏书之所，必归省会。予犹及睹其盛。及庚寅一屠，而竹帛烟销，与百万生灵俱烬矣。"[1] 广东各地文献皆集中于省城广州，顺治七年（1650）清兵再次攻入广州屠城，生灵涂炭，大量文献散佚无存，焚毁书中很可能就有宋元明诗话。

二、岭南诗话发展概述

岭南诗学是中国诗学有独特价值的一部分。尽管现存岭南诗话尤其早期诗话只是遗存的部分文献，然吉光片羽，对于研究岭南诗学仍弥足珍贵。《全粤诗话》大致可以反映出明清以来岭南诗学的一些问题及发展线索。

邓云霄《冷邸小言》作为现存最早的广东诗话，明显受到明代复古诗风影响，其推崇汉魏盛唐风格，标举严羽禅悟诗论，宗唐抑宋，时代色彩相当分明。邓氏虽为粤人，但诗话不谈粤诗，没有地域色彩。清代以来，广东诗话有长足的发展，各于诗话文体、题材、广东诗歌、清代诗学、地域风俗等有深入的论述，影响渐大。

清初易代，岭南学术文化较为沉寂，但诗坛郁起，有岭南三大家屈大均、梁佩兰、陈恭尹，鼎立天南，不务前明复古习尚，独抒性情，揭开广东雄直诗风之帷幕。清初屈大均《广东新语・诗语》(一名《春山诗

---

1 （清）陈恭尹著，郭培忠校点：《独漉堂集》，广州：中山大学出版社，1988 年，第 696 页。

话》)，凡十八则，刊于康熙十七年（1678），为现存清代广东最早的诗话。《广东新语·诗语》篇幅虽少，但专论粤诗，意义则大。康熙末北方惠栋南来督学，重振学术，成就很大，粤人奉祀配享韩庙，惠氏曾提拔不少人才，如罗天尺、何梦瑶、苏珥、陈世和、劳孝舆、陈海六、吴世忠、吴秋时称“惠门八子”，八子各擅诗文，其中劳孝舆更著有《春秋诗话》《读杜窃余》。其后，翁方纲、伊秉绶、姚文田、阮元等南来学者先后入粤，提倡学术，奖诱人才，贡献亦大，其中在清代诗坛主张肌理学派的翁方纲，甚为粤人敬佩，翁氏在粤论诗心得为粤人刊为《石洲诗话》，黄培芳、方恒泰等人诗话屡及翁氏的诗学教泽。在学术文化带动下，嘉道以来的广东诗坛日渐繁盛，诗家辈出，同治元年（1862）来粤的林昌彝在其《广州采风杂感八首》其七云：“欧桢柏黎瑶石、美周梁兰汀、药亭邝湛若皆诗伯，屈翁山陈元孝黎二樵倪秋槎尤巨擘。宋芷湾冯鱼山二张逃虚、南山亦称豪，亡友太真今正则温伊初。经台双塔鲁灵光，曾曾钊林林伯桐两两争馨香。二君皆有遗稿。”[1] 林氏指出明末清初粤诗大家辈出，近人黎简、宋湘、冯敏昌、张维屏、张锦芳等继往开来，乃至时人温伊初、曾钊、林伯桐诸家亦迥不犹人，反映粤诗盛况空前，其中冯敏昌、黎简、宋湘号称岭南后三大家，与屈、梁、陈前三家先后辉映。翁方纲更称张维屏、黄培芳、谭敬昭为“粤东三子”，盛大士推张维屏、黄培芳、谭敬昭、林联桂、吴梯、黄玉衡、黄钊为“粤东七子”。这七子各具诗名，时相唱和，并喜论诗，张维屏撰有《国朝诗人征略》《艺谈录》，黄培芳撰有《香石诗话》，林联桂撰有《见星庐馆阁诗话》，吴梯撰有《读杜姑妄》，黄钊撰有《诗纫》等，其中除了吴梯所著为杜诗注本外，其余均为

1 （清）林昌彝著，王镇远、林虞生标点：《林昌彝诗文集》卷8，上海：上海古籍出版社，1989年，第195页。

传统诗话，可想而知嘉道以来兴盛的诗风也带动诗话发展，为广东诗话写作的丰收时期。

嘉道以来，广东书院教育日渐发达，诗教风气浓厚，这是广东诗话发展的重要契机，诗话也形成新的特色。比如不少诗话作者年纪很轻，如李长荣 18 岁撰《茅洲诗话》，黄培芳 26 岁撰《诗说》，赖学海 29 岁撰《雪庐诗话》，三十余岁撰诗话亦大有其人，这与传统一般诗话多成书于作者晚年的现象有明显的不同。作者诗学早熟，识见雅正，这与所受的书院教育有密切关系。这些作者多来自广州府及嘉应州，这两地人文学术风气较其他地区浓厚，尤其省会广州位处珠江三角洲，经济富庶，书院林立，为广东文化中心，诗话作者刘彬华、李黼平、黄培芳、张维屏、黄钊、黄绍昌、潘衍桐等都分别主讲各大书院，传经授徒，考据倡诗，颇有学者风范，也提升了诗话论诗的水平。而且师友讲习之间，诗学相传，青出于蓝，如刘彬华弟子黄培芳，张维屏弟子李长荣、陈澧等，黄培芳弟子刘广智、倪鸿[1]，朱次琦弟子简朝亮，简朝亮弟子黄节，均有诗话之作，著作或存或佚，传承不绝，其中不少诗学观念有明显的师承轨迹，而黄培芳《香石诗话》、方恒泰《橡坪诗话》等或应门人而刊，或讲习成书，《朱九江先生谈诗》则为门人记录朱氏谈诗而成。值得一提的是，刘彬华、李黼平、林联桂、张维屏、潘衍桐、朱次琦、张其淦等都考中进士，科名很高，这对诗话流传帮助很大。当然，也有些仅得举人生员，科名不显，虽撰有诗话，但流传往往不广，甚至被书商挖版改名，如道光年间番禺方恒泰《橡坪诗话》被窜改为江苏元和陈钟麟《厚甫诗话》，盖陈氏曾为广州粤秀书院院长，书商借其名以牟利，即可见一斑。

清代广东诗话作者群集中在嘉道咸同时期，其中以黄培芳、张维屏

---

1 按：倪鸿为广西人，客粤，著有《试律新话》《桐阴清话》。

两家诗话成就最大。黄培芳，广东香山人，为明代粤大儒黄佐之后，黄氏著作 50 多种，其中诗话有《诗说》《香石诗话》《粤岳草堂诗话》三种，其论诗崇唐抑宋，如云："诗分唐宋，聚讼纷纷，虽不必过泥，要之诗极盛于唐，以其酝酿深醇，有风人遗意。宋诗未免说尽，率直少味。至于明诗，虽称复古，究于唐音有间。"[1]黄氏标举盛唐，固与广东诗歌崇唐有关，与其推崇王士禛、沈德潜等人诗学亦不无关系，所以他更对当时诗坛有深刻的批评，《香石诗话》云："子才论阮亭诗，谓一代正宗才力薄。因思子才之诗，所谓才力不薄，只是夸多斗巧，笔舌澜翻。按之不免轻剽脆滑，此真是薄也。阮亭正宗固不待论，其失往往在套而不在薄。耳食者不察，从而和之以为定论，何哉?"[2]黄氏持论中肯，尤其贬抑袁枚，一矢中的。袁枚批评王士禛诗"薄"，当时以为定论，而黄氏则认为，袁枚本人的诗轻脆佻滑，其弊才是"薄"，王士禛诗弊其实在于"套"，即缺乏情性变化的雷同与格套。又云："若制一诗，数十年以前与数十年以后皆用得着，便失之套。渔洋往往犯此病，惟子才知此意而有意求新，以致流于纤率，亦未为得也。"[3]"一味以轻脆佻滑为新，子才倡之于前，雨村扬之于后，几何不率风气日流于卑薄。"[4]黄氏评论锐利，以"薄""套"评二大诗家，几成定论。黄氏诗话论诗有得，主张性情与风格并重，不能偏废："诗言性情，所贵情余于语。"[5]"性情本天分，风格由

1 （清）黄培芳：《黄培芳诗话三种 · 诗说》，管林标点：《黄培芳诗话三种》，广州：广东高等教育出版社，1995 年，第 115 页。

2 （清）黄培芳：《香石诗话》卷 2，《续修四库全书》第 1706 册，上海：上海古籍出版社，1995 年，第 11b 页，总第 133 页。

3 （清）黄培芳：《香石诗话》卷 4，《续修四库全书》第 1706 册，第 35b—36a 页，总第 187 页。

4 （清）黄培芳：《香石诗话》卷 2，《续修四库全书》第 1706 册，第 12a 页，总第 133 页。

5 （清）黄培芳：《香石诗话》卷 1，《续修四库全书》第 1706 册，第 1a 页，总第 106 页。

学力，既有性情，即不能无风格，性情风格合而并到，则诗工矣。”[1]黄氏这种性情学力并重的诗学观，也是广东诗坛的普遍观点。黄氏更深于诗法，提出“作诗以真为主，而有六要：曰正、曰大、曰精、曰炼、曰熟、曰到”之精辟见解，又发明七古诗法，主张七古须宗法李、杜、韩、苏、黄五家，指出七古“总不出‘对、叠、衔、接’四字。尤要在对仗，间以对仗，方不散涣。句调虽不一，自当以三平为正调也”之秘诀，因此在他的三种诗话及其他评点著述中曾对七古有细大不捐的剖析，自成系统，有功后学。

与黄培芳齐名的番禺张维屏也是道咸广东诗坛领袖，张氏一生致力于编纂《国朝诗人征略》《国朝诗人征略二编》《艺谈录》三书。张氏三书收录清诗人一千三百多家，可视为清代诗人汇编，文献价值很大，龚自珍誉为“诗史”。三书亦附引作者个人著作多种，其中《松轩随笔》《松心日录》《老渔闲话》《听松庐诗话》四种均未见单行，仅见于此。三书中所附七百多则的《听松庐诗话》，足以反映张氏对清代诗学批评，其中不乏真知灼见，如云：“宾翁诗不专一家，不名一格，其朴实遒健者既属称心而言，其镕铸精深者亦复超心炼冶。性灵佐以书卷，故非空疏之性灵，才气范以准绳，故非叫嚣之才气。”[2]张氏反复强调性灵书卷并重的诗学主张，如云：“空灵必要有实学，实学又要能空灵。凡文章之道皆然，诗其一端也。”[3]“若徒恃性灵而不讲学力，未必能深造也。”[4]甚至其自序诗集亦强烈指出：“人有性情，诗于是作。志发为言，声通于乐。波澜须大，根

---

1 （清）黄培芳：《香石诗话》卷3，《续修四库全书》第1706册，第35b页，总第165页。

2 （清）张维屏：《国朝诗人征略二编》卷41，陈永正点校：《国朝诗人征略》，广州：中山大学出版社，2004年，第1000页。

3 （清）张维屏：《国朝诗人征略二编》卷43，《国朝诗人征略》，第1013页。

4 （清）张维屏：《国朝诗人征略初编》卷53，《国朝诗人征略》，第769页。

柢在学。”[1]因此张氏表明性灵情感、书卷学力二者不能偏废，反映其有意调和当时盛行的性灵派、肌理派诗说。

同光以来，广东诗话与时并进，李文泰、梁启超、潘飞声等目睹清室衰落，列强交侵，故诗话莫不纷纷关注家国，寓政以论诗，其中以连载在《新民丛报》的梁启超《饮冰室诗话》最为突出。梁启超为晚清改良变革运动的提倡者，其欲借文学感染力及通俗特性，传播维新讯息，以达其政治维新的目的，因此诗话提出“镕铸新理想以入旧风格”之主张[2]，借以改良传统诗歌。比梁启超稍早、成书在光绪初期的李文泰《海山诗屋诗话》，虽没有革命思想，但仍关心晚清的洋务运动，时见爱国之心；而番禺潘飞声在香港《华字日报》所撰的《在山泉诗话》则呼应梁氏论调，并畅谈其旅德见闻及韩日之诗，为传统诗话带来不少新的题材。

清亡后，民国承继前朝学术文化，这时期广东诗话数量亦多，或为讲义形式，或为闲谈形式，并多连载报刊，广为流播。其中最有影响力的诗话，当推黄节《诗学》。此书原为黄氏出于教学需要而撰于宣统年间的《诗学源流》，仅在广东学界流传，后来随作者任教北京大学后，易名为《诗学》，采为讲义，多次翻印，传播全国各地，产生广泛的影响。《诗学》全书两万多字，虽然只梳理清以前中国诗学，但作者眼光独到，要言不烦，勾勒了中国诗学发展史的基本框架，具有学术价值。其后马小进所撰《诗学源流》明显受到黄节的影响，而系统更为庞大。民初诗坛介乎传统与革新之间，不少诗话仍遵循传统教化，如简朝亮《读书草堂明诗》成书于民国十八年（1929），持论固守儒家诗学，认为“非宗

1 （清）张维屏著，关步勋等标点：《张南山全集·松心诗录》，广州：广东教育出版社，1993年，第1页。

2 梁启超：《饮冰室诗话》，北京：人民文学出版社，1959年，第2页。

经无以明诗”[1]，连其书体例也是模仿《诗小序》的。民国以来，受西方文学影响，白话诗兴起，与传统诗学形成冲突，岭南诗话对此亦有所反映。惠来林廷玉《仙溪杂俎初集》在褒扬潮州历代先贤诗歌之余，更批评白话诗云：“近世青年入校，因科学太多，六经子史不能枕藉，以致腹少诗书，习气嚣张。胸襟又觉浮动，不禁因陋就简，自饰其名曰白话诗。”[2]“诗写性情，不事过于雕饰，而一种酝藉风情，便令人爱赏不置，何必拘作白话，何尝不是白话？”[3]林氏酷爱传统诗歌，自作自赏，故鄙视新兴的白话诗，思想保守亦可见一斑。但是，张白英《远山楼诗话》则认为“今人乃说今人之语言，若能发于真诚，则白话亦何尝不可，亦何必强今人而学古人之语言乃为佳耶”，持论中肯。抗战前夕，供职汪系报纸《中华日报》的古泳今（漾琴）在该报连载《丹荔书舍诗话》，虽闲谈生平所至南洋、广西、广东等地之友人诗歌，甚至指点清代诗学，但全书屡屡赞许汪兆铭其人其诗，阿其所好，私心昭著。抗战爆发初期，古氏所撰《抗战诗话》介绍抗战诗歌，于激励军民士气不无贡献，爱国之心亦溢满纸上，与其后来参与伪国民政府形成很大的反差。此外，民国不少文人鉴于前清新亡，亟欲整理全清诗歌，番禺陈融曾积极编撰《清诗纪事》，后因大总统徐世昌编《晚晴簃诗汇》而作罢，乃将其著作中的自撰诗话及选诗诗题别录为《颙园诗话》，并连载上海《青鹤》杂志，凡评论近三百位清代诗人，略具规模。陈融别有《黄梅花屋诗话》，连载于 40 年代末的《广东日报》及《中央日报》之“岭雅”专页，凡 71 期，主要选评晚清民国时期广东诗人，介绍随山诗派，称许时贤、门生故旧

1 简朝亮：《读书草堂明诗》卷 1，上海：中华书局，1929 年，第 3b—4a 页。
2 林廷玉：《仙溪杂俎初集》卷 1，汕头：华侨印刷公司，1928 年，第 6a 页。
3 林廷玉：《仙溪杂俎初集》卷 2，第 1a 页。

等数十人诗歌成就，可谓明清以来广东诗话之终篇。

三、岭南诗学的自我认同与阐释

现存岭南诗话的成书年代由明代至民国，所涉及的内容相当广泛，介绍古今风雅，品第高低得失，以诗传人，以人传诗，发潜德之幽光，述风雅之流变。由于作者俱为广东籍，所以整体还是侧重以谈论广东诗人诗事为主，地域色彩最为鲜明，其中最重要的是对于岭南诗史的建构和岭南诗学传统的自我认同及其阐释，这些内容差不多贯穿整部岭南诗话史。

自明代以来，岭南诗派的成就已为诗坛所重视。如前引胡应麟《诗薮》就提出明初诗坛有吴诗派、越诗派、闽诗派、岭南诗派与江右诗派，认为“五家才力，咸足雄据一方，先驱当代”。现存清代最早的岭南诗话屈大均《广东新语・诗语》，就有明确构建粤诗流变史的意识。此书追源溯流，勾勒粤诗的祖述谱系和发展线索，指出粤诗始自杨孚，唐代张九龄、明代区大相为岭南诗歌的代表：“岭南诗自张曲江倡正始之音，而区海目继之。明三百年，岭南诗之美者，海目为最，在泰泉、兰汀、仑山之上。”又以张九龄和陈献章分别为岭南比兴寄托抒情传统和理学化风气的开创者：“粤人以诗为诗，自曲江始；以道为诗，自白沙始。”[1]后更褒扬邝露、祖心、零丁山人、黎美周等遗民气节，对诗社、粤俗歌等亦有详尽论述。《广东新语・诗语》对研究岭南诗史尤其是明清岭南诗歌有

1 （清）屈大均：《广东新语・诗语》，欧初、王贵忱主编：《屈大均全集》第4册，北京：人民文学出版社，1996年，第315页。

很大的参考价值。屈氏后代屈向邦祖述先祖之志，更著《粤东诗话》(后增订为《广东诗话正续编》)，专论历代粤诗，上溯源流，下述流变，特赏民国梁鼎芬、黄节、汪精卫、朱执信、易孺、胡汉民、王秋湄等诗家，并析诗法及掌故书画艺文，反映明清广东诗歌艺文风气之盛，与其远祖屈大均《广东新语 · 诗语》先后辉映。其他诗话中，评述岭南诗史、岭南诗人和诗歌的诗话甚多，限于篇幅，不拟赘述。

自清代以来，诗坛对岭南诗派特征有雄直近古之风的评价，这种评价往往是与江南诗歌相较而得出的。陆蓥《问花楼诗话》卷三："国朝谈诗者，风格遒上推岭南，采藻新丽推江左。"[1] 洪亮吉高度评价岭南诗："尚得古贤雄直气，岭南犹以胜江南。"[2] 而论者往往把岭南诗风雄直近古的原因归之于岭南特殊的地域环境。王士禛《池北偶谈》云："东粤人才最盛，正以僻在岭海，不为中原江左习气熏陶，故尚存古风耳。"[3] 由于地域的特殊性，岭南文人较少与江南和中原人士相接，所以往往少受各个时期流行文风的影响，从而保持独特的地域风格。这就是古代所谓的"江山之助"的道理。雄直近古之风，也是岭南诗人的自我认同。岭南诗话除了地理环境原因之外，还从岭南诗学以唐音为宗的传统等加以阐述，反映出文学本身的内在发展。黄培芳《香石诗话》云："明诗大率以复古为事，议者嫌其习气太重，惟吾岭南诗人不为所染。余读区海目集，纯乎唐音，亦无习气。即此一家，已可贵矣。"[4] 黄氏以区大相诗为例指出

---

1 郭绍虞编选：《清诗话续编》第 4 册，上海：上海古籍出版社，1983 年，第 2312 页。

2 （清）洪亮吉：《更生斋诗》卷 2《道中无事偶作论诗截句二十首》之五，刘德权点校：《洪亮吉集》第 4 册，北京：中华书局，2001 年，第 1244 页。

3 （清）王士禛著，靳斯仁点校：《池北偶谈》卷 11《粤诗》，北京：中华书局，1982 年，第 251 页。

4 （清）黄培芳：《香石诗话》卷 3，第 18a—b 页，总第 156 页。

明代粤诗不染中原诗派之习气，纯粹唐音，自成一格，引以为贵。方恒泰《橡坪诗话》亦云："番禺方九谷殿元康熙甲辰进士，任剡城知县，引疾去官，侨寓苏州，时吴风竞尚苏黄，九谷独操唐音。沈归愚谓其高华伉爽，依傍一空。"[1]诗话指出侨居苏州粤人方殿元（号九谷）与吴中崇宋诗风不同，反映出清代粤诗固守唐音与中原诗坛不同，这大抵出自广东地处天南，自僻一隅，地域隔绝，不容易为外间风俗习气所转移，诗风古朴。如刘熽芬《小苏斋诗话》云："昔渔洋先生谓明季竟陵派盛行，惟岭南人不染此恶习；而姚石甫先生又谓岭南诗人，多不为外间传播。盖岭南僻处一隅，故诗人名难及远，而亦不为风俗所移。观两公所论，然则吾粤文风，犹为近古也。"[2]刘熽芬反思王士禛、姚莹之评论，认同广东诗歌自僻一隅，诗人名声难以远播，但文风犹古的特色。在这背负五岭、面临大海的独特地理环境下，渐渐形成广东人刚直的性格，一般平民重风节、轻名利，从政之人多秉气节，如张九龄、余靖、海瑞、邱濬、梁鼎芬等最为突出。宋明亡于外族，广东仕人不事二朝而殉节甚多，因此宗唐的岭南诗风更呈现雄直悲壮之格，这与反复多变的中原诗风明显不同，所以黄钊、张其淦、陈融等诗话褒扬岭南死节仕人之生平及诗歌，或述粤诗雄直风格，如黄钊《诗纫》指出"粤中诗多以雄丽为称题"[3]，足以反映粤人地域诗风的自我认同。

有清一代，广东诗话更明显有宗唐抑宋的倾向。李长荣《茅洲诗话》云："唐诗主性情，宋诗主议论，此高下所分，亦风气使然。"[4]何曰愈

---

1 （清）方恒泰：《橡坪诗话》卷 6，道光十三年刻本，第 18b—19a 页。

2 （清）刘熽芬：《小苏斋诗话》，（清）黄绍昌、刘熽芬纂辑，何文广校勘，李浩音释：《香山诗略》上册，中山：中山诗社，1987 年，第 150 页。

3 （清）黄钊：《诗纫》卷 2，咸丰三年雁红馆刊巾箱本，第 20b 页。

4 （清）李长荣：《茅洲诗话》卷 1，光绪三年重刊本，第 32b 页。

《退庵诗话》云：“唐诗多深厚，意在言外，故蕴藉；宋诗尚纤巧，意跃笔端，故径露。而优劣亦在此分矣。”[1]张其淦《吟芷居诗话》云：“（骆叔颖）过余闲谈，自言得句云：‘年来襆被有僧气，近日诗歌多徵声。’颇为得意，余曰：‘佳则佳矣，然是宋人诗也。’”[2]可知粤人优唐劣宋之说，此起彼落。因此众诗话评诗往往以唐人为准绳，如用唐人嗣响、不减唐人、何减唐贤、逼近唐人、唐音、唐味、直接唐人、驰骤开宝、唐人风调、盛唐风格、步武唐人、唐人神韵、唐人三昧、盛唐遗音等措辞，着力褒扬粤人学盛唐之诗风，这对广东诗歌宗唐的传统不无巩固作用。道光时期伍崇曜《茶村诗话》更发出感叹云：“吾粤诗格代守唐音，而五律尤擅胜场，故区海目、邝湛若、陈独漉、屈华夫、程湟溱诸子，直可以上接右丞、工部。”[3]伍氏直接指出广东诗歌固守唐音、名家辈出之特色。不过，到了清末民初广东诗坛开始转变，梁鼎芬、黄节、罗瘿公、罗敷庵、胡汉民、陈融、詹安泰等诗人追随晚清同光体学宋热潮，俱宗宋诗，影响深远，故屈向邦《粤东诗话》云：“洪北江（亮吉，阳湖人，有《北江全集》）诗：‘尚得昔贤雄直气，岭南犹似胜江南。’盖指屈翁山、陈元孝诸人之诗也，翁山、元孝而后，宋芷湾最为杰出，自近世趋向宋人艰涩一路，而雄直之诗，渺不可复睹矣。”[4]屈氏指出在清末民初广东诗坛已由宗唐变为宗宋，由传统雄直诗风而日趋宋人艰涩了。

清代诗坛盛行性灵派、肌理派诗说，两派明显对立。而嘉道以来，

---

1 （清）何曰愈：《退庵诗话》卷1，覃召文点校：《春秋诗话·退庵诗话》，广州：广东高等教育出版社，1998年，第9页。

2 （清）张其淦：《吟芷居诗话》，《东莞诗录》卷62，1921年铅印本，第4a页。

3 （清）伍崇曜：《楚庭耆旧遗诗后集·茶村诗话》卷8，（清）伍崇曜、谭莹编：《楚庭耆旧遗诗前集后集》，道光二十三年刊本，第2a页。

4 屈向邦：《广东诗话正续编》，香港：龙门书店，1968年，第23页。

岭南诗话对此多持平调和之论，主张性灵情感、书卷学力二者不能偏废，如方恒泰主张“借学问以养性灵”[1]，何曰愈指出“诗发乎性情，而不尽主乎性情。若无理以运之，则如隋李谔所云‘连篇累牍，不出月露之形；积案盈箱，尽是风云之状’矣”[2]，朱次琦则云“首言性情，次言伦理，终言学问”[3]，李文泰亦云“说诗者，每诩性灵而薄书卷，不知书卷亦不容废也”[4]等，诸人俱对清代性灵、肌理诗说加以折中调和，表现中肯，可见整体广东诗话论诗兼重性情学问的共同性。

文学家族与结社是地域文学的重要内容。岭南诗话往往缕述广东世家显族对诗歌传承发展的作用。刘彬华《玉壶山房诗话》介绍明清香山黄瑜、黄畿、黄佐、黄绍统、黄培芳家族学术诗文传承及影响[5]，张维屏《听松庐诗话》指出番禺潘氏“一门有集，五世工诗”的现象[6]，刘熽芬《小苏斋诗话》指出香山何氏亦是“祖孙、父子、兄弟、叔侄，人人有集”[7]，反映了广东地区家族诗学传承不衰，而作为黄氏、潘氏、何氏后人的黄培芳、潘飞声、何曰愈亦各于所撰诗话大量介绍其先人的诗歌，展示家族文化渊源，呈现粤诗发展轨迹。除了家族传承之外，广东诗话也记录大量文人雅集结社的社会现象。屈大均《广东新语·诗语》有“诗社”专节介绍广东南园、越山、浮丘、诃林等诗社，其中南园诗社就是

---

1 （清）方恒泰：《橡坪诗话》卷 4，第 14b 页。

2 （清）何曰愈：《退庵诗话》卷 1，《春秋诗话·退庵诗话》，第 1 页。

3 （清）朱九江著，朱桥舫记：《朱九江先生谈诗》，《广州学报》第 1 卷第 1 期，台北：进学书局影印民国二十六年本，1970 年，总第 211 页。

4 （清）李文泰：《海山诗屋诗话》卷 10，光绪四年粤东羊城森宾阁活字板本，第 1b 页。

5 （清）刘彬华：《玉壶山房诗话》卷 1，《岭南群雅初集》，《续修四库全书》第 1693 册，总第 145 页。

6 （清）张维屏：《听松庐诗话》，潘仪增：《番禺潘氏诗略》首页，光绪二十年刻本，《广州大典》第 57 辑集部总集类第 29 册，广州：广州出版社，2015 年，总第 338 页。

7 （清）刘熽芬：《小苏斋诗话》，《香山诗略》中册，第 258 页。

后来粤人诗学传统的精神象征，各时期诗话多及之，如张维屏《艺谈录》云："南园抗风轩为前明十先生觞咏之地，蓉石比部有志重修，惜其事不果。"[1] 此记载黄蓉石（玉阶）有意重修南园诗社，但终未成事。清末梁鼎芬与时人雅集抗风轩，重开南园诗社，屈向邦《粤东诗话》记云："吾粤风雅之地，端推南园，南园位于文明门外（今为文德路），水木明瑟，宅幽景美，明代前后五子（前五子：孙蕡、赵介、王佐、李德、黄哲；后五子：欧大任、梁有誉、黎民表、吴旦、李时行），赋诗高会地也。明末陈秋涛（子壮，南海，万历进士，授编修）等，又重启南园旧社，并与黎洞石各人，各和黎美周《黄牡丹诗》十首。……辛亥八月，番禺梁节庵（鼎芬，光绪进士，授编修）集一时名士，重开南园诗社，赋诗会者百数十人，特誉'黄诗陈词'，传为佳话。黄诗者，顺德黄晦闻（节，有《蒹葭楼集》）之诗；陈词者，新会陈述叔（洵，有《海绡词》）之词也。"[2] 屈向邦身为民初粤人，有感南园诗学传统未断，故于诗话卷首即介绍南园诗社之兴衰，彰显其于广东诗坛之地位。屈氏晚年增订诗话又再重申南园诗社之重要性云："南园为吾粤风雅之地，言诗风者，首以南园为宗，然只言风雅，何足以尽南园诸子之贤。""南园诸贤，不独主持风雅，且兼崇尚节义，盖文章气节之士，相与砥砺切劘之地也。"[3] 屈氏明确拈出粤诗崇尚风节大义之传统，垂示来学。又如张其淦《吟芷居诗话》频及其乡东莞凤台诗社云："罗秋浦明经九世祖泰与邑中何潜渊、陈靖吉诸诗人建诗社于凤凰台，力追唐音。自是而后，骚人接踵。"[4] 又云："光

---

1 （清）张维屏：《艺谈录》，舒位、汪国垣等原著，程千帆、杨扬整理：《三百年来诗坛人物评点小传汇录》，郑州：中州古籍出版社，1986 年，第 422 页。

2 屈向邦：《广东诗话正续编》，第 1 页。

3 同上书，第 99 页。

4 （清）张其淦：《吟芷居诗话》卷 59，第 2b 页。

绪某年容青田夫子，提倡续‘凰台诗社’，月课一诗，曾以《望罗浮》、《白桃花》、《女儿香》为题，与余评阅。”[1] 凤台诗社作为东莞诗坛兴衰的象征，张氏特予表彰，肯定其重要性。像南园诗社、凤台诗社，关乎一省一地的诗风传承，诗话论述多较为严肃庄重，至于各地的诗社雅会亦多及之，李长荣《茅洲诗话》介绍香山菊会诗云："香山人多种菊，每岁菊花会，其间诗人倡和，络绎不绝，殆广州之一都会也。"[2] 十年一度香山菊花盛会由清至今均是传统广东诗坛盛会，黄培芳、李文泰、黄绍昌等诗话纷纷介绍菊会诗事；胡曦《湛此心斋诗话》述兴宁喜为诗社刻竹枝词，盛况一时。[3] 张维屏《听松庐诗话》（一卷本）更是评阅顺德龙山乡诗会之手记，反映顺德县诗会盛况，均展现广东郡邑诗歌活动的特色。

近代以来，岭南诗歌开风气之先，出现"诗界革命"以及一批在诗歌中表现新事物、新观念的诗人。岭南诗话也非常敏锐地大力推崇这种新的诗学风气，并在理论上加以阐释，在海内外产生重要影响，这是近代岭南诗话的亮点。梁启超《饮冰室诗话》尤其推许黄遵宪、康有为等诗家，如云："《人境庐集》中有一诗，题为《以莲菊桃杂供一瓶作歌》，半取佛理，又参以西人植物学、化学、生理学诸说，实足为诗界开一新壁垒。"[4] 梁氏又提出诗界革命的内涵与途径："过渡时代，必有革命。然革命者，当革其精神，非革其形式。吾党近好言诗界革命。虽然，若以堆积满纸新名词为革命，是又满洲政府变法维新之类也。能以旧风格含新意境，斯可以举革命之实矣。苟能尔尔，则虽间杂一二新名词，亦不

---

1 （清）张其淦：《吟芷居诗话》卷 62，第 3b 页。

2 （清）李长荣：《茅洲诗话》卷 1，第 25b 页。

3 （清）胡曦：《湛此心斋诗话》，《兴宁先贤丛书》第 4 册，香港：兴宁先贤丛书校印处，1960 年，第 71 页。

4 梁启超：《饮冰室诗话》，第 30—31 页。

为病。不尔，则徒示人以俭而已。”[1] 梁氏于此具体清晰指出中国由传统走向世界化的过渡时代，社会思想必须革命，诗界亦然，而且“当革其精神，非革其形式”，排除了昔日一味追求新语句的形式诗歌革命，确立诗界革命应走一条理性的改良道路。

广东诗话还记载大量里巷遗闻、风土习俗，具有独特地域文化研究价值，正如张维屏《艺谈录 · 粤东诗人》自序云：“粤东诗人众矣，诗亦多矣，岂能遍录？吾唯就吾耳所闻、目所接、心所藏、意所惬者录之，有疏漏，俟他日补之。兹编虽以少为贵，然熙朝之盛事，艺苑之博闻，山川景物之瑰奇，人情物理之繁变，皆可于此见之。观者勿徒以诗话视之。”[2] 张氏自云其诗话所及艺坛掌故、风物人情等亦毋庸忽略，反映诗话文体并非专论诗歌，也兼有笔记杂谈的特色。因此翻开广东诗话，触目所及，遍记各地风俗人情，如梁九图《十二石山斋诗话》云：“吾粤人多好食槟榔”[3]、“甘竹滩下鲥鱼最肥”[4]、“吾广每岁二月十三日，士女多乘画舫诣南海神庙烧香”[5] 等。李长荣《茅洲诗话》也有不少琐谈地方风俗，如“粤城人家好作芋螂，初以芋雪丝糁粉油煎成螂，爽脆而甘”[6]、“粤称平人曰‘佬’，新妇曰‘心抱’，父曰‘爸’，母曰‘嬭’，子曰‘崽’，子女未生曰‘穑’，北人无此称”[7]、“菊叶用灰面煎食甚香，前人少知味者。六七年来，粤城酒楼多制宴客”[8]、“粤俗清明日群起踏青，讫一月复应其

---

1 梁启超：《饮冰室诗话》，第 51 页。

2 （清）张维屏：《艺谈录》，《三百年来诗坛人物评点小传汇录》，第 272 页。

3 （清）梁九图：《十二石山斋诗话》卷 7，《清诗话访佚初编》第 6 册，台北：新文丰出版公司，1987 年，总第 843 页。

4 （清）梁九图：《十二石山斋诗话》卷 9，《清诗话访佚初编》第 6 册，总第 1013 页。

5 （清）梁九图：《十二石山斋诗话》卷 10，《清诗话访佚初编》第 6 册，总第 1075 页。

6 （清）李长荣：《茅洲诗话》卷 2，第 43b 页。

7 （清）李长荣：《茅洲诗话》卷 3，第 33a 页。

8 （清）李长荣：《茅洲诗话》卷 2，第 25b 页。

日，家家以簧子薄饼奠其先灵谓之闭户，俗例不知创于何时，余谓此亦子孙追远之诚也。苟有礼，吾从众”[1]等记载，亦是研究广东传统风俗文化的重要文献。在众多风俗文化中，广东诗话谈及较多的是木棉，木棉作为广东最具代表性的植物，深受骚人雅爱，有关歌咏木棉之诗多不胜数，诗话亦争谈不已，如何曰愈《退庵诗话》云：“岭南多木棉树，高十余丈，大数十围。春时开红花，望之如赤城朱霞，烂漫烧空，亦奇观也。王阮亭祭告南海时有七绝云：‘歌舞冈前辇路微，昌华故苑想依稀。刘郎去作降王长，斜日红棉作絮飞。’家象冈公亦有诗云：‘烟雨天南睡海棠，烛龙移得照红妆。越王夜宴留千炬，织女春寒待七襄。绛影未消瑶岛雪，苍枝偏老石门霜。君看荔苑同移植，多少奇才胜豫章。’又忆宋芷湾二语云：‘祝融以德火其木，雷电成章天始春。’尤为未经人道。”[2]何氏诗话记载王士禛、宋湘及其先人之咏木棉诗，反映文人对木棉之雅爱。梁九图《十二石山斋诗话》亦云：“木棉唯吾粤有之，其树杂茂林中，必高出于群木，遇东风则红玉漫天，阑珊花放矣。”[3]梁邦俊《小厓说诗》亦云：“木棉遇东风则开，莲藕遇西风则肥。”[4]梁氏兄弟诗话俱及木棉的特性。甚至黄培芳《粤岳草堂诗话》更记载“嘉庆壬申暮春，家苍厓开‘红棉诗社’，各赋七律十首，将以踵黄牡丹、赤鹦鹉之韵事。作者七十余人，余亦效颦，赋十首”[5]，黄氏所载黄苍厓（乔松）开办红棉诗社倡写木棉诗之盛况，足见广东诗话的地域特色。

道咸以来，张维屏、方恒泰、李长荣、梁九图、李文泰、潘飞声等

---

1 （清）李长荣：《茅洲诗话》卷3，第47b页。

2 （清）何曰愈：《退庵诗话》卷7，《春秋诗话·退庵诗话》，第142—143页。

3 （清）梁九图：《十二石山斋诗话》卷10，《清诗话访佚初编》第6册，总第1124页。

4 （清）梁邦俊：《小厓说诗》卷4，道光二十九年活字巾箱本，第2b页。

5 （清）黄培芳：《黄培芳诗话三种·粤岳草堂诗话》卷2，《黄培芳诗话三种》，第107页。

生逢清代国力中衰之年代，身处中国南大门的广东，目睹列强长期侵凌国土，家园惨遭破坏，既以诗纪事，更撰诗话介绍华洋交流，褒扬抗夷事迹及相关诗歌。如梁九图诗话记载陈连陞都督殉节后，所乘之为贼所得，饲之不食而死之事，褒扬欧阳双南《义马行》诗，抒发“马可谓知义”之感慨。[1] 民国屈向邦《粤东诗话》亦重提三元里乡民勇拒英兵及张维屏纪事诗云：“乡民神勇，活现纸上，其如政府之阘茸误国何？诚历代诗史中最光荣、最热烈、最悲壮之作。”[2] 在列强侵略中国后，大量鸦片倾销全国，影响国民健康，诗话作者亦深表异议，如梁九图《十二石山斋诗话》指出鸦片、烟草祸害苍生云：“近日洋烟流毒遍于海内，吸食者形销骨立，其伤生为最惨。又有鼻烟亦来自外洋，虽无大损，然过嗜之，亦足以致疾。南海吴荷屋中丞素有鼻烟癖，后脑际发泡如瘤，日见痛楚，有医士用刀剔刮剖出，乃鼻烟余积，嗅之气息犹存。昆阳陈荔田广文《送侄北上》诗云：‘耐记须教髓海填，北行嘱汝此为先。近闻一物能伤脑，莫学趋时齅鼻烟。’足见时尚多属无益。”[3] 像这种记载，在方恒泰、何曰愈等诗话亦及之，如介绍与鸦片烟草的《阿芙蓉歌》《咏鼻烟》等诗，说明鸦片烟草之祸害。当然，梁九图、方恒泰等也肯定西方文明之贡献，如各自叙述粤人邱浩川用外国种痘法拯生小生命，俱见作者关心社会，突显诗话的社会性及时代性。由于晚清海禁大开，广东诗人与海外诗坛交往日渐密切，此时期诗话亦时及域外风雅，如上文提及潘飞声诗话评介日韩诗歌外，比潘氏稍早的李长荣更重刊《茅洲诗话》成《茅洲诗话待删草》远赠日本诗友，并撰《海东诗话》专评日人诗歌，可惜

1 （清）梁九图：《十二石山斋诗话》卷5，《清诗话访佚初编》第6册，总第696—697页。

2 屈向邦：《广东诗话正续编》卷2，第46页。

3 （清）梁九图：《十二石山斋诗话》卷3，《清诗话访佚初编》第5册，总第461—462页。

这诗话已散佚无存；至于李文泰诗话亦偶及日人诗歌，俱反映晚清以来广东诗话视野与时并进、走出国门了。

四、岭南诗话的文体与著述形态

诗话文体定义向来比较宽松，宋人许颛《许彦周诗话》云："诗话者，辨句法，备古今，记盛德，录异事，正讹误。"[1] 许氏辨体仔细，反映诗话广而深的内涵，几乎涵盖所有与诗有关的论述。清人林昌彝《射鹰楼诗话》更提出："凡涉论诗，即诗话体也。"[2] 则只要是谈论诗歌的专述，便可称为诗话。传统诗话大多以闲谈式为主，岭南诗话的文体与著述形态也不例外，但又颇为多样。

明清广东诗话有部分比较系统、理论性较强的著作，除黄培芳《香石诗话》、张维屏《国朝诗人征略》、梁启超《饮冰室诗话》等外，又如何曰愈《退庵诗话》，何氏论诗主性情、学问，标举盛唐，推许王士禛，抨击空疏之性灵派，并提出六要、六法、八病、四否等诗法，论述亦自成体系。民国期间马小进所撰《诗学源流》系统庞大，前编"诗学总论"凡十五章概述中国历代诗学发展源流及诗学入门路径等，后编"诗法各论"十四章则专论诗法；全书旁征博引，上下古今，重新梳理前贤诗学论述，集其大成，断以己见，尤于诗法之论述，具体而微，有功初学。

岭南诗话中有不少专论某一诗家、诗体、诗律等的专门化诗话。清初南海劳孝舆撰有《春秋诗话》，此书名为诗话而非传统评论古近体诗，

1 （清）何文焕辑：《历代诗话》，北京：中华书局，1981 年，第 378 页。

2 （清）林昌彝：《射鹰楼诗话》卷 5，上海：上海古籍出版社，1984 年，第 95 页。

实乃从赋诗、解诗、引诗、拾诗、评诗五方面讨论《左传》引《诗经》，所以此书在书目归类时，后世也曾有过不同的处理，《广州府志》云："(《春秋诗话》) 谨按阮《通志》列在'经部·春秋类'，然此乃诗话，无关经义，据《四库全书存目》编入'诗文评类'，今从之。"[1]《春秋诗话》讨论重心乃在说明先秦社会重视诗教，强调赋诗言志，诗话颇能概括出当时引诗之风气，虽然创见不多，但于文献梳理方面不无价值，可谓传统诗话之别体。

嘉道时期的林联桂《见星庐馆阁诗话》为一本谈论试帖诗的诗话，刊于道光甲申（1824），作者详述试帖诗使事、遣词、结构等，推许"端庄流丽""雅正不纤"风格为试帖诗正轨，这对当时举子应考确有裨益，具有实用价值。民国时期，时任北京大学教授的黄节应诸生之请，于民国十四年（1925）编纂《诗律》，全书分正、偏、拗三种，附以符号图解，探究五七言律诗之格律。《诗律》成书于五四运动之后，传统旧学开始步入衰落之际，黄节刊印此书似有起废振弊之举。

近代以来，以某诗社为诗话的有《南社诗话》。[2] 20 世纪 30 年代，汪精卫以笔名"曼昭"在报纸连载《南社诗话》，汪氏（名兆铭）原为浙籍，其先辈汪瑔（著有《旅谭》）晚清入粤，落籍番禺，后人如汪兆铨、汪兆镛俱广东诗坛名家，汪兆铭亦长于诗歌，并加入南社，故其诗话专论南社社友诗歌，以人传诗，可资谈助。

至于专家诗之评论，有广东嘉应李黼平《读杜韩笔记》，全书凡 65 则专论杜韩诗，以斟酌前人注释为主，识见甚高，如第一则云："杜少陵《登慈恩寺塔》云：'回首叫虞舜，苍梧云正愁。惜哉瑶池饮，日晏昆仑

1 （清）戴肇辰、苏佩训修，史澄、李光廷纂：《光绪广州府志》卷 96，第 9b—10a 页。

2 学术界对署名曼昭的《南社诗话》的作者有争议，我们认为确为汪精卫所作。

丘。'注家谓'叫虞舜'，喻太宗也；'瑶池'二句，喻玄宗与贵妃也。此说非是。愚按《离骚》曰：'济沅湘以南征兮，就重华而陈词。'又曰：'朝发轫于苍梧兮，夕余至乎县圃。欲少留此灵琐兮，日忽忽其将暮。'杜盖用屈子语意，承'皇州'句，说下欲去京师也。故接'黄鹄去不息'云云。所谓臣将去君为黄鹄举者矣，本《韩非子》语。"[1] 此例就杨伦《杜诗镜铨》引前人注杜甫《登慈恩寺塔》诗句之失，指出诗中四句并非寓指太宗及玄宗、贵妃之意，实乃化用《离骚》句意，以表欲去京师之想，并顺指出"黄鹄去不息"乃典出《韩非子》。又如指出杜甫《房兵曹胡马》"竹批双耳峻"句乃典用《周官》郑注，言经竹括押，驯习不惊也。像这些征引原典而予以考辨，准确指出杜诗之用意，确有新见。

清初朱彝尊辑《明诗综》而附其《静志居诗话》的总集诗话撰写体例，影响深远。广东刘彬华《岭南群雅》选编乾嘉道时期粤诗时亦附其《玉壶山房诗话》，伍崇曜《楚庭耆旧遗诗》选编嘉道咸粤诗而附其《茶村诗话》，黄绍昌、刘熽芬编《香山诗略》而各附其《秋琴馆诗话》《小苏斋诗话》，张其淦编《东莞诗录》而附其《吟芷居诗话》，诸诗话各系于诗人名下，与总集相辅相成，知人论世之功用最为突出。又南海潘衍桐在浙江学政任上编纂《两浙輶轩录续录》，并附其《缉雅堂诗话》，专述两浙诗人，与广东无关，但撰写体例则一致。

岭南诗话中，著述形态最有新意而且影响最大的，是张维屏编纂《国朝诗人征略》《国朝诗人征略二编》《艺谈录》三书。张氏三书收录清诗人一千三百多家，可视为清代诗人汇编，文献价值很大。三书并非传统闲谈式诗话，而是旁征博引，综录清代诗人生平、诗评、诗歌（摘句标题）为主，虽然"意在知人，本非选诗，其中或因题，或因事，或已

1 （清）李黼平：《读杜韩笔记》卷上，台北：广文书局，1976年，第1页。

所欲言，或人所未言，意欲无所不有，不专论诗之工拙也”[1]，但其书合传、论、选的征略体例可谓首创，更开清诗纪事类文献之先河，明显影响后来吴仲《续诗人征略》、施淑仪《清代闺秀诗人征略》、钱仲联《清诗纪事》等书。

（原载《学术研究》2020 年第 6 期）

1 （清）张维屏：《国朝诗人征略初编》，《国朝诗人征略》，第 7 页。

古代小说题材的文化史研究

以“前世为僧”故事的跨文本流传为线索

王　昕*

古代小说的题材来源一直是小说研究的热点。学者们倾向于从文学性的文本间寻找故事本事、情节来源。著名者如谭正璧《三言二拍资料》、孙楷第《小说旁证》，主要是研究话本小说的题材渊源；近年来研究者更是对《水浒传》《西游记》《红楼梦》《聊斋志异》等各部名著的题材来源做了细致全面的爬梳整理。这些成果无疑推进了小说研究的深入，但是存在的问题也是明显的。因为仅从文学性文本追溯小说题材渊源与流传，既不能够完整地理清其脉络，也限制了这项工作的意义和价值。通常来说，每种小说题材的来源既是多源的，同时也是跨文本的，只有从文化的整体进行系统考辨梳理，将文学、宗教、心态习俗和价值取向

* 中国人民大学文学院教授、博士生导师。

等多维度视角纳入研究，才能揭示某一题材演变的丰富历史和多重意涵。

以唐传奇《圆观》、宋话本《五戒禅师私红莲》为例，它们的故事里都有“前世为僧”的情节，引起了研究者的兴趣。[1]从故事演变的视角考察文学题材的来源与变迁，固然是文学性研究的主要方法，但在纵向的传承之外，每个时代具体语境的横向影响，则赋予了这些题材以社会文化、民间宗教和文人心态等多方面的考察价值。我们既可以看到文人雅士与僧侣交往的频密，也可以关注到民间社会的宗教接受。唐宋文人和僧侣往往在诗文中互指对方为前身，表达了释教与儒学的互相向往与融合。文人入寺院，喜欢用“三生畴昔记曾来”（朱熹《奉陪彦集充父同游瑞岩谨次莆田使君留题之韵》）之类的诗句表达对清修生活的向往；僧人常用“章句三生学，清凉万里游”（皎然《送沙弥大智游五台》）表达儒学修养；民间社会则流传着“英杰之士必多般若中来”[2]的说法。佛教作为最成功地在中土立足的外来宗教，这些“前世为僧”的故事与诗句就是其融入古代社会的标记。

“前世为僧”故事题材渊源于佛教的轮回转世思想，始于佛教开始流传的魏晋六朝时期，晚唐和宋代开始在“谈异”类笔记小说中屡屡出现，明清两代又见于文人笔记、白话小说和戏曲之中。这类故事的不断延续，显示了各代文人和民间接受佛教的一些现象及深层问题。汤用彤《隋唐佛教史稿》将科举制的实行看作文人奉佛态度转折的一大关键。他指出魏晋六朝士人与僧徒游，多以谈名理相过从，唐代实行科举之制，以五经礼法、文词诗章为必修，“遂养成天下重孔教文学，轻释氏名理之

1　白化文：《三生石上旧精魂——汉文学对通过佛教经典传来的古代南亚次大陆文学素材的使用与扬弃》，《文学遗产》1999 年第 5 期；戴长江、刘金柱：《“前世为僧”与唐宋佛教因果观的变迁——以苏轼为中心》，《河北师范大学学报（哲学社会科学版）》2006 年第 3 期。

2　（明）郎瑛：《七修类稿》卷 48，上海：上海书店出版社，2001 年，第 511 页。

风，学者遂至不读非圣之文，故士大夫大变六朝习尚，其与僧人游者，盖多交在诗文之相投，而非在玄理之契合”[1]。这类小说题材于各种文化生态的关联互动中，包含了各个时代丰富而生动的信息，因此应从比小说文本流传更多维的线索来梳理。文化史的研究则可以多面向地揭示唐宋之际宗教的世俗化、士人的奉佛心态以及民间的态度和情感等问题。类似问题的研究，如对唐宋文人“谪仙转世”说的论述[2]，对本文的写作也颇有启发，但笔者以为对这些具有民间性的故事，只停留在知识精英层面上的研究是不够的，应当把文学现象放到古代社会宗教与人文的大背景中，才能完整理解其来龙去脉，以及它对其不同群体和个人的意义与影响。

一、故事中的宗教与历史

转世而仍悟前生的故事，乃佛教转世轮回理论的本土化，在佛教传入不久就流传于众口，以致被史传所采信。志怪如南齐王琰的《冥祥记》集中记录了一些“悟前生”的故事，如羊祜五岁识前生金环事、向靖小女拾取前生弄刀等事；其后的《太平广记》卷三八七至卷三八八收录“悟前生事”21 条；唐人所修《晋书》“好采诡谬碎事以广异闻”，故收录了羊祜等悟前生事，又载鲍靓“年五岁，语父母云：‘本是曲阳李家儿，九岁坠井死。’其父母寻访得李氏，推问皆符验”[3]。早期转世故事多写普

1 汤用彤：《隋唐佛教史稿》，北京：中华书局，1982 年，第 39 页。

2 刘雪梅：《论唐代诗人的边缘心态与“谪仙”称谓之关系》，《南开学报（哲学社会科学版）》2006 年第 4 期。

3 （唐）房玄龄等：《晋书》卷 95，北京：中华书局，1974 年，第 2482 页。

通人不昧前生的故事，白化文认为，这类初期的转世故事，小心翼翼，朴实有余，缺乏南亚次大陆的浪漫气质。[1]这些“未成形的小说”，大都篇幅短小，情节质枯，因为载入史传而流传较广，身异性存、历劫不泯的人物和情节显示出的伤感与奇异，引起文人的兴趣。

最早将沙门和文士联系起来的小说是王琰《冥祥记》中沙门转世为王练的故事。《冥祥记》其书已佚，今日所见为鲁迅《古小说钩沉》从《法苑珠林》《太平广记》等书中辑录的131条，其中王练“前世为僧”的故事有两个版本，且差异颇大。《法苑珠林》本《冥祥记》载：一梵沙门倾慕琅琊士族王珉的风采，愿“后生得为此人作子”。沙门亡而王练生，“始生能言，便解外国语，及绝国之奇珍、银器、珠贝，生所不见，未闻其名，即而名之，识其产出；又自然亲爱诸梵过于汉人。咸谓沙门审其先身……”[2]这个文本中，梵沙门——来自外国的僧人——是故事的推动者，他因为倾慕琅琊士族王珉风采，愿为其之子，此为僧人与士族精神上互相倾慕交融交往的故事。另一个版本来自《太平广记》所引《辨正论》：“晋琅琊王珉，其妻无子，尝祈观世音云乞儿，珉后路行，逢一胡僧，意甚悦之。僧曰：‘我死，当为君作子。’少时道人果亡，而珉妻有孕。及生能语，即解西域十六国梵音。大聪明，有器度。即晋尚书王洪明身也，故小名阿练。叙前生时，事事有验。”[3]这个版本以王珉妻向观世音求子开始，得佳儿为结局，主旨乃是强调佛教的灵验。王练“大聪明，有器度”和他“晋尚书”的官职，乃王珉妻求佛所得的善报，故入

---

1 白化文：《三生石上旧精魂——汉文学对通过佛教经典传来的古代南亚次大陆文学素材的使用与扬弃》，《文学遗产》1999年第5期。

2 （唐）释道世撰，周叔迦、苏晋仁校注：《法苑珠林校注》卷26，北京：中华书局，2003年，第822页。

3 （宋）李昉等编：《太平广记》卷110，北京：中华书局，1961年，第751页。

《太平广记》“报应”类。王练“前世为僧”故事的这两个版本，一个侧重士大夫与僧人的精神契合以及僧人对文士的渴慕之情，另一个则意在宣扬奉佛可以得到世间的名利和福报。从王琰的佛教徒身份来说，似乎后一种更接近《冥祥记》的原文。

王练“前世为僧”的传说产生于琅琊王氏家族世代崇佛、乐与沙门交游的历史事实之上。沙门人物多博学神异之士，魏晋文士与僧人对玄学、佛理的共同爱好，奠定了这类故事以知己情谊与人格倾慕为其精神基调。魏晋南北朝时期，高门大族与佛教接触频密，不但周旋往来，且家有佛寺，供养沙门，亦成风习。《世说新语》中记载了许多名士名僧交游的轶事。琅琊王氏一族，人才济济，名士尤多。“有人诣王太尉，遇安丰、大将军、丞相在坐；往别屋，见季胤、平子。还，语人曰：‘今日之行，触目见琳琅珠玉。’”[1]据《世说新语》，在“触目见琳琅珠玉”的琅琊王氏一门中，倾心释氏者就有：王导，王洽（王导之子），王胡之（王广之子，王导从子），王羲之（王旷之子，王导从子），王珣、王珉兄弟（王洽之子）和王徽之、王献之兄弟（王羲之之子）。王珉即王导之孙。以琅琊王氏为这个故事的主人公，有着现实的依据和影响。《晋书·王珉传》载外国沙门提婆为王珉兄弟讲《毗昙经》，珉尚年幼，讲未及半，便云已解，即于别室与沙门法纲等数人自讲。法纲叹曰：“大义皆是，但小未精耳。”可见王珉佛学造诣之高。文人与僧人在人格与精神情志上互相推重与倾慕，尤其是僧人对士人的羡慕所隐含的中土文化优越感，是早期“前世为僧”故事的潜在背景与立场。

随着佛教的普及，这类故事的文化立场也发生了转化。晚唐小说

---

1 （南朝宋）刘义庆著，（南朝梁）刘孝标注，余嘉锡笺疏：《世说新语笺疏》（修订本），上海：上海古籍出版社，1993年，第612页。

《圆观》中的“三生石”故事，将文人与僧人间的情谊写得透彻三世，令人叹惋。在这个故事里，文人李源只是旁观者和见证人，并无佛儒优劣高下之争。李源与僧人圆观为三十年的忘言交，唐大历末年两人游蜀，圆观说自己将托生为王氏子，约李源在王氏浴儿日相访，“若相顾一笑，即其认公也”，更约定十二年后中秋夜在杭州天竺寺外相见。李源两次赴约，一一应验，变成牧童的圆观，在天竺寺外唱着《竹枝》，步步前去，歌曰：“三生石上旧精魂，赏月吟风不要论。惭愧情人远相访，此身虽异性长存。”[1] 李源与圆观穿透生死之隔的友情和精神之契合，成为后人乐于征引的典故。与“三生石”故事差不多同时，戴孚《广异记》中的《岐王范》、李玫《纂异记》中的《齐君房》、卢肇《逸史》中的《袁滋》以及五代王仁裕《玉堂闲话》中的《崔四八》等，都有僧人转世的内容。其中文人意趣较浓的是《齐君房》：秀才齐君房潦倒落魄，四十余年日一餐，三十年拥一褐，投人不遇，临流零涕，被法师断喝，忽自悟前世为僧，因意念不坚而在世间受苦，终觉悟而出家。大和元年齐君房拜访小说作者李玫，预言武宗灭佛，佛法将衰，留下一偈而去。其他几个僧人转世故事，则言高僧转世为贵家子，或位极人臣事。如《岐王范》中天曹命敬爱寺僧为岐王范之子；《崔四八》中僧人转世为宰相崔慎由之子；《袁滋》中袁滋为西峰坐禅和尚转世，有道者预言他福禄将至，以后极富贵。和《明皇杂录》中的房琯一样，袁滋实有其人，贞元间任中书侍郎平章事，后为剑南西川节度使。这类为人艳羡的富贵人物成为后来“前世为僧”说的主角儿。唐前志怪和传奇中的“前世为僧”故事，大多是附着在历史人物身上的故事传说，宗教与历史信息较为真实丰富。

---

1 （宋）李昉等编：《太平广记》卷 387，第 3090 页。

二、“前世为僧”与物化的奉佛心态

随着佛教的传播，人们普遍接受了转世轮回的观念，每个个体的前世、今生和来世的所谓“三生”故事，拓展了人们的思维和想象。白居易和苏轼可为其代表。白居易《爱咏诗》曰：“辞章讽咏成千首，心行归依向一乘。坐倚绳床闲自念，前生应是一诗僧。”[1]苏轼《南华寺》自称：“我本修行人，三世积精炼。中间一念失，受此百年谴。抠衣礼真相，感动泪雨霰。借师锡端泉，洗我绮语砚。”[2]无论是白居易的“前生应是一诗僧”，还是苏轼的“我本修行人”，都以前世为僧的典故，表达自己“外服儒风，内宗梵行”(白居易《和梦游春诗一百韵》)、“大抵宗庄叟，私心事竺乾”(白居易《新昌新居书事四十韵因寄元郎中张博士》)的志趣。白居易和苏轼诗中的“前世为僧”更多的是一种心境比喻和诗歌意象，并非津津于转世轮回之说。文人的这些形象的比喻，表现了佛教对士大夫精神世界的浸润。儒释道三教融合的趋势在他们身上更为明显，其融合三教之理来为世俗生活寻求精神安适的方式，为民间社会所效仿。按明人何良俊的说法是“白太傅（白居易）、苏端明（苏轼）只是个洒脱，然洒脱却是教中第一妙用”[3]。这种“第一妙用”概指佛理为人生所用的实用性，这正符合佛教的平民化，以及三教合一的趋势。

因唐代的寺院成为文人读书习业之所，僧人成为文人的师友，过从甚密，所以不少文人的生活方式也有僧徒化的倾向。司空图“日与高僧名士游咏”(《旧唐书・司空图传》)；杜牧好游佛寺，称“莫讶频来此，

1 谢思炜校注：《白居易诗集校注》，北京：中华书局，2006 年，第 1838 页。

2 （清）王文诰辑注：《苏轼诗集》，北京：中华书局，1982 年，第 2061 页。

3 （明）何良俊：《四友斋丛说》卷 21，北京：中华书局，1959 年，第 192 页。

修身欲到僧”(《怀政禅师院》)；王维像僧徒一样修持静坐，孤居三十载，人称其诗“高者似禅，卑者似僧，奉佛之应哉”(《王右丞集》卷末《诗评》)。归心佛法，研习佛理，在唐宋文人那里有一种将个人情志从世俗桎梏中解脱出来，从而获得心无滞碍、宁静喜悦的境界。这种精神的喜悦和宁静，使每个个体仿佛都获得了穿越尘网，重新审视自我的清明心智。宋代佛教之普及，有“家家观世音，处处弥勒佛”的说法，佛教民间化的程度超过了唐代。文人士大夫在精神追求上呈现某种淡泊内敛的趋势，与佛教的普及不无关系，“以学禅为谈柄”，“焚香士大夫之清致也”的生活方式在文人中颇为流行。《涑水记闻》载真宗朝大臣杨亿和王旦相交，唯以谈佛为乐事。吴处厚《青箱杂记》载，王旦自以为僧人转世，死后要如僧徒入殓：“世传王公尝记前世为僧，与唐房太尉事颇相类，及将捐馆，遗命剃发，以僧服敛。”[1]真宗、仁宗朝大臣吕夷简为官不与士大夫亲近，唯喜谈禅之人，徐度《却扫编》说：“吕申公素喜释氏之学，及为相，务简静，罕与士大夫接，唯能谈禅者多得从容。于是好进之徒往往幅巾道袍，日游禅寺，随僧斋粥，谈说理情，觊以自售，时人谓之‘禅钻’云。”[2]这些宰执大臣皈依佛教的言行，是宋代社会中佛教影响范围趋于广大的反映。文人以身心投入参禅修佛的信仰程度，从他们自认“前世为僧”的书写中可以略见一斑。《冥祥记》中沙门转世为王练故事里，沙门由羡慕士人而发愿转世作士人之子，隐含着向慕华风之意；儒士自称前世为僧，虽未必是对佛教的皈依，却表明了儒家文人欲用佛教的理论和知识，提升和扩大儒学疆域与人格境界。这在苏轼之后的理

---

1 （宋）吴处厚：《青箱杂记》卷 1，北京：中华书局，1985 年，第 4 页。

2 （宋）徐度：《却扫编》卷上，《宋元笔记小说大观》第 4 册，上海：上海古籍出版社，2001 年，第 4491 页。

学家那里可以看得更清晰。朱熹说："熹于释氏之说，盖尝师其人，尊其道，求之亦切至矣。"[1]清人颜元批评："朱子'半日静坐'，是半日达摩也，'半日读书'，是半日汉儒也。试问十二个时辰那一刻是尧、舜、周、孔乎？"[2]

唐宋文人对待佛教的态度可以分为几类：韩愈、晏殊式的捍卫儒学道统的文人；柳宗元、刘禹锡的统合儒释；白居易、苏轼为代表的以实用化的姿态奉佛的文人；理学家二程、朱熹式的援佛入儒等。奉佛者的共同点是他们既非对现实不满而寄托于来世，也不是要舍弃儒士生涯，而是强调灵魂里对僧佛生涯的一些契合与缘分。事实证明，韩愈一味排佛、独弘儒道的方式难以成功。更多的儒者"不是打倒二教，而是吸收了佛道二教的宗教心性修养理论，以充实自己变成儒教体系的一部分"[3]。儒家兼收佛老，体现了三教合流的宗教精神。白居易和苏轼不但是奉佛的知名文人，也和道教颇有渊源，甚至被传为"谪仙"转世。总之，儒释道三教共同构成了唐宋以来新型士大夫的人格主体与内心境界，幽渺的前生、身披袈裟的僧人形象则成为文人奉佛心态的物化。

三、故事在民间的传播与接受

在白居易、苏轼自称"前世本是修行人"的同时，唐宋笔记和话本等通俗文学中的类似故事也大量出现。计有《明皇杂录》《曲洧旧闻》《春

1 （宋）朱熹：《答汪尚书》，《晦庵先生朱文公文集》卷 30，《朱子全书》（修订本）第 21 册，上海：上海古籍出版社，合肥：安徽教育出版社，2010 年，第 1295 页。

2 （清）颜元：《朱子语类评》，《颜元集》，北京：中华书局，1987 年，第 278 页。

3 任继愈：《从佛教到儒教——唐宋思潮的变迁》，《中国文化》1990 年第 2 期。

渚纪闻》《冷斋夜话》《山居新语》等多种笔记，以及话本《月明和尚赶五戒》《五戒禅师私红莲》等，显示了艳羡功名的娱乐化的世俗趣味。郑处诲的《明皇杂录》是较早记录达官前世为僧故事的笔记小说，其中记载房琯与刑真人和璞"至夏谷村，遇一废佛堂，松竹森映，和璞坐松下，以杖扣地，令侍者掘，深数尺"，得永公书信，房琯"遂洒然方记其为僧时，永公即房之前身也"。[1]受房琯故事的影响，宋代笔记中名人显宦自忆"前世为僧"的故事，大都沿袭了这种情节。如南宋朱弁《曲洧旧闻》载宋宰相陈尧佐过终南山，"问南庵所在，因往游焉。行不数里，恍如平生所尝经历者，既至庵，即默识其宴坐寝息故处……始悟前身是南庵修行僧也"[2]。何薳《春渚纪闻》卷六载，苏东坡与参寥子同游钱塘西湖寿星寺，"谓参寥曰：'某生平未尝至此，而眼界所视，皆若素所经历者。自此上至忏堂，当有九十二级。'遣人数之，果如其言。即谓参寥子曰：'某前身山中僧也，今日寺僧皆吾法属耳。'后每至寺，即解衣盘礴，久而始去"[3]。元代杨瑀《山居新语》记载，陈柏（云峤）"扶杖游水乐洞，憩石屋寺前，露坐闲谈，云峤因自言曰'我前身僧也'"[4]。

唐宋笔记小说中的"前世为僧"故事突出了如下特点：一是转世的主人公是奉佛的士大夫，多为高官；二是故事的发生地点多在佛寺，参与和见证者为僧侣。宋代僧人撰写的禅林笔记开始较为系统地搜罗这类故事。惠洪《冷斋夜话》是最早汇总"前世为僧"说的笔记小说，共收

1 （唐）郑处诲：《明皇杂录》卷1，《明皇杂录·东观奏记》，北京：中华书局，1994年，第11页。

2 （宋）朱弁：《曲洧旧闻》卷3，《师友谈记·曲洧旧闻·西塘集耆旧续闻》，北京：中华书局，2002年，第119页。

3 （宋）何薳：《春渚纪闻》卷6，北京：中华书局，1983年，第93—94页。

4 （元）杨瑀：《山居新语》卷1，《玉堂嘉话·山居新语》，北京：中华书局，2006年，第206页。

集了“三生为比丘”(三生石)、“房琯前身为永禅师”、“张文定公前生为僧”、“梦迎五祖戒禅师”等条目，使之成为一类专题性故事。惠洪主要生活在北宋，他记载了宰相张方平和苏轼的故事：张方平“为滁州日，游琅琊，周行廊庑，神观清净。至藏院，俯仰久之，忽呼左右，梯梁间得经一函。开视之，则《楞伽经》四卷，余其半未写。公因点笔续之，笔迹不异。味经首四句曰：‘世间相生灭，犹如虚空花。智不得有无，而兴大悲心。’遂大悟流涕，见前世事。盖公生前尝主藏于此，病革，自以写经未终，愿再来成之故也”[1]。“苏子由初谪高安时，云庵居洞山，时时相过。聪禅师者，蜀人，居圣寿寺。一夕，云庵梦同子由、聪出城迓五祖戒禅师……至二十里建山寺，而东坡至。坐定无可言，则各追绎向所梦以语坡。坡曰：‘轼年八九岁时，尝梦其身是僧，往来陕右。又先妣方孕时，梦一僧来托宿，记其颀然而眇一目。’云庵惊曰：‘戒，陕右人，而失一目，暮年弃五祖来游高安，终于大愚。’逆数盖五十年，而东坡时年四十九矣。后东坡复以书抵云庵，其略曰：‘戒和尚不识人嫌，强颜复出，真可笑矣。既是法契，可痛加磨砺，使还旧规，不胜幸甚。’自是常衣衲衣。”[2]

在明清戏曲小说中，苏轼为戒禅师转世的故事颇为流传，仅话本小说中就演化出《五戒禅师私红莲》(《清平山堂话本》)、《明悟禅师赶五戒》(《古今小说》)。关于这个故事的起源，不少研究者认为是源自《甘泽谣·圆观》《春渚纪闻》等，其实这个故事的主干是东坡“前世为僧”。五戒禅师“私红莲”以及东坡与佛印的友情等故事分别出自《古今诗

1 （宋）惠洪：《冷斋夜话》卷7，《冷斋夜话·风月堂诗话·环溪诗话》，北京：中华书局，1988年，第57页。

2 同上书，第56页。

话》[1] 和说诨话的话本《东坡居士佛印禅师语录问答》，是由此与“前世为僧”故事勾连在一起的。所以惠洪的《冷斋夜话》实际上开启了苏轼在这一系列通俗文学题材中登场的大幕。如果说惠洪有什么事实依据的话，就是苏轼《南华寺》诗中“我本修行人，三世积精炼。中间一念失，受此百年谴”的自我承认了。以前的研究者似乎没有注意到惠洪在这一主题流传中的贡献。

惠洪对高僧投胎转世故事兴趣浓郁，除《冷斋夜话》外，他的《石门文字禅》还将《高僧传》中的故事改编收入。释晓莹作《云卧纪谈》，卷上有“大慧云峰后身”一条，写其老师大慧宗杲为云峰悦禅师转世故事，完全模仿《冷斋夜话》的叙事模式。也是先有云峰悦禅师托梦，然后大慧恍然而悟的情节。晓莹称大慧屡屡对人言其前世为云峰悦禅师，禅林知者甚众。云峰悦禅师是洪州禅中尊宿，不言而喻，这个传说有利于年轻的大慧宗杲确立其禅林地位。禅林笔记将转世僧人的身份抬高为尊宿大德，是将福报因果思想注入故事之中，让佛门积累的功德及时转化为功名的保障，显示了对世俗社会的迎合。由惠洪开始，僧人杜撰传播的这类转世故事，落脚点从士大夫融合三教的襟怀，转向了大众的功利需求。奉佛者得善报，得高僧往生其家，提振家声，其旨趣和《太平广记》所引《辨正论》“王珉妻”故事相同，强调转世僧与虔心奉佛之家的善缘——生前得其供养或者交谊深厚。僧人以往生其家为报恩的故事在元明清时代广泛流行。蒲松龄《聊斋自志》就说因父亲信佛行善，自己是父亲梦病瘠瞿昙入室而生的。《太平广记》卷三八七、三八八中“王练”“岐王范”“崔四八”等条，都是父母厚结僧人，得其为子；元代无名氏的《湖海新闻夷坚续志》前集所载两则禅僧托生事，亦因其家待僧

1　张邦畿《侍儿小名录拾遗》引宋《古今诗话》至聪和尚私红莲而与之俱化事。

人厚善，宿缘未断，禅僧入其家为子，俱登科第，振家声。《贵耳集》中陈埙的父母虔心求佛，引得尊宿转生为子，考中省元；《山居新话》中的陈柏也是因为祖父与僧人交善，而得和尚转世为孙。其他如朱国桢《涌幢小品》、焦竑《玉堂丛语》、陆圻《冥报录》等，都是从僧人报供养之德的角度，讲述僧人转世的文人科场题名、进士及第，使衰薄的门祚重新熠熠生辉。反之，如刻薄地对待僧人或负僧钱财，则僧人亦将转世酷报之。清人佟世恩《耳书》中有宁波人负僧钱，僧转世为其子，中进士，丁酉乡试狱兴，累全家云云。

元明清三代的"前世为僧"故事，大多出于文人笔记，表明了僧人以富贵打动人心的策略得到了民间乃至文人的响应。影响所及，文人也积极参与搜罗、传播这类故事。南宋俞成的《萤雪丛说》、明人郎瑛的《七修类稿》，从不同角度发挥、印证"古今名辈""英杰之士"皆自仙佛、般若中去来的观点，将因果、转世之说与科举宿命观结合起来，固化成"以神佛转世为荣"的俗信，既为平民士子奋起于陇亩提供了心理支撑，也成为进士阶层自我神化的手段。

四、民间俗信对文学性的解构

在文学文本流传的同时，"前世为僧"故事也参与了科举社会的神话塑造，前世为僧成为科举成功的征兆，在民间流传开来。传说的生命力就在于它总能随着新的风俗而发生主题的转向。自隋代设立科举制度以来，唐代经历了士族门阀制度的衰落和科举制度地位上升的过程。到宋代，科举几乎成为庶民文人提高地位的唯一方法和途径。唐宋社会最主要的变迁是从世袭门阀到平民社会的转变，只有通过科举，文人的才能和价值才能得到认可，这就使得士人的人生观和价值观发生了转变，形成急功近利、不择手段地追求爵位富贵的世风。“前世为僧”就成为这个时期产生的大量科举神话的一种。

汤用彤将科举制的实施视为中国佛教历史的一大转捩。因为进士之业独盛，读书人惟“以取科名，享富贵”为学问。身为四民之首的读书阶层，如此功利直接的读书态度和目的，不只是“轻释氏名理之风”，造成义理佛教的衰落、世俗化的禅宗和净土宗的兴起，更引领了整个世风日益变得浮躁浅薄、急功近利。以“前世为僧”的传说为例，在唐宋时期所蕴含的儒释文化互相吸引交融的情形，在宋代已经渐渐为科举情结所取代，成为民间社会“以神佛转世为荣”的俗信之一。其原因就在于弥漫整个社会氛围里的进士崇拜，所谓“科第之设，草泽望之起家，簪绂望之继世；孤寒失之，其族馁矣；世禄失之，其族绝矣”[1]。当读书仕进几乎成为上下阶层保有或争取地位的唯一手段时，科举登第欲望空前膨胀的文人，将科举话题渗透到各种人群和角落，各种科举迷信就占据了舆论的主流。科举社会中最引人艳羡的是进士科名。宋代科举制度完全取代了士族门阀制度，科举官僚社会随之确立，形成了官员、学者和文士合而为一的文官系统。在这个系统中，科举地位至关重要，《宋史》称“宋之得才，多自进士”。由进士科出身而位至宰辅者人数最众，一些出身贫寒之家的士人，如魏仁浦、李崇矩、石载熙、张齐贤、范仲淹、欧阳修等人都是通过科举成功擢升宰相的。宋人之重视科举出身，几乎到了无以复加的地步。明清两朝也是如此，《明史·选举志》云，“明制科目为盛，卿相皆由此出”。各代宰相几乎皆为科举出身。

---

1 （唐）王定保撰，姜汉椿校注：《唐摭言校注》卷 9，上海：上海社会科学院出版社，2003 年，第 181 页。

科名重于一切的现实，使进士群体被神秘化，民间形成了一整套神化的体系，科名前定、因果报应、文曲星下凡等，这套话语系统有效地舒缓了下第者的焦虑与挫败感，为汲汲于功名者提供坚持的动力，更突出了“进士及第”这一群体的特殊性。《封氏闻见记》和《唐语林》记载，唐代已有人将科举成功者比为神佛：“进士初擢第，头上七尺焰光”[1]；落第者羡慕地把《登科记》顶在头上说：“此千佛名经也。”[2] 宋代尹洙说：“状元登第，虽将兵数千万，恢复幽蓟，逐强虏于穷漠，凯歌劳还，献捷太庙，其荣亦不可及也。”[3] 明清两代进士骤贵，比唐宋两朝更得重用，故而科举迷信更为滋盛。唐宋两代，进士及第固难能可贵，但授予的官职却不高。唐时可任一二等县的县尉，宋时亦不过任县的主簿。明清两朝的进士，名列前茅者，得选用为翰林院庶吉士，三年后，可授予编修、检讨或主事、知事等。在京可官居显要，在地方可为正印。这种变化更增强了科举成功者的自我膨胀感。自唐代开始，进士阶层“迨其拔起寒微之后，用科举座主门生及同门等关系，勾结朋党，互相援助”[4] 的局面，到后代已经固化为官场的常态。士大夫们不免声气相通，互抬身价，把一些民间故事中常用的感生异貌、因果福报的叙述模式应用在“同年”轶事中。

科举失意的文人借助“前世为僧”说，神化那些飞黄腾达的同类，以此自我宽慰。南宋的俞成、周辉都是科举失败者，《萤雪丛说》和《清波杂志》等笔记中都专门收集了“前世为僧”类传说。俞成将科举成功

1 （唐）王谠撰，周勋初校证：《唐语林校证》卷 8，北京：中华书局，1987 年，第 715 页。

2 （唐）封演撰，赵贞信校注：《封氏闻见记校注》卷 3，北京：中华书局，2005 年，第 17 页。

3 （宋）田况：《儒林公议》，北京：中华书局，1985 年，第 3 页。

4 陈寅恪：《隋唐制度渊源略论稿　唐代政治史述论稿》，北京：生活・读书・新知三联书店，2001 年，第 268 页。

归结为："今世所以聪明，所以福德，所以不昧，本来面目皆前世有以胎之。不是大修行僧道，便是大有德官员，功成行满，道洽政治，故有如是灭，亦复有如是生。彼有灵物，讬化星辰降诞，神道出世为我等相者，应见自性如来，岂他人之所能知哉。"[1] 言下之意，普通人并不能自致富贵，富贵来自天命。周辉《清波杂志》卷二"诸公前身"条："房次律为永禅师，白乐天海中山。本朝陈文惠南庵、欧阳公神清洞，韩魏公紫府真人，富韩公昆仑真人，苏东坡戒和尚，王平甫灵芝宫。近时所传尤众，第欲印证今古名辈，皆自仙佛中去来。然其说类得于梦寐渺茫中，恐止可为篇什装点之助。"[2] 其中所言八位名公巨卿为僧人转世、为谪仙事，除本文所举诸例外，刘永翔《清波杂志校注》搜罗甚详。在《冥祥记》等早期故事中，"前世为僧"故事是有情节故事、有人物形象的简短小说，而在后来的笔记中历代名宦"前世为僧"的故事，被压缩成一个个例证罗列出来，并没有加以叙述和介绍，可见这些故事是读者所熟知的。因为故事为人熟知，作者就径直将其作为故实罗列，一方面是挤压掉了故事中文学的因素，使其变得千篇一律，《萤雪丛说》和《清波杂志》之后的笔记，如《万历野获编》《七修类稿》之类的都是简单地罗列故实，由有情节和人物的小说变成了笔记琐闻；另一方面也说明这类故事从文学创作变成了社会谈资，它不是作家个人的创作，而是那个社会里人们共同的意识和观念。

明人郎瑛在《七修类稿》中，列举俞成《萤雪丛说》中搜罗的条目并添加明代的传说（"本朝尚书胡濙，乃天池僧之后身"），以证明"英

---

1 （宋）俞成：《萤雪丛说》，《全宋笔记》第 7 编第 1 册，郑州：大象出版社，2016 年，第 245 页。

2 （宋）周辉撰，刘永翔校注：《清波杂志校注》卷 2，北京：中华书局，1994 年，第 56 页。

杰之士必多般若中来”的个人观察，并对其中的原因表示困惑。其后沈德符《万历野获编》径以“宰相前世僧”为标题收录这类故事，称“比丘转世为大官者不胜纪”[1]。至清代，这类谈资更趋流行，大量保留在文人笔记中。王士禛《池北偶谈》“谈异”：“繁昌魏康孙进士之父，素封而无子。一日有僧造门，乞施三百缗造桥，不许。僧遂然一指，乞至再三，终不许；然三指，始许之，而僧死矣。桥成而康孙生，手缺三指焉。”“又宣城孙榜眼予立卓之父勷，故给事中也。父孙翁艰于嗣。一日，见市中一僧以火然指，问之，曰：‘愿得一茅庵足供大士像，旁可坐卧诵经，足迹不出门，而免持钵之苦。久之，无一檀越办此者，故然指耳。’翁曰：‘吾为师了此愿。’僧即罢爇，延至其家，为结茅如僧言。居三年，一日送客，忽见僧入后堂，问之，则夫人临蓐得一子矣。方骇异，庵中人来云，僧已坐化。子一指然状宛然。”“同年史状元立庵大成，鄞人。其太公亦与一僧善，一日见僧入宅，觅之不见，而状元生。生而长斋，成顺治乙未进士，后官至礼部侍郎。或云大成，即僧之号。”[2]以上三则僧人转世故事，都是首先强调主人公的科名：进士、状元；其次是父辈的善行，修桥或者供养僧人。这就完全是行善积德、因果报应的套路了。

总之，明清时代的笔记小说更注重主人公的科名成功和上层身份，不论高僧、神仙还是精怪转世，都是为说明功名前定，事出有因。之所以有这种转变，同平民知识分子心理需求有着直接的关系。

科举制的出现本为下层文人打破了一重门阀等级的宿命，却同时被架构成了另一种宿命。科举本身的绝大权力和人生机遇的种种偶然

---

1 （明）沈德符：《万历野获编》补遗卷2，北京：中华书局，1959年，第833页。

2 （清）王士禛：《池北偶谈》，北京：中华书局，1982年，第615页。

性，造就了成功士子身后的一段段佳话、神话。“印证古今名辈，皆自仙佛中去来”的说法，给平民知识分子的崛起提供了一种心理依据，也为失败者提供了慰藉。在没有了士族门第与祖荫的庇护与凭借之后，庶族知识分子依靠个人的力量崛起于畎亩的过程，往往艰辛曲折，需要信念支撑和内在的依持，宿命说随着科举之途日益狭窄而盛行起来。“前世为僧”说在文人不断的转述中，它们的宿命指向越来越清晰，成为贯穿几个朝代的系列掌故。宋代之后，“前世为僧”说由小说题材变成了俗信，以善行换今生幸福或来生结善缘等功利性的观念深入人心。平民社会本无门第的荫庇，靠着个人的努力跨越阶层的藩篱，其中个人的天分、际遇乃至环境的偶然性殊难预料和解释，宿命论提供了现成的依据。文人轶事、稗官小说纷纷将“世之登大位、享大福者”，归结为天上星宿、地上精怪以及僧人转世。葛虚存《清代名人轶事》说：“世传名人前因，皆星、精、僧，此说殆不尽虚。”[1]早期带着宗教情怀、生命玄想的文人形象被抹去了面目，变成了科举成功、得现世福报的符号。高僧转世等于名公巨卿，早期宗教故事的异质性、文学创作的想象力都在功名前定的框架中萎缩退化了。这是传说适应社会文化与价值观念演化的生动例证。

从贯通的历史和整体性的角度看，“前世为僧”故事的流传，有如下特点：一、作为受佛教影响而产生的文学题材，它的跨文本流传显示了很强韧的适应力；二、在从文学创作逐渐变成民间传说的过程中，由雅而俗，意蕴收缩简化；三、只有从长时段的题材与主题演变，我们才能看到一则细微故事所蕴含的丰富的历史内容和文化关联。这是历史的长时段、跨文本研究的长处。总之，同一种题材，在不同的时期、不同的

1 葛虚存：《清代名人轶事》卷9，太原：山西古籍出版社，1997年，第265页。

文本和不同的阶层与语境中，拥有不同的历史和意义。文化史的整体性视角可以将这些缀合在一起，使我们对古代小说题材的演化有一种特别的理解和阐释的角度。

（原载《学术研究》2020年第6期）

中国古代文学制度论纲

饶龙隼 *

当下开展中国古代文学制度研究的总目标、总任务，是全面深入集成式地研讨中国古代文学的制度内涵，考述其本源流别、结构层次、理论构建和通变进程，描述各项制度对文学之施用以及文学对制度之策应，从本体、边界、间性和媒介来认证文学自身规定性。其具体研讨内容，容有两个层面：在共时层面上，要研讨中国文学制度的结构层次、理论构建；在历时层面上，要研讨中国文学制度的本源流别、通变规律。本文将在已有的中国古代文学制度研究基础之上，研讨文学制度的结构层次、理论构建和研治路径。

* 上海大学文学院教授、博士生导师。

一、两个方向而一体未分

关于“制度与文学”研究，似始于20世纪80年代。程千帆《唐代进士行卷与文学》，1980年由上海古籍出版社出版，该书考察唐代进士行卷与文学的关系，率先研讨某项制度设施对文学的影响。其实在早前，中外学者已偶尔论涉其域，如陈寅恪、冯沅君等所论；而径以“制度”题名的论文，则有施子愉《唐代科举制度与五言诗的关系》(《东方杂志》第四十八卷第八号，1944年)、铃木虎雄《唐代考试制度与诗赋》(张我军译，《益世报》附刊，1929年3月30日)。但时下学界公认的堪称现代学科意义上的有关“制度与文学”之研究，则始于傅璇琮《唐代科举与文学》(陕西人民出版社1986年)。

历经三十多年的学术积累，文学制度研究已自成格局，不论是理论构建还是学术实践，不论是资料发掘还是知识储备，不论是分段研讨还是通代描述，不论是个案分析还是总体把握，都有一定的广度深度，取得引人瞩目的成绩。但也存在问题，这主要表现为：学理探索不够清通，学术定位不甚明确；文学制度的层位理论尚未确立，未能将诸层位联通为有机整体；个案的分段的研讨居多，而总体的通代的研判不足。兹就其重要者，论列辨析如下。

若以1986年傅璇琮《唐代科举与文学》出版为嚆矢算起，迄今已产生不少研讨某项制度设施与文学关系的论著，计有王勋成《唐代铨选与文学》(中华书局2001年)、傅绍良《唐代谏议制度与文人》(中国社会科学出版社2003年)、陈元锋《北宋馆阁翰苑与诗坛研究》(中华书局2005年)、祝尚书《宋代科举与文学考论》(大象出版社2006年)、曹胜高《汉赋与汉代制度——以都城、校猎、礼仪为例》(北京大学出版社2006年)、李德辉《唐代文馆制度及其与政治和文学之关系》(上海古籍出版社 2006 年)、林岩《北宋科举考试与文学》(上海古籍出版社 2006 年)、吴夏平《唐代中央文馆制度与文学研究》(齐鲁书社 2007 年)、叶晔《明代中央文官制度与文学》(浙江大学出版社 2011 年)、霍志军《唐代御史制度与文人》(中国社会科学出版社 2013 年)等。及至 21 世纪初以来,又有专研文学制度并以“文学制度”题名的论著多种问世,是为王本朝《中国现代文学制度研究》(西南师范大学出版社 2002 年)、《中国当代文学制度研究(1949—1976)》(新星出版社 2007 年)、饶龙隼《上古文学制度述考》(中华书局 2009 年)、罗家湘《先秦文学制度研究》(上海古籍出版社 2011 年)等。由此可说,三十多年来研治“制度与文学”以及“文学制度”,已成中国文学研究一个重要而不容忽视的学术领域。

除了以上所列论著,还有许多相关论文。兹以“文学制度”“文学—制度”为词条,2018 年 12 月 30 日在中国知网所得检索结果,见表 1。

表 1　中国知网文学制度相关论文检索结果

检索项目	题名						主题						关键词					
所检词条	文学制度			文学—制度			文学制度			文学—制度			文学制度			文学—制度		
论文范围	期刊	硕博	报纸	期刊	硕博	报纸	期刊	硕博	报纸	期刊	硕博	报纸	期刊	硕博	报纸	期刊	硕博	报纸
检得结果	68	8	3	209	24	5	126	34	3	3371	24	215	91	22	1	90	22	1
合计	79			238			163			3610			114			113		

此外还有很多涉及文学制度,而不以“制度”题名的论著。从这些论文的时段分布看,自远古殷周以至中国当代,涵盖中国文学发展全程,具有相当的时长和面广;再从这些论文的题旨关涉看,有直接对应某项制度设施的,也有论涉文学社会性及其自身规制的,全方位多层面地涵盖文学的方方面面。其所论涉的制度设施,有社会制度、法律制度、宗

法制度、礼乐制度、选官制度、文官制度、科举制度、荐举制度、御史制度、乐籍制度、音乐制度、藏书制度、出版制度、稿费制度、签约制度、组织制度、审查制度、奖惩制度、英模制度等；其所论涉的其他层面，有近现代性、文学主体、文学生产、文学批评、文学传媒、文学评奖、文学管制、文学社团、民间秩序、书院教育等。

这些制度设施及所涉诸层面，就其与文学的亲疏远近而言，可依序排列为内层、中层和外层，形成中国古代文学制度的三层位。故而有关“制度与文学”命题，就理应纳入文学制度研究范畴；再加上专题的“文学制度”研究，文学制度研究领域就有两个方向。这两个方向是一体未分的，共同支撑文学制度三层位。再就文学制度三层位构造来说，每层位都有许多论题值得研究，也可以多层位结合在一起研究，或者对三个层位进行综合研究。但不论哪个层位的选题设计，文学自身的规定性必受尊重；如若忽视文学自身规制的选题，就不应该纳入文学制度的范畴。

关于这个识度，傅璇琮以开创之明，早先就有清醒认知。他说：“鉴于社会是在不断的发展，社会生活又是如此的纷繁多彩，研究方式也应有所更新，要善于从经济、政治与文化的相互关系中把握住恰当的中介环节。由此，我想到了科举制度。”又说：“从科举入手，掌握科举与文学的关系，或许可以从更广的背景来认识唐代的文学。……我想，研究中国封建社会，特别是研究其文化形态，如果不着重研究知识分子的历史变化，那将会遇到许多障隔。……我只是把科举作为中介环节，把它与文学沟通起来，来进一步研究唐代文学是在怎样的一种具体环境中进行的，以及它们在整个社会习俗的形成过程中起着什么样的作用。”[1] 这明确提出，他想在社会生活与文学之间，把握住科举制度这个中介环节，

1 傅璇琮：《唐代科举与文学・序》，西安：陕西人民出版社，1986 年，卷首第 3、6—7 页。

以使科举制度与文学自身沟通起来，打通中外层与内层文学制度的障隔。其所创设的中介环节，应属于中层文学制度。在当时庸俗社会学依然流行的环境下，傅璇琮这个创见具有重要的学术意义。这就是通过研究中层与内层文学制度的关系，来探讨唐代文学的主体构造与创作风习等问题。不过也应看到，傅璇琮"中介环节"之设定，虽能注重制度与文学的关系，但偏重制度作用于文学方面，而忽略文学策应于制度方面。故其学术理路是单向而片面的，仍属"决定论"文学观之绪余；虽对扭转庸俗社会学倾向居功甚伟，却尚未达文学制度层位理论之进境。

嗣后有关文学制度的研究，大都是沿着傅氏理路展开，直待笔者研究上古文学制度，这个理路才得到一定程度调整。笔者标举中国本土固有的文学制度观念，以与艺术哲学和审美心理等观念相调剂。笔者认为："近年来，我因研习上古文学，尝试引入文学制度的观念。……随着中国文学全球化进程加深，其文化特征和民族标识将凸显，从而诱导中国文学研究本土化。而在当前学术多元化的格局中，本土化又以弱化决定论为前提。如若淡化近世以来流行的决定论，文学自身的规定性就会自然呈露。……它将规避艺术哲学观念的玄学倾向，拯救审美心理观念的鄙俗倾向，坚守文学制度观念的中庸之道。……既不建立在形而上学基础之上，也不建立在世俗实用基础之上，而是建立在文学自身规定性上；因此中国文学制度研究，既不同于艺术哲学的研究，也不同于审美心理的研究，它只遵循文学自身规定性。"[1]这识度源自《周易》，其《节》卦之彖辞曰："苦节不可贞，其道穷也。说以行险，当位以节，中正以通；天地节，而四时成；节以制度，不伤财，不害民。"[2]《节》卦最基本的精神意向，就是要求遵循有节原则。反之，既不能苦节，也不能无节；因

1 饶龙隼：《上古文学制度述考・导言》，北京：中华书局，2009年，卷首第1、11页。

2 阮元校刻：《十三经注疏（附校勘记）》上册，北京：中华书局，1980年，第70页下。

为，苦节会过刻失正，无节会泛滥失中。唯其有节才中正合道，使行事能以制度为节。此一人类行事原则，落实到文学活动上，就是要以文学制度为节，即遵从文学自身规定性。[1]

兹标举中国文学制度观念，并非漠视文学的艺术哲学和审美心理内涵，而是企图将此类微危因素落实到制度层面。这样，或可救正近世以来浸淫的科学实用主义之积弊，并戒除流行的形上偏枯与唯美诡随的研究风习。当然，也要警示两种不良倾向：一是沉迷于“节文”过甚，滥用文学制度的话语权力，如刘知几评史文之比兴，就犯有节文过甚的毛病：“《左传》称仲尼曰：‘鲍庄子之智不如葵，葵犹能卫其足。’……寻葵之向日倾心，本不卫足，由人睹其形似，强为立名……而左氏录夫子一时戏言，以为千载笃论，成微婉之深累，玷良直之高范，不其惜乎？”[2] 二是执着于“有数”可依，将文学自身规定性教条化，如嘉隆七子学汉魏盛唐，就陷入限量有数之蔽障：“惟立说之严，则其途必归于一，其取资之数，皆如有分量以限之，而不得不隘。……夫其说亦未始非也；然以此有数之则，而欲以限天地景物无尽之藏，并限人耳目心思无穷之取，即优于篇章者，使之连咏三日，其言未有不穷，而不至于重见叠出者寡矣！”[3]

二、文学制度的结构层次

综观以上所论列的著作与论文，不论其关涉文学制度有多繁复，却

---

1 参见饶龙隼：《中国文学制度论》，《文学评论》2010 年第 4 期。

2 刘知几：《史通》卷一六外篇《杂说上第七》，王惟俭《史通训故》本，上海：上海古籍出版社，2006 年，第 385 页下。

3 叶燮：《原诗》外篇上一，霍松林校注，北京：人民文学出版社，1979 年，第 43 页。

非杂乱无章、毫无头绪，而是可作若干层面的区分。大抵说可分三个层次，即外层、中层、内层。外层制度，是指间接作用于文学的社会建置，社会制度、法律制度、宗法制度、礼乐制度、选官制度、文官制度、科举制度、荐举制度、御史制度、乐籍制度、音乐制度、藏书制度、民间秩序、书院教育、科技推广，等等，这些大都是外在于文学的规约体制；中层制度，是指直接作用于文学的制度设施，馆阁制度、翰院制度、侍御制度、出版制度、稿费制度、签约制度、组织制度、审查制度、奖惩制度、英模制度、文学传媒、文学社团、文学评奖、文学管制、意识形态，等等，这些大都是中介于文学的动力机制；内层制度，是指恒常稳定的文学自身规定性，本源流别、本体边界、创制精神、用象形制、文用形态、观念范畴、功能作用、审美意识、生产消费、批评鉴赏、篇章体式、传写形式、传播交流、撰集收藏、艺术承载，等等，这些大都是内在于文学的自身规制。

若以几种代表性论著来衡量，傅绍良《唐代谏议制度与文人》、霍志军《唐代御史制度与文人》等所论，大体系外层文学制度；傅璇琮《唐代科举与文学》、陈元锋《北宋馆阁翰苑与诗坛研究》等所论，基本为中层文学制度；王本朝《中国现代文学制度研究》、罗家湘《先秦文学制度研究》等所论，主要属中层文学制度；饶龙隼《中国文学制度论》《上古文学制度述考》以及黄霖为撰书评所论[1]，重点是内层文学制度。当然，这种区分不可能是整齐划一的，外中内三层之间会有交叠迁移。比如，唐代以诗赋取士，诗赋为科举试目，而诗赋是文学主导样式，故科举制度在唐代属中层文学制度；明代以时文取士，时文为科举试目，然时文是反文学之官样，故科举制度在明代属外层文学制度。再如，礼乐制度

1 黄霖:《评饶龙隼〈上古文学制度述考〉》,《文学评论》2010 年第 2 期。

本属政治教化范畴，是外层文学制度的重要节目，其对秦汉以后文学事业，大抵是可以这样定位的；但两周时期由盛转衰的礼乐制度，因其为《诗》篇创制演述所依托，且催生了“辞达”“言志”等观念，而成为中层文学制度最关键的创设。又如，篇章体式是内层文学制度的事项，却与科技进步和物质文明相关联：《诗》篇转换成书面传写的形式，必须借助简帛书写形制方能实现；而永明体诗歌所讲求的人工声律，是文学主要依赖纸媒传播的产物。简帛和纸张本来都外在于文学，竟能引起文学内在的深度变革，这说明文学制度的内外层息息相关，两个层位之间并无截然之分隔。由此可知，文学制度的分层不是简单固化的，需依其与文学的互动关系来定位。

兹综述文学自身规制诸事项及制度与文学之互动关系，将中国古代文学制度的结构层次依时段列表分析，见表 2。据该分析表之直观显示，文学制度的结构层次为：（1）中国文学制度总体有内、中、外三个层位，内层、中层、外层分别自成发展演进线索；（2）中、外层文学制度各项设施自成演进线索，如科举制度、公文制度各有统类自成规制；（3）内层文学制度每一事项也都自成演进线索，如用象形制、观念范畴有恒定的思理结构。

至于文学制度外、中层与内层之间，则有更为精微繁复的内在逻辑关联；其内在逻辑关联，可描述为五要点：（1）外、中层与内层文学制度形成施用与策应关联，突破早前“制度与文学”单向影响的理路论域；（2）其施用与策应关联发生在文学本体的边界部位，因使中国文学制度研究的焦点设定在文学边界；（3）外、中层与内层文学制度之间的边界互为内外，两条边界之间有一个过渡的溶蚀的开放性空间；（4）通过这个开放性空间深入探研文学间性及媒介，可呈现中国古代文学自身规定性和开放延展性；（5）以开放延展性为参照来证成文学的自身规定性，终至归本化原并标识中国古代文学的民族特征。

表 2　中国古代文学制度的结构层次

文学制度层位		历时演进			
		上古文学制度（上古三代秦汉）	中古文学制度（魏晋至初盛唐）	近古文学制度（中唐至明中叶）	近代文学制度（晚明至清末）
内层文学制度	观念形态	上古文学的创制精神	中古文学的创制精神	近古文学的创制精神	近代文学的创制精神
		上古文学的用象形制	中古文学的用象形制	近古文学的用象形制	近代文学的用象形制
		上古文学的文用形态	中古文学的文用形态	近古文学的文用形态	近代文学的文用形态
		上古文学的观念范畴	中古文学的观念范畴	近古文学的观念范畴	近代文学的观念范畴
		上古文学的功能作用	中古文学的功能作用	近古文学的功能作用	近代文学的功能作用
	物质形制	上古文学的篇章体式	中古文学的篇章体式	近古文学的篇章体式	近代文学的篇章体式
		上古文学的传写形式	中古文学的传写形式	近古文学的传写形式	近代文学的传写形式
		上古文学的传播交流	中古文学的传播交流	近古文学的传播交流	近代文学的传播交流
		上古文学的撰集收藏	中古文学的撰集收藏	近古文学的撰集收藏	近代文学的撰集收藏
		上古文学的艺术承载	中古文学的艺术承载	近古文学的艺术承载	近代文学的艺术承载
中层文学制度		上古侍御制度	中古侍御制度	近古侍御制度	近代侍御制度
		上古经籍制度	中古经籍制度	近古经籍制度	近代经籍制度
		上古文馆制度	中古文馆制度	近古文馆制度	近代文馆制度
		上古公文制度	中古公文制度	近古公文制度	近代公文制度
		上古刻写制度	中古版刻制度	近古版刻制度	近代版刻制度
变层文学制度		上古礼乐制度（周属中层汉属外层）	中古礼乐制度（属外层）	近古礼乐制度（属外层）	近代礼乐制度（属外层）
		上古藏书制度（周属中层汉属外层）	中古藏书制度（属外层）	近古藏书制度（属外层）	近代藏书制度（属外层）

续表

文学制度层位	历时演进			
	上古文学制度（上古三代秦汉）	中古文学制度（魏晋至初盛唐）	近古文学制度（中唐至明中叶）	近代文学制度（晚明至清末）
变层文学制度	上古乐府制度（两汉属中层）	中古乐籍制度（属外层）	近古乐籍制度（属外层）	近代乐籍制度（属外层）
	上古相人制度（属外层）	中古鉴识制度（魏晋属中层）	近古清议制度（属外层）	近代鉴人制度（属外层）
	上古荐举制度（属外层）	中古科举制度（隋初盛唐中层）	近古科举制度（中晚唐属中层以后属外层）	近代科举制度（属外层）
外层文学制度	上古科技制度	中古科技制度	近古科技制度	近代科技制度
	上古察举制度	中古察举制度	近古察举制度	近代察举制度
	上古宗教制度	中古宗教制度	近古宗教制度	近代宗教制度
	上古迁谪制度	中古迁谪制度	近古迁谪制度	近代迁谪制度
	上古驿馆制度	中古驿馆制度	近古驿馆制度	近代驿馆制度

基于上述文学制度结构层次的扩充，中国古代文学制度研究可定位为：（1）立足中国文学本位。在中国文学制度的外、中、内三层位中，立足内层文学制度即文学自身规定性上，更新三十多年来流行的“制度与文学”命题，调整“制度 +/ 影响文学”的单向度研究范式，关键是创通“制度与文学”中“与”的理论含义，在本体、边界、间性与媒介关系中把握中国文学。（2）立足中国文学规制。在当今文学观念多元并存的学术格局中，引入文学制度观念以调剂外来文学观念，救正近世以来科学实用主义研究风习之偏失，戒除荒亡失统、偏枯诡随、推求过甚等积弊，使艺术哲学和审美心理等危微因素落到制度层面，以实现中国古代文学研究的执中到位、归本化原。（3）立足中国文学特性。在当今中国文学研究国际化的大趋势下，标举最具中华民族特征的文学制度观念，阐明其本源流别、理论内涵和结构层次等项，以参与全球化语境中的学术文化交流与对话，在跨文化、多语种参照中认证中国文学民族特征，

以便更好地把握中国古代文学制度的精神实质。

如此在文学制度层位理论观照下，文学制度研究的内容应有所扩充。理想的文学制度研究须照应三层位，并最终要落实在文学的内在规制上：既扩充于外层文学制度，又据实于中层文学制度，终归趣于内层文学制度，臻至文学制度整体研究。此即是说，在原有文学内在规制论阈下，再添加文学外在规约之考量。总之，研讨中国文学自身规定性及其制度内涵，是要证成中国本土固有的文学制度观念。

三、文学制度的理论构建

基于文学制度观念，文学有自身规定性。它是中国本土文学固有的，不为外来文学观念所喧夺；它是历史生成绵延不绝的，非一成不变而能适时变化；它是圆融自足无所亏欠的，又在文学的边界广延开放。这也就是说，中国古代文学制度既自成统类，又源源不断地接纳外界的补养，以此吐故纳新、日积月累，逐渐完善自身的理论构建。特别是近世以来受西方文学社会思想观点的冲击，再加上近四十年来中国文学制度研究的经验总结，如何做好文学制度理论构建，就成为急需解决的学术命题。大抵说，中国文学制度的理论构建主要有三事项，是为观念范畴、理论内涵和思想来源。

中国文学制度观念范畴之确立，主要包含理论与实践两个方面：（1）引入中国本土固有的文学制度观念，深入研讨文学本体、边界、间性、媒介以证成文学自身规定性，调剂近世以来流行的受西学影响的艺术哲学和审美心理观念；（2）研讨中国文学通变形成的关系范畴，其关系范畴的结构是恒常稳定的，且在与时俱变中有不变者存焉，如艺与道关系、文与质关系、言与意关系、形与神关系等范畴。[1]

中国文学制度理论内涵之阐释，主要包含内、中、外层及变层。内层文学制度有观念形态和物质形制两个层次，观念形态有创制精神、用象形制、文用形态、观念范畴、功能作用等项，物质形制有篇章体式、传写形式、传播交流、撰集收藏、艺术承载等项[2]；中层文学制度是中介于文学规定性的制度设施，有侍御制度、公文制度等；外层文学制度是间接于文学规定性的制度设施，有科技制度、驿馆制度等；变层文学制度是在中外层之间迁移的制度设施，如礼乐制度（通常属外层/周代属中层）、科举制度（通常属外层/隋唐属中层）等。

中国文学制度思想来源之考索，大略包含远、中、近三个方面：（1）远源，包含原典《周易·节》所遗存的节文思想原则及西方文学社会学思潮中与之相关的理论观点；（2）中源，包含《文心雕龙》《诗品》《沧浪诗话》《原诗》《文史通义》等所述文学制度思想观点；（3）近源，包含近世以来“制度与文学”研究之学术规范以及笔者所标举的文学制度观念及其层位理论。中源，《文心雕龙》等论著所用思路、框架和范畴仍有效，为中国古代文学制度理论构建提供直接的思想资源，其具体内容，下文将论及；近源，更新了“制度+/影响文学”范式并创立三层位理论，为中国古代文学制度理论构建提供学术经验和教训，其具体节目，上文已论涉。至于中国文学制度理论构建的远源，则可追到时间之久远与空间之遥远。

时间之久远，应尚考原典。通常称制度，是指事物自身的规定性；而文学制度，就是文学自身的规定性。其原始含义今已不通行，却遗存于《周易·节》中。《节》卦曰：“节，亨；苦节，不可贞。”孔颖达正义曰：“制事有节，其道乃亨，故曰‘节，亨’；节须得中，为节过苦，伤

1 参见饶龙隼：《中国文学制度论》，《文学评论》2010年第4期。

2 同上。

于刻薄，物所不堪，不可复正，故曰‘苦节，不可贞’也。”[1]《节》卦所阐明的道理，符合人类活动原则。人类活动即所谓制事，应该遵循有节的原则；反之不能苦节，当然也不能无节。因为，苦节会过刻失正，无节会泛滥失中，有节才中正合道；准此，文学作为一种人类活动，亦必须遵循有节的原则，既不能苦节也不能无节。节之为词，含两重性。作为名词性节，它指称事物的规定性，即所谓节；作为动词性节，它指示遵循事物规定性，即所谓为节。为节就是“节以制度”[2]，此即人类活动普遍原则。落实到文学活动上，也就是要节以制度，即遵从文学规定性。若将节以制度换个说法，也可以说是以制度为节。这是人类活动对《节》卦原理的应用，也是节词性分化转释之结论。其思理是：节→分化动词性和名词性，而成为节以节之论断→名词性节转释成制度，而成为节以制度论断→制度粘连节的动词性，而成为动宾结构制度。这种分化转释，理论价值巨大：节字既分化出动词性，就使节具有操控能力；名词性节转释为制度，而使节可供人为操作；特别是动宾结构制度，作为节以制度之缩略，不仅凸显了动词性节的操控能力，而且指示着人工操作对节的归化。出自中国文学制度的观念，文学活动实质上就是节文。何为节文？含节与文。节就是节以制度，文就是修饰以文。这两个义项连接起来而称，即为节以制度而修饰以文；简省而称，即为节文。这两项是相互依存的：节以制度是修饰以文的归趣，而修饰以文是节以制度的途径；修饰以文是节以制度的表象，而节以制度是修饰以文的规制。援据这个节文之思理，文学制度有三大命题：一是从本原的节引申出文学节止论；

1　阮元校刻：《十三经注疏（附校勘记）》上册，第 70 页中。

2　参见《周易·节》彖辞。其文曰：“苦节不可贞，其道穷也。说以行险，当位以节，中正以通；天地节，而四时成；节以制度，不伤财，不害民。”《十三经注疏（附校勘记）》上册，第 70 页下。

二是从名词性节引申出文学节度论；三是从动词性节引申出文学节制论。这三大命题分别讲述节文的原则、节文的内涵、节文之操持，即为什么节文、什么是节文、如何来节文。[1]

空间之遥远，可攻错欧美。在欧美文学发展史上，并无文学制度之观念，也没“制度与文学”这类学术命题，更没有相应的研究领域和学术范式；却有关涉文学制度研究的理论，并且足以自成体系、源远流长。这个理论体系就是文学社会学，也可称之为文学与社会关系论。最早在古希腊时期，柏拉图、亚里士多德等已论及文艺社会关系和文艺社会作用；在德国古典哲学中，黑格尔《美学》亦提出作家必然受“时代精神”影响之论题。而西方文学批评史上真正有学派意义的文学社会学开山之作，是斯达尔夫人（Madame de Stael）1800年所撰《从文学与社会制度的关系论文学》。此后，欧洲各国陆续出现一批文艺社会学理论家，其中以法国的丹纳（Taine）和埃斯卡皮（Escarpit）最具代表性。丹纳19世纪60年代著有《艺术哲学》，在西方文学界和艺术界产生极其重要影响。丹纳等欧美学人的文学社会学著作，在20世纪六七十年代被译介进来。当时恰逢“文革”结束，文学研究界亦拨乱反正，普遍重视文学的“内部规律”，而忽视了文学的“外部规律”；专从文学的审美性着眼，甚至排斥文学的社会性。[2]就是在这个学术背景下，傅璇琮为丹纳艺术理论所吸引，并自觉地将其运用于文学研究。他说：“若干年前，我读丹纳的《艺术哲学》，印象很深刻。……由丹纳的书，使我想到唐诗的研究。”[3]可以说，正是受丹纳《艺术哲学》等文学社会学论著的理论观点启发，傅璇琮才从宗族、环境、时代层面开展唐代科举与文学研究，并在

---

1 参见饶龙隼：《中国文学制度论》，《文学评论》2010年第4期。

2 参见高尔泰：《为“社会学的”评论一辩》，《读书》1985年第6期。

3 傅璇琮：《唐代诗人丛考》，北京：中华书局，1980年，第2—3页。

其《唐代科举与文学》一书中，正式提出“制度与文学”学术命题。不过，傅璇琮的“制度与文学”研究并不是简单套用西方文学社会学理论，而是能够将其有效的学术理念和思想观点融摄到中国文学研究中来。故其“制度与文学”研究除受西方文学社会学影响，必然与中国传统学术思想和文学理论批评紧密相关。时至今日，中国文学制度研究既要在原有的基础上，继续借鉴丹纳、埃斯卡皮等人思想观点，还要跟进欧美文学社会学新的发展形态，以让中国文学制度研究与西方学术连通。如20世纪80年代法国学者皮埃尔·布迪厄（Pierre Bourdieu）引入“场”论，来讨论文学场与社会场、法律场、经济场等场域的关系。这在一定程度上改变了文学社会学那种单向度、影响论和二分法的思想模式，与这里所主张的外、中层文学制度要落实在内层文学制度上的理论构建相近。

以上理论构建诸事项，亦可用图表示意，见表3。

表3　文学制度理论构建诸事项

<table>
<tr><th colspan="3">考述思想来源</th><th colspan="2">确立观念范畴</th><th colspan="3">阐明理论内涵</th></tr>
<tr><td rowspan="15">远源</td><td rowspan="10">时间</td><td rowspan="10">原典《周易·节》所遗存的节文思想原则</td><td rowspan="15">引入固有的文学制度观念</td><td rowspan="10">深入研讨文学本体、边界、间性、媒介以证成文学自身规定性</td><td rowspan="10">内层文学制度</td><td rowspan="5">观念形态</td><td>创制精神</td></tr>
<tr><td>用象形制</td></tr>
<tr><td>文用形态</td></tr>
<tr><td>观念范畴</td></tr>
<tr><td>功能作用</td></tr>
<tr><td rowspan="5">物质形制</td><td>篇章体式</td></tr>
<tr><td>传写形式</td></tr>
<tr><td>传播交流</td></tr>
<tr><td>撰集收藏</td></tr>
<tr><td>艺术承载</td></tr>
<tr><td rowspan="5">空间</td><td rowspan="5">西方文学社会学思潮中与之相关的理论观点</td><td rowspan="5">调剂近世以来流行的受西学影响的艺术哲学和审美心理观念</td><td rowspan="5">中层文学制度</td><td colspan="2">侍御制度</td></tr>
<tr><td colspan="2">经籍制度</td></tr>
<tr><td colspan="2">文馆制度</td></tr>
<tr><td colspan="2">公文制度</td></tr>
<tr><td colspan="2">版刻制度</td></tr>
</table>

续表

<table>
<tr><th colspan="3">考述思想来源</th><th colspan="2">确立观念范畴</th><th colspan="2">阐明理论内涵</th></tr>
<tr><td rowspan="6">中源</td><td colspan="2" rowspan="6">《文心雕龙》《诗品》《史通》《沧浪诗话》《原诗》《文史通义》等论著所述文学制度思想观点</td><td rowspan="11">中国文学恒定的关系范畴</td><td>有与无关系范畴</td><td rowspan="6">变层文学制度</td><td>礼乐制度（外层 / 周代中层）</td></tr>
<tr><td>天与人关系范畴</td><td>藏书制度（外层 / 周代中层）</td></tr>
<tr><td>艺与道关系范畴</td><td>乐籍制度（外层 / 两汉中层）</td></tr>
<tr><td>体与用关系范畴</td><td>鉴人制度（外层 / 魏晋中层）</td></tr>
<tr><td>文与质关系范畴</td><td>科举制度（外层 / 隋唐中层）</td></tr>
<tr><td>言与意关系范畴</td><td></td></tr>
<tr><td rowspan="5">近源</td><td rowspan="2">近世</td><td rowspan="2">近世以来“制度与文学”研究形成的学术规范</td><td>雅与俗关系范畴</td><td rowspan="5">外层文学制度</td><td>科技制度</td></tr>
<tr><td>虚与实关系范畴</td><td>察举制度</td></tr>
<tr><td rowspan="3">最近</td><td rowspan="3">饶龙隼标举的文学制度观念及其层位理论</td><td>隐与显关系范畴</td><td>宗教制度</td></tr>
<tr><td>内与外关系范畴</td><td>迁谪制度</td></tr>
<tr><td>清与浊关系范畴</td><td>驿馆制度</td></tr>
</table>

四、文学制度的研治路径

从中国古代文学制度研究已有的学术积累，以及文学制度的结构层次和理论构建来看，文学制度研究是一个有待深化提升的学术领域，可望成为未来中国古代文学研究新的增长平台。至于如何推进中国文学制度研究，其研治路径及学术范式如何设立，则除了总结以往学术经验，还可做合乎理据的推演。兹综述前贤所得经验并参证近年学术探索，提示出中国文学制度研治路径的若干要点。

（一）从文献梳理和原典阐释的路径，考释“文学制度”的原始含义。“制度”一词，其义颇为原始，在规范的现代汉语中已难以搜寻，却遗存于古老的《周易・节》中。其卦辞所谓“节，亨；苦节，不可贞”，其正义所谓“制事有节”“节须得中”，均强调《节》卦的基本精神意向，就是必须遵循有节得中原则。此一人类行事原则，落实到文学活动上，当然要以文学制度为节，即遵从文学自身规定性。

（二）从一切“从源头做起”的路径，弄清中国文学制度的本源流别。借用《墨子》的话来说，这是一种“原”学品格。依照墨子论学“本之”“原之”“用之”之划分[1]，如果说受艺术哲学观念支配的中国文学研究是“本”学，受审美心理观念支配的中国文学研究是“用”学，那么，受文学制度观念支配的中国文学研究即为“原”学。这种基于文学制度的“原”学，既不建立在形而上学基础之上，也不建立在媚俗实用基础之上，而是建立在文学自身规定性上。

（三）从实事求是、正本清源的路径，描述内层文学制度的通变进程。内层文学制度的基本理论内涵，有观念形态和物质形制两层次，前者有创制精神、用象形制、文用形态、观念范畴、功能作用等事项，后者有传写形式、篇章体式、传播交流、撰集收藏、艺术承载等节目。这就要求除了描述各个项目的单线演变过程，还要整合建构一个完善的文学制度理论体系。

（四）从考述实证、精确定位的路径，描述三层位文学制度互动关系。首先反思近世“制度与文学”研究，从中总结吸取经验教训以推陈

1 其文曰：“凡出言谈、由文学之为道也，则不可而不先立义法。……故使言有三法，三法者何也？有本之者，有原之者，有用之者。于其本之也，考之天鬼之志，圣王之事；于其原之也，征以先王之书；用之奈何？发而为刑（政）。此言之三法也。”（《墨子・非命中》，孙诒让：《墨子间诂》上册，北京：中华书局，2001年，第273—274页）由此可知，要确认中国文学自身规定性，就须发扬墨家“原”学精神。

出新；其次引入中国文学制度外、中、内三层位理论，探悉外中层与内层文学制度的施用与策应关系；最终在文学本体、边界、间性和媒介诸环节，精切地展示中国文学制度诸层位的动态结构。

（五）从“拿来”并批判利用的路径，引入西方文学社会学以资参考。当前中国文学研究一个明确的发展方向，是在全球化语境中标识中国文学特性。这要求克除近世文学研究积弊，汲取历来有关文学制度的真知，因以修复中国文学自身规定性，在全球化语境中认证中国文学。为此需要借鉴丹纳、布迪厄诸家文学社会学理论，以作为中国文学制度研究的理论工具和文化参照。

（六）从新增文学制度研究个案路径，来创新中国文学制度研究范式。这新型的研究范式可以表示为：外中层制度＋间性＋内层制度。它有三个要点：（1）规避艺术哲学观念的玄学倾向，拯救审美心理观念的媚俗倾向，将那些危微因素落实到文学制度上，坚守中国文学制度观念的中正之道；（2）引入中国文学制度三层位理论，创新“制度与文学”研究命题，扬弃“制度+/影响文学”之旧式套路，创立“外、中层＋内层制度”之关联；（3）外、中层与内层之间有条边界，其边界有内边界与外边界之分，在内外边界之间的空间叫文学间性，此即中国文学制度研究的关键部位。

以上文学制度研治路径及其学术范式，是建立在逻辑、时间和空间三维度上：中国文学制度的层位理论基于逻辑维度，主要统摄文学制度基本理论的逻辑演进，包括原始典据和思想来源、恒常稳定的思理结构、变中不变的关系范畴等项；中国文学制度的历时描述基于时间维度，主要分列中国古代文学制度的通变进程，包括上古、中古、近古、近代文学制度时段特征、理论内涵、结构层次等项；中国文学制度的成果推广基于空间维度，主要处置中外相关文学制度成果之交流，包括西方文学社会学理论方法的批判借鉴及最终成果的英译与国际推介等项。

这三个维度支撑着文学制度研究，其学理依据可用坐标图示意，见图1。该图规划的总体思路，主要表现为三个方面：（1）秉承墨家的“原”学精神，对中国文学制度探本穷源，并在学科建设高度引入现代学术理念，以总结近世文学制度研究的经验教训，弃旧扬新，别开新境；（2）开张国际性的学术大视野，将中外相关思想熔于一炉，特别是借鉴西方文学社会学理论方法，并依其适用性做选择改造和理性批判，取予所求，中西融贯；（3）立足于中国文化的主体性，不为外来文学观念所喧夺，反思20世纪中国文学史学的得与失，以救正科学实用主义学术理路之流弊，刮骨疗伤，反本归正。

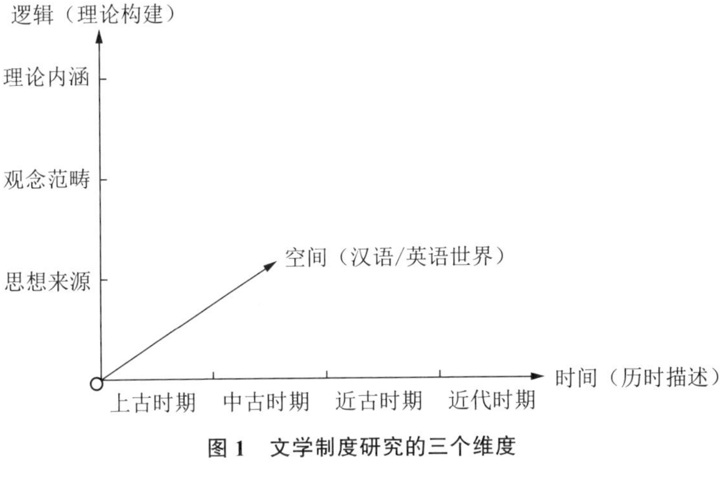

图1　文学制度研究的三个维度

五、文学制度的五大论域

出于以上所述总体思路，文学制度就有五大论域。

（一）受动与自生。从本原上来说，文学是自生的。一方面，表征为文学自身规定性坚稳充实，能够经受外来势力的干扰和侵蚀。内层文学制度是亘古绵延不绝的，始终抗拒中外层文学制度的侵扰，并在对抗侵扰中保持自身规定性，使历代文学生生不息而永不衰竭。另一方面，文学又不断承受外来势力的刺激，以使自身生长机能不断激活更新。中外层文学制度是施动的，而内层文学制度是受动的，若无外来势力永不间歇的刺激，文学自身规定性就会衰歇消亡。这样就产生文学制度的层位互动，使内中外层形成对抗妥协之统一：从自身规制看，文学是自生的，内层制度必始终抗拒中外层制度的侵扰；从外在规约看，文学是受动的，内层制度需不断策应中外层制度的刺激。

（二）边界与自足。从本体上来说，文学是自足的。一方面，表征为文学自身规定性独立完粹，能够接受外界色素的皴染与渗透。内层文学制度既坚守自身规定性，又能适度地放开文学本体的边界，从边界吸收来自中外层的补养，使文学的本体自足不至封闭。另一方面，这种开放只限于文学本体的边界，并不以放弃背离自身规制为代价。在内层与中外层的边界上，留存一个缓冲交互的空间，使中外层补养能进入文学本体，而文学又不因外界色素而失性。像这个留存在层位中的空间，就是文学制度所蕴藏的间性；且唯此间性才在开放与封闭临界点，设置了保全文学自身规定性的屏障。故而文学边界越是开放，文学本体就越显自足；而文学本体越显自足，其自身规制越趋稳定。

（三）作用与自性。从主体上来说，文学是自性的。一方面，表征为文学自身规定性浑朴天真，能够消释外加作用的刻苦与焦虑。文学作为作家的创造性产物，固然会留下人工造作的痕迹，但其创造力的发挥不容刻意伤性，而要因任自然以使文学返璞归真。另一方面，作家高妙的创造力并非与生俱来，而有赖后天广泛阅历和勤苦练习。文学的主体自性并不否弃人工作用，否则文学会因主体不振而自行消亡。主体自性缘自内层文学制度，人工作用借力于中外层制度，这就要求在文学制度诸层位间，来重新认证作家的主体创造性。作家创造力的发挥，关键在于委弃自我，既能克除成心，又不师心自用，虚心纳物，因任自然。

（四）回应与自适。从功用上来说，文学是自适的。一方面，表征为文学自身规定性随顺委蛇，能够适应外部环境的迁移和变化。内层文学制度具有适用性，既不逐外式地唯功利是图，也不证内式地纯审美自溺，故能随其境遇而各适所用。另一方面，文学又必须直面关切社会现实，回应来自文学外部的种种挑战。内层与中外层文学制度息息相通，中外层制度向内层传递外来需求，而内层通过中外层制度做出回应，并在这回应中彰显文学的适应性。因而此中情实，正如刘勰所说，既"兼解以俱通"，又"随时而适用"。[1]要之，文学之自适，可适一已之用，可适一体之用，可适一时之用，可适一世之用。

（五）变异与自化。从通变上来说，文学是自化的。一方面，表征为文学自身规定性流易圆转，能够顺应外在时空的替变与延展。文学也要融入大化流行之中，随时序物色变迁而因革损益，实现内层文学制度的自我更新，以与中外层文学制度协同演进。另一面，文学规制为应对种种特殊情势，会依据自身规定性来改装变异。文学通变从来都是一个自化进程，古今一体、源流相贯而变犹不变，这既是对内层文学制度的依循，又是对中外层文学制度的顺从。中国文学通变论，有两个理论来源：一是老庄道论，文学本原于道，自当古今一体，既不古贵于今，亦非今胜于古；二是周代易论，文学依循于易，自当古今一体，既不食古不化，也不荒亡失统。

综上所述，当下开展中国古代文学制度研究，应有如下四方面独特

1 （南朝梁）刘勰著，范文澜注：《文心雕龙注 · 定势》，北京：人民文学出版社，1958 年，第 530 页。

的价值考量：其一，全面深入总结近世以来中国文学制度研究的学术成就，并大力推进“制度与文学”命题的研究向纵深发展，集团式地大量增加“××制度与文学”的研究个案，为中国文学制度研究的学科建设提供充足有效素材；其二，建构文学制度的外中内三层位理论，创通该三层位文学制度的有机关联，将艺术哲学和审美心理之类危微因素落实在文学制度层面，使中国文学制度研究的成果最终归趣于文学自身规定性上；其三，在总结、探索、拓展、深化、提升的基础上，改造流行三十多年的“制度与文学”旧范式，创立“外、中层+间性+内层文学制度”新范式，从而臻至理想的中国古代文学制度研究的新境地；其四，将中国文学制度观念引入“制度与文学”研究，以充实调剂受西方文学社会学影响的学术理念，从而确认中国文学民族性标识，以便参与全球化语境中的对话。

（原载《学术研究》2019年第4期）

文化的中西古今之变与近代文体的转换生新

左鹏军 *

一、引　言

近代以来，中国文化持续发生的一个重大变化就是在中古以来逐渐形成并相对定型的由儒、道、释三家思想构成的文化主干的基础上，在迅速扩大的世界观念、急剧变化的社会政治局势下增添了另一种日益重要的文化思想体系和价值参照，即以欧美文化以及明治维新以后的日本近代文化为代表的外来文化，而且以其明显的先进性、优越性和强势性对中国文化的各个方面构成了日益扩大、逐渐深入的影响，直至成为一种涉及各个文化层面、波及所有文化领域的强大思想文化潮流。这种具有明显不同质素的新型文化因素的注入而带来的中国传统文化内部结构、

* 华南师范大学国际文化学院教授、博士生导师。

外在处境、价值标准、观念体系乃至民族文化心理等多方面的深刻变革是未曾预料和空前迅猛的，可以概括为中西文化冲突与古今文化嬗变以及二者之间构成的极其矛盾复杂、密切深刻的文化关系。这是近代以来中国许多文化现象、思想潮流、价值体系发生发展的基本文化语境和思想空间；或者说，许多文化现象的出现、文化冲突的发生和文化转换的到来，都是这种空前广阔的世界文化背景下中国传统文化发生深刻转换的一个侧面或组成部分。

在这种前所未有的中西古今文化碰撞冲突、交融会通的特殊背景下，中国近代文学的发展也进入了一个崭新阶段并面临着多方面深刻变革，近代文体观念和文体形态由于传统观念与外来观念的相互作用而受到空前强烈的冲击，不得不发生日益深刻的调适与变化，日益明显地表现出新动向、新格局并显示出新的变化发展趋势，从而促使中国文学进入了空前集中而剧烈的在中西古今文学、文体与文化之间进行艰难选择、重新定位、吸纳扬弃、调整重构的过程。中国文学观念、文体观念和文体形态也随之发生了根本性变化，出现了许多新现象、新问题和新结果，从而使近代这一并不太长的历史过程成为中国文学史和文体史上一个具有特殊价值的转换阶段，留下了丰富的文学史、文体史和文化史经验。

经过自明末以来至清中叶一个世纪左右的积蓄酝酿、矛盾困惑、艰难选择，终于正式发生于中西古今文化交汇冲突、嬗变生新之际的近代文学观念与创作、文体观念与形态变革，是空前全面深刻的，涉及中国文学、文体的各个方面，最突出地从文学观念、文体观念、文体形态和传播接受方式上表现出来，四者各有特点、各有侧重，又共同构成了近代文学转换、文体变革生新的基本格局，展现了近代文学与文体在整个中国文学史、文体学史上的特殊价值和独特地位。

二、文学观念

在文学观念上，表现为从包罗广泛、功用多元的以文章学为基础的传统杂文学观念，向在外来文学观念影响下逐渐成长的具有明显近现代色彩的以审美化、艺术化为主要特征的纯文学观念转化。“文学”一词在汉语中出现很早，其概念内涵和使用范围屡经变化，如甲骨文中即有“文”字，许慎《说文解字》云“错画也，象交文”，孔门四科中就有“文学”一门，所指为礼乐、典章、制度、文献、学术等内容，与后来常用的“文学”概念迥然不同。其后历代著述者对于“文学”一词的理解和运用也多有异同。简单地说，在中国传统文学思想体系中，“文学”一词一直处于概念比较模糊、使用颇为随意的状态，这大概也是中国传统思想中许多概念的一种共同特点。即使是中古以降佛教文化传入并对中国文学、艺术与文化产生了多方面的深刻影响之后，这种情况似乎也没有发生显著的变化，或并未对这种习以为常的文学观念产生特别强烈的冲击并引起根本性的变化。

但是，这种情况到了以中西文化接触、冲突、交融、会通为主题的近代时期出现了明显的不同。随着以欧美文化为代表的西方文化以及明治维新以后日本近代文化持续以各种方式的强势传入，中国传统的文学观念也不得不在这种日益新奇甚至完全陌生的文化环境中进行重新审视、调整、完善与变革，冀图适应这种日新月异的思想文化变迁，由此必然引起文学观念的转换生新。在这一过程中，中国近代文学一方面自觉传承中国传统文学观念，从中吸取生存的营养和变革的资源，以使这个时代的文学有可能沿着中国文学的固有方向延续、发展；另一方面也逐渐意识到应当努力借鉴西方及日本的文学观念，从中吸取变革创新的思想动力和艺术灵感，以使中国传统文学空前主动、颇为自觉地汇入以欧美及日本为代表的近现代世界文学的发展潮流之中。在新的文化背景、思想参照和价值启示之下，一批文学家、理论批评家在继承传统文学、文体思想资源的基础上，开始愈来愈主动、自觉地对过去那些似乎已经习以为常的概念进行重新审视、思考并力图提出反映或适应新的思想文化背景、新的文学与文体发展趋势的思想观念和理论命题。如对于什么是“文学”“诗词”“文章”“小说”“戏曲”等的基本内涵都进行了重新思考和探索，对这些传统概念在新的文学与文化观念冲击影响下做出回应、调整和重建，以期探寻新的理论方向、寻求中国传统思想观念与西方近代思想观念接触汇合的可能性、契合融通的交汇点，从而促进和完成中国传统文学与文体观念的现代性转换。这种重大的思想动向和具有革命性意义的文化趋势，在近代许多有代表性、有影响力的文学家和文学理论家如黄遵宪、康有为、梁启超、严复、林纾、王国维等的文学创作、学术著述中都有着集中而深刻的体现，从而反映出时代文学发展方向从理论观念到创作实践各方面发生的重大变革。

可以这样说，中国近代文学家和其他领域的著述者，不论自己是否意识到、是否愿意，都不得不处于由中西文化冲突交汇、转换生新而构成的一种文化紧张关系之中，并由此产生了许多新的文学现象、文学问题乃至文化现象与问题。自觉或愿意接触和认识了解外来文化的人士自不必说，即使是那些坚持传统文化立场、坚守民族文学形式如从事传统诗词、古文、骈文创作的文学家们，也不能不受到所谓欧风美雨的直接或间接影响，从而给其文化心理、文学创作带来或明显或潜在的影响。无论如何，对于中国传统文化而言，近代以来西方文化已经成为一个非常巨大、距离很近且日益深入的存在，包括文学创作、各种著述在内的几乎所有的文化领域都不可能无视这样的现实，也不可能不接受西学东渐这种文化大趋势的正面或负面的影响，从而给中国近代文学、文体及其他文化领域带来日益深刻的变化。

中国近代文学正处于这种中西古今深刻转变、重大变革的关键时期和转捩点上，经过近百年的反省调适、曲折坎坷、探索尝试，终于促进并完成了这次自上古、中古以来的几次重要文学转换变革以后中国文学观念的又一次深刻变革，为中国文学的发展提供了新的理论可能和空前广阔的文化空间，并以这个时代的理论转换和创作实绩，将中国传统文学与随后产生并迅速成长起来、具有新的时代气质的中国新文学联系起来，从而使近代文学与文体获得了融会中外、贯通古今的独特价值。因此，中国近代的文学观念变革，既是中国传统文学终结总结、转换生新的关键点，也是中国新文学积蓄酝酿、萌生成长的温床。这种既延续传统又酝酿新生、既面向民族又面向世界的文化机缘和文学观念，是中国近代文学诸文体最值得关注、最具有思想价值和学术魅力的一个最突出的方面。

三、文体观念

在文体观念上，表现为从具有综合统一、讲究实用、兼容并包特征的传统文体观念，向带有外来质素、欧美及日本影响的具有艺术化、专门化、学科化特点的近现代文体观念转换。中国传统的文体观念不仅起源甚早，而且相当发达。这在先秦时期的《论语》《孟子》《老子》《庄子》《左传》等多种典籍中就有着充分的反映，而比这些记述更早、更丰富的文体实践是中国早期文体观念与文体实践的有力证明。到了魏晋南北朝时期以《文心雕龙》《文选》为代表的集成式文章学、文体学、文学理论著作、文学总集的出现，实际上已经将积累颇久的传统文体观念和文体分类方式固定下来，从而成为中国传统文体观念与文章写作、文体分类方式的标志性成绩，也成为中国古代文体观念与文类观念的基本标准。中古以后的历朝历代虽一直经历着守护与探索、辨体与破体、复古与创新的种种分歧、矛盾、争论，总体上呈现出文体代变与同生共进相结合、吐故生新与丛生杂处相交替的趋势，但是以先秦时期的诸子百家尤其是儒家、道家思想文化观念为基础，吸纳汉唐以后逐渐传入中国并生根、转化、得到创新发展的佛教思想观念，在总体上成为中国传统文体观念和文类观念的基本思想资源。一般所说中国传统文体观念、文章类别与文学创作等思想观念至此而得到相当成熟且稳定的确立，从总体上表现出以综合性、实用性和兼容性为主的基本特征。此后，随着中国传统思想文化的渐次展开、文学与文化中心的逐渐迁移和创作主体、士人心态、朝廷兴废等各方面情况的变化，历代的文体观念虽有其各自的时代性、区域性、个性化特征，但在总体上并未超出这一基本的思想文化框架和价值指向。

这种情况随着中国被西方所发现和认识、中国文化观念逐渐直接而深刻地受到西方文化的影响之后，不得不发生愈来愈深刻的改变。晚明以降特别是晚清道光、咸丰时期以来，随着以欧美、日本为代表的外来先进思想文化以强势姿态从器物、制度到精神心理层面的影响渐深，“西学东渐”已经成为一种不容抵制、无法抗拒的强大的思想文化潮流。在这种情况下，中国传统文学、文体和文类观念也与同时期其他许多文化领域一样，不能不日益深刻而直接地受到外来文化思想、文学艺术观念、价值体系的影响，开始了一个由不自觉到自觉、从被动到主动、由局部到整体的自省、调整、变革和生新过程。由于处在新的文化环境和文化冲突之中，遭遇了新的文化难题并获得了新的价值参照，许多文学家和著述者开始逐渐深入全面地思考中国传统的文体观念问题，特别突出的是在传统的综合性、兼容性文体与西方的专门化、学科化文体之间，在传统的实用性文体与西方的文学性文体之间，在传统的务实性文体与西方的审美性文体之间，这些新的矛盾冲突、新的变革可能、新的出路探寻，都空前突出地摆在了许多近代中国文学家和士人的面前，他们不得不开始对自己民族的传统文学与文体观念进行重新审视和思考，对日益迫近的西方文学与文体观念进行准确的体认和运用。这的确是继上古时期、中古时期发生的中国文学与文体观念变革、调试、建构之后，中国文学与文体观念面临的又一次深刻挑战和历史性机遇。这个文化反思重建的过程从明代晚期已经萌生且得到迅速发展，到晚清时期再度更加集中、更加有力地大规模进行并取得了可观的成绩，积累了丰富的经验。这个过程从开始至今已经经历了几个世纪的时间，直至目前仍在不断丰富发展深化之中。从目前文学史与文体史内部和外部的种种情况估计，这一趋势应当也必然延续下去，并有望取得更加深刻的经验和更加可喜的成果。

在这一空前丰富深刻的历史变革过程中，与西方文化正式全面接触的近代，不能不说是一个至为关键的时期。这不仅是因为近代成为中国传统文学、文体观念在西方文化影响下发生根本性变革的开端，而且是因为这一时期开创的文学与文化格局、酝酿的文体变革的可能性，奠定了此后至今中国文体观念与文学思想、理论构建和创作尝试的所有可能性。简单地说，近代时期是继中古时期以后中国文化观念发生重大结构性调整、发生根本性转换的又一个关键时期。在这个时期中，中国传统文学、文体观念在继承自身传统中某些重要因素的基础上，逐渐向着具有愈来愈强烈的西方文学色彩、明显新鲜质素的近代文学与文体观念转换，形成了具有近现代思想特色的新的文体意识和文体观念，从而开创了中国文学与文体观念的一个崭新时代。这个时代不仅引发了对于文学传统的回顾反思、重估重建，而且指向了文学转换的可能性探索和未来路径，是中国文学、文体从传统走向现代、从中国走向世界的纽带和津梁。

四、文体形态

在文体形态上，表现为从以传统文章学、文类学为基本标准，以经史子集四部为基本知识谱系和价值内核的传统文体形态，向具有明显西方知识体系与学术色彩、以西方近现代思想文化观念为价值追求的近现代文体形态转变。从上古到中古，在经历了历朝历代复杂多变的持续积累、变革生新、新旧交替、吐故纳新过程之后，中国传统的知识谱系与文化观念逐渐形成了以儒道释为主体并辅以诸子百家、官方与民间、核心与周边、雅正与俚俗多种文化因素的复杂多变的传统知识形态和与之相适应的思想文化观念。这种传统知识谱系与文化观念最集中的表现，就是至清代前中期定型完成的以《四库全书》和《四库全书总目》为标志的、以经史子集四部为中心的知识分类方式和与之相关联的思想文化、价值观念体系。从这个角度来看，中国传统的文体形态纵有千姿百态、万般变化，实际上与这种具有引领性、代表性和集成性的知识体系、文化观念有着极为密切的关系，许多文体形态和文类划分方式及评价标准实际上就是这种观念体系的具体运用和真切反映。由此形成了中国传统文体形态的知识基础和思想文化基础，对中国传统文学、文体与文化的多个方面产生了深远影响。

但是，这种传统文体形态与知识谱系、思想观念格局到海通之际的近代以后发生了日益深刻的变化。从此，在一种日渐新奇、迅速变革的文化境况、政治语境下，中国文体形态进入了又一次从被动到主动、从不自觉到自觉、从局部到全体的调试探索、急剧变革、创新发展的新阶段。其中最值得关注的就是伴随着西方文化东来而逐渐对中国传统文体形态产生直接影响的具有突出艺术化、审美化、专业化、学科化特征的近现代色彩的文体形态，以及由此引起的中国传统文体形态发生的一系列深刻变化。这种变化不仅首先反映在与外来文学、文体、思想文化观念直接接触或有密切关系的文学与文体领域，如翻译文学、报刊文章、译介著述、政论时评等，而且逐渐深入地反映在看起来更多属于中国传统的文学、文体之中，如诗词、古文、小说、戏曲等。这种中国文学与文体由表层到深层、由局部到整体发生的深刻变革，对于中国近代以来文学、文体及思想文化观念、思维表达方式、价值标准等许多方面都产生了至今犹在的深远影响。对于中国传统文体形态与知识谱系而言，近现代西方思想文化观念的影响主要从以下三个方面表现出来：一是以天主教、基督教的价值观念为话语方式和精神信仰的西方宗教思想体系与文化观念。这种思想文化观念的传入从晚明时期西方传教士进入中国以后就已经开始，入清之后虽经历了近 200 年的中断逆转，但近代以后以更加强势的姿态重新开始并渐成难以忽视、不可扼制之势。二是以近现代科学技术观念及有关学科领域的名词术语、概念范畴为代表的近现代西方科学技术观念、学科知识谱系和思想文化体系。这种代表西方文艺复兴以来科技文明成果的几乎全新的知识体系、价值观念对于中国传统文化体系的冲击相当强烈，对于中国传统文体形态的影响也相当明显、相当直接，在很大程度上改变了中国传统文学、文体观念的基本结构、概念内涵和表述方式。三是以近现代哲学、文学、史学、政治学、地理学、经济学、新闻学及艺术学等学科为核心的西方人文科学、社会科学知识体系、观念范畴与话语方式。这些最能够反映西方近现代思想文化精神内核、价值精髓的知识谱系、观念系统对中国近代文学与文体形态的构建产生了直接的影响，并深刻影响了中国从传统走向近现代的文化历程。上述三个方面的影响和变化，归根结底是在西方文化的多重影响和全面冲击下，中国传统价值观念、思想体系、文化心理发生的深刻变化。

不言而喻，在这一空前复杂深刻的西方思想文化观念、知识学术体系、科技思想与文明观念传入中国的过程中，为数众多的翻译者和难计其数的各种翻译作品发挥了不可或缺的津梁和纽带作用。如最具有代表性的严复以“信达雅”为目标对于多种西方人文社会科学著作的翻译，为近代中国带来了空前系统全面的西方社会、政治、经济、伦理以及科技学说，其中以“物竞天择、适者生存”为核心思想观念的进化论学说成为近现代以来对中国影响最为广泛深远的西方文化思潮；不通外文的翻译家林纾及其合作者以清雅简洁的桐城古文对于近200种外国小说的翻译，改变了中国人对于外国小说的认识，并通过这些流行一时的小说改变了对于西方世界的看法；鲁迅、周作人兄弟对于北欧、日本文学作品的翻译丰富了中国人对于世界上弱小国家民族命运、自强自立之路的认识，增加了本民族奋斗崛起的信心；还有其他翻译者对于西方科学幻想小说、侦探小说、西方戏剧的译介；为数众多的中国人在走向世界、考察欧美、日本及其他国家地区过程中留下的大量载记及其反映的外面世界的新景观与新变化，观察者和记载者思想观念、文化心态的种种流露与变化，都成为这种规模空前、价值空前的跨语言、跨文化交流历程的重要事件和关键环节，对中国文学、文体及文化观念、价值观念的多个方面产生了积极影响，而且这种影响持续了数十年，影响了几代中国知识分子和日益增多的广大青年学生。而且，从文体形态、文体变革和文体创造的角度来看，这种由于中国语言文字与外国语言文字接触交流而产生的不古不今或亦古亦今、不中不外或亦中亦外的翻译文体本身，也成为近现代以来中国文化转换生新的一支具有特殊意义、独特价值的促进力量。由于欧美及日本词语或通过音译，或通过意译，或通过音意结合翻译而愈来愈充分深入地进入传统汉语，并逐渐成为近现代以来汉语语音、词汇、语法等方面发生显著变革的一个突出特征，也反映了传统汉语在进入中西文化接触交流、融合会通时代以来必然发生的一种变革趋势。就大的文体门类而言，这种变化首先表现在有可能最直接、最充分地接触外国语言文字的翻译文章、海外诗词、外国小说、政论文章等方面。随着中外语言文化交流的深化和拓展，连传统诗词、古文、骈文、戏曲等一向以延续和守护传统为主要文化姿态、难以轻易发生显著变革的文体，也不同程度地带上了西方语言文化影响的痕迹，从而成为近代汉语、文学与文体深刻革命的一个有力证明。

特别值得指出的是，中国现代白话文中带有的明显的欧化、日化语言特点和表达习惯，就与这种翻译文学作品及其他著述的传播、带有外来文化观念的近代报刊的创办并产生日益广泛的影响以及外来文化的多方面作用有着极为密切的关系。这种来自外国（主要是欧美及日本）的新生文化力量与中国传统文化资源，在近代以来的一个多世纪中产生的冲突、交会、互鉴、生新，形成了中国近现代文学、文体形态转换生新的文化思想基础，也为中国近现代文体形态的建构和形成提供了强有力的思想文化资源和创新转变可能。因此，中国近代的文体形态变革与生新，一方面终结了传统的、古典性的文体结构形式和形态体系，成为中国传统文体形态的最后标志，为传统文体形态留下了最后的经验；另一方面开启了具有现代意义、现代性质的新文体形态的先河，为延续至今的现代文体形态奠定了不可或缺的基础。

五、传播接受方式

在传播接受方式上，表现为从以传统手工业作坊为基础的以抄写、雕版印刷为主要手段的传统文学传播接受方式，向以工业革命为基础的西方印刷技术与报刊编辑出版机构为主体的近现代文学传播接受方式转换。从广义上说，文学传播和接受的过程与文学创作的过程一样长久。从传播接受的角度来看，文学创作过程同时也是一个传播接受的过程；而且，只有进入了传播接受渠道、产生了作品与读者之间的接触并得到有效反馈、完成了传播接受过程之后，一部作品的创作才可以说真正完成了。同样道理，中国文学的传播接受过程也与其创作过程一样长久而丰富，一部中国文学创作史同时也是一部接受与传播史，而且后者在其中占有不可或缺的地位。概括地说，中国文学的创作生产方式经历了唐以前的写本时代，宋以后的雕版印刷、活字印刷时代等革命性变革，也形成了与这些创作方式、印刷出版技术工艺水平密切相关的文学传播接受方式，并一度在世界范围内处于技术领先水平，对人类文明史做出了杰出贡献。但从中国文学与文献制作传播的角度来看，这些变革仍然停留在中国传统的印刷技术、手工工艺以及与之相应的传播观念之中。

这种情况延续了几个世纪，到近代以来发生了又一次革命性变化，就是以西方工业革命为基础的近现代印刷技术的传入及其在文学传播接受中的广泛运用。在这一空前深刻的技术变革和观念变革过程中，传统的文学刊刻、传播与接受逐渐减少，影响力逐渐减弱，而新兴的具有明显技术优势和较高生产效率的石印、铅印技术很快成为报刊、出版的主导力量，文学传播方式从此进入了以报刊、书局出版物为主体的时代，与此相关，文学接受方式也进入了以铅印报刊、洋装书籍为主体的新时代。其中最大的变化是文学作品创作速度、文字数量的迅速增长，印刷出版效率、传播速度的明显加快，阅读接受途径、接受机会的显著增加。这种革命性变革给文学与文化传播带来了空前全面深刻的影响，并直接影响到创作方式与数量、语言文字运用、文体形式与形态、传播途径与接受方式、创作者与传播者、接受者等几乎文学创作、文化著述的整个过程和所有方面，直至对当时文学家、著作者的思想观念、思维方式和创作心态产生愈来愈深刻的影响。在西方工业技术与新的文化观念影响下进行的文学创作、传播、接受过程中的一系列物质性与非物质性深刻变化，对近现代文学与文化产生了全局性影响，对近代以来的文体观念、文体形态和其他多方面的写作实践也产生了空前深远的影响。比如，从文学方面来看，近现代以来创作较多、篇幅较长的叙述性、通俗性文学样式如小说、戏曲及其他俗文学形式的蓬勃兴起和迅速发展，不仅与这种变化密切相关，而且是这种革命性变革的直接反映；从其他著述方面来看，近代以来愈来愈多的不同领域、不同学科的专著式、专题性长篇论文或著作的出现，也是这种新的技术变革促动和保障的结果。近现代以来，具有外来文化色彩、近现代性质的报刊、书局及其他新闻出版单位的大量涌现，有力促进了文学创作及其他方面写作方式的增长，更使作家、报人、编辑、出版家等进入职业化成为现实的需要和可能，并使职业作家（特别是队伍逐渐壮大的职业小说家、翻译家）成为近代以来中国文学创作中一个非常显著的现象。

在这个过程中，不同文体形态之间出现了日益深刻的相互融合、相互补充趋势，为古已有之的辨体与破体、复古与创新、守护与变革等命题提出了新问题、增添了新元素，从而酝酿着中国文体观念的又一次深刻调整与变革。比如在文学性文体与非文学性文体之间、政论性文体与科技性文体之间、传统文体与新兴文体之间、雅正文体与俚俗文体之间、欧化日化语言文字与本土化语言文字之间、具有民族特色的文体与外来影响色彩的文体之间，都从不同角度、不同程度上反映了这种空前复杂多元的趋势。与此密切相关，不同语言形态之间也表现出逐渐多元变化、综合创造的趋势，比如文言与白话之间、官话与方言之间、口头语与书面语之间、民族语与外来语之间，都表现出空前复杂多样、丰富多元的发展方向，以汉语为核心的中国文学、文化的语言形态也面临着空前深刻的变革与重建，直至形成了与今天通行的语言形态非常接近的现代汉语系统。文学传播接受方式及相关方面的一系列深刻变革，既是近代文体观念与文体形态转变生新的集中表现，也是时代文学、文体发生古今变革、中西交汇的重要表征，不仅反映了近现代汉语发生的深刻变化及其成为当下仍然通行的汉语的基础和前驱，而且反映了中国人思想观念、思维方式等最深层面发生的革命性变革。因此，这种语言变革和思想变革具有丰富的文体学与文学史内涵和历史文化底蕴。

当然，在这种空前新奇的中西冲突、古今嬗变的总体背景下，近代以来的不同文体、不同领域所经受的变化、所承担的责任是不同的，甚至是迥然有异的；不同教育背景、文化观念之下的各类作者、著述者对于中西古今文化的态度、在这种深刻变革之中的选择及其作用也存在许多异同，甚至大异其趣。一般说来，一些比较容易直接或间接地接触外来文学、文体与思想文化的新兴文体、新型文体和从事此类创作、著述的人士，最容易感受到这种新的思想文化因素带来的冲击影响，并在文学创作和其他著述中表现出中外文化接触交流的新信息或由此引发的新成果。如由于各种原因有机会走向世界（主要是欧美、日本）并具有较高文化程度的文人外交官、商人及其他旅行者、比较专门地从事文学或其他著述翻译活动的人士、从事外国小说及其他文体译介活动的翻译家、具有海外经历的报刊编辑或新闻记者，等等，通常是推动这种中西文化交流的主要力量，他们的创作或著述中也经常反映出中外文学、文体及其他方面文化交流的新进展和新信息，因而在这一思想文化变革历程中占有比较突出的地位。另一方面，从文学、文体和文化变革的角度来看，那些经常倾向于延续或守护传统习惯的文体和从事此类创作、著述的作者似乎对外来文化及其影响表现出另一种态度，即保持审慎、观望、保守甚至反对的姿态，如从事传统诗词、古文、骈文、文言小说、戏曲等文体创作或从事传统学问著述的作者们，较容易表现出这种文化态度或价值立场。但是，从近代文学和主要文体的实际情况来看，与外来思想文化关系比较直接或密切的新兴文体自不必说，即便是倾向于延续传统、守护固有习惯的文体，也在这一逐渐拓展、深化的文化变革过程中走向了对传统进行适度调整、对西方文化思想予以考察接受的温和稳健之路，如“诗界革命”“文界革命”“小说界革命”以及“戏曲改良”等理论主张和创作实践在一定范围内的推行并发生显著影响，就是中西古今文化冲突嬗变历程中进行的新尝试、新探索，也是这一空前深刻的文化史历程中产生的具有思想史意义的新成果，不仅为中国传统文学、文体的变革生新积累了经验，而且为中国新文学的酝酿诞生奠定了基础。

在如此深刻艰巨的文化变革、思想蜕变过程中，这种众声喧哗、莫衷一是、充满矛盾与困惑的历史场景和文化心态不仅极为正常，而且可能是一种历史的必然。在这种文化冲突、思想考验、观念挑战面前，不出现这许许多多的思想矛盾、价值迷失和选择困难反而是不正常的，关键的问题是需要对其中的探索与收获、成绩与不足、经验与教训进行深入的反思总结、学理分析，以期从中吸取通变扬弃、传承创新的思想资源和历史经验。因此对于近代以来中国文学与文体观念、文体形态等各方面发生的对当下仍具有深刻的影响的历史性变革，应当采取尽可能开阔深入、贴切准确、同情理解的态度，以期从这种至今仍在的变革历程中吸取更多的经验，为未来的文体变革和文化建设提供更有价值的借鉴。

六、结　语

在近代以来渐趋广泛深刻、影响及于几乎所有领域的中西文化冲突、古今文化嬗变过程中，中国的文体观念和文体形态也随之发生了日益显著的变化，从多个方面深刻影响了近代以来的文学走向、文化格局，引起了中国文体从外部到内部的深刻变化，从而反映出中国人思想观念、思维方式和文化心理的深刻变化。这是继中古汉唐时期的思想文化变革与文体格局更新之后，中国文体发生的又一次深刻思想观念重建和形式形态变革。经历了这次变革重建之后，中国文体逐渐走出了传统的相对稳定的格局，进入了一个重建生新、尝试探索、创造发展的新阶段，也是一个逐渐自觉、主动地关注并试图融入世界文学与文化格局的新阶段。这既是一个终结和总结传统的回顾积累阶段，又是一个探索和建构未来的探索创新过程，从而将中国传统文体与具有现代性质的多种新兴文体连接起来、统一起来。因此，发生于中西文化、古今文化冲突嬗变、转换生新之际的近代文体观念与文体形态变革，留下了足堪认真清理总结、回顾反思的文学史、文体史和文化史经验，既具有丰富的文体史、文学史内涵，也具有特殊的思想史、文化史意义。

（原载《学术研究》2018 年第 5 期）

物：中国文学研究的新途径

闫月珍*

自20世纪90年代起，中国文学研究日益走向多元，更加重视学科自身的发展规律。在此一背景之下，中国文学研究突破了以往的政治—经济模式，日益关注文学与物质文化之间的关系。如人类学学者黄应贵所言："物与物质文化研究最大的贡献，也许不在物自身性质的探讨上，而是对文化本身的探讨。"[1] 物的意义不仅存在于欣赏和使用过程中，更存在于其所蕴含的哲学、文学和历史意义之中。从物的角度进行透视，有利于发现更为广阔的学术研究领域，这不失为对文学更深层次的关注。

* 暨南大学文学院教授、博士生导师。

1 黄应贵：《物的认识与创新——以东埔社布农人的新作物为例》，黄应贵主编：《物与物质文化》，台北："中央研究院"民族学研究所，2004年，第443页。

一、物质文化研究：汉学的一个新题目

詹姆斯·迪兹（James Deetz）将物质文化界定为“我们生存的自然环境中，被文化所决定的人类行为所改变的那部分环境”[1]。孟悦认为“虽然考古学和人类学更接近物质文化的研究，但历史学、艺术史、城市研究、空间研究，以及消费文化的研究都与之相互重叠”[2]。物质文化研究是超越文字文本的，它是跨越文学、考古学、历史学、艺术学诸多学科的交叉研究领域。

物质文化与日常生活之间存在着一定的关系，这些关系构成了日常生活意义、信仰和仪式的基本语境。因此，特定的物质在日常生活中确实扮演着重要角色。在汉学研究领域，物质文化研究的始作俑者是牛津大学的柯律格（Craig Clunas）。如陈珏所言，虽然西方的物质文化研究从19世纪中叶便开始萌芽，到“二战”后已经走向成熟，然而直到20世纪末，才有学者成套运用物质文化研究的方法，来研究中国古代的物质文化。其中的转折性事件，便是柯律格在1991年出版了《长物——早期现代中国的物质文化与社会状况》(*Superfluous Things: Material Culture and Social Status in Early Modern China*)，该书所采用的“物质文化”角度，对汉学领域有引领性作用。明代《长物志》的作者文震亨是苏州文人圈中的“闻人”之一，柯律格从《长物志》中涉及当时吴门文人日常生活中习见的风雅物品，诸如室庐、花木、水石、禽鱼、蔬果、书画、几榻、器具、衣饰、舟车、香茗之类入手，展开社会身份的讨论。

---

1 孟悦：《物质文化读本·前言》，孟悦、罗钢主编：《物质文化读本》，北京：北京大学出版社，2008年，第2、4页。

2 同上。

柯律格从物质文化角度，重新发掘《长物志》这本“旧书”在今日社会文化史研究中的价值，引起英美汉学界同行的热烈讨论，并受到美国明代研究宗师级人物牟复礼（Fritz Mote）等著名学者的重视。柯律格的研究自 1991 年起受到学术界越来越多的关注，研究范围也越来越大，上溯至上古和中古，下及现代。[1] 对此一动向，台湾学术界率先响应，熊秉真、郑毓瑜、陈珏等人更试图以此为基础，扩展学术研究视野，以实现研究方法的典范转移。

随着汉语学术界与欧美、日本主流学术的交流日益深入，汉学研究形成了与国际学术接轨的趋向。自 19 世纪中叶以来，西方的“物质文化研究”（material culture studies）逐渐发展为近几十年来国际汉学研究界的重要方法，成为新文化史（new cultural history）的重要组成部分。这些研究的方法论意义在于，将日常器物与生活方式相联系，强调将文学史与生活史、思想史、政治史和社会史等相结合，并逐渐形成了研究的主流和趋势。至此，物质文化被提上议程，并进一步走向深化。新史学成为国内外的研究主流，改变了以往的学术视野和范围。如台湾学者杜正胜提出的所谓“新社会史”宣言，认为“以前的历史研究比较侧重政治、经济和狭义的社会层面”，“经过前贤的努力，这些问题可能泰半已经解决，或虽未解决，但在既存条件下似不可能有新突破”，新社会史则“增益人民生活、礼俗、信仰和心态的部分”；该宣言并提出 12 项纲目，包括生态资源、产业经营、日用生活、亲族人伦、身份角色、社群聚落、生活方式、艺文娱乐、生活礼仪、信仰与宜忌、生命的体认和生命的追求，每项下又分出诸多细目，如日用生活包括饮食、衣着、建筑、行旅，

1　陈珏：《物质文化研究的新视野——国科会“超越文本”规划推动计划前半部执行回顾》，《人文与社会科学简报》第 10 卷第 3 期，第 143 页。

生命的体认包括身体、医疗、命运、生命限度的突破等。[1] 可以说，国际范围的物质文化研究，是新史学的一个重要组成部分。

在对物质文化研究的关注中，手抄本研究开启了文学研究的一个新领域。前现代印刷术未普及之前，手抄本之形式涉及书本流通过程中原本与复制之间的关系。“原本”存在不确定性，它往往被加以编辑、改编，移置、替代了先前的文本，从而形成了文本在历史中的复杂性。田晓菲《尘几录：陶渊明与手抄本文化研究》一书主要方法与目的，就是把陶渊明放在手抄本文化中，通过考察手抄本文化的流动性来解构传统陶渊明形象，并试图还原和重构“另一个陶渊明”，即历史语境中的真实陶渊明。因为人们“拒绝承认手抄本文化中文本的流动性和不稳定性”，所以读者往往通过自己心中单一纯粹的形象来改定文本，以保持文本的稳定性。这样，作者的目的其实就有两个：初级目的是“检视选择某一异文和排除另一异文的历史动机”；终极目的则是“检视被这样的选择所压抑和隐藏的‘另一个陶渊明’”。[2]

近年战国竹简的发现，为某些最重要的传世文献的理解提供了新材料，也正在使我们对中国早期文本的理解发生着巨变。柯马丁（Martin Kern）撰写的《剑桥中国文学史》先秦到西汉卷，就是以出土铭文作为材料支撑的。柯马丁特别强调文本是如何在手抄文献作为其物质载体的基础上建构起来的，强调注意文本的延伸度。[3] 与手抄本相对，印刷业的发展也对一定社会的知识结构、士人群体产生了巨大影响。周绍明《书籍的社会史：中华帝国晚期的书籍与士人文化》反映了近年来西方中国

1 杜正胜：《什么是新社会史》，《新史学》第3卷第4期，1992年12月。

2 〔美〕田晓菲：《尘几录：陶渊明与手抄本文化研究》，北京：中华书局，2007年，第13页。

3 〔美〕柯马丁：《早期中国手抄文献研究方法之反思》，《国学学刊》2011年第4期。

史学界兴起的书籍史研究热的最新成果，如作者所言："一部书、一部手稿及一部印本的诞生，象征着知识从作者个人拥有的状态中脱离出来，最终进入读者手中。与过去师徒口耳相传的方式比较，这种共享学问的方式最终——如果不是一开始就——在传播和保存知识的过程中倾向于鼓励一定程度的非人格化。书籍的印刷进一步强化了这种趋势，因为它产生了大量相同的副本，以供广泛传播。"[1]印刷术的发展催生了一定的知识共同体，技术的发展不仅意味着书籍制作过程的改善，还意味着社会群体的变化。

台湾学术界对物质文化的关注，早期始于对明清文人日常生活的研究和分析。关注物质存在与生活方式之关系，是此一时期研究的主题。早期台湾的物质文化研究始于史学界。1999 年，熊秉真发动了以"物质文化、日常生活与中国"为主题的读书会，读书会内容包含讨论柯律格关于《长物志》与"视觉物品本体"（the body of visual material）的两部专著，以及"职业画家"、"市场文化"、工作习惯与日常生活等与明清史研究相关的主题与史料。2002—2003 年，熊秉真委请巫仁恕、王正华组织"消费/文化"读书会，探讨了"奢侈"的观念，以及本雅明（Walter Benjamin）、米勒（Daniel Miller）、布迪厄（Pierre Bourdieu）等社会科学家的经典作品。2003 年 8 月，熊秉真主持了整合型计划"近世中国的物质、消费与文化"，该计划由微观而宏观，由历史学、人类学、文学与艺术学等领域的学者合作，以八个子题，进行三个角度的分析："一是物或物质文化与中国历史文化发展中所见的时空变化。二是近世中国物质与消费市场之形成。三是各种物质与文化互动中所反映的集体价值观与社会心态之研究。"

1 〔美〕周绍明：《书籍的社会史：中华帝国晚期的书籍与士人文化》，何朝晖译，北京：北京大学出版社，2009 年，第 103 页。

该计划将“物质文化”列为核心议题。此外，由王泛森、李孝悌先后主持的“明清的社会与生活”“明清的城市文化与生活”两项计划，则持续强调西方史学“日常生活史”的重要启发意义。在文学研究领域，台湾清华大学陈珏提出了“超越文本：物质文化研究的新视野”这一学术方法，尝试将这一汉学研究范式用于探讨物质文化与文学艺术的关系。2008—2009年，陈珏主持的“超越文本：物质文化研究的新视野国际论坛暨研习营”规划推动计划，共举办三次国际论坛。如陈珏所说：“迄今为止，粗线条而论，‘物质文化研究’大概可以说有三种‘视野’。第一种是从19世纪中叶以来，‘古而有之’的西洋学术界研究‘物质文化’的‘视野’，论著皆为西方语文。第二种是从20世纪90年代初以来，汉学界研究‘物质文化’的‘视野’，论著亦多为西方语文。第三种是十几年以来，台湾研究‘物质文化’的‘视野’，论著则多为中文。”[1]他所希冀的是一种融合上述三种视野之长的“新视野”，并寄望于新一代学者。

不仅关注历史、文学的精神层面，更关注与精神层面息息相关的器物层面，这是海外汉学界和台湾学术界对我们的启示。它所展示的方法论意义在于，器物并非化石意义上的存在，它在一定程度上可以为文学研究提供新的视野和方法。

二、心与物：中国抒情传统的线索

有形的器物是技艺的产物，入眼的景物是自然的产物，它们与人的

---

1 陈珏：《“超越文本：物质文化研究的新视野国际论坛暨研习营”研究计划介绍》，《汉学研究通讯》第29卷第2期，第27页。

生活紧密相关。一部手稿、一件陶器、一块石碑往往规定着人们的社会生活内容，而一座山、一片云、一潭水则规定着人们的自然生活方式。这两者合而为一构成了诗学意义上的“物”，概念之“物”将器物、景物统一了起来。“物”是与“心”相对的外物，并成为经由耳目传达的物象。探讨概念之“物”如何进入文学艺术的文本，是中国抒情传统关注的核心问题。中国的律诗、书法、音乐、绘画的共同性在于对人与物两元关系的消解，彰显了物我一体的意境。外在风物与内在情志处于相互感召的状态，此一状态之下，“物”与耳目发生直接的关系，并进而与心志交汇，最终形诸于文学艺术文本。

在20世纪50年代的台湾，软调、抒情、保守同时继承中国传统审美品位的文化正在大多数人与官方体制之间妥协产生。这种标举中国传统、宣扬正面价值的诉求慢慢陶铸了大多数人认同的文化体系，同时与怀乡怀旧、软调抒情的文学品位相与唱和，甚而直到80年代后期尚有影响。此一潮流之下，由台湾而往海外的学者陈世骧率先提出了所谓“中国抒情传统”，认为中国一切艺术之特质在于其抒情性。中国抒情传统所处理的核心问题是心与物的关系。其后，高友工、孙康宜、吕正惠和郑毓瑜诸人都试图从此一概括入手，探讨中国文学艺术的特质。

中国抒情传统的有效性在于它可以涵盖多个艺术门类。高友工将内化和符号化视为心与物相互关联的两个方面，前者是将物象化为心象，是一种内在的形构；后者则是将心象转化为艺术性的物象，是一种外向的流转。他说：“前者是‘我’因‘境’生‘感’，由‘感’生‘情’，终于‘情境’可以交融无间。这是一种自我因‘延续’（extension）而导致的‘同一’，创造一个无间隔距离的绵延（continuity）世界。后者是‘我’以‘心’体‘物’，以‘物’喻‘我’，因此‘物我’的界限泯灭。这是一种自我因‘转位’（transposition）而形成的‘同一’，由于物物

‘相等’(equivalence)，因而有一个心游无碍的世界。”[1]内化使零散的外在刺激融为完整统一的“心象”和“心境”，实现了一种“情境”和“物我”的“同一关系”。在这个意义上，书法和律诗这两种美典分别代表了抒情艺术中标举和谐的“意境”和体现流动的“气势”。

孙康宜尝试将中国诗呈现外物的方式定义为描写和抒情。她的《描写与抒情：六朝诗歌概论》(*Six Dynasties Poetry*，1986)勾勒出六朝诗描写和抒情两条线索，认为“中国古典诗歌就是在表现与描写的互动中，逐渐发展的一种绵密又丰富的抒情文学”[2]。六朝诗歌关注“抒情之音”的传统始自陶潜，他于“虚构人物”和“自然”中寻找知音，并以此作为超越生命短逝之恐惧的方式，由此创造出一个征服了死亡的抒情主体，并在这一过程中实现了抒情主体与自然外物的统一。此后，抒情性在鲍照、庾信等人的诗歌中逐渐强化。“描写”的传统则始自谢灵运开创的山水诗，他把山水游历视为描写对象，在追求形似的描写中体现着关注诗歌文学本质的艺术意识。他的诗歌中明显地反映出赋的特质，同时又以有选择的物象并置来表现抒情瞬间而有别于赋的烦琐铺张。此后，描写性在鲍照、谢朓等人的诗中得以延续，最终构成了律诗中间二联的基本结构。这一形式在唐代的律诗中得以实现。可见，孙康宜将抒情与描写置于同一个层面进行关注，前者处理了情的呈现，后者处理了物的呈现。

心如何感应物，物如何呈现于诗中，这一问题还涉及思维方式层面。李约瑟曾将中国思维的这种特殊性称为“关联性思考”。受此启发，郑毓

---

1 〔美〕高友工：《文学研究的理论基础：试论“知”与“言”》，《中国美典与文学研究论集》，台北：台湾大学出版社，2004年，第14—15页。

2 曹晋：《当代女学者论丛·总序》，〔美〕孙康宜：《描写与抒情：六朝诗歌概论》，钟振振译，上海：上海三联书店，2006年，第3页。

瑜《引譬连类：文学研究的关键词》集中关注物在文学艺术中的呈现方式，亦是在陈世骧、高友工所命名的抒情传统脉络里发现中国诗学。作者尤其强调“情”与“物”两者之间的交错关系，从体气到感通，从兴发到格物，此乃一相互流通的过程。“引譬连类”是总括自先秦逐步发展而来的一套生活知识或者说是已成共识的理论框架。[1]这种“类应”的模式，经由口耳相传或著述承递，已经成为习知的“知识结构”，它规约了我们对世界理解的可能性限度。此一新颖而重要的视角贯穿全书，成为连接“物”与“抒情论述”的纽带。郑毓瑜《文本风景——自我与空间的相互定义》(台北麦田出版社 2005 年）一书，环绕抒情自我和空间意识两个主轴，以辞赋文体为讨论对象，用“身体”与“空间”回应抒情传统议题，将空间环境与个人之间诠释为“并非单方面的宰制”，而是“彼此的相互定义”(mutually defining)，表明“自我”实非自有永有，“抒情自我”在感兴过程中也无“先发的优位性”，并且认为中国传统“引譬连类”的思维实际参与了“抒情传统”的建构，“抒情传统”有必要采取更多面向的整合研究。她的《从病体到个体——“体气”与早期抒情说》一文谈物/我、宇宙/人身之间是如何顺利地穿越与汇聚，证成“个体自觉”不仅仅是内心的自觉，反而是随时牵引于环境的变动状态。[2]这表明郑毓瑜不仅关注物与我之间的关联，更关注物是如何内化于心志的。郑毓瑜以“引譬连类”化解了以心、神为主，物、形为客的传统概念，试图以“物”为切入点探讨“物—人”相互定义的抒情论述，呈现所谓“抒情”究竟是源出于怎样的物类感应模式，以及诗文作者又如何可能借助“类应”体系去建

1 郑毓瑜：《引譬连类：文学研究的关键词》，台北：联经出版事业公司，2012 年，第 14 页。

2 郑毓瑜：《从病体到个体——“体气”与早期抒情说》，载杨儒宾、祝平次主编：《儒学的气论与工夫论》，台北：台大出版中心，2005 年，第 417—460 页。

构独特的情志譬喻。[1] 在中国古典诗学中，单一的个别物存在与“类”密切相关，传达出“不问‘物是什么’，而是问‘物如何在’；重点不只是聚集了多少‘物’，而在于是否串连了‘类’的展示”的观看态度。[2] 为了全面地探查与理解，作者追问了“物类”“事类”的形成。

中国抒情传统试图透过心与物找到两者的弥合之处，其论述框架仍秉承着一元论宇宙观。宇宙是有机的，心与物之间发生着同情的共鸣（sympathetic resonance）[3]，言与物之间亦是同构关系。受此视域的局限，中国抒情传统与所谓“非虚构传统”出于一辙。美国汉学家宇文所安（Stephen Owen）在阐释中国“诗言志”时，把它与西方的诗歌定义“A poem is something made”（诗是某种制作）进行了比较，认为此一比较寓示了中西诗学传统在理论原点上的差异。他说：“从这种关于内外的构想中，我们可以发现一个丰富的非虚构文学传统的起源。”[4] 这就将诗视作内心状态的流露，相应地忽略了心、物、文这一程序链上的制作问题。在中国文学批评中，诗亦是制作的结果，这在早期文本中有着清晰的线索。

三、器与道：超越文本的视野

物质指人工制品，与非物质（non-material）的所谓精神层面相对。

1 郑毓瑜：《引譬连类：文学研究的关键词》，第 233 页。

2 同上书，第 236 页。

3 Stephen Owen, *Traditional Chinese Poetry and Poetics: An Omen of the World*, Madison: the University of Wisconsin Press, 1985, p. 21.

4 〔美〕宇文所安：《中国文论：英译与评论》，王柏华、陶庆梅译，上海：上海社会科学院出版社，2003 年，第 20 页。

通过物质层面，我们可以剖析一定的思想和观念，而一定的思想和观念也往往可以以物质为佐证。物质的存在不仅在于它是生活意义上的上手之物，还在于它产生和规定了我们的基本观念。

由器物及其制作经验生成了关于文学的基本理论和基本概念，其根源在于先秦典籍以古代社会生活中的器物制作方式去言说社会生活的一切方面，技艺要素与程序渗透到了语言的规范性表述之中。首先，“政治—制作类比”阐明了由局部细节而臻于无为而治境地的过程。如规矩本是制作圆和方的工具，也被用于表述治国策略。《管子》：“以规矩为方圆则成，以尺寸量短长则得，以法数治民则安，故事不广于理者其成若神，故曰无广者疑神。”其次，“伦理—制作类比”阐明了个体道德所依据的准则。《荀子》：“故绳墨诚陈矣则不可欺以曲直，衡诚悬矣则不可欺以轻重，规矩诚设矣则不可欺以方圆，君子审于礼则不可欺以诈伪，故绳者直之至，衡者平之至，规矩者方圆之至，礼者人道之极也。”《孟子·告子上》所言“羿之教人射，必志于彀；学者亦必志于彀。大匠诲人必以规矩，学者亦必以规矩”，即指明对法度和准则的遵守是成器和成事的关键。再次，“文学—制作类比”阐明了文章写作所依据的法度。陆机《文赋》：“体有万殊，物无一量，纷纭挥霍，形难为状。辞程才以效技，意司契而为匠。在有无而黾勉，当浅深而不让。虽离方而遁圆，期穷兴而尽相。”《文选》李善注：“方圆谓规矩也。文章在有方圆规矩也。”《文心雕龙·征圣》：“文成规矩，思合符契。”《文心雕龙·神思》：“规矩虚位，刻镂无形。”刘勰认为无论是有形之文还是无形之体，均需用规矩加以限制和约束。规矩、绳墨往往被喻为政治、伦理和文学方面的法度、准则。从制作的层面，可以发现早期中国文学、政治和伦理语言的统一。这种统一在于文学、政治和伦理都如技艺一般，可以由技进于道，实现超越性的转变。

以技艺隐喻表述政治、伦理和文学，使得一些基本工具和制作方式产生了极大的言说空间。诸如规矩和绳墨这样一些物质性因素因此产生了社会意义，成为相关生活领域准则和规范的集合。这一强大的隐喻系统，在于将技艺领域的语言转移到社会生活领域。可见，隐喻不再单纯地是一种语言现象，而是用一个概念域去理解和构建另一个概念域。

因此，器物制作与文章写作是一种同一关系，它们虽采用不同的材质，但在构思之考究、制作之精细和法度之规定方面是一致的。由器物制作经验形成的语言隐喻系统，使得器物制作超越了实物意义，成为建构文学思想的重要来源。器物观念与中国文学理论之间存在关联，其原因在于，一方面，器物制作与文学写作的共同之处在于它们都是与自然现象相对的人文活动，文学与器物这一同类关系使得器物及其制作经验成为文学参照的对象，以说明文字表达与器物制作的相通之处；另一方面，器物背后有非物质的审美经验、价值观念和文化功能。文学之制作观念通过器物之制作隐喻进行言说，这就明确表述了文学是制作即加工和创造的结果，而非仅是真实地呈现外在世界。如果说文学是制作出来的，那么文学显然是沿着创造的方式成形的——文学之素材被取舍、加工和组合，形成了有别于原始真实的艺术真实。这为我们重新审视海外汉学界之中国文学“非虚构传统”论提供了视界。宇文所安、余宝琳、欧阳桢等汉学家认为，中国哲学基础是一元宇宙论，不存在现象与本质的区别，中国诗论并不认为诗歌是通过摹仿和虚构制作出来的。其实，中国文学并非仅对现实和情感的原型进行真实的传达，它是一种基于形式和内容两方面协调而达到的艺术真实。以非虚构传统概括中国文学，忽视了制作和技艺经验在文学批评中的表述，以及中国文学向着艺术自律所进行的尝试。中国文学文本是有序展开的，不仅仅是呈现，也是重塑和重组。

文学之“物”不仅是“感物”之“物”，也是“器物”之“物”。前者人与物之间是感兴关系，它们共处于天人系统；后者人与物之间是制作关系，它们共处于人文系统。从器物观念入手对此一人文系统进行全面的分析和剖析，可以探寻物与日常生活、文学文本和诗学表述之间的关系。这将突破仅以“物”为感物对象的研究范式，为中国文学研究提供一个新的学术空间。

四、结　语

我们往往以为文学研究的对象是精神、心灵和思想，将物剥离到人的层面之外，而恰恰是物与人和社会形成了有趣的联系。其实，人不是孤立之人，社会也不是抽象之社会。如厄尔（Timothy K. Earle）所说，意识形态有其物化形态，有具体的形式，这成为文化的一个组成部分。物化的过程使得意识形态易于被控制、操纵和扩展到族群之外。当意识形态具有了物化形态并可以被族群所控制时，它就成为社会权力重要来源。[1] 从物的角度入手，我们不仅可以发现人类心灵史更为复杂的层面，也可以发现社会史中更为具体的层面。其中，对物质文化与日常生活的关注，尝试将文学从审美或政治研究模式中解脱出来，从而使得文学研究趋于对个体感官和时代精神的描述，赋予文学场域以原生态的面貌；对文学文本心、物关系的探讨，则试图发现“物”迁入“心”并最终形

1 DeMarrais, Elizabeth, Luis Jaime Castillo, and Timothy Earle, “Ideology, Materialization, and Power Strategies”, *Current Anthropology* 37(1), 1996, pp. 15–31, University of Chicago Press, Wenner-Gren Foundation for Anthropological Research.

于“言”的程式，以及由此产生的美感经验；以器物作为超越文本的视野，尝试重新发现物在技艺层面的意义，以及“制作”经验之于文学理论的影响，可以为文学理论研究提供一个新的参照。

当我们突破以往文学研究仅以物为感应对象的原始学术框限，重新审视物所包括的多重视域，及其所涵摄的证据和材料，亦可开辟出新的学术领地。无论是生活之物，还是概念之物，它们如何进入文学艺术文本，并如何建构文学艺术文本，成为一个具有挑战性的话题。这需要超越“物质”与“精神”的界限，以建立起对于文学的有效阐释。“物”背后隐藏着特定的精神、信仰甚至意识形态，对“物”的研究其旨意在于透过可视的外形发现无形的意趣。

（原载《学术研究》2017 年第 6 期）

21 世纪以来词学研究的进展与瞻望

王兆鹏 *

21 世纪已过了十五年，词学研究有何进展？未来的词学研究有哪些发展面向值得期待？本文试从文献整理和理论研究两个层面予以盘点和探讨。

一、文献整理的进展

21 世纪以来，词学研究最亮眼、最突出的进展是文献整理的全方位推进，特别是大型断代词作总集和词话丛编、类编的连续问世。

* 武汉大学文学院教授。

（一）大型断代词作总集

20世纪词学文献整理的成就早已为世瞩目，唐宋金元词的断代总集灿然完备，特别是由唐圭璋先生一手编纂而成的《全宋词》和《全金元词》，是学界公认的杰作巨献。唐五代词总集，先有林大椿辑录的《唐五代词》（商务印书馆1933年），继有张璋、黄畬编纂的《全唐五代词》（上海古籍出版社1986年），后有曾昭岷、曹济平、王兆鹏和刘尊明合作编纂的《全唐五代词》（中华书局1999年），踵事增华，后出转精。唐宋金元词断代总集的完成，愈发使人期待明清词总集的问世，以使中国词史能够得到完整呈现。

至21世纪，明清词的整理终于有了突破性进展，汇聚一代词作文献的总集相继问世。2004年，中华书局推出饶宗颐、张璋合作完成的《全明词》，有明一代的词作终于第一次有了总集。虽然此书存在的问题不少，但毕竟给明词提供了一个相对完整的荟萃性文本。其后周明初和叶晔的《全明词补编》（浙江大学出版社2007年），多有补苴，厥功不小。周明初又在主持国家社会科学基金重大招标项目，对《全明词》进行重编。完善的明词总集，值得期待。《全清词》系列，更是21世纪以来规模最大的词学文献整理成果。先是2002年，南京大学《全清词》研究室出版20巨册的《全清词·顺康卷》，2008年张宏生和他的团队增补了《全清词·顺康卷补编》4册，2012年又再接再厉，推出《全清词·雍乾卷》16册。40巨册的《全清词》，犹如词学界的"长城"，标志着21世纪的词学文献整理达到了一个新的学术高度，词学研究推进到一个新的历史阶段。它表明新生代的学人，也有能力做出跟前辈学者媲美的成果，也能创造同样的甚至是更大的辉煌。虽然目前出版的《全清词》，还只是汇聚了顺治、康熙、雍正、乾隆四朝的词作，而不是有清一代的全部词作，但已为深化拓展清词研究奠定了坚实而宽广的基础，为唐宋金元明词的传播接受研究提供了前所未有的丰富而便利的文献资料。作家的创造力，是体现在自己的作品中，而其影响力，则是体现在他人的作品中。我们要了解唐宋词人的影响力，必须了解明清词人对他们的反应和接受。唐宋金元明清词系列总集的问世，不仅完整地呈现出词人的创造史、词作的流变史，也完整地构成词的反应史和影响史。所以，明清词总集的出版，固然对研究明清两代词作有不可或缺的学术意义，对研究唐宋金元词也同样有着重要的文献价值。

文献整理是学术研究的基石，大而全的文献史料是学术研究可持续发展的前提条件。20 世纪的宋词研究，之所以能在整个词学研究和宋代文学研究中一领风骚，无疑是得力于唐圭璋先生编纂的《全宋词》。有了完备的文本，才有可能了解一个时代词作的整体风貌，才能全方位地探讨一代词史的发展进程。《全明词》和《全清词》的出版，必将并已经推动着明清词研究的进展。今后的明清词研究，不仅是整个词学研究领域的一大增长点，也将是整个明清文学研究领域的一大亮点。

（二）词话丛编、类编

除词作文献整理成果突出之外，词话文献的整理也是一大亮点。唐圭璋先生的《词话丛编》是 20 世纪引用率极高的词学理论文献，但限于当时的条件，搜罗未备。进入 21 世纪以来，多有增补，先后有朱崇才《词话丛编续编》5 册（人民文学出版社 2010 年）、葛渭君《词话丛编补编》6 册（中华书局 2013 年）、屈兴国《词话丛编二编》5 册（浙江古籍出版社 2013 年）问世。另外，刘梦芙编有《近现代词话丛编》（黄山书社 2009 年）。《词话丛编续编》辑录词话 32 种，《词话丛编补编》辑录词话 69 种，《词话丛编二编》辑录47种,《近现代词话丛编》收录8种,《词话丛编》续编、补编、二编和初编构成了《词话丛编》系列。虽然续编、补编和二编彼此有重复，但在《词话丛编》所收86种词话的基础上毕竟新增了100种，规模和内容都增加了一倍有余，古今词话之成书成卷者，几乎搜罗殆尽。

《词话丛编》系列主要收录成书成卷的词话，而前人零星谈词论词的资料，则未予采录。20世纪，施蛰存、陈如江曾从宋元野史笔记、诗话琐谈中辑出零星论词谈词的资料，汇编为《宋元词话》(上海书店出版社1999年)，张惠民早前也辑有《宋代词学资料汇编》(汕头大学出版社1993年)。近年邓子勉则进一步网罗放佚，广搜宋金元笔记小说、杂史书目、诗话词选、类书方志、书画题跋和诗文别集等，编成《宋金元词话全编》3册（凤凰出版社2008年），之后又一鼓作气，推出《明词话全编》8册（凤凰出版社2012年）。无论整篇零什，概加收录，宋金元明词话之面貌，得以完整呈现。宋金元明人的词学理论、词体观念、词作主张、词什创作缘起和传播接受的有关情形，由此可悉数探求。

词话丛编、全编，是按词话作者编排，旨在钩沉爬梳有哪些词话，如发掘矿藏。而词话类编，则是词人词作辑评，有如深加工，旨在辑录历代词人词作被哪些词话评论。20世纪，孙克强编有《唐宋人词话》(河南文艺出版社1999年)，近年扩展至元明清词，增订为《历代词人词话》(南开大学出版社2012年)。孙书是按词人编类，王兆鹏主编的《唐宋词汇评·唐五代卷》和吴熊和主编的《唐宋词汇评·两宋卷》(浙江教育出版社2004年)，则是按词作编类有关词评词话。编类方式虽异，使用方便则同。《唐宋词汇评》还辑有词人生平资料，并对相关作品做了系年考订。

除了词话的全编、类编，单书词话的辑录校注也有进展。如孙克强辑校的《蕙风词话·广蕙风词话》(中州古籍出版社2003年)和《白雨斋词话全编》(中华书局2013年)，在原书基础上多有增补。刘荣平的

《赌棋山庄词话校注》(厦门大学出版社 2013 年),推原究本,多有创获。林玫仪的《邹祗谟词评汇录》[1] 等也发掘出不少新的词评资料。

(三)词集序跋、论词绝句、词集校勘笺注

词集序跋,是重要的词学理论批评文献,借此可了解词人的生平事迹、创作个性、师承渊源、词作观念、群体互动、词坛的反应与接受、词集的编刻与传播等。20 世纪,金启华和张惠民编有《唐宋词集序跋汇编》(江苏教育出版社 1990 年),施蛰存主编有《词籍序跋萃编》(中国社会科学出版社 1994 年)。后者收录历代词籍序跋,影响尤大,引用率相当高,然采集不全,如清词别集序跋,仅收录 96 篇,且只注序跋从出之书名而未注明版本卷数,给检核利用带来不便。近年冯乾利用编纂《全清词》之便,广事搜罗,汇辑成《清词序跋汇编》(凤凰出版社 2013 年),收集清人词集序跋 3 000 余篇,详注版本来源,体例甚善。在清人词话之外,此书又开词学理论批评文献资源的新天地,值得注意和利用。

论词绝句,既是创作文本,也是批评文本,自宋代以来作者代不乏人。以前关注者不多,近年则有一批成果予以整理。王伟勇辑录的《清代论词绝句初编》(台北里仁书局 2010 年)收录清人论词绝句 136 家 1 137 首,孙克强和裴喆合编的《论词绝句二千首》(南开大学出版社 2014 年)收录历代论词绝句 555 家 2 500 首,程郁缀和李静合著的《历代论词绝句笺注》(北京大学出版社 2014 年)收录 72 家 1 024 首,为词学研究提供了新的批评文类和资料。

---

1 林玫仪:《邹祗谟词评汇录》,《中国文哲研究通讯》第 13 卷第 4 期(2003 年 12 月)、第 14 卷第 3 期(2004 年 9 月)。

词集的校勘笺注，收获亦大。《全宋词》校注本，20 世纪 90 年代已有朱德才主编的《增订注释全宋词》(文化艺术出版社 1997 年)，近年又有马兴荣、周笃文主编的《全宋词评注》(学苑出版社 2011 年)，注释加辑评，颇堪资用。新出其他词总集、别集校注本，有杨景龙《花间集校注》(中华书局 2014 年)、孙虹《清真集校注》(中华书局 2002 年)、徐培均《李清照集笺注》(上海古籍出版社 2002 年)、徐汉明《辛弃疾全集校注》(华中科技大学出版社 2012 年)、吴蓓《吴梦窗词汇校笺释集评》(浙江古籍出版社 2007 年)、孙虹和谭学纯《梦窗词集校笺》(中华书局 2014 年)等，搜罗校笺之功，都迈越前贤。梦窗词世称难懂难治，学界一直期盼有完善的注本问世，今由两位女学者分别推出新注，各有胜解。词集目录版本的研究，亦有新的创获。王兆鹏《词学史料学》(中华书局 2004 年)和邓子勉《宋金元词籍文献研究》(上海古籍出版社 2008 年)，详考各家词集的版本源流、异同优劣，较之前贤仅列词集版本目录，提升了一个学术层级。

二、理论研究的进展

21 世纪以来，词学的理论研究有四大进展。

(一)格局的改变：从重唐宋到热明清

20 世纪长期形成的重唐宋轻元明清的研究格局有所改变，近年来元明清词的研究有长足的进步，特别是明清词的研究渐成热点。

20 世纪，金元词研究的专著极少，只有台湾出版过张子良《金元词述评》(台北华正书局 1979 年)和黄兆汉《金元词史》(台北学生书局 1992 年),大陆没有一部金元词研究的学术专著。近年则有多本高质量的金元词研究专著问世,如赵维江《金元词论稿》(中国社会科学出版社 2000 年)、陶然《金元词通论》(上海古籍出版社 2001 年)、丁放《金元词学研究》(中国社会科学出版社 2002 年)、刘锋焘《宋金词论稿》(中国社会科学出版社 2002 年)、陈宏铭《金元全真道士词研究》(台北花木兰文化出版社 2007 年)、牛海蓉《元初宋金遗民词人研究》(中国社会科学出版社 2007 年)等。这些著作从不同的角度推进了金元词的研究。明词研究,在 20 世纪更是寂寞。21 世纪以来,明词研究的空间大有拓展,词史、词学、词论均有研究专著,其中张仲谋用力尤深,他率先推出第一部《明词史》(人民文学出版社 2002 年),备受瞩目,荣获夏承焘词学奖一等奖。其后张仲谋又用十余年之精力打造出《明代词学通论》(中华书局 2013 年)和《明代词学编年史》(高等教育出版社 2014 年),建树多多。另有姚蓉《明末云间三子研究》(广东高等教育出版社 2004 年)、余意《明代词学之建构》(上海古籍出版社 2009 年)、张若兰《明代中后期词坛研究》(中国社会科学出版社 2010 年)、岳淑珍《明代词学批评史》(社会科学文献出版社 2014 年)等,都各有开拓。过去我们只是听信清人“明词中衰”的说法,有了《全明词》和上述新的研究成果,我们对明词的面貌和发展进程就有了新的认识,对明词的成败得失能做出属于我们这个时代的独立判断。清词研究的基础,较之明词研究稍显厚实。近些年的清词研究,进展更大,特别是清词群体、流派的研究,成果丰硕,如沙先一《清代吴中词派研究》(人民文学出版社 2004 年)、朱德慈《常州词派通论》(中华书局 2006 年)、姚蓉《明清词派史论》(广西师范大学出版社 2007 年)、李丹《顺康之际广陵词坛研究》(上海古籍出版社 2008 年)、巨传友《清代临桂词派研究》(上海古籍出版社 2008 年)、陈雪军《梅里词派研究》(上海古籍出版社 2009 年)、侯雅文《中国文学流派学初论：以常州词派为例》(台北大安出版社 2009 年)、刘东海《顺康词坛群体步韵唱和研究》(上海古籍出版社 2013 年)等，都各有创获。清代词学理论批评的研究，也有令人瞩目的成果，如李康化《明清之际江南词学思想研究》(巴蜀书社 2001 年)、朱惠国《中国近世词学思想研究》(上海古籍出版社 2005 年)、鲍恒《清代词体学论稿》(人民文学出版社 2007 年)、孙克强《清代词学批评史论》(上海古籍出版社 2008 年)、谭新红《清词话考述》(武汉大学出版社 2009 年)等，都各有开拓。

沿清词而下，近代和民国词坛也逐渐成为新的学术增长点，研究成果日渐增多，代表性著作有：杨伯岭《晚清民初词学思想的建构》(安徽大学出版社 2004 年)、谢永芳《广东近世词坛研究》(上海古籍出版社 2008 年)、莫立民《近代词史》(人民文学出版社 2010 年)、林立《沧海遗音：民国时期清遗民词研究》(香港中文大学出版社 2012 年)、刘红麟《晚清四大词人研究》(湖南师范大学出版社 2012 年)、李剑亮《民国词的多元解读》(浙江大学出版社 2012 年)等。更可喜的是，当代的词人词作也逐渐进入词学研究的视野。马大勇《二十世纪诗词史论》(时代文艺出版社 2014 年)，对当下的诗词创作有精彩的评论。王兆鹏主编的《南园词评论》(中国青年出版社 2014 年)，则是有关当下著名词人蔡世平词作争鸣评论的汇编，借此可窥当前词坛的动向。刘梦芙编校的《当代诗词丛话》(黄山书社 2009 年)，收录今人词话 3 种(另有诗话 7 种)，其中自著的《冷翠轩词话》，以词人身份评述现当代名家词，颇有卓见。

(二)维度的转向：从二维到四维

历来的词学研究，包括整个中国古代文学研究，关注的是作家与作品两个维度，而如今的词学研究，已从作家—作品的二维模式转向作家—作品—传播—接受的四维模式。20世纪八九十年代以来，受文学社会学、传播学、接受美学等理论方法的影响和启示，人们对文学价值的实现过程有了新的认识。原来，文学作品的价值实现，既包含创作过程，也包含传播过程和接受过程。正如一般商品必须经过生产—流通—消费三个阶段一样，文学作品从其产生到价值的最终实现，也必须经过创作—传播—接受三个阶段。因此，文学研究很自然地由作家（创作者）、作品的二维研究延展向作家—作品—传播—接受的四维研究。

中国学界的古代文学传播研究，大约始于1984年。张可礼在《文史哲》1984年第5期上发表的《建安文学在当时的传播》，应该是最早的一篇以“传播”为题研究中国古代文学传播的专题论文。同年范之麟在《唐代文学论丛》第5辑上发表的《唐代诗歌的流传》，虽然没有用“传播”的概念，其实也是专论唐诗的传播。这两篇论文，可以说是中国古代文学传播研究的发轫之作。不过，整个80年代，中国古代文学的传播研究还处在自发的萌芽状态。到了90年代，中国古代文学传播研究的专题论文日渐增多，如王兆鹏《宋文学书面传播方式初探》(《文学评论》1993年第2期)、张可礼《诗经在东晋的传播和影响》(《文史哲》1994年第2期)、吴承学《论题壁诗——兼及相关的诗歌制作与传播形式》(《文学遗产》1994年第4期)、张强《论神话在汉代传播的文化形态》(《陕西师大学报》1995年第4期)、王小盾《中国韵文的传播方式及其体制变迁》(《中国社会科学》1996年第1期）等，都是自觉探讨中国古代文学传播的专题论文。张荣翼《古典文学传播的批评意义》(《社会科学辑刊》1996年第4期)、王兆鹏《传播与接受：文学史研究的另两个维度》(《江海学刊》1998年第3期)，更从理论上阐述了文学传播研究的学理意义。自此，文学传播研究从自发阶段走向自觉阶段。

但词学领域的传播研究，至21世纪初才起步。较早研究唐宋词传播的论文有：侯雅文《稼轩词的传播及其经典地位的形成》(《思与言》2001年第4期)、张玉璞《论词的传播方式对词人创作热情的刺激》(《湖北大学学报》2002年第6期)、刘尊明和田智会《试论周邦彦词的传播及其词史地位》(《文学遗产》2003年第3期)、王兆鹏《宋词的口头传播方式初探——以歌妓唱词为中心》(《文学遗产》2004年第6期)等。经过几年的积累，唐宋词传播研究的专著也接连问世，如钱锡生《宋词传播方式研究》(复旦大学出版社2009年)、陈水云《唐宋词在明末清初的传播与接受》(中国社会科学出版社2010年)、谭新红《宋词传播方式研究》(武汉大学出版社2010年)、王兆鹏《宋代文学传播探原》(武汉大学出版社2013年)等。接受史研究的词学著作，则有朱丽霞《清代辛稼轩接受史》(齐鲁书社2005年)、李冬红《〈花间集〉接受史论稿》(齐鲁书社2006年)、张璟《苏词接受史研究》(光明日报出版社2009年)等。陶子珍《明代词选研究》(台北秀威资讯公司2003年)和《明代四种词集丛编研究》(台北秀威资讯公司2005年)、闵丰《清初清词选本考论》(上海古籍出版社2008年)等选本研究，与词的传播接受也有关联。选本研究，是近年的热点之一，论著颇多。

传播接受研究，已成为词学和整个古代文学研究的“新兴产业”，开拓出词学研究的新空间。但词学的传播接受研究与整个古代文学传播接受研究一样，存在着“三多三少”的问题，即证明的多而还原的少，现象列举的多而理论概括的少，单向研究的多而双向研究的少。所谓证明的多而还原的少，是说有些论著只是满足于证明某个传播接受事实的存在，而不是进一步探讨传播接受的细节和过程、还原传播接受的历史生态，成果的信度与深度不足。现象列举的多而理论概括的少，是指有些论著只是停留在传播接受现象的列举上，而不大注意理论的提升与概括，学理性有待加强。单向研究的多，指传播接受研究往往是孤立地研究传播与接受，而不大注意跟创作关联起来思考和探究。传播接受固然可以独立地单向研究，但应注意与创作的互动关系的探讨，使传播接受研究有助于创作过程和作品特色价值生成的了解，真正使作家—作品—传播—接受的四维研究形成互动互联，推动词学研究向更高更深的方向前行。今后的传播接受研究，应加强过程的还原性、与创作的关联性研究。

（三）视野的开拓：从个体到群体，从微观到宏观

20 世纪的词学研究，大多是词人个体的研究，词人群体研究的专著只有王兆鹏的《宋南渡词人群体研究》（台北文津出版社 1992 年）。进入 21 世纪，研究视野渐从词人的个体研究延伸向词人群体研究，特别是博士论文，多以群体或时段研究为选题，如彭国忠《元祐词坛研究》（华东师范大学出版社 2002 年）、诸葛忆兵《徽宗词坛研究》（北京出版社 2001 年）、姚惠兰《宋南渡词人群与多元地域文化》（东方出版中心 2011 年）、金国正《南宋孝宗词坛研究》（上海人民出版社 2011 年）、丁楹《南宋遗民词人研究》（凤凰出版社 2011 年）、李艺《金代词人群体研究》（首都师范大学出版社 2008 年）等。群体研究不是个体研究的集合，而是对一个时段或一个地域的词人群体进行整体的观照，以揭示词人群体间的互动关系和共同的创作趋向，因而群体研究能发现个体研究无法顾及和观察到的问题。

视野的拓展不仅体现在由个体转向群体，也体现在从文化的角度对词的发展演变进行宏观的多元观照。20 世纪，文化学的研究已开其端，如刘尊明《唐五代词的文化观照》（台北文津出版社 1994 年）是较早从文化视角探讨唐宋词的著作。21 世纪以来，唐宋词的文化学研究已成热点，成

果丰硕。或从文化的宏观视角进行考察，如沈松勤《唐宋词社会文化学研究》(浙江大学出版社 2000 年)、沈家庄《宋词文化与文学新视野》(人民文学出版社 2001 年)、杨柏岭《唐宋词审美文化阐释》(黄山书社 2007 年)、刘尊明和甘松《唐宋词与唐宋文化》(凤凰出版社 2009 年)等；或从文化的某一领域、某一地域进行考察，如王晓骊《唐宋词与商业文化关系研究》(中国社会科学出版社 2004 年)、李剑亮《唐宋词与唐宋歌妓制度》(浙江大学出版社 2006 年)、宋秋敏《唐宋词与流行文化》(上海人民出版社 2013 年)、罗燕萍《宋词与园林》(中国社会科学出版社 2012 年)、杨万里《宋词与宋代的城市生活》(华东师范大学出版社 2006 年)、叶烨《北宋文人的经济生活》(百花洲文艺出版社 2008 年)、薛玉坤《宋词与江南区域文化》(中国华侨出版社 2007 年)等，都各有特色。

在宏观视野下，唐宋词的分类研究、专题研究也颇热络，如路成文《宋代咏物词史论》(商务印书馆 2005 年)、许伯卿《宋词题材研究》(中华书局 2007 年)、何春环《唐宋俗词研究》(中央民族大学出版社 2010 年)、苏慧霜《宋代骚雅词论》(台北文津出版社 2011 年)、王毅《中国古代俳谐词史论》(上海古籍出版社 2013 年)、窦丽梅《宋词中的身体叙事——经济因素的渗透与反映》(河南人民出版社 2012 年)等，都饶有新意。

宏观性的词史和词学史的研究，也有进展。断代词史有邓乔彬《唐宋词艺术发展史》(河北人民出版社 2010 年)、肖鹏《宋词通史》(凤凰出版社 2013 年)等；专题词史有邓红梅《女性词史》(山东教育出版社 2000 年)、木斋《宋词体演变史》(中华书局 2008 年)、徐安琪《唐五代北宋词学思想史论》(人民文学出版社 2007 年)等。其中《宋词通史》在体例、观念、方法等方面开创尤多。词学学术史的研究，是 21 世纪初的一大热点，时逢词学研究走过百年历程，故先后有多部著作予以回顾与总结，如谢桃坊《中国词学史》(巴蜀书社 2002 年)、蒋哲伦和傅蓉蓉《中国诗学史·词学卷》(鹭江出版社 2002 年)、曹辛华《20 世纪中国古代文学研究史·词学卷》(东方出版中心 2006 年)、张幼良《当代视野下的唐宋词研究论纲》(兰州大学出版社 2006 年)、曹辛华和张幼良《中国词学研究》(福建人民出版社 2006 年)、崔海正主编《中国历代词研究史稿》(齐鲁书社 2006 年)、陈水云《明清词研究史》(武汉大学出版社 2006 年)、曾大兴《词学的星空：20 世纪词学名家传》(河北人民出版社 2008 年)、谭新红《词学档案》(武汉大学出版社 2012 年)、傅宇斌《现代词学的建立：〈词学季刊〉与 20 世纪三四十年代的词学》(商务印书馆 2013 年)等。这些词学史，探讨中国传统词学和现代词学的进程，总结回顾已有成果的利病得失，各有建树。

(四)方法的更新：从定性到定量

21 世纪以来词学研究方法的最大变化，是定量分析方法的运用。文学研究，向来只注重定性分析，而轻忽定量分析。随着计量历史学和计量文献学的兴起，人文学科各个领域也越来越注意运用定量分析方法来拓展自己的研究空间。20 世纪末，王兆鹏和刘尊明就开始探索词学的计量研究，发表有《历史的选择——宋代词人历史地位的定量分析》(《文学遗产》1995 年第 4 期)。21 世纪以来，他们又对宋代词人的地域分布、经典词作的影响力、词调的使用率和当代词学的发展历程等进行了定量分析，发表了系列性的研究成果，如王兆鹏的《宋词作者的统计分析》(《文艺研究》2003 年第 6 期)、《宋词经典名篇的定量考察》(《文学评论》2008 年第 6 期)、《20 世纪词学研究成果量的阶段性变化及其原因》(《学术研究》2010 年第 6 期)，刘尊明和王兆鹏合著的《唐宋词的定量分析》

（北京大学出版社2012年）等。定量分析方法在词学研究中的运用越来越普遍，肖鹏《宋词通史》就多次运用统计数据来考察宋词的演变，多有新发现。还有学者用定量分析的方法来统计分析地域词坛的发展及其贡献，考察宋词经典词作生成的过程、经典作家历史地位的嬗变，都新人耳目。[1] 词学研究的定量分析虽然取得了一定成绩，但还处在起步阶段，应用的空间和前景十分广阔。尽管有人对文学研究使用定量分析方法心存疑虑甚至质疑，但定量分析能发现和解决定性分析方法无法发现和解决的问题，是不争的事实。只是定量分析方法还需要不断完善，定量分析与定性分析的结合是未来人文科学发展的必然趋势。

从学科发展的需要而言，我们也应该更新和升级传统的定性研究，探索和拓展新兴的定量研究。现代词学界，是学者研究词，而不像过去，是词人兼学者谈论词。我们应该清醒地认识到，当下的词学研究，包括诗学研究，出现了一个文化断层，前辈学者都能填词写诗，但没有什么理论支撑，所以只能走定性研究的路子。今天的学者，大多数不会创作，没有艺术直觉，至少是艺术感受力较弱，不能做艺术判断，只能做理论判断，论词常常变成空谈。所以借重定量研究，既是一种另辟蹊径，也是一种转型。当然，我们提倡和鼓励科学的定量研究，也要注重培养传统的艺术直觉判断研究。像刘梦芙那样能够自己创作词话的学者，是我们对未来的期盼。一个平衡理想的词学界，应该拥有一定比例的创作型学者。

---

1 如邱昌员《两宋江西词发展及其贡献的定量分析》（《南昌大学学报》2003年第3期）、王伟伟《宋代社交生活的“新宠”——从宋代社交词的定量分析谈起》（《东岳论丛》2012年第4期）、郁玉英《姜夔词史经典地位的历史嬗变》（《文学评论》2012年第5期）、郁玉英《清人词学视野中的宋词经典》（《江海学刊》2009年第1期）等。

三、今后发展的面向

今后的词学研究，有三个面向值得特别期待。

（一）回归文本

近些年的词学研究，跟整个古代文学研究一样，都是向外部扩张，研究文学与外部的关系。现在比较热络的文学文化学研究、文学地理学研究、文学家族研究、文学传播与接受研究、文学经典形成研究等，都是关注文学外部的问题、创作主体的问题，而文本的艺术构成方式等文学内部问题，越来越不受重视。我们常说，文学史是心灵史，但文学史也是艺术表现史、艺术构成史，我们既应该把文学史当作心灵史、人性史来研究，也应该把文学史当作艺术史、技巧史来探讨。所以，今后的词学研究应该加强词作文本研究、词作艺术研究，这样词学研究就能内外双重突破，不仅仅是研究领域的拓展，而且也有深度的掘进。其实，词的艺术研究，前辈学者已积累了不少经验和成果，龙榆生、夏承焘多方面探讨过词的字声配合与词作声情的关系，唐圭璋先生早年也深入研究过词的作法，写有名篇《论词之作法》，为词的句法和章法研究指示了门径，我们可以在其基础上进一步开拓。詹安泰对词的修辞艺术也做过系统的探讨。施议对提出的“词体结构论”[1]，陶文鹏的词体艺术研究系列[2]，台湾学者有关修辞与章

1 参见施议对：《吴世昌与词体结构论》，《文学遗产》2002 年第 1 期。

2 陶文鹏的相关论文有：《论梦窗词气味描写的艺术》（《文学评论》2006 年第 5 期）、《论宋词绘影绘声的艺术》（《文学遗产》2007 年第 4 期）、《论唐宋词的戏剧性》（《文学评论》2008 年第 1 期）、《论唐宋词起、结与过片的表现技法》（《西南民族大学学报》2010 年第 2 期）、《论唐宋词“点染”的艺术》（《华南师范大学学报》2010 年第 1 期）等。

法结构的研究成果等[1]，都是可供学习和借鉴的学术资源。

古人写词，很重视法度。周邦彦作词就是“下字运意，皆有法度”[2]。既然词人创作讲究法度，那么，词学研究理应探讨词中所用的“法度”。历来的词学研究，虽然涉及词的字法、句法、章法，但并无系统的研究。我们可以在前贤研究成果的基础上继续深化。比如，词的用字，唐圭璋先生曾总结：“虚字最足传神，代字妙有含蓄，叠字善于描摹”，“去声字，极关音响”。[3]除此之外，动词、形容词等实字（词）的运用，有何奥妙？用法不同，艺术效果有何不同？不同的词人，用字炼字各有何特点？不同时代、不同时期词人的用字有哪些趋同性，有哪些求异性？后一时期与前一时期相比，又有哪些发展变化？都值得系统研究。周邦彦等人喜欢化用唐人诗句，究竟是如何化用？有哪些窍门？是整句挪用，还是摘用、联用？是化用其意，还是仅用其字面？有待深化细化。至于句法，长句和短句、单句和对句、叠句和领句，名型句法各有不同。唐圭璋先生曾总结并分析过词的设想句、层深句、翻转句、呼应句、透过句，拟人句。[4]这些句法之外，还有时空叠映句，如晏殊“一曲新词酒一杯，去年天气旧亭台”，两句之中，既含过去时态的时空和情事，又含眼前进行时态的时空和情事，明写过去，暗含现在。晏几道的“当时明月在，曾照彩云归”，用法相同。这类句法，也值得总结和归纳。至于章法，古人也特别在意。陆辅之《词旨》说：“制词须布置停匀，血脉

---

1 如陈满铭《词林散步——唐宋词结构分析》（台北：万卷楼图书出版公司，2000 年）、仇小屏《古典诗词时空设计之研究》（台北：花木兰文化出版社，2007 年）、蒲基维《章法风格析论——以苏轼词、姜夔词为考察对象》（台北：花木兰文化出版社，2007 年）等。

2 （宋）沈义父：《乐府指迷》，唐圭璋编：《词话丛编》，北京：中华书局，1986 年，第 277 页。

3 唐圭璋：《论词之作法》，《词学论丛》，上海：上海古籍出版社，1986 年，第 841 页。

4 同上书，第 846 页。

贯穿。过片不可断曲意，如常山之蛇，救首救尾。”[1] 章法既包含起句、过片和结句，也包含上下片的安排和情景的配置。双调词一般是对称式结构，也有一气直下，上下两阕不对称的，如辛弃疾《破阵子》(醉里挑灯看剑）过片处紧承上片词意，直到末句才转折。倾斜式、非对称性结构究竟有多少？对称式结构与非对称结构各有何不同的艺术效果，可以进行定量和定性的分析。对称式结构，是整体章法的对称稳定与局部句式的参差变化构成和谐的统一，这与中国和而不同的文化理念相通。词的章法结构与中国文化理念究竟有何相通之处，也有必要探究。词的字法、句法、章法与诗的字法、句法、章法有何联系与区别，可以进行比较与会通研究。词的各种法度，古人多有提点。我们既要对词学批评史上有关词的各种法度的论述进行系统整理和阐释，也要从具体的作品文本和当下的创作实践中去发现和总结新的方法技巧，用新的概念术语、新的理论思维，对词的艺术手法进行新的概括和阐释。我们期待“词的艺术技巧史”“词的艺术表现史”之类的论著不断问世。

（二）面向当代

这有两层含义，其一是面向当下跟踪创作动向，加强对当下词坛创作生态的批评与研究，其二是面向当代传播古代词作，加强古代词作在当代传播策略、传播实务的研究。中国历来的词学批评，都是面向创作、面向当代的，从南宋初王灼的《碧鸡漫志》，到南宋末张炎的《词源》、沈义父的《乐府指迷》等词学著作，无不有明确的指导、引领当下创作的祈向。所谓“乐府指迷”，就是对词的创作指点迷津。明代张綖的《诗

1 （元）陆辅之:《词旨》，唐圭璋编:《词话丛编》，第 303 页。

余图谱》也是如此，他总结前代词作的格律谱式，目的是为当时的创作提供技术标准、操作规程。他在《凡例》中特别提出词分婉约、豪放两体，并主张以婉约为贵，也是旨在提供创作的审美规范。清代浙西词派、常州词派的词学理论与批评，也同样是为当时和后来词的创作树鹄的、立标杆。到了现代，由于“词学”与“学词”的分化与对立，词学研究越来越学问化、学院化、书斋化，离当下活生生的创作实践越来越远，词学研究的批评功能日益淡化。如今随着网络等新媒体的诞生，词的创作与传播越来越实时、密集，词坛创作生态越来越丰富，词作的创作队伍越来越多元化。我们的词学研究，应该跟随时代的步伐，参与当代词坛的建设，对当下词的创作进行跟踪批评、整理研究。我们要有一种大的词史观，研究过去完成时态的词，是词史的研究；研究当下进行时态的词，同样是词史的研究。词史是词人创造的，却是学者整理的。词史是词人和批评家、学者共同构建的。没有历代词学研究者对历代词人词作的搜集整理，历史上的词人词作早就被风干风化、被历史的尘埃所湮没。当今的网络时代，词作鱼龙混杂、泥沙俱下，更需要学者以专业的眼光做披沙拣金的整理工作，以历史的眼光和审美的精神进行批评和引导，既为今后的词史研究奠定文献基础，也提供一种理论参照。我们期待像施议对《今词达变》（澳门大学出版中心 1997 年）那样的著作越来越多。

21 世纪的学者，承担着复兴中华传统文化的历史使命。如何让中国的传统文化走向世界，让传统的唐诗宋词有更多的读者、更广大的舞台，不仅能够被一般公众所了解、喜爱，而且还能够被音乐、影视、绘画、网络、游戏等更多样的形式所利用、所嫁接，变成文字书籍之外的其他文化形态，而被消费者接受，这是我们不可推卸的文化使命。我们不能只是停留在理论层面研究词的传播史，还应该从实践层面研究古代词作在当下传播的策略、途径和方法，为词作的当下传播献计献策，真正参与到当下的文化建设中去。当下和今后的读者，越来越偏重于电子阅读，较之纸本阅读的静态化、平面化而言，电子阅读是动态化、立体化、可视化的。20 世纪 90 年代，凭借唐宋词鉴赏辞典之类的纸本读物，在社会上掀起过一股较长时间的唐宋词欣赏与传播的热潮。如今的读屏时代，我们能否推出一系列可视化的融欣赏解析文字、呈现词作画面声响的音像视频于一体的唐宋词电子读物呢？怎样将词的阅读欣赏进行数字化、可视化传播，是读屏时代对我们提出的迫切需求。与此相应，我们的研究就不能全是与现实毫无关系的封闭式叙述，我们应该打开眼界，用人类共同的价值尺度和情怀，来观察评价文学和历史，不仅要专注于历史的真伪、艺术的美丑，还要专注于忠奸善恶的分辨，专注于生命的终极关怀。

（三）关注“云端”

所谓“云端”，是借指“云计算”“大数据”等 IT 技术及其影响下的前沿研究范式、思维方法。当今时代，科学技术特别是 IT 技术日新月异，数字化我们还没有怎么适应，就已经进入到数据化时代和大数据时代了。最近有学者提出古典文学研究要加快“数字化”向“数据化”的转变[1]，词学研究也需要及时跟进。这不是“跟风”追潮赶时尚，而是及时地利用人类最新的科学技术来丰富我们的研究手段，开拓我们的研究视野，更新我们的研究思维，提升我们的研究水平。做学问固然要坚守学术传统，要有定力，但更要有活力，要以博大的胸襟、开放的视野，

1 郑永晓：《加快“数字化”向“数据化”转变——“大数据”、“云计算”理论与古典文学研究》，《文学遗产》2014 年第 6 期。

利用、吸纳、融合一切先进的理念和方法。

创新始终是推动一个国家、一个民族向前发展的重要力量。当前，整个世界都在谈论着工业4.0。我们文学研究的4.0在哪里？我们的3.0应该如何升级换代？教育界常用的一句口号是：教育要面向未来。我们的学术研究也必须面向未来，才有无限广阔的空间，尤其应该倡导方法创新、思维创新、观念创新、技术工具创新乃至平台创新。所不同的是，我们必须在传统的基础上创新，在学术传统上守土有责，在学术创新上开疆拓宇。在科学技术尤其电脑网络技术日新月异的今天，没有学术创新和想象，只有守成的话，我们将永远落后于世界，永远被边缘化。守成和创新，是车辆的左右两轮，不可偏废。

古代文学研究，通常是强调文献意识、理论意识，我觉得，今后要增强技术意识，利用计算机和信息技术提升和改进我们的研究手段和方法。要学会把计算机由检索工具变为分析工具，不仅是借助计算机来检索我们需要的海量文献，还要让计算机技术协助我们挖掘、分析文献，把固态文献变成活态文献，让旧文献生成新知识，让海量文献生成大数据，从大数据中发现新问题。所谓活态文献，可举一例，比如纸本《全宋词》的编排，只是按作者的时代先后编排，这种编排方式是固定的，读者无法变更的。未来的新型数字化产品《全宋词》，将可以按用户的需要随心所欲地自动编排，既可以按作者的时代排列，以考察一个时代或时段的词作；也可以按作者的籍贯排列，以考察一个地域、地区的词作；还可以按作者的身份排列，以考察特定类型作者的词作，如帝王、宰相、将帅、状元、僧道、女性等人的词作；又可以按自定义的作者关系排列，以考察特定群体、流派、家族的词作。这是以作者为中心进行作品重组。还可以作品为中心进行重编，可以按词调编排，将同一词调的所有作品编到一起，以考察同一词调的声情与变化；可以按用韵方式来排列，以全面系统地考察词韵的用法与变化；可以按题材来排列，以考察同一题材的不同表现方式及其演进；可以自定义按词中的物象来排列，如分天文、地理、动物、植物、人物、器物等，以分类考察词作中的自然世界、人文世界和情感世界。这种数字化产品，不仅能自动重编作品，还具有分析功能和统计功能，能自动分析词调平仄谱式、韵部韵法、句型句法，能自动分析用典，自动分析意象。还可以按作者、时代、地域、来源、词调、题材等进行统计。今后的统计数据，跟传统的文献资料一样，是学术研究不可或缺的理据、证据。我们还可以借助IT技术，用数据来分析作家的心态情感、艺术风格，分析作家群体创作的趋同性、差异性和地域性，分析词作的字法、句法、章法，分析不同作品之间的关联性、互文性，分析不同文体的独立性和互融性，分析语词、典故、意象含义的变迁，分析文学观念的承传流变等。大数据时代，必将拓展出词学研究的新空间、新格局。

（原载《学术研究》2015年第6期）

西洋照相石印术与中国古典小说图像本的近代复兴

潘建国*

中国古典小说图像本始见于元代，存世有《全相三国志平话》《全相武王伐纣平话》等元刊五种。晚明时期，小说戏曲方兴未艾，木刻版画亦进入“登峰造极，光芒万丈”的年代，“差不多无书不插图，无图不精工”[1]，合此两端，小说图像本遂臻于鼎盛，涌现出诸如容与堂本《忠义水浒传》、《新刻批评绣像金瓶梅》、雄飞馆本《英雄谱》等大量精美版本，并逐步形成建阳、金陵、徽州及苏州等风格不同的版画流派。至清代前期，小说图像本挟明末之势，仍有不俗表现。迨嘉庆以降，因内忧外患，国力日衰，木刻版画渐趋式微，小说图像本亦随之零落，大多绘摹拙

* 北京大学中文系教授。

1 郑振铎:《中国古代木刻画史略》之六，上海：上海书店出版社，2006 年，第 49 页。

劣，刀刻板滞，其末流更不堪寓目。[1] 适值此时，西洋照相石印术（photo-lithography）开始传入中土，其神奇的照图功能，填补了图像出版的技术空缺，小说图像本迅速迎来了其发展史上的又一个繁盛期。

一、照相石印术的传入与石印图像本小说的出版

石印术（lithography）由德国人赛尼斐德（Aloys Senefelder）发明于19世纪初，清道光五年（1825）以后，始陆续传入中国之澳门、广州及上海地区。最早使用该技术进行中文印刷者，乃西方传教士马礼逊（Robert Morrison）、麦都思（W. H. Medhurst）及合信（Benjamin Hobson）等人[2]，不过，由于技术及设备诸方面的原因，早期中文石印所造成的社会影响极为有限。

真正将石印术推广到中国并产生社会影响的，是成立于光绪四年（1878）的上海《申报》馆下属机构——点石斋书局。考察点石斋书局的成功原因，一方面盖依托于《申报》馆的社会声誉，另一方面则在于引进了经过技术升级的石印新法，即“照相石印术”。石印术的基本原理，是利用油水相斥现象，先以脂肪性油墨将图文绘制于专用石版上，然后以水润湿石版表面，使空白区域（即没有图文区域）的石版细孔吸蓄水分，构成图文区域亲墨抗水，空白区域亲水抗墨；再经平压平或圆压平

1　关于小说版画史之论述，可参阅戴不凡：《小说见闻录·小说插图》，杭州：浙江人民出版社，1980年，第294—298页；周心慧：《中国古小说版画史略》，《中国古代版刻版画史论集》，北京：学苑出版社，1998年，第33—64页。

2　苏精：《中文石印：1825—1873》，《马礼逊与中文印刷出版》，台北：学生书局，2000年，第171—189页。

方法，将石版上的图文墨迹，刷印到纸张上。其中石版绘制环节最为关键，一般有两种方法，一是直接手工绘制，二是通过照相转写，即先以照相湿版摄制阴图，落样于特制的化学胶纸，再经专门设备转写于石版。[1] 由于借用了照相的技术优势，照相石印术显示了超强的缩印与照图功能，这两项功能决定了近代中文石印业的主体业务：缩印功能主要应用于翻印大部古籍丛书，而照图功能则广泛使用于图像印刷。

光绪五年（1879）5 月 12 日，点石斋书局在《申报》登载广告，向读者推出其精心策划的《鸿雪因缘图记》石印本。《鸿雪因缘图记》乃清完颜麟庆所撰游记集，有道光扬州精刻本，共三集 240 则，每集 80 则，每则文字配以插图一幅，每幅插图印以对开两页，精美绝伦，久为藏家所珍，然售价高达数十两银子，实非普通人所能承受。点石斋将此书按原本缩小照印，定价仅一元，价格优势极为明显。其出版广告云：

> 本馆自创设点石斋仿泰西照相石印之法以来，特不惜重资，购求原本，勒诸贞珉；又嫌原本之过大，而翻阅之累赘也，缩存四分之一，细于牛毛，密于茧丝，而深浅远近，仍复一一分明，与元本后先辉映。若此细图，即付手民雕刻，恐离娄复生，亦当望而却步矣。昔人以诗书画为三绝，今《鸿雪因缘图记》，图则擅写生之妙手，记则具赋物之清才，而点石斋之印工，又为开天辟地以来夺造化、转鸿钧之奇术，称为三绝，允当无愧。

石印本《鸿雪因缘图记》初版五千部，“不一年而售罄”，至光绪六

---

1 参见范慕韩主编：《中国印刷近代史初稿》第七章第二节“平版印刷工艺”，北京：印刷工业出版社，1995 年，第 565—567 页；成都杨刚：《石版制版术》，石印传习所印行，时间未明，虞虞斋藏本。

年（1880）7月，点石斋予以重印[1]，获利当甚为可观。或受此鼓舞，《申报》馆开始关注小说图像本的出版业务。

目前所知第一部石印图像本小说，是光绪七年（1881）《申报》馆出版的《西湖拾遗》，其正文用铅字排印，唯书首“金牛献瑞”“玉镜呈祥”“西湖全图”及“西湖十景图”等图像，乃“用连史纸由石印照相法印出，弁诸简首，格外耀目”[2]。此书拉开了小说石印图像本的出版序幕：光绪八年（1882），点石斋石印《三国志全图演义》；光绪十年（1884），同文书局石印《增评补图石头记》；光绪十一年（1885），同文书局石印《增像三国全图演义》；光绪十二年（1886），同文书局石印《评注图像水浒传》、《详注聊斋志异图咏》；光绪十四年（1888），点石斋石印《绘图东周列国志》及《绘图镜花缘》，蜚英馆石印《绘图评点儿女英雄传》，鸿文书局石印《增像全图三国演义》及《新说西游记图像》，大同书局石印《图绘五才子奇书》，鸿宝斋书局石印《增补齐省堂儒林外史》；光绪十五年（1889），蜚英馆石印《详注聊斋志异图咏》，等等。

二、石印精本小说图像的新变化

检阅上述诸书，多属中国古典小说名著，然审其底本，皆为清代后期通行本，譬如点石斋本《三国志全图演义》，以清咸丰三年（1853）常熟顾氏小石山房刻毛评本为底本；同文书局本《评注图像水浒传》，以清王望如评注七十回本为底本；同文书局本《增评补图石头记》，以清王希廉、

1 光绪六年（1880）7月5日《申报》所载点石斋“重印《鸿雪因缘图记》出售”广告。

2 光绪七年（1881）6月29日《申报》所载该馆“《西湖拾遗》出售”告白。

张新之、姚燮三家评本为底本。此种现象表明，石印本小说的出版重心，并非在于文字版本的珍稀性，这与之前铅印本小说的出版迥然有别。

兹以点石斋书局为例，它隶属于《申报》馆，该馆早在同治十三年（1874）就开始采用铅印术出版中国古典小说，截至光绪八年（1882），已出版《快心编》《西游补》《何典》等17种小说，然绝大部分为二三流的非名著作品，各书出版广告亦反复强调“向无刊本”[1]、“特向无刊板，故不传于世”[2]、“惜尚无刊本，绝少流传”[3]云云，显然，小说文本的稀见性乃其最重要的出版追求，这符合早期《申报》馆“搜求新奇艳异、幽僻瑰玮之书”[4]的出版宗旨。然而，等到点石斋书局出版石印小说时，该馆却完全改变了策略，将之前不屑一顾的名著通行本列为出版对象，充分利用照相石印术的照图功能，以大量精美的图像而非流传稀少的文本，作为吸引读者的最大亮点，其出版广告也突出了对小说图像的宣传：

> 《三国演义》一书，久已脍炙人口。惟坊间通行本字迹模糊，纸张粗劣，绣像只有四十页，阅者病之。本斋现出巨资购得善本，复请工书者照誊，校雠数过，然后用石印照相法印出。故是书格外清晰，一无讹字。为图凡二百有四十，分列于每回之首，其原图四十，仍列卷端，工致绝伦，不特为阅者消闲，兼可为画家取法。[5]

该时期由点石斋、同文书局、蜚英馆等书局出版的石印小说图像本，

---

1 光绪四年（1878）11月21日《申报》所载该馆“新印《何典》出售”广告。

2 光绪三年（1877）9月14日《申报》所载该馆“发售《女才子》告白”。

3 光绪六年（1880）1月6日《申报》所载该馆“新印《绘芳录》出售”广告。

4 同治十三年（1874）10月5日《申报》所载该馆“访书告白”。

5 光绪八年（1882）11月4日《申报》所载点石斋“石印《三国演义全图》出售”广告。

开本阔大，纸墨优良，图绘精美，确实代表了晚清石印小说的最高水平，其中大多数已被阿英《清末石印精图小说戏曲目》收录。与清代中后期的木刻本相比，上述石印精本小说的图像，呈现出几个引人注目的新变化。

其一，图像数量大幅增加。

由于采用了照相转写、机器印刷等技术，石印图像的技术难度及商业成本均大为降低，故单部小说的图像数量有了大幅增加，少则一二百幅，多则三四百幅，蔚为大观。譬如点石斋本《三国志全图演义》有280幅，同文书局本《增像三国全图演义》有384幅，点石斋本《绘图东周列国志》有264幅，同文书局本《评注图像水浒传》有160幅，同文书局本《详注聊斋志异图咏》多达445幅。此与清代中后期木刻本小说通常只有十数幅或数十幅图像（如咸丰三年顾氏小石山房刻本《三国志演义》仅有40幅人物绣像），形成强烈反差。同文书局本《详注聊斋志异图咏》更值得关注。蒲松龄《聊斋志异》自乾隆三十一年（1766）赵起杲青柯亭刻本问世之后，坊肆翻刻不断，有节选本，有满文译本，有朱墨套印本，林林总总，但未曾出版过图像本。直至光绪十二年（1886），同文书局"荟萃近时名手"，"每篇事迹，各画一图，分订每卷之前，其有二则三则者，亦并图之"，每图"题七绝一首，以当款字，风华简朴，各肖题情；并以篇名之字，篆为各式小印，钤之图中，尤为新隽可喜"。[1]此书石印之后，"阅者无不惬心"[2]，风靡一时，翻印不绝，充分展示了石印图像本小说的独特魅力。

其二，情节插图重新成为小说图像之主体。

中国古典小说文本所附图像，包括情节插图及人物绣像两类，从元

1　光绪十二年（1886）同文书局石印本《详注聊斋志异图咏》卷首"例言"。

2　光绪十三年（1887）3月《点石斋画报》"癸集一"所载"《聊斋图咏》出售"广告。

刊全相平话，到晚明时期的木刻本小说，其图像大多为情节插图，其构图复杂，布景富丽，或将士战马，旌旗猎猎；或山川草木，亭台楼阁；或绣榻帐幔，花窗明几，不仅给人以美感，也包含丰富的社会文化信息。清乾隆以降，情节插图逐渐从小说文本中淡出，代之而起的则是模式化的人物绣像，这固然与清康乾时期《凌烟阁功臣图》《无双谱》《晚笑堂画传》及《百美新咏》等人物画谱的流行有关，但也是木刻版画艺术逐渐衰微，导致无力绘刻场景繁复之图的结果。然而令人欣喜的是，上文提及的石印精本小说，重又恢复了情节插图的绘制，而且情节插图数量远远超过人物绣像，成为小说图像的主体。譬如点石斋本《三国志全图演义》有图像280幅，其中情节插图240幅，人物绣像40幅；点石斋本《绘图东周列国志》有图像264幅，其中情节插图216幅，人物绣像48幅；而同文书局本《详注聊斋志异图咏》所绘445幅图像，均为情节插图，且在构图之繁复、绘摹之精细程度上，即便与晚明时期的小说图像本相比亦毫不逊色。

其三，图像绘制水平显著提高。

从技术层面来看，木刻本小说图像的优劣，取决于画师画样及刻工雕刻两个环节；而石印本小说图像，则因借助照相技术，省却雕刻一环，故其优劣基本上全由画师决定。清代后期的上海，恰恰凭借其特殊的政治文化及地理优势，迅速成为大江南北，尤其是江浙地区文人商贾的聚居地，其中就包括一批风格各异的书画家。清王韬《瀛壖杂志》(1874)卷五载："沪上近当南北要冲，为人文渊薮。书画名家，多星聚于此间。向或下榻西园，兵燹后僦居城外，并皆渲染丹青，刻画金石，以争长于三绝，求者得其片纸尺幅以为荣。"[1] 这些寄寓在上海的书画家们为了生

1 王韬:《瀛壖杂志》卷五，上海：上海古籍出版社，1989年，第93页。

存，需要寻找各种谋生手段，与书局合作、为古典小说绘制图像即为其中一项。譬如海上画派名家杨伯润，参与绘制了同文书局本《详注聊斋志异图咏》插图；苏州画家吴友如，参与绘制了鸿文书局本《新说西游记图像》插图；南京画家陈作梅，绘制了蜚英馆本《绘图评点儿女英雄传》插图；海上画派陆鹏，绘制了萃珍书屋本《今古奇观图咏》(此书文字铅印，图像石印）插图；四川寓沪画家杨文楼，绘制了文宜书局本《绘图富翁醒世传》插图，如此等等，不可胜举。[1] 由于职业画家的参与，石印小说图像的艺术水平，较清代中后期木刻本有了显著提高。

三、石印精本小说图像分析

关于清代中后期木刻本小说图像之粗劣，戴不凡《小说见闻录・小说插图》曾云："清人所刻，人物非歪嘴歪鼻歪眼，即多是线条硬梆梆者"，"清代坊刊小说多小本，前附绣像多不倩人绘制，而往往以'缩放尺'自金古良之《无双谱》、上官周之《晚笑堂画传》、《芥子园画传四集・百美图》诸书中剽窃翻刻者。此等图谱中之人像与小说本来毫无关系，益以缩尺既不精密，刻工又复了草，往往成为'奇观'"。[2] 反观晚清石印精本小说图像，面貌焕然一新，不仅描绘精细，布局设计也多见匠心，体现出职业画家的专业水平，兹略举数例。

（一）同文书局本《详注聊斋志异图咏》所绘 445 幅情节插图均属原创，颇费斟酌，据书前"例言"，每图"俱就篇中最扼要处着笔，嬉笑怒

1 潘建国：《近代海上画家与通俗小说图像的绘制》，《荣宝斋》2007 年第 3 期。

2 戴不凡：《小说见闻录・小说插图》，第 297—298 页。

骂，确肖神情，小有未洽，无不再三更改，以求至当。故所画无一幅可以移至他篇者”。[1]以卷一《画皮》为例，该篇最具代表性的情节乃王生隔窗窥鬼画皮一段，原文云：

> （王生）无何至斋门，门内杜不得入，心疑所作，乃踰垝垣，则室门亦闭，蹑迹而窗窥之，见一狞鬼，面翠色，齿巉巉如锯，铺人皮于榻上，执彩笔而绘之。已而掷笔，举皮如振衣状，披于身，遂化为女子。睹此状大惧，兽伏而出。[2]

此篇插图站在局外观察者视点，绘一儒冠长衫的书生，立于窗前，以手轻拨窗棂，身体微倾，正从窗缝向室内偷窥。而透过房间的另一侧，阅者可以看到室内有个面目狰狞的恶鬼，正执笔作描绘状，桌面所铺人皮上，女子面容已基本画就。整幅插图紧扣小说情节而绘，惟妙惟肖，确实难以“移至他篇”。该幅插图题七言绝句云：“蓦看罗刹瘦西施，只要蛾眉样入时。如此妍皮如此骨，个中色相试参之。”诗借皮骨之叹，寓有深意，恰如《画皮》文本篇尾“异史氏”所曰：“愚哉世人！明明妖也而以为美；迷哉愚人！明明忠也而以为妄”，“天道好还，但愚而迷者不悟耳，可哀也夫”。诗末钤一椭圆形白文小章，所刻正是小说篇名“画皮”两字，谓之“新隽可喜”[3]，洵非溢美。

（二）南京画家陈作梅所绘蜚英馆本《绘图评点儿女英雄传》插图82幅，每幅皆极为精美，而尤其值得称道者，画家对该小说的京旗色彩理解深入，插图中男女人物的发式服装、居家陈设、生活习惯等项，每

1 《详注聊斋志异图咏》，北京大学图书馆藏清光绪十二年（1886）同文书局石印本。

2 同上。

3 同上。

多与小说情节所述及史料所载之满族文化相吻合：男子多头戴瓜皮帽，脑后拖着长长的辫子；女子则手持烟杆，发式梳为旗人妇女典型的“两把头”[1]；室内多置炕床，上摆炕桌、引枕等物。显然，《绘图评点儿女英雄传》的插图，不仅是小说情节内容的图像化，提供美术层面的鉴赏功能，而且也是小说文化风格的图像化，具有一定的社会民俗史价值。

（三）四川寓沪画家杨文楼所绘文宜书局本《绘图富翁醒世传》人物绣像 14 幅，线条流畅，表情丰富。该书主人公“钱士命”，贪婪悭吝，嗜钱如命，其姓名谐音“钱是命”，乃小说作者重点抨击的无耻小人。杨文楼描绘之“钱士命”绣像，双手紧抱一枚巨大的钱币，盖住整个上半身，仅从钱币中间方孔中，露出一副贪婪奸诈面目，诙谐生动，寓意深刻，颇具现代漫画的艺术效果，此与清代人物图谱中僵化呆板的人物绣像，大异其趣。

值得一提的是，石印小说图像本的流行，还刺激了晚清画家据小说情节绘制画册的热情，催生出一批古典小说插图画册，有些幸运地流传至今。譬如北京大学图书馆藏有《镜花缘图》，光绪十九年（1893）孙继芳绘，设色绢本，折装，十函 20 册，凡 200 幅，每幅纵 39.6 厘米，横 33 厘米，经对比，其中有半数乃据光绪十四年（1888）点石斋石印本《绘图镜花缘》摹绘而成。[2] 又譬如辽宁旅顺博物馆藏有《红楼梦图册》[3]，光绪间河北丰润孙温、孙允谟绘制，设色绢本，24 册，凡 230 幅（残缺

1 所谓“两把头”，即先将额前至耳后的长发束起，在头顶正中扎起一个“头座”，然后再把头座的长发分成左右两绺，编成小辫，绾成左右两个小发髻，最后把脑后的头发绾成一个燕尾式的长扁髻，压在后脖领上。小说对此种发式有详细的描写。参见李婷：《京旗人家——〈儿女英雄传〉与民俗文化》第四章“旗人的衣食住行”第一节，哈尔滨：黑龙江人民出版社，2005 年，第 90 页。

2 北京大学图书馆编：《清孙继芳绘〈镜花缘〉》卷首“出版说明”，北京：作家出版社，2007 年。

3 房学惠：《卷帙浩繁，富丽精雅——旅顺博物馆藏〈红楼梦〉图册探析》，《荣宝斋》2007 年第 6 期。

第一百零四回至一百零八回的十幅，总数应为240幅），首幅为《石头记大观园全景》，次为每回插图，每幅纵约43.3厘米，横约76.5厘米，就其形制而言，明显受到晚清石印图像本《红楼梦》的影响。再譬如中国历史博物馆藏有《聊斋图说》，光绪十九年前后绘成，设色纸本，存46册，凡725幅，情节涉及《聊斋》420篇故事，每幅纵45.7厘米，横34.7厘米，经对比，其蓝本乃光绪十二年（1886）同文书局石印本《详注聊斋志异图咏》。[1] 这些开本阔大的小说画册，当年可能是为书局石印出版而绘制的，却由于某种原因未能付梓。从技术角度来看，为保证照相缩印后书籍仍然字画清晰，石印本小说的出版底稿，通常先由抄工抄成尺寸巨大的本子，譬如2009年5月中国书店拍卖了一套清末石印底稿本《绘图今古奇观》，纵47厘米，横30厘米，其开本尺寸正与上述小说画册相近。[2]

总之，晚清时期的石印精本小说，无论是从图像数量、类别还是艺术质量来看，都清晰地构成了对晚明小说图像本鼎盛风貌的一种复兴，两者的主要区别，只是印制技术——照相石印与木刻版画的差异而已。此处，有一个细节颇耐人寻味：光绪八年（1882）点石斋书局推出石印本《三国志全图演义》，其文字底本为清咸丰三年（1853）常熟顾氏小石山房刻毛评本，而图像底本却取诸晚明，经戴不凡比对，该书240幅情节插图，悉据明末刻本《李卓吾先生批评三国志》重绘而成。[3] 这或许表明，晚清石印精本小说确立的出版目标，即是重振晚明小说图像本的繁盛与风姿，而从上述石印精本小说来看，此目标盖已基本实现。

当然，需要说明的是，自光绪十六年（1890）至二十四年（1898），

1 吕长生：《〈聊斋图说〉考》，《中国历史博物馆馆刊》1996年第6期。

2 另据苏兴、苏铁戈、苏壮歌《记味潜斋石印本〈新说西游记图像〉》（《社会科学战线》1994年第4期）一文载，民国间大成书局《西游记》石印底稿本，其开本为纵50厘米，横34厘米，亦与《绘图今古奇观》相近。

3 戴不凡：《小说见闻录·小说插图》，第297—298页。

乃上海地区石印书局开办最为集中，也是石印本小说出版最为鼎盛的时期，之后，石印本小说的出版数量与频率有所降低，但仍保持相当水平，一直延续到民国时期。据日本丸山浩明《中国石印版小说目录》(稿)[1]不完全统计，清末民初出版的石印本小说共有499部（不包括同书异版），仅《红楼梦》一书的石印本就多达25种，其中大部分都附有一定数量的图像。受此激烈商业竞争的消极影响，光绪十六年之后出版的石印图像本小说，其总体质量较前期有明显下降，存在诸如开本窄小、纸墨欠精、图像数量大幅削减、绘印不够精美、盗印之风甚嚣尘上等弊端，导致石印本小说往往给人留下不佳印象。不过，尽管如此，照相石印术终究开创了中国古典小说图像本的中兴局面，也曾极大地促进了小说文本的近代传播[2]，其历史作用仍毋庸置疑。

四、值得重视的五彩石印本小说

由于新技术的应用，晚清石印小说图像本还取得了若干超越晚明的成绩，小说彩图本的印行即其一例。据研究[3]，至迟在元代，中国就已发明彩印术，至元六年（1340）资福寺所刊朱墨两色《金刚经注解》，乃目

1 丸山浩明:《中国石印版小说目录》(稿)，日本《广岛女子大学国际文化学部纪要》第7号，1993年3月。

2 潘建国:《铅石印刷术与明清通俗小说的近代传播——以上海（1874—1911）为考察中心》，《文学遗产》2006年第6期。

3 参见顾廷龙、冀淑英:《套印和彩色印刷的发明与发展》,《装订源流和补遗》，北京：中国书籍出版社，1993年，第169—172页；张秀民著，韩琦增订:《中国印刷史》第二章“明代”之“湖州套印”“南京彩印”等节，杭州：浙江古籍出版社，2006年，上册第311—320页；马孟晶:《文人雅趣与商业书坊——十竹斋书画谱和笺谱的刊印与胡正言的出版事业》,《新史学》1999年总第10卷第3期。

前所知最早的木刻套色印本。晚明时期，套印术获得长足发展，不仅所套色彩增至四色、五色，而且还出现了更为先进的“饾版”技术，印制出了一批精美的彩色书籍，其中有湖州凌闵两氏的套色印本、江宁吴发祥的《萝轩变古笺谱》以及休宁胡正言的《十竹斋笺谱》等代表作。然而，由于木刻彩印具有工序复杂、技术难度大、商业成本高等特点，其传播和普及程度均受到很大限制，用来印制不登大雅之堂的通俗小说，就更是寥若晨星。今知中国古典小说的木刻彩图本，仅有清康熙年间出版的《西湖佳话》及《李笠翁评本三国志演义》两种而已。[1]

至晚清时期，一种操作简便、投资低廉的彩印技术——五彩石印术由欧洲传入中国，上海地区先后开设了富文阁、五彩画印有限公司、藻文书局等数十家五彩石印书局[2]，主要承担钱票、月份牌、商标、仿单及舆图之类的彩印业务，其间也曾出版了一批五彩石印本小说。光绪十七年（1891）5月，上海文玉山房委托五彩画印有限公司，“用西法五彩石印”[3]出版《绘图山海经》；6月，再次委托该公司代印《五彩增图东周列国志》，“描写精工，校对仔细”[4]，此乃目前所知时间最早的石印彩图本小说。之后陆续出版有：光绪三十年（1904）文宝书局本《五彩绘图廿四史演义》，光绪三十一年（1905）章福记书局五彩石印本《绘图东周列国志》，光绪三十二年（1906）上海焕文书局本《五彩绘图儿女英雄传正续》《五彩绘图列国志演义》《五彩绘图荡寇志》《五彩绘图西游记》[5]，清

1 关于两书的彩印技法，可以参见郑振铎：《中国古代木刻画史略》之九，上海：上海书店出版社，2006年，第157—158页。

2 潘建国：《晚清上海五彩石印考》，《上海师范大学学报》2001年第1期。

3 光绪十七年（1891）5月28日《申报》所载“文玉山房各书出售”广告。

4 光绪十七年（1891）6月10日《申报》所载文玉山房“新出石印书”广告。

5 光绪三十二年（1906）4月8日《申报》所载“上海三洋泾桥焕文书局新出五彩绘图各种闲书出售”广告。

末民初简青斋书局五彩石印本《增像全图三国志演义》、天宝书局五彩石印本《增像全图东周列国志》、扫叶山房五彩石印本《绘图彭公案全传》等。据阿英《清末石印精图小说戏曲目》著录以及检阅寒斋藏本[1]，五彩石印本小说一般每叶（包含正背两幅）图像单色印刷，各叶图像则分别以红、绿、橙等色轮印；随着技术改进，后期也出现同一幅图像内套印多种颜色的情况，譬如扫叶山房五彩石印本《绘图彭公案全传》，其人物绣像服饰印以五色，交相辉映，甚是悦目。五彩石印本小说在当时颇受欢迎，售价也要超过普通墨色石印本。譬如光绪三十年（1904）8月2日及10月13日，文宝五彩石印书局分别在《申报》登载出版广告，前者列有《绘图廿四史演义》六册，价洋六角；后者列有《五彩绘图廿四史演义》，称“逐节绘图，以西法五彩石印，颜色鲜艳，图画精细”，“连图六大本，暂售工料洋九角”。同一部小说，同样是六册，但五彩石印本的售价要比普通墨色石印本贵出一半。五彩石印术实际使用的时间并不长，很快就被更为先进的彩色胶印技术所取代，因此，晚清时期出版的五彩石印本图书，数量非常有限，而保留至今的五彩石印本小说就更不多见，此类具有小说史及出版史双重价值的版本，值得引起研究者的重视。

五、小结：印刷史层面的思考

最后，不妨回到印刷史层面作结。张秀民《中国印刷史》（增订版）曾提出过一个颇有意思的问题：“石印术1832年传入中国，但到1880年

---

1 寒斋藏本有光绪三十一年章福记书局五彩石印本《绘图东周列国志》、清末民初简青斋书局五彩石印本《增像全图三国志演义》、天宝书局五彩石印本《增像全图东周列国志》。

以后才得到普及，为什么在这 50 年内没有得到推广，这很值得思考。”[1] 在我看来，根本原因或在于石印制版方法的改变，正是由于采用了照相制版技术，石印术才能在中文印刷领域充分发挥其独特的优势，尤其是缩印及照图两大优势。换言之，对中国近代文学和文化产生重要影响的，主要是照相石印术，而非普通石印术。照相石印术在晚清时期的传入，恰好填补了因木刻版画衰落而造成的技术空缺，从而引发种种图像类书刊（包括书画碑帖、画谱、年画以及新兴的新闻画报等类）的出版臻于繁盛，小说图像本亦借此重新焕发出晚明的光彩。当然，照相石印术的普及，也为盗印翻印提供了技术便利，导致小说出版业陷于良莠并存、鱼龙混杂的复杂环境。或许，完整地看到这两个方面，才能真正认识照相石印术对于中国古典小说近代传播的学术意义。

（原载《学术研究》2013 年第 6 期）

---

1 张秀民著，韩琦增订：《中国印刷史》第一章之“石印”部分，下册第 443 页。此问题实际上由韩琦提出，参见韩琦、王扬宗：《石印术的传入与兴衰》，《装订源流和补遗》，第 360 页。

明清总集凡例与文体批评

何诗海*

凡例又称发凡、义例、通例、总例、序例、叙例、例言等，是置于著作卷首，揭示其主要内容、著述宗旨和编纂体例等的一种文体。古书凡例包含着丰富的文学批评内容，是研究古代文学和文学批评的重要史料来源。尤其到了明清时期，随着图书编纂中凡例撰写蔚为风气，集部著作凡例逐渐成为文人表达文学思想、激荡文学思潮、从事文学批评的活跃载体。[1]在集部著作中，总集凡例则因其内容、体例的特殊性，成为作者阐发文体观念、开展文体批评的重要方式。

* 中山大学中文系副教授。

1 何诗海:《作为批评文体的明清文集凡例》,《学术研究》2010 年第 10 期。

一、《文选序》对后世总集凡例的影响

考察古书凡例与文体批评的关系，至少可溯源至现存最早的文章总集《文选》。古人著述极重发凡起例，盖任何一部有条理、有系统的书，必有体例可循。只是在早期著述中，凡例不一定明白标出，而是随文体现，诚如顾炎武所云："古人著书，凡例即随事载之书中。《左传》中言'凡'者，皆凡例也。《易》乾、坤二卦'用九'、'用六'者，亦凡例也。"[1]汉代以后，序跋渐兴，书籍编纂原则、体例往往在序文中有说明，如司马迁《太史公自序》、萧统《文选序》等，实为序、例一体，故后世凡例又有"序例""叙例"等名称。《文选序》论及文之界定、文体分类、收录范围、选文标准以及编纂体例等，这些内容，在后世文集中，往往是以"凡例"形式来表现的。因此，《文选序》在文体上虽属"序"，实具有凡例性质，并充分实现了文体批评功能。

《文选序》论及文体多达36种，集中体现了萧统的文体观念及文体分类思想。这些观点，多继承前人的看法，而又有发展变化。如班固《汉书・艺文志》以屈原作品为"赋"，且列于四种赋作之首；在《贾谊传》中更径称屈原"被谗放逐，作《离骚赋》"，代表了汉人视楚辞与赋为同一文体的观念。萧统以《离骚》与赋分别，反映了他对辞、赋二体的辨析，是一种进步的文体观念。钱穆说："宋玉与荀卿并举，列之在前，顾独以骚体归之屈子，不与荀宋为伍，此一分辨，直探文心，有阐微导正之功矣。"[2]正是对萧统别骚于赋的高度评价。当然，萧统的意见，并非孤明独发。任昉《文章缘起》、刘勰《文心雕龙》就已把《离骚》和

---

1 （明）顾炎武著，黄汝成集释：《日知录集释》，上海：上海古籍出版社，2006年，第1165页。

2 钱穆：《中国学术思想史论丛》（三），台北：台湾东大图书有限公司，1985年，第118页。

赋区别开来，阮孝绪《七录》也把《楚辞》单列一类。可见，区别骚、赋，是南朝人普遍的文体观念。又如萧统认为《诗》之风、赋、比、兴、雅、颂六义，对后世各体文章的发展有重要影响；自汉中叶以来，诗、文各体互兴，与秦、汉时期的骚、赋有了明显区别。这与笼统地以诸体文章源出五经的观点不同，所谓“众制锋起，源流间出”。其中有些是抒情体物性质的，有些是在政治和社会生活中具有实用意义的。然而，在萧统看来，都有“入耳之娱”和“悦目之玩”的功效，即都有审美价值和娱乐作用。这种文体观念，已非汉儒的功利说所能涵括。

《文选序》结语曰：“凡次文之体，各以汇聚。诗赋体既不一，又以类分；类分之中，各以时代相次。”[1]明确指出这部总集按体编次、类聚区分的编纂体例。这种体例是否科学、合理，必以文体分类、序次是否合理为前提。换言之，文体分类之失当必然造成编纂体例之乖舛。故清人徐枋《居易堂集》“凡例”曰：“文章重体类。《书》曰：‘辞尚体要。’《易》曰：‘方以类聚。’既有体，斯有类矣，自古编辑之家綦重之。苟体之不分，则类于何有？”强调文体分类在文集编纂中的重要性，并批评韩愈门人李汉编《昌黎集》在文体分类、归类上的种种过失，如“《溪堂古诗》何以入‘杂著’?《石鼎联句》何以入‘序’中?《送陆歙州》《送郑十校理》《送张道士》只应以序入诗中，不应以诗附序见”。在徐枋看来，这些问题不仅“于文之体类既有所讹”，“即于其自为书之例又有所戾”。[2]章学诚也认为总集、别集之类例，关乎“编辑纂次之得失”[3]，并批评《文选》以赋居首的序次：“自萧统选文，以赋为一书冠冕，论时则班固后于

1 （梁）萧统：《文选序》，萧统编，李善注：《文选》，上海：上海古籍出版社，1986年，第3页。

2 （明）徐枋：《居易堂集》“凡例”，王水照主编：《历代文话》第4册，上海：复旦大学出版社，2007年，第3299—3300页。

3 （清）章学诚著，叶瑛注：《文史通义校注》，北京：中华书局，1994年，第82页。

屈原，论体则赋乃诗之流别，此其义例，岂可复为典要？而后代选文之家，奉为百世不祧之祖。亦可怪已。”[1]将文体类次与义例齐观。四库馆臣亦多有类似评论，如《四库全书总目》卷一八九《元诗体要》提要批评此书文体分类“或以体分，或以题分，体例颇不画一”[2]；卷一九一《文章类选》提要称此书“分五十八体，然标目冗碎，义例舛陋，不可枚举”[3]；卷一九三《荆溪外纪》提要虽欣赏此书“采摭颇为详赡”，又批评其“惟诗以绝句居律体前，律体居古风前，稍为失次；又四言亦谓之绝句，而七言古诗之外又别出歌行为二门，亦非体例”[4]。这些批评，都从反面说明文体分类、次序与总集编纂体例的密切关系。

《文选》作为现存最早的文章总集，在中国文学史和文集编纂史上具有无与伦比的地位和影响。《文选》之后的著名文章总集，如《文苑英华》《唐文粹》《宋文鉴》《元文类》《明文衡》《古文辞类纂》《骈体文钞》等，绝大部分都采用了《文选》开创的分体编次的体例。这种体例，决定了后世总集编纂者在凡例中开展文体批评、探讨文体分类、序次等问题的必然性。而这种批评和探讨，在融序、例于一体的《文选序》中已肇其端，并初具规模。

二、明清总集凡例中的文体分类思想

文体分类既关乎编纂体例，那么在总集凡例中阐发文体分类思想，

1 （清）章学诚著，叶瑛注：《文史通义校注》，第696页。

2 （清）永瑢等：《四库全书总目》，北京：中华书局，1965年，第1714页。

3 同上书，第1739页。

4 同上书，第1766页。

自是题中应有之义。综观明清总集凡例，往往论及所录作品的文体类目、分类依据、文体序次以及辨析各种文体的异同等，从而具有鲜明的文体批评性质。如明唐汝询《唐诗解》“凡例”曰：“是编所选诗凡七体，而附以六言，一遵《品汇》之例。独人以世次，诗以体别，不无有所更定，如进子昂于九龄之前，分骚体、琴操于七古之末，列《长安古意》于歌行长篇是也”[1]，“诸家诗体，率以五、七、古、律与排律、绝句为序，而《品汇》独先绝后律，今悉从之。乃更七律于排律之前，则以篇章长短为次”[2]。从“凡例”可以看出，《唐诗解》的编纂体例及文体分类、序次，大致沿袭高棅《唐诗品汇》而略有调整。“凡例”又对某些作品的文体属性做出细致辨析：“凡古诗有半似律体者，如伯玉‘故人洞庭去’、太白‘去国登兹楼’是也；有律体而彻首尾不对者，如襄阳‘挂席东南望’、青莲‘牛渚西江夜’是也。又有仄体而目为律者，如工部‘已从招提游’、常侍‘陇头远行客’是也。此类甚多，难以殚述。今归古于律，则音声不调；归律于古，则浑厚浸薄。”[3]文学创作中多有破体为文现象，即各种文体因素互相渗透、融合，从而模糊了文体界限，为判断文体属性带来困难。对这个问题的清醒认识，恰恰说明明人的辨体批评已达到较高水平。

《唐诗解》将唐诗分为七体，附六言一体，大概因唐诗选本采用这种分类法比较普遍，故未在凡例中解释其分类依据。清陆棻《历朝赋格》汇选历代之赋，并按语体形式分骈赋、骚赋、文赋三体，与传统的古赋、骈赋、律赋、文赋四分法有较大差别。故在此书“凡例”中，陆棻详细

1 （明）唐汝询：《唐诗解》“凡例”，《四库全书存目丛书》集部第369册，济南：齐鲁书社，1997年影印，第537页。

2 同上书，第538页。

3 同上。

阐发其分类理据。以“文赋”为例：

> 前乎骚而为赋者，荀卿也，独出机杼，数篇如一。若元酒太羹，未离乎素。《风》《钓》诸篇，实从此出。岂待宋人变律，始有文赋耶？论者谓其纯用隐语而不之采，是犹终日饱食，忘燧与稷也。录《礼赋》一篇，以冠文赋。凡用散词，总为一格。[1]

“文赋”的概念，原是宋人打破骈偶、声律的限制，以散语作赋以后才产生的，其代表作有欧阳修《秋声赋》、苏轼《前赤壁赋》《后赤壁赋》等，其时代则不早于宋代。由于这里涉及语体和时代两个标准，矛盾便因此产生。盖宋代以前，即使是骈偶、声律盛行的六朝和唐代，也有不少以散体文写的赋，六朝之前，自然就更多了。那么，这些作品，算不算文赋呢？陆棻清楚地认识到了这种矛盾，因此，凡用散体写作的，一概归入文赋。由于标准的单纯和统一，“文赋”概念不再受时代限制，从而具有了周密的包容性，从荀子开始，经司马相如、扬雄、班固、张衡，直至六朝的左思、孙绰、江淹和唐代的李白、杜牧等，都有文赋作品入选《历朝赋格》。又，在传统四分法中，为了克服双重标准的矛盾，把骈赋、律赋产生之前的赋作，一概称为古赋。而陆棻的分类中，由于“文赋”已包含了这些作品，便不再有“古赋”一类。《历朝赋格》“凡例”批评“古赋”说的矛盾：

> 古赋之名，始于唐，所以别乎律也。犹之今人以八股制义为时文，以传记词赋为古文也。律赋自元和、长庆而来，欲化密为疏，

1 （清）陆棻：《历朝赋格》“凡例”，《四库全书存目丛书》集部第 399 册，第 273 页。

不觉其趋于薄；欲去华就质，不觉其入于俚。故韩、苏诸公皆由此获高第，而自以俳优鄙之。此人之为，非赋之咎也。扬子云《甘泉》《羽猎》，自夸文似相如，而谓其追悔雕虫，乃后人假托之词耳。若由今而论，则律赋亦古文矣，又何古赋之有？[1]

“古赋”之古，是以时代为标准的。而时代是一个相对变动的概念，用来区别文体，具有许多模糊性和不确定性。陆棻的批评，正抓住了这种局限，充分体现了其辨体思维的缜密。《历朝赋格》“凡例”在论述立骚赋、骈赋的理据时，也都能既从赋体发展演变的历史实际出发，又兼顾分类标准和层次的一致，达到了历史与逻辑的统一。如果仅仅凭选录作品，而没有凡例的明确阐述，那么，这种赋体三分法的学理依据和逻辑思路是很难把握的。

以“凡例”形式阐发文体分类思想，更著名的是曾国藩《经史百家杂钞》。据“序例”所载，此书文体分类深受姚鼐《古文辞类纂》的影响，将姚氏的文体十三类分法“稍更易为十一类”。[2]其中“论著”“词赋”“序跋”“诏令”“奏议”“书牍”“哀祭”“传志”“杂记”这九类与《古文辞类纂》相同，而《古文辞类纂》的“赠序”被取消了，“颂赞”“箴铭”附入“词赋”类，“碑志”附入“传志”类，与姚氏类目相校，虽“论次微有异同”，而“大体不甚相远”[3]，所受影响极为显著。当然，这种影响，主要体现在文体二级类目上。《经史百家杂钞》将古今文体分为三门，分别为著述门、告语门、记载门；每门下再分若干类，共计十一

1 （清）陆棻：《历朝赋格》“凡例”，《四库全书存目丛书》集部第399册，第275页。

2 （清）曾国藩：《经史百家杂钞》“序例”，长沙：岳麓书社，1987年，第1页。

3 同上。

类；每类下又分若干体。这种三级分类法所汲取的文体学思想资源，远非《古文辞类纂》所能涵括。如“著述门”三类：

> 论著类：著作之无韵者。经如《洪范》《大学》《中庸》《乐记》《孟子》皆是；诸子曰篇、曰训、曰览，古文家曰论、曰辨、曰议、曰说、曰解、曰原皆是。
>
> 词赋类：著作之有韵者。经如《诗》之《赋》《颂》，《书》之“五子作歌”皆是；后世曰赋、曰辞、曰骚、曰七、曰设论、曰符命、曰颂、曰赞、曰箴、曰铭、曰歌皆是。
>
> 序跋类：他人之著作序述其意者。经如《易》之《系辞》，《礼记》之《冠义》《昏义》皆是；后世曰序、曰跋、曰引、曰题、曰读、曰传、曰注、曰笺、曰疏、曰说、曰解皆是。[1]

中国古代文体分类，在很长时期内一直采用《文选》的二级分类法，一级类目按文体分，二级类目按题材分。随着文体的不断衍生和辨体的日趋精密，这种分类法也日趋烦琐细碎，难以把握许多相近文体的共同特征。有鉴于此，南宋真德秀《文章正宗》采用文体归类法，根据形态、功用、体式等的相近性，将古今各类文体分别归入辞命、议论、叙事、诗赋四大类，极为简括，其实质是一种更高层级的分类。然而，这种大类区分，往往过于笼统，不能彰显各种具体文体的面目特征。为了克服这两种分类法的弊端，《经史百家杂钞》继承了《古文辞类纂》以文体功用进行分类的成果，又增加“门”来统摄文体类别，创立了门、类、体三级分类法。体统于类，类归于门，分门别类，纲举目张，精心构建了

1 （清）曾国藩：《经史百家杂钞》“序例”，第1—2页。

一个体系完整、逻辑严密、层次清晰，既简明扼要，又包罗众有、多姿多彩的文体谱系。这个谱系，充分吸收了《文选》式二级分类法和《文章正宗》式文体归类法的长处，而避免了其短处，既不流于烦琐，又不过于简略，在中国古代文体分类史上是一次重大的创造和突破。[1] 而构建这个文体谱系的内在理路，同样需借助"序例"才得到明确、清晰的呈现。《经史百家杂钞》"序例"也因此成为研究清代文体分类思想的重要文献。

三、明清总集凡例对文体起源、功用、体性特征等的认识

文体分类集中反映出人们对文体本质与特征的认识，必须通过对文体起源、功用、形态、体式特征、体貌风格等的理性把握才能实现。因此，总集凡例在阐发文体分类思想的同时，往往也会论及不同文体的起源、功用、体性特征等，从而具有显著的文体批评性质。如明周珽《删补唐诗选脉笺释会通评林》"凡例"曰："周末惟有诗体，至楚变为骚，嗣后愈变愈流，而为二十四名：赋、颂、铭、赞、诔、箴、诗、行、咏、吟、题、怨、歌、章、篇、操、引、谣、讴、曲、词、调、律、绝句。其名种种各殊，总之皆诗人六义之遗意。"[2] 认为后世的骚、赋、颂、铭、赞、诗、词、曲等文体都起源于《诗经》，得《诗》六义之遗意。以今人的眼光看，律诗、绝句等产生较晚的文体，很难说与《诗经》有直接的

1 何诗海：《从文章总集看清人的文体分类思想》，《中山大学学报（社会科学版）》2012 年第 1 期。

2 （清）周珽：《删补唐诗选脉笺释会通评林》"凡例"，《四库全书存目丛书补编》第 25 册，济南：齐鲁书社，2001 年影印，第 441 页。

渊源关系。然而，从抒情言志功能和追求韵律、节奏乃至音乐性看，这些文体在艺术精神、旨趣上与《诗经》确实有深层的契合，最得《诗》教之精神，以《诗经》为远源，至少不算离谱。早在南朝，刘勰已明确提出“赋颂歌赞，则《诗》立其本”[1]，稍后颜之推提出“歌咏赋颂，生于《诗》者也”[2]，呼应刘勰。南宋真德秀进一步把诗、楚辞、赋、箴、铭、颂、赞、郊庙乐歌、琴操等都归入诗赋类，并认为这类文体都深受《诗经》影响。周珽的观点，显然继承了以上诸家之说，是传统“文体原于五经”说在诗赋类文体上的深化和拓展。又明浦南金《诗学正宗》“凡例”曰：“《康衢》《击壤》，断为四言之始；《沧浪》《叩角》，断为七言之始；灵运、玄晖诸作，断为律诗之始。出自己见，余可类推。”[3]浦南金追溯诸体诗的起源，没有盲目比附“文体原于五经”说，而是从文体演进实际出发，故能“出自己见”，给人以更多的启示。

除了文体起源，明清总集凡例还经常探讨文体功用问题。如明李鸿辑《赋苑》“凡例”曰：“嗟乎！赋讵易言哉！其风咏似歌诗，谏诤愈书疏，事实类尔雅，感托胜滑稽。郇孙卿、屈平皆离谗忧国，其言辞出于忠厚恻隐，故子长、孟坚每以孟轲、孙卿并称。《离骚》篇目，世亦以经名之。然则余是役也，信可鼓吹经传，宁独享之千金已哉！因广其传，与博雅者共之。”[4]儒家经典素有“登高能赋，可以为大夫”之说，表现了对赋的社会、政治功能的重视，汉儒以赋讽谏，则是这种功能的另一种表现形态。而赋家扬雄“自悔类倡”“壮夫不为”的自白，则表现了对赋

1 （南朝梁）刘勰著，范文澜注：《文心雕龙注》，北京：人民文学出版社，1958 年，第 22 页。

2 （南北朝）颜之推著，王利器集解：《颜氏家训集解》卷四，北京：中华书局，1993 年，第 237 页。

3 （南宋）浦南金：《诗学正宗》“凡例”，《四库全书存目丛书》集部第 302 册，第 11 页。

4 （明）李鸿：《赋苑》“凡例”，《四库全书存目丛书》集部第 384 册，第 4 页。

的讽谏功能的怀疑，也是对赋的文体价值的严重否定。李鸿不满扬雄对赋的消极态度，认为赋兼有歌诗、奏疏、字书、滑稽谐隐等众多文体功能，其用极广，足可为经典之鼓吹。把赋的文体地位提得如此高，实为历来论家所罕见。又清孙维祺《明文得》“例言”载：“八股有益于大用乎？曰：有。八股之益，不惟理明而已。其气浩然，其养粹然，其识荧然，其度雍然，其格肃然，其采蔚然，而且易不敢慢，难不敢畏，大不敢放，小不敢略，丰不敢肆，啬不敢窘，应上而不敢干，驭下而不敢急，有布置，有含蓄，有照应，有收拾。然则八股患其不到家耳。果若到家，是出将入相之道也。介甫当日创之，亦料不到此。”[1] 八股作为明清科举考试的主要文体，自产生之初，就被许多人视为利禄之具，至清初甚至被斥为明朝亡国的祸首。孙维祺认为习八股不仅可明圣贤之理，更可从人格修养、政治才干等方面培养治国安邦的人才。这种观点，未可一概斥为迂腐或迷信。八股能在一片唾骂声中存活四五百年，清廷屡次废除八股取士，却不得不屡次恢复，这些事实都提醒后人当冷静、客观地评价八股在培养人才、维系世道人心上的作用。

从《文选》开始，总集多具有删汰繁芜、流布菁华的批评功能。哪些作品入选，哪些作品不选，其评判标准充分体现了作者对相关文体的体性特征、体貌风格等的认识，而这种认识，一般会在凡例中得到体现。如明唐汝谔《古诗解》“凡例”曰：“是编所选，大都主体裁古雅，辞意悠长，而原本性情，有关风化，但不失古人温柔敦厚之旨，即亟为收录。惟乐府自晋宋至齐梁，半为男女唱和之作，亦其风使然，不得一切删去。姑去其甚者，存其雅者，庶几亦十三国风不删郑卫之意云。”[2] 清王修

1 （清）孙维祺：《明文得》“例言”，《四库禁毁书丛刊》经部第10册，北京：北京出版社，1997年影印，第6页。

2 （明）唐汝谔：《古诗解》“凡例”，《四库全书存目丛书》集部第370册，第320—321页。

玉《历朝赋楷》“凡例”曰：“昔司马长卿论赋云：‘合綦组以成文，列锦绣而为质。’扬子云云：‘诗人之赋丽以则，词人之赋丽以淫。’味二子之言，则赋之体裁自宜奥博渊丽，方称大家。然有词无意，虽美不宜。有意无气，虽工不达。观汉魏诸赋，修词璀璨，敷采陆离，要皆情深理茂，气厚格高，长篇短制，故皆可传。兹集之文，虽搴菁藻，然必以文传意，以气纬文。其或徒填奇字，意实枵虚漫衍，词气蹇涩者，即属名人之篇，亦在删诗之列。”[1]这些去取标准，充分体现了特定时代的审美旨趣和文体理想，具有丰富的文学史意蕴。

明清总集凡例还经常提出一些重大的文体学理论问题。如明吴讷《文章辨体》“凡例”：

> 文辞以体制为先。古文类集今行世者，惟梁昭明《文选》六十卷、姚铉《唐文粹》一百卷、东莱《宋文鉴》一百五十卷、西山前后《文章正宗》四十四卷、苏伯修《元文类》七十卷为备。然《文粹》《文鉴》《文类》惟载一代之作；《文选》编次无序，如第一卷古赋以《两都》为首，而《离骚》反置于后，甚至扬雄《美新》、曹操《九锡文》亦皆收载，不足为法。独《文章正宗》义例精密，其类目有四：曰辞命，曰议论，曰叙事，曰诗赋。古今文辞，固无出此四类之外者。然每类之中，众体并出，欲识体而卒难寻考。故今所编，始于古歌谣辞，终于祭文，每类自为一类，各以时世为先后，共为五十卷。仍宋先儒成说，足以鄙意，著为序题，录于每类之首，庶几少见制作之意云。[2]

1 （清）王修玉：《历代赋楷》“凡例”，《四库全书存目丛书》集部第404册，第3页。

2 （明）吴讷：《文章辨体序说》，北京：人民文学出版社，1962年，第9页。

主张"文辞以体制为先"，强调体制的重要性，是明代文学批评的普遍风气。辨体批评因此成为明代文学批评的核心内容和基本方法。《文章辨体》书名即明确揭示其编纂宗旨，是明代较早开"辨体"风气的文章总集。吴讷有见于历代总集在辨体功能上的不足，"或只收一代，所见文体不广；或编次无序，难见文体演变之迹；或归类过泛，难考众体异同"[1]，自然要取诸家之长，而避其所短，编一部能全面、系统呈现历代众多文体源流演变的著作，通过精密的文体辨析，"使数千载文体之正变高下，一览可以具见"(彭时《文章辨体序》)[2]。从某种意义上说，《文章辨体》实现了这个目标，为明代文体学发展做出了重要贡献。其"凡例"论文体之正变曰："四六为古文之变；律赋为古赋之变；律诗杂体为古诗之变；词曲为古乐府之变。西山《文章正宗》，凡变体文辞，皆不收录；东莱《文鉴》，则并载焉，今遵其意。复辑四六对偶及律诗、歌曲共五卷，名曰《外集》，附于五十卷之后，以备众体，且以著文辞世变云。"[3]以立意高古、体裁古雅之作为正体，以追求骈偶、声律、藻采的文体为变体，尊正体而抑变体，是明代文体批评中的流行观念。这种文体价值高下的判断，固然有失保守，但吴讷置变体于外集，比起"凡变体文辞，皆不收录"的理学家文体观，毕竟是一大进步。

四、作为文体史的凡例

兼收众体的总集，其凡例多详论文体分类，而单收一种文体的总集，

1 吴承学：《明代文章总集与文体学》，《文学遗产》2008 年第 6 期。

2 （明）吴讷：《文章辨体序说》，第 7 页。

3 同上书，第 10 页。

其凡例往往对这种文体的发展历程做详尽描述，从而具有鲜明的文体史意味。王士祯《阮亭选古诗》、沈德潜《古诗源》、《唐诗别裁集》等皆如此。以《阮亭选古诗》为例。此书共三十二卷，分两部分。第一部分为五言诗十七卷，卷首冠以“五言诗凡例”。第二部分为七言诗十五卷，卷首冠以“七言诗凡例”。两篇凡例，即两种诗体的发展简史。如“五言诗凡例”十则，“略论五言升降之变”[1]，从《古诗十九首》始，经魏、晋、宋、齐、梁、陈、北朝，直至隋唐，大致勾勒出五言诗发展的基本轮廓。用语虽简，而颇见识力，如论唐五古曰：“唐五言古诗凡数变，约而举之，夺魏晋之风骨，变梁陈之俳优，陈伯玉之力最大，曲江公继之，太白又继之，《感遇》《古风》诸篇，可追嗣宗《咏怀》、景阳《杂诗》。贞元、元和间，韦苏州古澹，柳柳州峻洁。今辄取五家之作，附于汉魏六代作者之后。李诗篇目浩繁，厘取古风，未遑悉录。然四唐古诗之变，可以略睹焉。”[2]论唐五古的主要发展阶段，各个阶段的代表作家及其创作特色，概括了王士祯心目中的唐五古发展简史。其中没有论及杜甫，大约以杜诗不符合作者追求“神韵”的审美旨趣，其深层原因值得进一步探讨。

《阮亭选古诗》在清代颇有影响。沈德潜《古诗源》“例言”称：“新城王尚书向有古诗选本，抒文载实，极工裁择。因五七言分立界限，故三四言及长短杂句均在屏却。兹特采录各体，补所未备。”[3]可见《古诗源》是受《阮亭选古诗》影响选编而成的。不仅如此，沈德潜还继承了王士祯以凡例描述史诗的做法，而所论更为具体、细致。又，乾隆后期，

---

1 （清）王士祯:《阮亭选古诗》“五言诗凡例”，《四库全书存目丛书补编》第42册，第195页。

2 同上书，第195—196页。

3 （清）沈德潜:《古诗源》“例言”，北京：中华书局，1963年，第4页。

管世铭鉴于“古今诗体莫备于唐，而迄无善本。内府《全唐诗》最为大备，而卷帙浩繁，既不能家有其书，且非善读者，莫知由博返约”，遂在徐倬《全唐诗录》的基础上，广搜博采，去粗取精，七历寒暑，编成《读雪山房唐诗选》，“共得诗三千九百余首，犁为三十四卷”，“意在备一代之大观，该三百年之正变”。[1] 管世铭对此书颇为自负，其“自序”曰：

> 又仿王新城《古诗选》及删定洪氏《唐人万首绝句》之例，取源流大旨及鄙意之偶有所得者，著为凡例，分冠于诸体目录之前，而尽略其圈点评释，使读者各以其意求之。虽不敢谓尽有唐诗之盛，而凡为诗人之所当吟讽及有裨于诗教者，宜无不在。后之君子，或更能损益以致其精，而亦必以此为筚路蓝缕，则唐诗之有善本，实自兹编始也。[2]

序文明确指出此书继承了王士祯以“凡例”论诗之“源流大旨”，并“并分冠于诸体目录之前”的体例。所不同的是，王书为古诗选，故只有“五言诗凡例”“七言诗凡例”两种。管书录有唐一代之诗，众体兼备，故有“五古凡例”“七古凡例”“五律凡例”“七律凡例”“五排凡例”“五绝凡例”“七绝凡例”七种，一一论述各体诗歌的体性特征、发展脉络，评价不同时段的代表性作家和作品。合诸“凡例”观之，可谓一部体系完整、严密的分体唐诗史。在对许多具体问题的论述上，此书凡例也比王士祯更全面、更深入。如“五古凡例”曰：“五言肇兴至唐，将及千载，

1 （清）管世铭：《读雪山房唐诗序例》，郭绍虞编选：《清诗话续编》第3册，上海：上海古籍出版社，1983年，第1543—1544页。

2 同上书，第1544页。

故其境象尤博。即以有唐一代论之：陈、张为先声，王、孟为正响。常建、刘眘虚几于苏、李天成，李颀、王昌龄不减曹、刘自得。陶翰慷慨，喜言边塞；储光羲真朴，善说田家。岑嘉州峭壁悬崖，峻不得上；元次山松风涧雪，凛不可留。李供奉襟情倜傥，集建安、六代之成；杜员外气韵沉雄，尽乐府古词之变。韦、柳以澄澹为宗，钱、李以风标相尚。韩、孟皆戛戛独造，而途畛又分；乐天若平平无奇，而裨益自远。其他一吟一咏，各自成家，不可枚举。于戏，其极天下之大观乎！”[1] 又，在管世铭的史诗观中，杜甫的地位极为崇高，故“五古凡例”特为其立一则：“杜工部五言诗，尽有古今文字之体。前、后《出塞》《三别》《三吏》，固为诗中绝调，汉、魏乐府之遗音矣。他若《上韦左丞》，书体也；《留花门》，论体也；《北征》，赋体也；《送从弟亚》，序体也；《铁堂》《青羊峡》以下诸诗，记体也；《遭田父泥饮》，颂体也；《义鹘》《病柏》，说体也；《织成褥段》，箴体也；《八哀》，碑状体也；《送王砅》，纪传体也。可谓牢笼众有，挥斥百家。”[2] 可以看出，同是论唐五古，管书凡例内容远比《阮亭选古诗》凡例丰满、厚重，其中五言古诗史上许多重要作家，如王维、孟浩然、储光羲、杜甫、白居易、韩愈、孟郊等，王士禛皆不曾涉及。这里虽然有诗学观点的差异，但从史诗的完整性看，完全无视这些作家，无论如何都是一大缺憾。

《读雪山房唐诗选》问世后，流布不广，至光绪初，“原板已毁，印本亦仅有存者”[3]。而其凡例综论各体唐诗，描述唐诗发展历程，在学者中产生了较大影响。故管世铭同郡后学方子可、金武祥等将凡例摘出，与

1 （清）管世铭：《读雪山房唐诗序例》，郭绍虞编选：《清诗话续编》第 3 册，第 1547 页。

2 同上书，第 1546 页。

3 （清）金武祥：《重刻〈读雪山房唐诗序例〉并杂著二种序》，郭绍虞编选：《清诗话续编》第 3 册，第 1539 页。

原书序及管世铭杂论唐诗之语合为一编，以“读雪山房唐诗序例”为题单独刊行，可见此书凡例在流传过程中已脱离选本而获得了独立的文学批评地位。尤可注意的是，此书凡例一万余字，只字不谈编纂体例、技术等问题，显然已把“凡例”作为系统阐发文学思想、开展文学批评的文体，这无论在图书编纂史还是文学批评史上，都是前所未有的。

以上分析表明，明清总集凡例中包含着丰富的文体学内容，大凡文体起源、功用、体性特征、体貌风格、发展演变及文体分类思想等，无不在凡例中得到探讨。而这些内容，以发凡起例的形式置于卷首，足见其在作者心目中的重要地位。可以说，凡例已成为明清学人阐发文学思想，开展文体批评活跃而有效的工具，具有重要的文体学价值。当然，凡例毕竟依附于著作而存在，限于体例，不能全面、完整地表现作者的文学思想、文体观念。因此，必须把凡例与总集的序跋、选文及其他相关资料结合起来，使之互相验证，互为支撑，才能全面、准确地理解和把握凡例所体现的文体学思想，避免孤立片面、牵强附会或过度阐释等弊病。

（原载《学术研究》2012年第8期）

理论与方法

中日文献互证的理路和方法

张志和止作《渔歌》一首考

戴伟华 *

我们在教学中对文学名篇会给以更多关注，细读相关文献，确实有值得再深入探讨辨析的地方，常见的是释读有误，需要订正。当然还有其他问题，比如文学经典需要进一步阐释，对“海日生残夜，江春入旧年”被悬挂在政事堂的内涵探讨，即为一例[1]；又比如作品归属有误，如张志和作《渔歌》只有“西塞山前白鹭飞”一首，而传张志和《渔歌》五首，包括“钓台鱼父褐为裘”“霅溪湾里钓鱼翁”“松江蟹舍主人欢”“青草湖中月正圆”，则归属不对。所谓张志和《渔歌》五首传世，确实存在一些重大疑点。疑点之一：《渔歌》唱和五人，独传张志

* 广州大学人文学院、粤港澳大湾区文化传承与语言服务研究中心教授。

1 戴伟华：《王湾〈次北固山下〉诗学史意义确立——兼论“海日生残夜，江春入旧年”政治寓意》，《中山大学学报（社会科学版）》2020 年第 2 期。

和之作。疑点之二：最早著录张志和《渔歌》的为李德裕《玄真子渔歌记》，而其附录存在不可解处。既然世传张志和《渔歌》五首，那最早记载如何？如何确定张志和所作有五首《渔歌》？原始材料并不多，理清其原委，大致可以判断：张志和所作《渔歌》仅“西塞山前”一首，而非五首。

一、《渔歌》初式与张志和作品及流传

因为张志和《渔歌》是此词的最早作品，这为人们了解此词的最初形式提供了便利。

（一）《渔歌》唱和与初式

《渔歌》的调式和词式原是容易确定的，因为最早的五首《渔歌》首次记载见李德裕《玄真子渔歌记》[1]，《渔歌》形式可归纳为两点：（1）句式为七七三三七字；（2）除第三句不押韵，一二四五句皆押韵。但《渔歌》因传入日本并有了和词，而日人和词反过来又证明了《渔歌》体式除上述两点外，尚有第三点，即结句第五字在两首以上唱和中皆有一固定字，这一点为人所忽视。而这对解决最早五首《渔歌》的产生和作者归属至关重要，所谓“取异族之故书与吾国之旧籍互相补正”[2]。《渔歌》

1 （唐）李德裕撰，傅璇琮、周建国校笺：《李德裕文集校笺》，北京：中华书局，2018年，第660—662页。

2 陈寅恪：《王静安先生遗书序》，《金明馆丛稿二编》，上海：上海古籍出版社，1980年，第219页。

传入日本，日人必严格遵守《渔歌》体式而模仿，包括词题书写格式。日本天皇、公主、滋贞主的唱和之作在词题中出现“用X字”或“X字”。《经国集》载诸人《渔歌》唱和，太上天皇《杂言渔歌五首》（每歌用“带”字），公主《杂言奉和渔家二首》（每歌用“逆”字），滋贞主《同》。[1] 而日本国会图书馆抄本分别作《杂言渔歌五首》（“带”字）、《杂言奉和渔歌二首》（每歌用“送”字）、《同前》。[2] 显然，国会抄本公主《杂言奉和渔歌二首》（每歌用“送”字）不误。滋贞主词题作《同前》《同》意同，即《杂言渔歌》，但循题例“每歌用‘入’字”实不可缺省。可以说，“西塞山前”等五首《渔歌》词题本应有“每歌用‘不’字”的说明，日本人在写作时按体例沿用，按照日本人学习中国的态度和做法，传入日本的五首《渔歌》似无作者名而词题应是《渔歌》（每歌用“不”字）。

日本《渔歌》写作第一人是嵯峨天皇，其有《杂言渔歌五首》（每歌用“带”字）。这意味着，传入日本的《渔歌》应是五首，“西塞山前”等五首《渔歌》题当有“每歌用‘不’字”数字，否则，天皇何以“和”或“仿”作《渔歌》五首，而又注明“每歌用‘带’字”；因传入日本《渔歌》五首未署名，嵯峨天皇把传入的五首《杂言渔歌五首》（每歌用“不”字）的唱和之作，误解为一人之作，故仿作《杂言渔歌五首》（每歌用“带”字）。如果张志和《渔歌》五首皆为一人之作，何必标示“每歌用‘不’字”在初唱中约束自己？这应是对参与唱和者的集体约束。日人的误读误用却给人们还原《渔歌》初式提供了有力佐证：《渔歌》

1 〔日〕与谢野宽、正宗敦夫、与谢野晶子编纂校订：《经国集》，《日本古典全集》本，日本古典全集刊行会，1926年，第173—174页。

2 日本国会图书馆抄本。

“西塞山前”等五首是唱和产物，非张志和一人所作。联系大历年间《状江南》唱和，诗题原有“每句须一物形状”，对理解组诗形式特点起到至关重要的作用。[1]同样，因日本《渔歌》初词题目“每歌用‘带’字”，而推测张志和原题应有类似“每歌用‘不’字”。除李德裕《玄真子渔歌记》和沈汾《续仙传》指向张志和只创作“西塞山前白鹭飞”(“西塞山边白鸟飞”）一首外，南宋以前文献除偶有误记，都认为如此。如《诗人玉屑》云：“颜鲁公守湖州日，与宾客唱和，为渔父词。志和曰：‘西塞山前白鸟飞……’坐客叹服不已。后果传之。”[2]此处仅“西塞山前”一首，《渔父》名应是受后出文献影响改《渔歌》而成。陈振孙《直斋书录解题》卷十五《玄真子渔歌碑传集录》一卷载：“玄真子《渔歌》，世止传诵其‘西塞山前’一章而已。尝得其一时倡和诸贤之辞各五章，及南卓、柳宗元所赋，通为若干章。因以颜鲁公《碑述》《唐书》本传以至近世用其词入乐府者，集为一编，以备吴兴故事。”[3]陈氏肯定了张志和《渔歌》世传只有一章（首），但“尝得其一时倡和诸贤之辞各五章”句可能有误，如结合《续仙传》便能得到解释，“一时倡和”即张志和、颜真卿、陆鸿渐、徐士衡、李成矩五人唱和，又循陈振孙文意，张志和只有“西塞山前”一章，“一时倡和诸贤”当包括张志和，而张志和只传“西塞山前”一章，这与“各五章”在数字上有矛盾，“各”应为“共”的误写，或为衍字。陈振孙在此云“尝得其一时倡和诸贤之辞共五章”，是对后世止传诵张志和《渔歌》一首判断的补充说明，说明止传一首的依据，

---

1 戴伟华：《〈状江南〉的艺术创新及其诗史意义——兼论敦煌〈咏廿四气诗〉的性质与写作时间》，《文学评论》2020 年第 3 期；戴伟华：《〈状江南〉唱和诗核心人物及其咏物创新形式》，《文学遗产》2021 年第 1 期。

2 （宋）魏庆之：《诗人玉屑》卷二十，北京：中华书局，2007 年，第 652 页。

3 （宋）陈振孙：《直斋书录解题》，上海：上海古籍出版社，1987 年，第 449 页。

实际上，陈振孙见到的是张志和一时五人唱和的五章，否则无法讲清楚“止传”一章和“五章”的关系。陈振孙将见到的张志和等五人“一时倡和”《渔歌》五章，以及南卓、柳宗元“所赋”《渔歌》，附上颜真卿所撰碑等，成《玄真子渔歌碑传集录》一卷。“一时倡和”与“所赋”有了区分，前者是同时同地唱和之作，而后者则是事后所写，至多为“追和”。

据陈振孙所述，五首（章）之说确实存在。《唐朝名画录》载“颜鲁公典吴兴，知其高节，以《渔歌》五首赠之”，将五首归于颜真卿肯定是误听误传，但这却是将《渔歌》五首归属于一人的较早记载。可以说，陈振孙之前没有人把五首《渔歌》都视为张志和之作。苏轼与黄庭坚的“渔父”创作也证明张志和只有“西塞山前”一首《渔歌》。《乐府雅词》卷中徐师川《浣溪沙》《鹧鸪天》词跋云：“张志和《渔父词》云：‘西塞山前白鹭飞……’顾况《渔父词》云：‘新妇矶边月明，女儿浦口潮平，沙头鹭宿鱼惊。’东坡云：元真语极丽，恨其曲度不传。加数语以《浣溪沙》歌之云：‘西塞山前白鹭飞。散花洲外片帆微。桃花流水鳜鱼肥。自芘一身青蒻笠，相随到处绿蓑衣。斜风细雨不须归。’山谷见之，击节称赏，且云：‘惜乎散花与桃花字重叠，又渔舟少有使帆者。’乃取张、顾二词合为《浣溪沙》云：‘新妇矶边眉黛愁。女儿浦口眼波秋。惊鱼错认月沉钩。青蒻笠前无限事，绿蓑衣底一时休。斜风细雨转船头。’……山谷晚年亦悔前作之未工……因以宪宗画像求元真子文章，及元真之兄松龄劝归之意，足前后数句云：‘西塞山前白鹭飞。桃花流水鳜鱼肥。朝廷尚觅元真子，何处如今更有诗。　青蒻笠，绿蓑衣。斜风细雨不须归。人间欲避风波险，一日风波十二时。’”[1]苏轼《浣溪沙》、黄庭坚前后创作都是改张志和《渔歌》而成，这里都没有用到世传张志和五首中的另

---

1 （宋）曾慥：《乐府雅词》，《四部丛刊初编》，上海：上海书店出版社，1989 年，第 16—18 页。

外四首《渔歌》的现成词句，这是张志和只有“西塞山前”一首《渔歌》的力证。事实上，尚无一首以“西塞山前”为主，又檃栝所谓张志和另四首《渔歌》的游戏之作。而张志和止作《渔歌》一首在唐诗中也留下痕迹。钱珝《江行》百首之一云：“曾有烟波客。能歌西塞山。”[1]诗中明言烟波钓徒张志和作“西塞山前”《渔歌》一首。

（二）《渔歌》五首流传系统

北宋《渔歌》图词并存的张志和五人唱和的“五本”尚有流传。因为张志和人生的神秘色彩，以及词图一体的形式，而引起人们关注。李复《回欧阳学士书》云：“某蒙问烟波子，往年于长安雷氏曾见图象，亦于小说中见。名志和，字子同，张其姓也，常渔于洞庭。颜鲁公在吴兴，爱其高逸，以渔歌五首赠之，志和乃摘句配景，自画成幅，人禽草木风雨烟云，雅尽其妙，后人多模效而传之。”[2]可见，所传张志和《渔歌》“写景夹词”的卷轴在北宋已被人模仿而存在，是否为真迹，很难判断。但这里所云颜真卿作《渔歌》五首而赠张志和，张为之以词配图。颜真卿作《渔歌》五首，与《玄真子渔歌记》和《续仙传》等诸家记载相左，当非。

张志和作《渔歌》五首的明确说法应出现在南宋。《舆地纪胜》载：“颜真卿守湖，志和来谒，真卿以其船敝，请修之。曰：‘愿为浮家泛宅，往来苕、霅间。’有《渔父词》五首……’”[3]唐人画记中就有颜真卿作五

1 （清）彭定求等编：《全唐诗》卷七一二，北京：中华书局，1960 年，第 8195 页。

2 （宋）李复：《潏水集》卷三，《景印文渊阁四库全书》第 1121 册，台北：台湾商务印书馆，1986 年，第 24 页。

3 （宋）王象之：《舆地纪胜》卷四，杭州：浙江古籍出版社，2012 年，第 173 页。

首《渔歌》以赠张志和的传闻，《舆地纪胜》大概是综述各种相关记录而增减误写。那么，传入日本的《渔歌》何时把五首归为张志和一人所作呢？据《经国集》载，最早作《杂言渔歌》天皇数人，没有提到《渔歌》为张志和所作，将《渔歌》五首归为张志和所作的是青木正儿。青木正儿《支那文学艺术史考》云，宪宗在位之日恰与嵯峨帝同时。而《经国集》题下署"太上天皇"，并注"在祚"，由此可知这首词是天皇在位时的御制之作。与宪宗在其词上所说的时间相同，最早是由嵯峨帝对张志和原作五首的模拟，也依原作御制戏作了五首。今谨录其中的三首，并附以张志和原作的一首。[1] 神田喜一郎云："我们清楚地看到这是仿中国唐代张志和所作的著名的《渔歌子》五阕。"[2]《渔歌》《渔歌子》有别，不可混称。事实上，原始文献《经国集》并没有标示天皇是据张志和《渔歌》所和。张志和作《渔歌》五首是青木正儿首倡，经神田喜一郎《日本填词史话》传播而为人们广泛接受。

（三）十五首《渔父》流传系统

因《渔歌》体式有三要素，而结句第五字的要求在一首词中无法判断，故在复歌，即两首及以上的创作中才能知晓。因此，《渔父》结句第五字作法失传，不用结句第五字固定创作的唱和或复歌，都应是后来的仿作。这也可以辅助人们判别《渔歌》创作的时代。即便人们将无名氏十五首《渔父》视为唐人作品，也可以断定非张志和同期唱和之作。《全

---

1 〔日〕青木正儿：《青木正儿全集》第 2 卷，东京：春秋社，昭和五八年，第 353 页。

2 〔日〕神田喜一郎：《日本填词史话》，程郁缀、高野雪译，北京：北京大学出版社，2000 年，第 6 页。

唐五代词》收录作“无名氏”处理，并有“考辨”。[1]

十五首《渔父》初题“和张志和”，而省“和”字署名为“张志和”，现在一般归为“无名氏”作。其一，考证十五首词的作者归属非常困难，题为张志和作没有依据和说服力。其二，这十五首虽曾被误题张志和所作，但十五首并非一人一时所为，甚至没有理由判断那“每歌用‘不’字”的五首是一人之作。其三，这十五首应该不是张志和同时代的作品。理由之一，不明《渔歌》原初形式；理由之二，“鱼龙混杂一川中”“谁道侬家也钓鱼”中“鱼龙混杂”“侬家”是中唐后用于《渔歌》词中的新词，和初词五首格调不同；理由之三，结构上出现重复（复沓）的新手法：“远山重迭水萦纡。水碧山青画不如。山水里，有岩居。谁道侬家也钓鱼。”“山”“水”二字三次使用。特别要指出“水碧山青画不如”一句，为韦庄所写。韦庄《桐庐县作》有“钱塘江尽到桐庐。水碧山青画不如”[2]。《渔父》“水碧山青画不如”用韦诗成句，此作当在韦诗之后。

《渔父》十五首应写于晚唐五代，而且一直在流传，无论题“和张志和”还是署名“张志和”，与张志和其人并没有关系，与《渔歌》五首流传可视为不同系统。

二、《续仙传》所记唱和本事

张志和创作《渔歌》之本事，记载较详的，见于《续仙传》。《太平

1 曾昭岷、曹济平、王兆鹏、刘尊明编撰：《全唐五代词》，北京：中华书局，1999年，第28—32页。

2 （五代）韦庄著，聂安福笺注：《韦庄集笺注》卷七，上海：上海古籍出版社，2002年，第273页。

广记》"神仙"下录《续仙传》:"鲁国公颜真卿与之友善。真卿为湖州刺史，与门客会饮，乃唱和为渔父词，其首唱即志和之词。曰:'西塞山边白鸟飞。……'真卿与陆鸿渐、徐士衡、李成矩，共和二十五首，递相夸赏。而志和命丹青剪素，写景天词，须臾五本。花木禽鱼，山水景像，奇绝踪迹，今古无伦。而真卿与诸客传玩，叹服不已。其后真卿东游平望驿，志和酒酣，为水戏，铺席于水上独坐，饮酌笑咏。其席来去迟速，如刺舟声。复有云鹤随覆其上。真卿亲宾参佐观者，莫不惊异。寻于水上挥手，以谢真卿，上升而去。今犹有宝传其画在人间。"[1] 明正统道藏本《续仙传》卷上有同样的记载，文字稍异，但文献价值很高，具引如下:"乃唱和为渔父词，其首唱即志和之词，曰:西塞山边白鸟飞……真卿与陆鸿浙、徐士衡、李成矩共唱和二十余首，递相夸赏，而志和命丹青剪素，写景夹词，须臾五本，花木禽鱼，山水景象，奇绝踪迹，古今无比。而真卿与诸客传玩，叹伏不已。"[2] 明正统道藏本与《太平广记》微异，说明明以前《续仙传》有不同版本流传，这有助于考订《渔歌》唱和的史实。《太平广记》所云"写景天词"，无法理解，应据明正统道藏本《续仙记》作"写景夹词"，即写景夹带着《渔歌》文词。陆鸿浙，应作陆鸿渐。另，唱和篇数明正统道藏本作"共唱和二十余首"，《太平广记》引《续仙传》作"共和二十五首"，这说明《续仙传》写本此处或有涂抹改易或有模糊不清，致使不同版本的记载有差异。可推断改易过程如下，初稿应是"共唱和五首"或"共和五首"，既符合《续仙传》所载"其首唱即志和之词""西塞山边白鸟飞"一首，也符合张志和与颜真卿

1 （宋）李昉等编:《太平广记》卷二七，北京:中华书局，1961年，第180页。

2 （五代）沈汾:《续仙传》卷上"玄真子"条，文物出版社、上海书店出版社、天津古籍出版社编:《正统道藏》第5册，上海:上海书店出版社，1988年，第77页。

等四人唱和之数总和的实际。五人五首唱和以后，为追逐风流，和《渔歌》者甚众，后人过录或抄写时，以为沈汾计算有误，遂在“五”首之“五”旁圈去“五”字，另写为“二十”字样，“二十首”正与世传和作数合，即张、颜等五人“一时倡和”五首外，尚有编入无名氏的十五首。“二十”何以成了“二十五”呢？应是改易时，该涂抹去的“五”字落笔太轻，被人误以为是“二十五”。那为何会有“二十余”呢？这可能改为“二十”后，又加上张志和兄张鹤龄的一首[1]，在当时可能还有其他《渔歌》追和作品出现，只能采用约数，即在“二十”字样上添写“余”字，成“二十余”。“二十五”或“二十余”不同载录，虽各有其理由，但却意味着，“二十五”者误用了原本已圈去的“五”字；“二十余”者知原本的“五”字已被圈去，在“二十”后加“余”字。

张氏唱和、写图，在当时已经成影响巨大之文化事件，后宪宗亦曾欲求《渔歌》图文真迹。不仅有张、颜等人唱和，陆续追和者亦众，《全唐五代词》除上述五首外，还收录了唱和作品计十六首，合之正为二十余之数。综合考察，张、颜唱和计五人，“共唱和五首”，可进一步引申。其一，《续仙传》云唱和者五人，即张志和、颜真卿、陆鸿渐、徐士衡、李成矩。其二，《续仙传》明言张志和首唱为“西塞山边白鸟飞”一首，他人亦和此首。按，“鸟”通行本作“鹭”，当抄录辨字不同所致。其三，《续仙传》云“须臾五本”也正对应着五首《渔歌》，而且，张志和是在“五本”上依据内容作画，“写景夹词”“真卿与诸客传玩”，所“传玩”者非独《渔歌》词，而有配画，否则，只有文字当不好传玩。“五本”就是“今犹有宝传其画在人间”的五首分题《渔歌》的词与画本。五代沈

1 （宋）计有功撰，王仲镛校笺：《唐诗纪事校笺》卷四六，北京：中华书局，2007年，第1582—1583页。

汾当见过词画合一的“五本”。

有关张志和行迹，颜真卿有《浪迹先生玄真子张志和碑》。[1] 颜真卿大历七年（772）至大历十二年（777）在湖州，大历九年（774）秋八月张志和始拜识颜真卿于湖州。由此可知，《渔歌》唱和事当发生在大历十年至大历十二年的某春天。幸赖《续仙传》详细记载，与李德裕录存《渔歌》配合，可助考证唱和诗始末。其实，张志和仙人行迹是《续仙传》的夸张附会，《新唐书》将之列入《隐逸传》，隐逸是其身份。颜真卿《浪迹先生玄真子张志和碑铭》概括精准，张志和是甘于贫贱、泛舟湖海、宅居渔船、逍遥烟波的隐者。

五代沈汾撰《续仙传》中关于张志和的记载，除神仙虚妄处，与诸书所传生平合。其中对于《渔歌》(《渔父词》) 是有记录的，值得注意的是：颜真卿与张志和友善，颜为其作碑铭可证；颜真卿和张志和直接接触是在颜为湖州刺史时；唱和《渔歌》是颜与门客会饮时，可见《渔歌》是饮宴娱乐之作，诸公对《渔歌》的内容和形式均有浓厚兴趣；此次首唱是张志和，不知是共同商定，还是偶然或早有安排；首唱之作是张志和“西塞山边白鸟（鹭）飞”一首；唱和者五人，唱和作品应是五首；五首词成，“递相夸赏”，说明这五首词是每人用心之作，各自满意，互相欣赏；张志和乘兴，也可以理解为乘机为五首词作风景画，写为“五本”；张志和画景作图与《渔歌》词文字夹带互衬的创作，为与宴者高度赞赏，以为“奇绝踪迹，今古无比”，故“传玩”“叹服”。有关《续仙传》记载的“写景夹词”，在中国绘画史上应具有特别意义。“写景夹词”即图词配合，在当时应为新艺术形式，引起观者的好奇，给予高度赞赏。

据《续仙传》，大致理清楚张志和《渔歌》创作的实际情况。唱和

---

1 （唐）颜真卿:《颜鲁公文集》卷九,《四部丛刊初编》，第10—11页。

词共五首，由张志和依各人唱和内容作画，计成“五本”。《唐朝名画录》载：“初，颜鲁公典吴兴，知其高节，以《渔歌》五首赠之。张乃为卷轴，随句赋象，人物、舟船、鸟兽、烟波、风月，皆依其文，曲尽其妙，为世之雅律，深得其态。”[1]此与《太平御览》所引《历代名画记》文字相同，应是将《渔歌》和五首相结合的最早记载，但这一段文字问题很多。其所描述的事实是：颜真卿作五首《渔歌》赠张志和，而张志和则为之绘画为卷轴，内容皆配合词文。将五首《渔歌》归于颜真卿所作，纯属误写误记，至少李德裕《玄真子渔歌记》中是将第一首“西塞山前白鹭飞”系于张志和名下的。由此可见，《续仙传》记载与之比较，更近真实。《渔歌》产生是因张志和首唱，颜真卿诸人唱和。但《唐朝名画录》对理解《续仙传》所记“花木禽鱼，山水景像”做了很重要的补充，所谓“人物、舟船、鸟兽、烟波、风月，皆依其文”。此五本传于世，故《续仙传》云“今犹有宝传其画在人间”。

三、《玄真子渔歌记》附录即“遗迹”文字格式

据文献记载，最早寻找到《渔歌》遗迹的是李德裕。按，张志和作《渔歌》不见颜真卿《浪迹先生玄真子张志和碑铭》，首次记载见李德裕《玄真子渔歌记》[2]：

德裕顷在内庭，伏睹宪宗皇帝写真求访玄真子《渔歌》，叹不能

1 （唐）朱景玄著，吴企明校注：《唐朝名画录校注》，合肥：黄山书社，2016年，第269页。

2 （唐）李德裕撰，傅璇琮、周建国校笺：《李德裕文集校笺》，第660—662页。

致。余世与玄真子有旧，早闻其名，又感明主赏异爱才，见思如此，每梦想遗迹，今乃获之，如遇良宝。……长庆三年甲寅岁夏四月辛未日，润州刺史兼御史大夫李德裕记。

《渔歌》如左

烟波钓徒玄真子张志和

西塞山边白鹭飞，桃花流水鳜鱼肥。青箬笠，绿蓑衣，斜风细雨不须归。

右一

钓台渔父褐为裘，两两三三舴艋舟。能纵棹，惯乘流，长江白浪不曾忧。

右二

霅溪湾里钓渔翁，舴艋为家西复东。江上雪，浦边风，反着荷衣不叹穷。

右三

松江蟹舍主人欢，菰饭莼羹亦共飡。枫叶落，荻花干，醉泊渔舟不觉寒。

右四

青草湖中月正圆，巴陵渔父棹歌连。钓车子，掘头船，乐在风波不用仙。

右五

在书写体例上，唐人有用“如左”“如右”指示书写内容，但用例极少。但上言“《渔歌》如左”，下言“右一”，忽“左”忽“右”，书写章法失序，原因何在？未为人发明。其实，这一章法失序，正为还原事物本真提供了依据。无疑，李德裕是见到《渔歌》真迹的，因其严谨睿智，在抄录时保留了纸本状态。

李德裕文中“宪宗皇帝写真求访玄真子《渔歌》”事，在《唐诗纪事》也有记载：“宪宗时，画玄真子像，访之江湖间，不可得，因令集其诗上之。”[1]这里记述和李德裕所记有异。李德裕文明确表明宪宗访求的是《渔歌》，而《唐诗纪事》则表明访求的是玄真子，而“令集其诗上之”为求其次而已。从李文所述“梦想遗迹，今乃获之”语，当为《渔歌》。李德裕出刺润州，又与张志和家有旧交，就到民间访得，并将原委记载下来，成《玄真子渔歌记》。这里有几个问题让人困惑，其中不可思议的是，宪宗皇帝为什么会对《渔歌》感兴趣？首先，张志和作为一位传奇人物，帝王对其感兴趣本就不足为奇。[2]其次，李德裕替宪宗皇帝寻找的《渔歌》应不是通常理解的《渔歌》词，如是词，找来很简单，宪宗皇帝自己也许就能记诵。宪宗要的是《续仙传》中所提及的有画有文字的五本《渔歌》，宪宗应被《续仙传》描绘的《渔歌》唱和及其“写景夹词”的创作过程深深打动，留下深刻的记忆。今天虽已无法得见原物，但从李德裕的记载可略知其一二。李德裕写好《玄真子渔歌记》后，将寻访到的五本“遗迹”附后，后来编入文集时，只能保留文字而成了今天所能见到的格式。“《渔歌》如左”这是李德裕文章用于说明附录的文字。“烟波钓徒玄真子张志和”以下，应是“五本”的文字抄录。“五本”原来是先署名，再写词，再作画的，一张为一画本。录成文字时，五首当在一纸上成一卷，故以“右一”“右二”“右三”“右四”“右五”区别。揣测张志和依词作画时，自署“烟波钓徒玄真子张志和”，这和颜真卿《浪迹

1 颜真卿《浪迹先生玄真子张志和碑铭》中提道：“肃宗尝赐奴婢各一，玄真配为夫妇，名夫曰渔僮，妻曰樵青。”参见（宋）计有功撰，王仲镛校笺：《唐诗纪事校笺》卷四六，第1582页。

2 （唐）颜真卿：《颜鲁公文集》卷九，《四部丛刊初编》，第10页。

先生玄真子张志和碑铭》“自谓烟波钓徒”合,《新唐书》亦云“自称烟波钓徒”。“五本”中颜真卿四人或未及署名，故文集过录时，无法确定四首中的一首属四人中的何人，只能暂以“右二”“右三”“右四”“右五”和署名张志和的一首区分。

如依正常文本书写，既然“《渔歌》如左”，下面当以“左一”“左二”等分别抄录五首分属不同作者的《渔歌》文字。现在有违书写常规，“如左”下出现“右一”等。究其原因，李德裕一定是尽量保留纸本原样。附录抄写可能有三种状态：一是作“左一”等，则在“左一”下抄录作品并署名，此为例程；二是作“右一”，则如今传本样式；三是不注“左一”或“右一”，这种样式只能在五首作品皆出于一人才能出现。现在的问题是，五首作品，一首为首唱，四首为四人的和作。首唱自署“烟波钓徒玄真子张志和”，其余作品在当时的“五本”上又因当时人皆知晓作者而未署名，而李德裕得到这一宝物时，有人已将“五本”即五页缀合为一卷，并在页与页之间的上页左侧标明序号。这一标序是图文关系，即原物图在右而词文在左，谓右一、右二等，指示词文所在位置。故李德裕过录五首《渔歌》时，即保留了“《渔歌》如左”下以“右一”“右二”等标序的五首作品，尽可能存真。李德裕是唐代著名官员，做事认真严谨,《渔歌》附录，以“作者 + 作品 + 右 X”而不是以“左 X+ 作者 + 作品”样式录存，虽很平常却有智慧，一是表明了首唱作者，如以“左 X+ 作者 + 作品”样式抄写，下面四首作者易让人产生误读，以为是张志和一人之作；二是和者四人，到李德裕看到“五本”时，只有张志和自署名，却不知其他四首作品的作者分属，只好用“右一”标明张志和之作，也说明“右一”只是指张志和《渔歌》，并不指余下四首皆张之作；三是这样的抄写格式完整地反映了《渔歌》原初状态，具有珍贵的文献价值。

无论是李德裕的记文，还是五首《渔歌》的抄录，都非常清晰地反映了五首《渔歌》作者归属，结合《续仙传》的记载，张志和《渔歌》只有一首，那就是传世的“西塞山边白鸟飞”。而误认为是张志和所作的另外四首《渔歌》则为颜真卿、陆鸿渐、徐士衡、李成矩之作。唱和中的“钓台渔父褐为裘”“霅溪湾里钓渔翁”有一首应为颜真卿之作，《浪迹先生玄真子张志和碑铭》云张志和“又欲以大布为褐裘服”，颜真卿以“舴艋”称其舟船，颜所谓“舴艋”，张志和自谓之“渔舟”。颜真卿亦亲闻张志和“愿以为浮家泛宅，沿泝江湖之上，往来苕霅之间”，并记入《碑铭》中，《碑铭》云“宅渔舟，垂钓纶”和“钓台渔父”“钓渔翁”相对应，确定第二首作更为妥当。因为参与唱和的陆鸿渐等三人，均无相关记载，无法确定作品归属，但《续仙传》排名次序应有所本。因此，据《续仙传》排序，五首作品作者依次是张志和、颜真卿、陆鸿渐、徐士衡、李成矩。

另外，《李德裕文集校笺》有《玄真子渔歌记》校语，为确定张志和所作《渔歌》篇数提供了重要线索。校云：“本文文末署曰：‘长庆三年甲寅岁夏四月辛未日，润州刺史兼御史大夫李德裕记。’今按长庆三年岁在癸卯，而非甲寅。此处‘甲寅’误。又本年夏四月乙酉朔，无辛未日，‘辛未日’亦误。合而推之，订本文作时为长庆三年四月。本文又载《丛刊》本、傅校本李集之别集卷七。《四库》本李集之别集卷七、《全文》卷七〇八载李德裕所作记，删张志和《渔歌》五首；《全诗》卷三〇八载张诗。”[1] 这一校语非常重要，它至少提示如下两点：第一，长庆三年岁在癸卯，而原文为“长庆三年甲寅岁”，这一误虽无法找到校勘学依据，但却提醒人们注意到，李德裕当年著文，不当有此误，应是后来编集者所

1 （唐）李德裕撰，傅璇琮、周建国校笺：《李德裕文集校笺》，第662页。

误加。第二,《四库全书》编辑李集时删去"《渔歌》如左"以下文字,应是经过研究所做的慎重处理。《全唐文》编辑李集时也应参用《四库全书》,其《凡例》云:"唐人别集。四库全书所载,多至九十余种。其中专以诗行者,不过十之三四。其余文集,悉行甄录。"[1]也有可能《全唐文》编辑者不仅以《四库全书》为底本,也参用了明刊本,因体例而删去"《渔歌》如左"文字。毫无疑问,《四库全书》编辑时,对清以前版本附录中《渔歌》五首的作者为张志和产生怀疑,并认真做了选择,删去"《渔歌》如左"以下文字,这就意味着他们否定了《渔歌》五首为张志和一人所作的传统说法。

《玄真子渔歌记》所附为"遗迹"文字格式,故云"《渔歌》如左";而"右一""右二""右三""右四""右五"当为"遗迹"原来的格式。存"遗迹"之真而已。遗迹为卷轴形制,《太平御览》载:"初,颜鲁公在吴兴,知其高节,以《渔歌》五首赠之,乃图传为卷轴,随句赋象,人鱼,鸟兽,风雨,云月,皆依字成形,雅叶其妙。"[2]"写景夹词"的具体形式为"随句赋象""依字成形"。

四、结　语

重要的文学事实研究,已不容易有新的发现,依靠地下出土文献只能丰富文学史的书写,但不能在所谓重要作家作品研究上寻求突破。陈寅恪言"取异族之故书与吾国之旧籍互相补正",在考察历史事实过程

---

1 (清)董诰等编:《全唐文》,北京:中华书局,1983 年,第 13—14 页。

2 (宋)李昉等撰:《太平御览》卷第七五一,北京:中华书局,1960 年,第 3336 页。

中，异国之故书和吾国之旧籍成了互证材料，将汉文学传播意义的分析转变为中国文学经典名篇名家事实的认识。《渔歌》五首自创作后，虽然引起人们关注，但并没有赓和的记载，而这一唱和在异邦有了回响。将中日两组《渔歌》置于一处比较，即可还原张志和等人唱和的原貌。如果张志和等五人唱和诗题中无“每歌用‘不’字”，那严格模仿的嵯峨天皇首唱《渔歌》五首，何以在诗题中有“每歌用‘带’字”；只是嵯峨天皇不知张志和等人唱和“每歌用‘不’字”是对五人唱和体式的限定，而以为是一人所作的要求；当我们以嵯峨天皇之题补足张志和等人唱和之题时，有力证明了张志和“西塞山前”首唱，四人必以“每歌用‘不’字”体式相和，如是张志和一人五首之作，诗题加“每歌用‘不’字”自我设限，不仅多余，甚至无理。目前学术界对于域外汉籍的使用和研究，侧重于资料搜集整理以及域外的传播过程，而本文在中日文献比较中，还原史籍原貌，可以视为“取异族之故书与吾国之旧籍互相补正”运用的极具说服力和操作性的个案，并且对早期词生成状态的探讨亦有重要意义。

梳理历史过程，要有阶段性划分意识，如此方能分辨过程中的事实呈现。本文力图将五首《渔歌》和十五首《渔父》给以不同时间段产生的分析，《渔歌》见于李德裕文载录和日人的和作，约在大历至元和年间。元和年间朱景玄的《唐朝名画录》虽误将五首归属颜真卿作，但称《渔歌》仍保留了初唱名；其后，和凝《渔父》“白芷汀寒立鹭鸶”[1]以及十五首无名氏之作名为《渔父》，皆大致同时之作。《续仙传》存其本事，却改变《渔歌》名，易为《渔父》，而《新唐书》则依李德裕文云其

1 （后蜀）赵崇祚编，杨景龙校注：《花间集校注》卷六，北京：中华书局，2014 年，第 936—937 页。

“尝撰《渔歌》”[1]。可见《渔父》之名在晚唐五代出现。故名称为《渔歌》者，中唐之名也；为《渔父》者，晚唐五代之名也。经典流传为研究者所关注，而从《渔歌》初式与后世仿作的差异可以认识诗歌传播中的语境及其变化，这有利于人们进一步探讨经典的影响和传播，对文学传播史、阅读史的研究当有所启发。

面对文献，我们应该区分出文献的质量而确定可靠的成分。在研究过程中，李德裕文章最有质量，也最具可信度，但由于附录的特殊格式使人们误读而成为定论。如果尊重李文仅在“西塞山前”一首前署“烟波钓徒玄真子张志和”，其余四首均未署名。这就是原来的文本呈现逻辑，也是事情本相。而《续仙传》因著作性质而被人怀疑其可信度，但人们在论述相关问题时，还是将其部分记录视为可信资料。这涉及对神仙传的材料辨读，其实《续仙传》云张志和水上活动技能是有现实基础的，他只是精于水上运动，记录者在某一点上加以渲染甚至夸大，就让其接近神仙了，和张志和有交接往返的陈少游、颜真卿并没有将之视作神仙。陈寅恪《剧谈录》“元和中李贺善为歌篇”按语云：“所记多所疏误，自不待论。但据此故事之造成，可推见当时社会重进士轻明经之情状，故以通性之真实言之，仍不失为珍贵之社会史料也。”[2]不仅如此，如将相关材料汇集一处，加以辨别，去伪存真，同样具有“个性之真实”的作用。

材料有时代性，同一史实，在不同时代记载中会打下时代烙印，比如《渔歌》一名在《续仙传》中被改写为晚唐五代通名《渔父》。同样，后来人在使用材料时，照顾到当代流行之说或现状，有可能改写原来记

1 （宋）欧阳修、宋祁：《新唐书》卷一九六，北京：中华书局，1975 年，第 5609 页。

2 陈寅恪：《唐代政治史述论稿》，上海：上海古籍出版社，1982 年，第 84 页。

录，修史尚且如此，何况笔记小说。《续仙传》本来记载为“共五首”，但至晚唐五代模仿《渔歌》的作品增多，《续仙传》传抄者在写本上随自己所见而改易，遂有涂抹修改的“二十五”“二十余”的不同版本传世。《续仙传》材料非常重要，这是唯一保留《渔歌》初唱本事的高质量材料，不应被“神仙”外表所误而降低材料的使用价值。

（原载《学术研究》2022 年第 2 期）

何谓诗人：中国古代“诗人”观念的演变

李舜臣 *

“何谓诗人”是一个历久弥新的话题。中国古人偏重于知性印象，“诗人”的界定语焉不详。人们习以为常地使用“诗人”及相近的语词（例如“风人”“骚人”“诗客”“诗翁”），似乎觉得根本没有必要探究。然而，我们梳理相关文献发现，中国古代虽然对“诗人”缺乏明确的界定，却不会像西方那样将“诗人”的桂冠轻易许人。因为在不同的历史时期，中国古代“诗人”的指向和含义呈现出明显的阶段性。研究中国古代“诗人”观念演变的过程，可以涵摄诸多诗学史和诗歌史上的重要现象和命题，譬如早期诗歌创作模式、诗体演变、诗集编撰、文体互渗、诗歌类型、身份批评等等。近来有学者研究过先唐“诗人”概念的演变及所

* 江西师范大学文学院教授、博士生导师。

蕴含的诗学精神[1]，也有学者从不同时期诗的界定考察“诗人”含义的变化[2]，但仍有不少问题需要探明。基于此，本文略其所详，详其所略，力图彰显中国古代“诗人”观念演变进程中所涵摄的重要诗学现象和命题。

一、先秦：从“三代无诗人”到“诗人”一词的出现

中国诗歌渊源甚早，《史记·孔子世家》称“古者诗三千余篇”，然而后世却常谓“三代无诗人”。明人丘濬曰：“三代以前无诗人，夫人能诗也。太师随所至，采诗以观民风，而系国以别之。方是时，上自王公后妃，下至匹夫匹妇，率意出口，皆协音调，可诵可歌。”[3]他的意思很清楚：“三代”之前，人人皆是诗人，且太师采诗的目的是体察各地民风，故系国以别之，而不以人别之。清人严书开云：“繇周以前，未闻有诗人也，何则？其能作诗者，大都上圣大贤、忠臣孝子、节士贞姬也，系其诗乎人可也，系其人于诗，可乎？”[4]此语略含轻视“诗人”的倾向。在严氏看来，若以“诗人”称名圣贤忠臣、孝节之士，实有降其志。清人劳孝舆的看法，又不甚相同：“风诗之变，多春秋间人所作，而列国名卿皆作赋才也。然作者不名，述者不作，何欤？盖当时只有诗，无诗人。古

---

1 赵强、陈向春：《从群体到个体：“诗人”一词的传统涵义及诗学内蕴》，《广西社会科学》2008年第10期。

2 史伟：《中国古代文论中的“诗人”》，载胡晓明主编：《古代文学理论研究》第39辑，上海：华东师范大学出版社，2014年，第146—172页。

3 （明）丘濬著，丘尔穀编：《重编琼台稿》卷9《刘草窗诗集序》，《文渊阁四库全书》第1248册，上海：上海古籍出版社，1987年，第180页下。

4 （清）严书开：《严逸山先生文集》卷1《费开仲无邪斋诗集序》，《四库禁毁书丛刊》集部第90册，北京：北京出版社，1997年，第247页下。

人所作，今人可援为己诗；彼人之诗，此人可赓为自作，期于言志而止。人无定诗，诗无定指，以故可名不名，不作而作也。”[1]劳氏从诗歌接受的角度着眼，认为当时“诗无定指”，接受者可“援为己诗”“赓为自作”，“作诗者”与“用诗者”无有区分，“用诗者”可以“断章取义”，适情适境地言己之志，诗的作者反而无人关注，因而出现了“作者不名，述者不作”的现象。不仅是“三代”，迟至春秋末期，“以诗名家”者亦颇为罕见。

然而，“三代之诗”究竟出自何人之手？历代学者对此聚讼纷纭。依照现存文献，战国之前似仍有可考其名的诗人。譬如，《诗经》自述的“家父作诵”“寺人孟子，作为此诗”“吉甫作诵”等句；《左传》昭公十二年所载“祭公谋父作《祈招》之诗，以止王心”，《国语·楚语上》中“昔卫武公……于是乎作《懿》戒以自儆”诸例；《毛诗序》追考出更多诗章的作者，并附及诗歌的本事。对于这一现象，有两点需要说明。其一，先秦的“作”与“赋”“献”“诵”等常可通用。郑玄释“赋”云：“郑答赵商云：凡赋诗者，或造篇，或诵古。所谓诵古，指此（案，指《诗经·常棣》）召穆公所作诵古之篇，非造之也。”[2]因此，仅据“祭公谋父作《祈招》”“卫武公作《懿》”，尚不能遽断此二诗必由他们所创。其二，假定这些诗歌的作者足可采信，那么他们何以不直接署名？不惟诗歌，周代其他著述亦少见署名。周代公卿列士作诗非“个人意愿”而为“集体行为”，乃问题的关键。朱自清曾将战国前的诗歌史判分为“献诗时代”与“赋诗时代”，前者“虽是作诗陈一己的志，却非关一己的

1 （清）劳孝舆：《春秋诗话》卷1，《续修四库全书》第1702册，上海：上海古籍出版社，2002年，第5页下。

2 （清）阮元校刻：《十三经注疏》，北京：中华书局，1980年，第408页上。

事"；后者"更只以借诗言一国之志为主；偶然有人作诗——那时一律称为'赋'诗——也都是讽诵政教，与献诗同旨"[1]。可见，战国以前的诗歌，抒写的是一种集体情志而非个人之志，故"系国以别之"，真正的创制者没有署名的诉求。再从诗的来路看，先秦采诗制度绝非仅简单的采集、记录，必有润色、加工、协律等行为。《汉书·食货志上》曰："孟春之月，群居者将散，行人振木铎徇于路，以采诗，献之大师，比其音律，以闻于天子。"[2]诗歌从采集到定型，辗转于原创者、行人、太师等人之手，实属集体创编，亦无署名的必要。此一现象，同样反映在《诗经》的文本当中。要之，"三代无诗人"之说，非谓"三代"无诗人，无诗人之名耳。这是中国古代"诗人"演进的最初阶段，其明显的特征是因抒写集体情志和集体创编而不具个人之名，"诗人"的身份意识不甚明朗，甚至"诗人"一词尚未出现。

战国时期，出现了最早的"个人自作而称为诗"的荀子《佹诗》。个人自作之诗，意味着一己而非集体情志的抒写，此以屈原的创作最为典型。屈原《橘颂》称："介渺志之所惑兮，窃赋诗之所明。"朱熹注曰："因自言其志之高远与浮云齐，而不能有合于世。是以其志不能无惑，而遂赋诗以明。"[3]因此，《汉书·艺文志》云："春秋之后，周道浸坏。聘问歌咏不行于列国，学《诗》之士逸在布衣，而贤人失志之赋作矣。"[4]与之相应的是，战国时期关于诗歌的"阐释的重心"亦发生了变化，"由诗章之义转移到诗人之志上来"[5]，更加关注诗人个体的生平与时代背景。孟子

1　朱自清：《诗言志辨》，上海：华东师范大学出版社，1996年，第28页。

2　（汉）班固：《汉书》卷21《食货志上》，北京：中华书局，1962年，第1123页。

3　（宋）朱熹：《楚辞集注》，上海：上海古籍出版社，1979年，第100页。

4　（汉）班固：《汉书》卷30《艺文志》，第1756页。

5　周裕锴：《中国古典诗歌的文本类型与阐释策略》，《北京大学学报（哲学社会科学版）》2005年第4期。

提出的“以意逆志”“知人论世”等观念，便是此种转向的集中体现。因个人自作诗歌风气以及人们的阶层、身份意识逐渐浓厚，“诗人”一词便有了出现的可能。目前所见“诗人”一词最早的出处是宋玉《九辩》：“食不偷而饱兮，衣不苟而为温。窃慕诗人之遗风，愿托志乎素餐。”宋玉所说的“诗人”，是特指《诗经·伐檀》篇的作者，尚不具有“身份类型”的意义，但这是诗歌史上较早揭橥“诗人”一词者，意义固不容忽视。

二、汉代“诗人”的指向及其诗歌创作

考察两汉文献，汉代“诗人”一般特指《诗经》的作者。大致有两种情形：一是通称《诗经》的作者，如班固《汉书》云：“诗人所刺，《春秋》所讥，亡以甚此。”[1]二是仿宋玉句式，上言“诗人”，下用相关诗篇，具体指《诗经》某篇的作者，如班固《白虎通德论》卷二：“大武者，天下始乐，周之征伐行武，故诗人歌之‘王赫斯怒，爰整其旅’。”[2]无论哪种情形，“诗人”皆与《诗经》相关。严格说来，它是一个历史概念，而不具有一般社会学上身份类型的意义。

两汉文献涉及“诗人”一词最重要者，当属扬雄《法言·吾子》中的论述：“或问：‘景差、唐勒、宋玉、枚乘之赋也，益乎？’曰：‘必也淫。’‘淫则奈何？’曰：‘诗人之赋丽以则，辞人之赋丽以淫。如孔氏之门用赋也，则贾谊升堂，相如入室矣，如其不用何？’”扬雄所说的“辞

1 （汉）班固：《汉书》卷 27《五行志第七下》，第 1476 页。

2 （汉）班固：《白虎通德论》卷 2，上海：上海古籍出版社，1990 年，第 18 页。

人”是指景差、唐勒、宋玉、枚乘、贾谊、司马相如等人，但没有明确“诗人”所指，亦未言及辞赋史上重要的作家——屈原。汪荣宝《法言义疏》云：“诗人之赋，谓六义之一之赋也，即诗也。……诗人之赋丽以则，谓古诗之作，以发情止义之美。”[1]汪氏以为“诗人”是指《诗经》的作者，“诗人之赋”则指“六义”之“赋”。考察扬雄的作品，涉及“诗人”一词的还有两处：一是《赵充国颂》中云：“昔周之宣，有方有虎，诗人歌功，乃列于雅。”“有方有虎”指周宣王时方叔、召虎二贤臣，《小雅·采芑》《大雅·江汉》分别歌咏他们的中兴之功。二是《太仆箴》中云：“诗好牡马，牧于坰野。辇车就牧，而诗人兴鲁。”[2]化用了《鲁颂·駉》“駉駉牡马，在坰之野”之句，故“诗人”亦指《駉》的作者。无论从扬雄的其他文献，还是汉代的整体语境来看，《法言·吾子》中的“诗人”指《诗经》的作者，殆无疑义。东汉时期，还出现了一个接近于“诗人”的概念——“风人”。赵岐《孟子章句》卷首题辞称《孟子》一书：“有风人之托物，二雅之正言，可谓直而不倨，曲而不屈，命世亚圣之大才者也。”“风人”与“二雅”，互文并举，亦专指《诗经》的作者。

两汉时期的“诗人”专指《诗经》的作者，是当时浓厚经学语境的反映。汉代学术尊经崇儒，《诗》列于“六经”之一，它的作者自然成为诗人的典范。汉人评价“诗人”，一般不出于讽谏时政、裨益风化之旨趣，而罕及比兴传统，这实际上也隐含着他们关于诗歌的价值取向。此种价值取向同样也体现在他们的诗歌创作中。黄侃认为，《汉志》所录“汉世歌谣之有十余家，无殊于《诗》三百篇之有十五《国风》也”，甚

---

1 汪荣宝：《法言义疏》上册，北京：中华书局，1987 年，第 50—51 页。

2 （汉）扬雄著，张震泽校注：《扬雄集校注》，上海：上海古籍出版社，1993 年，第 293—296、370 页。

至李陵、班婕妤等人的五言诗亦“初不殊于谣谚，然风人之旨，感慨之言，竟能擅美当时，垂范来世，推其原始，故亦闾里之声也”[1]。可见，汉人的诗歌创作基本循着《诗经》的路数，书写的仍是集体而非一己之情志，是浓厚经学语境的直接体现。“诗人”一词，终至两汉仍未获得泛称之意，还与“两汉无诗人”的现象有关。明人胡应麟说：“昔人谓三代无文人，六经无文法。窃谓二京无诗法，两汉无诗人。即李、枚、张、傅，一二传耳，自余乐府诸调，十九杂篇，求其姓名，可尽得乎！即李、枚数子，亦直写襟臆而已，未尝以诗人自命也。”[2]赵敏俐根据《先秦汉魏晋南北朝诗》，统计出西汉“有主名诗”49首，东汉93首，虽然他并不认同两汉时期“诗思消竭”，但亦承认这是一个“不以诗人之名自重”的创作时代[3]。《汉志·诗赋略》“歌诗类”著录了《杂各有主名歌诗十篇》，所谓“各有主名”，即指有具体署名的歌诗。《汉志》之所以特意将它们单独析出，或许正因为这类“有主名歌诗”颇为少见的缘故。可见，西汉歌诗少见署名的现象，不是文献散佚所致，而是当时实际的文学生态。

应该承认，两汉文人不善作诗，亦属事实。钟嵘曰：“逮汉李陵，始著五言之目矣。……自王、杨、枚、马之徒，词赋竞爽，而吟咏靡闻。从李都尉迄班婕妤，将百年间，有妇人焉，一人而已。诗人之风，顿已缺丧。”[4]两汉文人何以少作诗歌呢？胡应麟称是因为“二京无诗法”，根本原因似不在此，倒是钟嵘不经意间指出了问题的关键：“夫四言，文约意广，取效《风》《骚》，便可多得。每苦文繁而意少，故世罕习焉。”[5]

---

1 黄侃：《文心雕龙札记》，上海：华东师范大学出版社，1996年，第33页。

2 （明）胡应麟：《诗薮》外编卷1，上海：上海古籍出版社，1979年，第131页。

3 赵敏俐：《两汉诗歌研究》，北京：商务印书馆，2011年，第38页。

4 （梁）钟嵘著，曹旭集注：《诗品集注》，上海：上海古籍出版社，1996年，第8—11页。

5 同上书，第36页。

汉人“文繁意少”的特点，尤其体现在他们更擅长铺张扬厉的赋体写作，而对于“文约意广”的四言诗则相形见绌。这可以解释五言诗盛行之前，汉人何以不接续《诗经》的传统而大力写作四言诗的问题。两汉文人所作数量不多的诗，所题或“歌”，或“操”，或“歌诗”，很少直接题为“诗”者，故《汉志》称之为“歌诗”。严格说来，“歌诗”与“诗”分属不同的艺术形式，前者入乐，后者不入乐。诗歌史上“诗乐分离”主要发生在东汉，亦即五言诗兴起之时。诗乐分离扩大了诗人的范围，可以使人们不再顾及音律的拘束，而纯以文字抒情言志，个人色彩因此更为突出。若从诗体层面而言，“五言”较“四言”多出一字，表现功能、节奏变化大为丰富，这一定程度亦缓解了文人“文繁意少”之苦。因此，钟嵘又谓：“五言居文词之要，是众作之有滋味者也，故云会于流俗。岂不以指事造形，穷情写物，最为详切者邪？”“会于流俗”的意思，盖指五言诗“迎合”了大多文人创作的习惯。

三、魏晋南北朝：“诗人”之实已具而“诗人”之名未立

新的诗体——五言诗的出现，使文人拾取了作诗的兴趣。汉魏之际，诗人腾涌，古典诗歌迎来了自《诗经》以来的又一个高潮。魏晋以还，以诗擅名当世者不少，然而，诗学领域对这一现象的反映显得颇为滞后。无论是当时文人的撰述，还是专门的批评著作，“诗人”一词仍是多指《诗经》的作者。例如，曹植《上责躬诗表》：“以罪弃生，则违古贤夕改之劝；忍垢苟全，则犯诗人胡颜之讥。”诗人即《诗经·巧言》篇的作者。魏晋南北朝最重要的两部文论著作《文心雕龙》和《诗品》中的“诗人”一词，用法也大体如此。

刘勰《文心雕龙》中“诗人”一词，凡17见，都是专指《诗经》的作者。譬如，《诠赋》：“赋也者，受命于诗人，拓宇于《楚辞》也。”《哀吊》：“黄鸟赋哀，抑亦诗人之哀辞乎。”《情采》：“昔诗人什篇，为情而造文；辞人赋颂，为文而造情。”《声律》：“又诗人综韵，率多清切；《楚辞》辞楚，故讹韵实繁。”《丽辞》：“至于诗人偶章，大夫联辞，奇偶适变，不劳经营。”《物色》：“所谓诗人丽则而约言，辞人丽淫而繁句也。”等等。此15例，王运熙、周锋皆明确注为“《诗经》的作者”[1]，而仅有《辨骚》中的两例，未予注出：“自《风》《雅》寝声，莫或抽绪，奇文郁起，其离骚哉。固已轩翥诗人之后，奋飞辞家之前。……王逸以为诗人提耳，屈原婉顺，《离骚》之文，依经立义。”前一例，显是指《诗经》的作者，周振甫即如是注也[2]；后一例中的“提耳”出自《诗经·大雅·抑》，亦指《诗经》的作者。钟嵘《诗品》中，“诗人”一词凡3见：“从李都尉迄班婕好，将百年间，有妇人焉，一人而已。诗人之风，顿已缺丧。”“魏侍中应璩，祖袭魏文，善为古语，指事殷勤，雅意深笃，得诗人激刺之旨。”“宋征士陶潜，其源出于应璩，又协左思风力。……古今隐逸诗人之宗也。”第一、第二例指《诗经》作者，第三例评陶潜则涵括了近世诗人。因为先唐仅有此一孤例，所以钟嵘可能是无意间扩大了“诗人”指向。这是古典诗学中较早将“诗人”一词指向《诗经》以外的作者，标志着“诗人”一词从专称开始向泛称的演变。

依照一般认识，魏晋南北朝时期，“诗”已经具备了文体学的意义，不再像汉代那样多指文献的诗——《诗经》，而且诗人署名以求“不朽”

1 （南朝梁）刘勰著，王运熙、周锋译注：《文心雕龙译注》，上海：上海古籍出版社，1998年，第61、101、287、303、316、418页。

2 （南朝梁）刘勰著，周振甫注：《文心雕龙注释》，北京：人民文学出版社，2002年，第37页。

的愿望也颇为强烈，写诗的人理应称之为“诗人”。但实际上，魏晋南北朝“诗人”之实已具，而“诗人”之名未立。究其原因，盖有如下两端：一是汉代诗学传统的延续，特别是扬雄“诗人之赋丽以则，辞人之赋丽以淫”之说，影响更为深远。比如《文心雕龙》中“诗人”与“辞人”常相并举，左思《三都赋序》、谢灵运《山居赋自注》、颜之推《颜氏家训》等，皆征引了扬雄“诗人之赋”与“辞人之赋”语。二是魏晋南北朝时期“诗缘情”观念深入人心，诗歌的抒情功能和个性色彩得到了空前的彰显，不过，批评家在评论具体诗人诗作时，仍倾向以儒家“诗教”作为标准，甚至以此否认当时的诗歌成就，类似于“诗人之风，顿已缺丧”“讽刺道丧，故兴义销亡”“诗骚之体尽矣”的表述，屡见不鲜。这种批评倾向表明，魏晋南北朝的文学批评尊崇的依然是“圣门”诗学。在批评家看来，当时的写诗者难以企及他们尊崇的典范——《诗经》的作者，因而没有将“诗人”的桂冠予以同时代的写诗之人。

四、唐代：“诗人”作为一种身份类型的确立

初、盛唐时期，以“辞人”“词人”“才人”指称汉魏以后诗人的现象仍比较常见。例如，殷璠《丹阳集序》云：“李都尉没后九百余载，其间词人，不可胜数。”[1] 在初唐所编的几部史书当中，尤其如此。不过，传统亦开始出现了新变，人们已有意识地用“诗人”替代“辞人”。骆宾王《和道士闺情诗启》云：“河朔辞人，王、刘为称首；洛阳才子，潘、左为先觉。若乃子建之牢笼群彦，士衡之籍甚当时，并文苑之羽仪，诗人

1 傅璇琮编撰：《唐人选唐诗新编》，西安：陕西人民教育出版社，1996 年，第 81 页。

之龟镜。”[1]“词人”和“诗人”并用，即是初盛唐“诗人”一词由专称向泛称过渡的反映。另外，现已散佚的元兢辑《古今诗人秀句》，据《文镜秘府论》存其序说，此本所选“时历十代，人将四百，自古诗为始，至上官仪为终”[2]，广涉当世诗人。这是目前所知最早在书名中含有“诗人”一词的著作。元兢之后，释玄鉴又辑有《续古今诗人秀句》二卷，所选诗人当亦包括《诗经》之外的诗人。

盛唐之后，以“诗人”指称当世作家的现象更加普遍，而“辞人”之称则相对少见。譬如，元稹评杜甫：“诗人以来，未有如子美者。”[3]钱起《送唐别驾赴郢州》：“满坐诗人兴，随君郢路行。”许浑《题义女亭》：“诗人愁立暮山碧，贾客怨离秋草青。”朱庆馀《送韩校书赴江西幕》：“从军五湖外，终是称诗人。”杜荀鹤《经青山吊李翰林》：“青山明月夜，千古一诗人。”类似的材料不胜枚举，其中的“诗人”都是泛指写诗之人，而脱离了与《诗经》的关系。在一些理论著作中，像皎然《诗式》“诗人”一词出现了13次，亦多属泛称；晚唐孟棨《本事诗》记载诗人事迹时，更不冠以官衔，而径称“诗人”，如称“诗人许浑”“诗人刘希夷”“诗人张祜”。值得一提的是，中唐还出现了与“诗人”意义相仿的词语——“诗客”“诗翁”“诗家”。例如，白居易《听水部吴员外新诗因赠绝句》云：“明朝与向诗家道，水部如今不姓何。”姚合《洛下夜会寄贾岛》云：“洛下攻诗客，相逢只是吟。”韩愈《雪后寄崔二十六

1（唐）骆宾王著，（清）陈熙晋笺注：《骆临海集笺注》卷7，上海：上海古籍出版社，1985年，第222页。

2〔日〕遍照金刚撰，卢盛江校考：《文镜秘府论汇校汇考》，北京：中华书局，2015年，第1472页。

3（唐）元稹：《元稹集》卷56《唐故工部员外郎杜君墓系铭并序》，北京：中华书局，1982年，第601页。

丞公》云："诗翁憔悴斸荒棘，清玉刻佩联玦环。"这类词语在此前是很少见到的，反映了"诗人"作为一种身份类型已基本得到确立。汉魏六朝诗人自评、自注己作的现象并不多见，到了唐代，这些现象也渐渐多了起来。初盛唐时期，宫廷诗人已习惯在诗中自注一些简单的说明文字，李白亦偶尔自注己诗，而杜甫则开始大规模自注诗歌。据学者统计，杜甫现存诗作 1 400 首，自注诗约 137 首，占总数的 10% 左右。到了中唐，诗人自注诗歌的现象更加普遍，所占比重也更大。白居易自注诗占其诗总数的 19%，元稹占 30%，刘禹锡占 14%，李绅占 17%。[1] 诗人自注诗歌的意图和心理，可能不尽相同，但无疑体现了他们对自己作品的重视。中唐之时，还开始出现了自称诗人的现象。朱庆馀《自述》云："诗人甘寂寞，居处遍苍苔。后夜蟾光满，邻家树影来。岂知莲帐好，自爱草堂开。愿答相思意，援毫愧不才。"

文人自编文集的现象，始见于汉魏之后。到了唐代，文人更加重视文集自编。白居易先后 5 次自编文集，并仿效佛经的贮存方式将它们藏诸寺院。白居易如此重视诗文集的流传，恰如他自注己诗一样，反映的正是对自己诗歌的珍视。中晚唐之后，特别是随着雕版印刷术的盛行，诗人自编文集的现象愈加普遍。四库馆臣说："洎乎汉代，始有词人，迹其著作，率由追录，故武帝命所忠求相如遗书，魏文帝亦诏天下上孔融文章。至于六朝，始自编次，唐末又刊版印行。夫自编则多所爱惜，刊版则易于流传。"[2] 日本学者内山精也考察了 45 种可以推断编纂过程的唐人别集，诗人生前直接参与编撰的有 19 种。这 19 种别集皆出现在大历

---

1 参见俞芝悦：《中唐诗歌自注研究》，上海：华东师范大学 2014 年硕士学位论文，第 5—10 页。

2 （清）永瑢等：《四库全书总目》卷 148"集部总叙"，北京：中华书局，1965 年，第 1267 页上。

之后，中唐7例，晚唐有12例，而且随着时间的推移，纯粹的诗集和诗歌比量更大的别集出现的数量也更多。[1]这种情况与“诗人”身份类型的确立，都出现在中唐之后，应非偶然。

中唐时期，人们还尝试总结“诗人”的身份特征。譬如，“诗人薄命”的命题，吴承学认为在唐代之前“隐约存在”，但明确提出是在唐代。[2]“诗人薄命”是从众多古今诗人的命运总结出来的观念，它主要出现在中唐，而白居易是其中的代表人物。白居易在经行李白墓时叹曰：“但是诗人多薄命，就中沦落不过君。”[3]又从陈子昂、杜甫、李白、孟浩然、孟郊的人生境遇，归结说：“诗人多蹇厄，近日诚有之。”[4]“诗人薄命”的观念，在乐天的诗文中三致其意，表明了他对自古以来“诗人”身份特征的基本认识。这一观念，在“苦吟诗风”盛行的年代更为普遍。孟郊《送淡公》云：“诗人苦为诗，不如脱空飞。……一步一步乞，半片半片衣。倚诗为活计，从古多无肥。”姚合《答韩湘》亦谓：“三十登高科，前途浩难测。诗人多峭冷，如水在胸臆。”刘蜕《览陈拾遗文集》云：“文学如君辈，安得足衣食。不死横路渠，为幸已多福。”尽管他们的表述不尽相同，但包含的都是“诗人薄命”的观念。“诗人薄命”的观念之所以盛行于中唐，一方面与“诗人”作为一种身份类型得到确立有着内在联系，另一方面则是当时诗人多蹇命运的真实反映。明人胡震亨曾历数唐代命运显晦者百余人，初盛唐诗人“命显”者居多，而中唐虽

1 〔日〕内山精也：《媒体变革前后的诗人和诗集——从初唐到北宋末》，张淘译，《长江学术》2016年第2期。

2 吴承学：《“诗能穷人”与“诗能达人”——中国古代对于诗人的集体认同》，《中国社会科学》2010年第4期。

3 （唐）白居易著，朱金城笺校：《白居易集校笺》卷17《李白墓》，上海：上海古籍出版社，1988年，第1099页。

4 （唐）白居易著，朱金城笺校：《白居易集校笺》卷10《读邓鲂诗》，第513页。

"权、武、裴、元、韩、白诸公骤显"，但元和之后"郊寒岛髡，藉盲仝枉，二李（贺、观）、欧阳并夭，其穷益又甚矣"。[1]

唐人不仅普遍用"诗人"一词泛称写诗之人，还经常从身份视角区分诗人的类型。例如，他们常用"诗僧"指擅诗的释子，而此词最早出现在皎然《与权从事德舆书》和刘禹锡《澈上人文集纪》等文献里。这种区分诗人类型的做法，集中体现在诗歌总集的编撰之上。一般而言，诗歌总集的编排，除了以诗人代序、体式、题材、地域为类分标准外，依据最多的便是诗人的身份。这一风气，渐隆于唐代。初唐崔融辑有《珠英学士集》，据晁公武《郡斋读书志》载："其所赋诗各题爵里，以官班为次，融为之序。""以官班为次"，即是以诗人的职官等级排序。[2]中唐时期，还出现了同一种身份诗人的诗歌专辑，例如，大历间释法钦辑有《唐僧诗》三卷，"集唐僧三十四人诗二百余篇"[3]。到了五代，这类选本更多。例如，王贞范《洞天集》专集"道家、神仙、隐逸诗篇"[4]，蔡省风《瑶池新集》选"唐世能诗妇人李季兰至程长文二十三人题咏一百十五首"[5]。值得注意的是，晚唐五代还肇始了将僧道、妇人诗附于骥尾的做法。姚合《极玄集》选唐代 21 名诗人，除将戴叔伦置于最后外，便是灵一、法振、皎然、清江四人，隐约有将僧人附于末尾的意图。韦庄《又玄集》卷下自"僧无可"至末尾，所选即 35 名僧人、女郎、女冠诗；后蜀韦縠《才调集》十卷，卷九"僧贯休"以下至卷十，所选亦为僧人和妇女诗，正式开启了此一惯例。诗歌总集的这种分类标准，标志着古典

---

1 （明）胡震亨：《唐音癸签》卷 28《谈丛四》，上海：上海古籍出版社，1981 年，第 295 页。

2 傅璇琮编撰：《唐人选唐诗新编》，第 44 页。

3 （宋）陈振孙：《直斋书录解题》卷 15，上海：上海古籍出版社，1987 年，第 444 页。

4 同上书，第 443 页。

5 （宋）晁公武撰，孙猛校证：《郡斋读书志校证》卷 20，上海：上海古籍出版社，1990 年，第 1069 页。

诗学的身份批评逐渐走向丰富。

“诗人”泛指写诗之人，并作为一种身份类型在中唐始获确立，原因是多方面的。一是唐人“以诗赋取士”，诗歌不仅可“言志”“抒情”，更是士人仕进的门径，诗人的地位因此空前提高，甚至连帝王都对诗人青睐有加。唐宣宗李忱《吊白居易》诗，通篇所评皆是他的诗歌成就，而丝毫未涉功名。胡震亨《唐音癸签》载：“唐人诗集，多出人主下诏编进。如王右丞、卢允言诸人之在朝籍者无论，吴兴昼公，一释子耳，亦下敕征其诗集置延阁。更可异者，骆宾王、上官婉儿，身既见法，仍诏撰其集传后，命大臣作序，不泯其名。重诗人如此，诗道安得不昌。”[1] 二是唐人对诗歌创作倾注了较以往更炽热的情感，尤其在中唐“苦吟”之风盛行之时，很多文人因仕途蹇塞转而“以诗为命”[2]，诗歌成为很多人的平生之业，这也促使了“诗人”身份类型的确立。三是近世以来，学者普遍认识到中唐至北宋是中国社会的转型时期，特别是内藤湖南提出的“唐宋变革论”，更风靡学界。所谓“转型”“变革”牵涉问题非常复杂，但不少学者认识到中唐社会是贵族社会向平民社会过渡期，传统的儒学自魏晋以来受到除老庄思想之外的佛教、胡人习俗的极大冲击，这些情况在文学史上都获得了充分的反映。[3] 中唐时期，“诗人”的桂冠最终从儒家经典作家——《诗经》的作者还给了普通的写诗者，实际亦潜含着一条从“圣门”到“诗家”[4] 的内在发展理路，亦是贵族社会向平民社会转型的体现。

---

1 （明）胡震亨：《唐音癸签》卷 27《谈丛三》，第 284 页。

2 蒋寅：《古典诗学的现代诠释》，北京：中华书局，2003 年，第 242—244 页。

3 李贵：《中唐至北宋的典范选择与诗歌因革》，上海：复旦大学出版社，2012 年，第 27—39 页。

4 顾一心：《从“圣门”到“诗家”——“风人”意念的转向与明代诗学》（《中华文史论丛》2014 年第 2 期）一文引许学夷《诗源辨体》“风人之诗，诗家与圣门，其说稍异。圣门论得失，诗家论体制。至论性情声气，则诗家与圣门同也”语，认为古代“风人”概念的演变存在一个“从圣门到诗家”的转向。此种转向，同样适合“诗人”概念。

五、宋元明清："身份批评"语境中的"真诗人"

"身份批评"是指从作者身份的角度评论诗歌的方法。"身份"是个体出生、性别、学识、信仰、社会关系的集中反映，犹如一个符号深刻地烙印在作品之中，表征着作品的格调。袁枚说："凡作诗者，各有身分，亦各有心胸。"[1]这种批评方式，较早可追溯到扬雄的"诗人丽则""辞人丽淫"说，他从不同的作者——"诗人"和"辞人"，厘定了赋体的两种品格。沿袭至唐，此一传统从赋体逐渐拓展至散文、诗歌等文体。旧题白居易《金针诗格》云："诗有二家：一曰有诗人之诗，二曰有词人之诗。诗人之诗雅而正，词人之诗才而辩。"[2]从句式上看，明显受到扬雄的影响。

宋代之后，评诗、论诗之风炽盛，诗话、诗选等撰述空前繁荣，诗评家更热衷于从作者身份来探讨诗歌，甚至发明了很多相关的术语。譬如，以"蔬笋气""酸馅气"等概念指称清寒、蹇涩的僧诗；以"脂粉气"指称缠绵、绮艳的女性诗歌；以"头巾气"指称迂腐、刻板的道学家之诗。宋长白《柳亭诗话》说："闺秀诗无脂粉气，衲子诗无蔬笋气，黄冠诗无丹药气，武弁诗无弓刀气，道学诗无头巾气，此皆从性分中带来，非学问二字所能伐毛换髓者也。"[3]所谓"蔬笋气""脂粉气""丹药气"等，皆指衲子、闺秀、道士等所具有的独特的身份气质在作品中的呈现。如果说僧人、闺秀、道士等尚属"弗事乎此而能者"，那么，

---

1 （清）袁枚：《随园诗话》卷 4，北京：人民文学出版社，1982 年，第 101 页。

2 张伯伟：《全唐五代诗格汇考》，南京：江苏古籍出版社，2002 年，第 359 页。

3 （清）宋长白：《柳亭诗话》卷 29，《续修四库全书》第 1700 册，第 392 页下。

对于那些“事乎此而能者”[1]，诗论家也经常从身份的角度评价他们的作品，最为典型的便是“诗人之诗”“文人之诗”“才人之诗”的分野。宋人李复云：“承问子美与退之诗及杂文。子美长于诗，杂文似其诗；退之好为文，诗似其文。退之诗，非诗人之诗，乃文人之诗也。诗岂一端而已哉！子美波澜浩荡，处处可到，词气高古，浑然不见斤凿，此不待言。”[2]“退之好为文，诗似其文”，实指韩愈的“以文为诗”，即以散文的字法、句法、章法入诗，这原本属于文体互参的现象。到了宋代，这种创作倾向愈加明显。陈师道便指出了苏轼“诗如词”，秦观“词如诗”的特征，而严羽更指出了宋人普遍“以文字为诗，以才学为诗，以议论为诗”[3]的创作倾向。文体互参的现象，可视为文学创作繁荣的标志之一，但同时也模糊了文体间的界限。因此，很多批评家为维护文体的纯正性，站在“尊体”的立场批评这种创作倾向。例如，黄庭坚说“诗文各有体”[4]，李清照更明确标出“词别是一家”。而另一些批评家则从作者身份的视角，逐渐将这一问题转向对诗歌类型的辨析，李复的讨论可谓创此先声。其后，张景阳、刘克庄、刘辰翁、何梦桂等诗论家都曾论及之，这表明“文人之诗”“诗人之诗”擘分的观念“在宋元之际已深入人心了”。[5]

诗评家对“文人之诗”“诗人之诗”“才人之诗”的辨析，着眼点主要

1 徐世溥《溉园诗集序》云：“弗事乎此而能者，有圣贤之诗，有豪杰之诗，有隐士、逸人之诗，有妇人、女子之诗。事乎此而能者，有才人之诗，有词人之诗，有诗人之诗。”（清）黄宗羲：《明文海》卷276，北京：中华书局，1987年，第2863页。

2 （宋）李复：《潏水集》卷5《与侯谟秀才》，《文渊阁四库全书》第1121册，第51页下。

3 （宋）严羽著，郭绍虞校释：《沧浪诗话校释》，北京：人民文学出版社，2006年，第26页。

4 （宋）陈师道：《后山诗话》引黄庭坚语，（清）何文焕：《历代诗话》上册，北京：中华书局，1981年，第303页。

5 李金松：《诗人之诗、才人之诗与学人之诗划分及其诗学意义》，《文学遗产》2015年第1期。

是此三种诗型的题材与风格。但仔细思索，他们的讨论实际上是建立在对“诗人”“文人”“学人”身份特征辨析的基础之上。清人方贞观《辍锻录》中的论述最能彰明这一点。方氏不仅阐明了三种诗型的风格和优劣，还辨析了“才人”“学人”“诗人”所具有的不同禀赋、性情和学养：才人的特点是“崇论闳议，驰骋纵横，富赡标鲜，得之顷刻”，学人“博闻强识，好学深思，功力虽深，天分有限”，诗人则“心地空明，有绝人之智慧；意度高远，无物类之牵缠”。[1] 这三种不同作者的身份特质，决定着他们作品各自的特征。此一语境中的“诗人”，显然不是泛指一切写诗之人，而被赋予了特定的意涵。因此，明人邵宝就宣称：“世有诗人之诗，有非诗人之诗。”[2]“诗人”和“非诗人”之别，意味着并非所有写诗的人都可以称为“诗人”。“身份批评”语境中的“诗人”，实质上就是所谓的“真诗人”。袁枚《随园诗话》卷九引王西庄语说：“‘所谓诗人者，非必其能吟诗也。果能胸境超脱，相对温雅，虽一字不识，真诗人矣。如其胸境龌龊，相对尘俗，虽终日咬文嚼字，连篇累牍，乃非诗人矣。’余爱其言深有得于诗之先者，故录之。”[3] 王西庄，即王鸣盛，此语未见其所存著述，或偶然兴到之言。他认为，“真诗人”取决于作者胸境是否超脱，气质是否温雅；而作诗、吟诗只是一种外饰，不是判定“诗人”的必要条件。“真诗人”的提出，改变了传统的“诗人”观念，它既非指典范的诗人——《诗经》的作者，亦非泛指一切写作诗歌之人，而指向的实为

---

1 （清）方贞观：《辍锻录》，郭绍虞编选：《清诗话续编》下册，上海：上海古籍出版社，1983年，第1936页。

2 （明）邵宝：《容春堂集续集》卷12《见素先生诗集后序》，《文渊阁四库全书》第1258册，第591页上。

3 （清）袁枚：《随园诗话》卷9，第314页。

一种生命境界或生存状态，这与海德格尔所说的“诗意的栖居”非常接近，因此袁枚称赏此言“深有得于诗之先者”。

“真诗人”的观念提出，还有着深广的诗学背景。明代以来，诗论家普遍关心的一个诗学命题便是什么是“真诗”。李梦阳首提“真诗在民间”，继之李开先、袁宏道、江盈科、冯梦龙等人，无论站在怎样的诗学立场，都曾阐述过“真诗”的内涵，呼吁诗歌应书写真情、真趣、真我；明清之际，明遗民又在“遗民语境”中接续此一命题，认为“真诗”不仅要写真情、真意，还要承担起补阙史实的使命。[1]因此，朱东润说：“明代人论诗文，时有一‘真’字之憧憬往来于胸中。……自其相同者而言之，此种求‘真’之精神，实弥漫于明代之文坛。”[2]在这种精神之下，明清诗论家不仅求“真诗”，也求“真诗人”。黎遂球说：“今天下多言诗之人，然而无多诗人。夫所谓诗人者，而必深居泉石，钓弋简出，置世故于不闻，而后为诗。”[3]天下论诗、写诗的人很多，但“真诗人”并不多，真正的诗人应是深居林泉而不闻世故者。袁枚则认为“诗人”应具有“赤子之心”：“余常谓：诗人者，不失其赤子之心者也。……近人陈楚南题背面美人图云：‘美人背倚玉阑干，惆怅花容一见难。几度唤他他不转，痴心欲掉画图看。’妙在皆孩子语也。”[4]“赤子之心”实则与李贽“童心”说相接，可见，“真诗人”的提出亦是晚明个性解放思潮和明清性灵诗学推动之下的产物。

---

1 参见潘承玉：《“真诗”的探寻：清初明遗民诗论》，《中山大学学报（社会科学版）》2004年第5期。

2 朱东润：《中国文学论集》，北京：中华书局，1983年，第88—89页。

3 （明）黎遂球：《莲须阁集》卷十八集《顾不盈和拟古乐府诗序》，《四库禁毁书丛刊》集部第183册，第240页下—241页上。

4 （清）袁枚：《随园诗话》卷3，第74页。

“真诗人”还具有不同于“文人”“才人”的“别才”“别学”。江盈科云：“从古以来，诗有诗人，文有文人。譬如斫琴者不能制笛，刻玉者不能镂金。专擅则独诣，双骛则两废。”“诗人”和“文人”各具才性，即便李、杜、韩、苏亦不能双骛兼得。李白之文“皆俳偶之词，不脱诗料”，韩愈“诗笔未免质木，所乏俊声秀色”，苏轼“以议论典故为诗”，是“文人之诗，非诗人之诗也”，而“明初四大家”——高、杨、张、徐，因“未尝分心为文，真是诗人之诗”。[1]江盈科所论具体诗人，未必可允为定论，但他认为“诗人”“文人”各具别才，却是很有道理的。明清诗论家还经常探讨诗人所具“别才”的内涵，例如，前引方贞观认为“诗人”具有“绝人之智慧”；黄宗羲则以为是大自然所赐予的“清气”：“诗人萃天地之清气，以月露风云花鸟为其性情，其景与意不可分也。月露风云花鸟之在天地间，俄顷灭没，而诗人能结之不散。”[2]而袁枚则直接归之于“天分”：“诗不成于人，而成于其人之天。其人之天有诗，脱口能吟；其人之天无诗，虽吟而不如无吟。”[3]所谓“成于其人之天”，即指诗人的天分，这是决定诗歌成败的关键。明清诗论家强调诗人的“别才”“天分”时，同样亦不废读书、学习。方贞观说“诗书名物，别有领会”，所指即是此意。袁枚虽力举天分，却并不否认学习的重要：“诗文自须学力，然用笔构思，全凭天分。”[4]钱澄之则说得更直

1 （明）江盈科：《雪涛诗评》“诗文才别”条，周维德集校：《全明诗话》第4册，济南：齐鲁书社，2005年，第2751页。

2 （清）黄宗羲：《南雷文案》卷1《景州诗集序》，黄宗羲著，吴光主编：《黄宗羲全集》第19册，杭州：浙江古籍出版社，2012年，第13—14页。

3 王英志主编：《袁枚全集·小仓山房文集》卷28《何南园诗序》，南京：江苏古籍出版社，1993年，第494页。

4 同上。

接：“文章之道，至于诗，而才与学黜焉。非谓才与学不足以为诗，谓诗非才与学之可以为也。而有其才焉，有其学焉。有才人之才，有诗人之才；有学人之学，有诗人之学。才人之才在声光，诗人之才在气韵；学人之学以淹雅，诗人之学以神悟。声光可见也，气韵不可见也；淹雅可习也，神悟不可习也：是故诗人者不惟有别才，抑有别学。”[1] 这段论述显是从严羽处引申而来。钱氏辨析了“诗人之才”和“才人之才”、“诗人之学”和“文人之学”的分别，指出诗人之学追求的是“神悟”，而学人之学追求“淹雅”；所谓“神悟”，亦即严羽所说的“妙悟”。从这一层面，我们亦可看到，明清诗论家在争辩“诗人之诗”和“文人之诗”时，总体仍是求真、求实的态度，并不偏执一端，所以后来陈衍说：“不先为诗人之诗，而径为学人之诗，往往终于学人，不到真诗人境界，盖学问有余，性情不足也。”[2] “诗人”和“学人”合二为一，方能达到真诗人的境界。

相对于中唐以来人们从社会学层面认识到“诗人薄命”的特征，明清诗论家对“真诗人”的讨论，因尤其注重诗人的心灵、人格、天分，更捕捉到了“诗人”的某些本质特征，体现出了对净化“诗人”这一身份的追求。假如以“真诗人”的观念重新衡量诗歌史，很多炫技巧、掉书袋、情志双伪者或许都要剔除出“诗人”之列，而那些虽不以诗歌自重却秉持真正的“诗心”者，像曹雪芹等以其他文类见长的作家，甚至那些隐居林泉、苦心精勤的修道者，却可能要写入诗史之中，因为他们以苏世独立、横而不流的人格精神，感召和唤醒世人的诗意生存。

1 （清）钱澄之：《田间诗文集》文集卷 26《说诗示石生汉昭赵生又彬》，清康熙刻本。

2 （清）陈衍：《石遗室诗话》卷 14，北京：人民文学出版社，2004 年，第 223 页。

六、余　论

中国古代虽然缺少明确的“诗人”义界，但在特定的历史阶段，它的指向和内涵都比较一致，并非含混不清。大致而言，战国末期至六朝，“诗人”主要专指《诗经》的作者；从唐代特别是中唐之后，则普遍用指一切写诗之人；宋代之后，在“身份批评”的语境中，“诗人”除仍具有泛称之义外，还有别于“学人”“才人”等身份的特定内涵。中国古代“诗人”身份的演变，受到了各个历史时期的政治、经济文化和文学创作的影响，潜含着一条从群体到个体、从“圣门”到“诗家”的内在发展理路。这一演变的进程，实质是中国诗学对儒家诗教的不断消解，不断迹近诗歌本质的逻辑发展。考察中国古代“诗人”身份的演变，涵摄的问题还非常复杂，例如诗歌生成、诗歌功能、文学制度、社会结构等，非单篇文章尽可解决，我们的探讨也只是初步的阶段，学界同仁对本文涉及的问题可能还有更为深入的研究和不同的看法。“诗人”的问题，从广义文学观来说，其实亦是“作者”的问题。本文之所以没有涉及这方面的内容，一方面是为使论题更显集中；另一方面则是除“诗人”之外，文学史上还出现了很多指称不同身份的文学家的称号，像“文人”“文学”“辞人”“风人”“骚人”等。这些身份称号与“诗人”的关系，既有关联，也有区别。一种身份的产生，不可能凭空杜撰而成，而是在特定的经济基础、社会结构、文化风气之下而应势而生的；“身份”的命名，也不是偶然兴会而来，它往往是对这一身份特征的高度概括，积淀着深厚的文化意味和价值判断。系统地研究中国古代文学家的身份称号，是非常有必要和有意义的。

中国文论对于“诗人”身份的探讨，除明清时期辨析“诗人之诗”“文人之诗”“才人之诗”略有交锋外，总体显得比较温和。但在西方，这个问题几乎贯穿整个诗学史，争议也颇为激烈。柏拉图认为"诗人只是模仿者"，"和真理隔有三层"，"逢迎了人性中低劣部分"，不宜居住于"理想国"，他还说："哲学和诗的官司打了很久。"[1]柏拉图将诗人逐出"理想国"，更引发了后世关于"诗人"与"神祇""史家""哲学家""画家""工匠"之间旷日持久的官司。亚里士多德不仅将用格律文写作的自然哲学家排除于"诗人"之列，更辨明了史学家和诗人的差别；达·芬奇辨析了诗人和画家的高低、诗与画的优劣；锡德尼和雪莱的《为诗辩护》，很大程度也是"为诗人辩护"。有意思的是，中国古代也有类似"诗辨"的著述，像严羽《沧浪诗话·诗辨》和毛先舒《诗辩坻》等，但都很少涉及对"诗人"的辨析。西方批评家倾向于给"诗人"以明确定义。华兹华斯就曾设问："诗人这个字眼是什么意思呢？诗人是什么呢？他是向谁讲话呢？"[2]雪莱也很自信地说过："断定了诗是什么，以及谁是诗人。"[3]但他们的定义似乎并没有得到公认，批评家们对"谁是诗人"的争论仍愈演愈烈，以至于后现代主义文论提出了"作者死了""诗人死了"的看法。相对而言，中国文论很少有类似明晰的界定和激烈的辩论，但人们在使用"诗人"这一语词时，反而呈现出比较强的规范性。在这一问题上，中西呈现出来的巨大差异，颇耐人寻味。

（原载《学术研究》2021年第9期）

1 〔古希腊〕柏拉图：《理想国》，朱光潜译，伍蠡甫、胡经之主编：《西方文艺理论名著选编》上卷，北京：北京大学出版社，1985年，第36—39页。

2 〔英〕华兹华斯：《〈抒情歌谣集〉一八〇〇年版序言》，曹葆华译，《西方文艺理论名著选编》中卷，第48页。

3 〔英〕雪莱：《为诗辩护》，缪灵珠译，《西方文艺理论名著选编》中卷，第71页。

传统文论的境界

胡大雷 *

境界，一般是指事物与人形成或达到的某种状态、高度及其优异的表现。王国维说："词以境界为最上，有境界则自成高格，自有名句。"这是说文学作品是讲境界的。又说："古今之成大事业、大学问者，罔不经过三种之境界。"[1] 这是说做文学的学问、从事文学活动的人是讲境界的。王国维讲的都是传统文论的事，因而可以说，传统文论作为一门学问，是讲境界的。本文要探讨的是，传统文论的境界包括哪些方面，传统文论的境界通过什么样的途径得以实现，以及传统文论究竟要实现一个什么样的境界。

---

* 广西师范大学文学院教授、博士生导师。

1 彭玉平：《人间词话疏证》，北京：中华书局，2014 年，第 149、76 页。

一、传统文论以“经”“道”为境界导引

传统文论以“经”为境界导引。何为“经”?“经”是作为常道而言，指常行的义理、准则、法制。古代称合乎常道的思想、道德、行为等标准的书为经书，有“六经”“五经”之说。首先，传统文论以“经”为学术经验与学术资源，促发、促进了自身的生成。传统文论的第一批话语来源于经学，如在《尚书·尧典》中，“诗言志”本是“典乐”“教胄子”的一个环节，符合“八音克谐，无相夺伦，神人以和”的总体目标。在传统文论中，经学的“诗言志”实现了转换，成为诗的性质的明确表达，故朱自清认为这是中国历代诗论“开山的纲领”。又如“赋比兴”，本是经学中《诗》的表现方法，用于政治领域，即郑玄注称“赋之言铺，直铺陈今之政教善恶；比，见今之失，不敢斥言，取比类以言之；兴，见今之美，嫌于媚谀，取善事以喻劝之”，当其为传统文论所用，则为郑众所云“比者，比方于物也；兴者，托事于物”[1]，取其概指的意义。《礼记·乐记》称“乐者，音之所由生也，其本在人心之感于物也”[2]，此为文学物感说的先声。正是有着这样的切换或转化，立足于经学的美刺、观风与观志、主文而谲谏、发乎情止乎礼义、三不朽、修辞立其诚等，传统文论才能以此为核心形成自己的范畴体系、话语体系，由此具有了充分的合理性。

其次，传统文论以“经”为文体起源，“文”的载体——文体——具有充分的合法性。《尚书序》云：“芟夷烦乱，剪截浮辞，举其宏纲，撮其机要，足以垂世立教，典、谟、训、诰、誓、命之文，凡百篇。”[3]《尚

---

1 《周礼注疏》,《十三经注疏》，上海：上海古籍出版社，1997 年，第 796 页上。

2 《礼记正义》,《十三经注疏》，第 1527 页中。

3 《尚书正义》,《十三经注疏》，第 114 页下。

书》中作为语言行为动作的“谟、训、诰、誓、命”成为文体的早期命名。故传统文论有文体“源于五经”说。《文心雕龙·宗经》曰：“故论说辞序，则《易》统其首；诏策章奏，则《书》发其源；赋颂歌赞，则《诗》立其本；铭诔箴祝，则《礼》总其端；纪传盟檄，则《春秋》为根。并穷高以树表，极远以启疆，所以百家腾跃，终入环内者也。”[1]这个“环”就是经学，这样各种文体都有其生成的合理性、合法性。《颜氏家训·文章》也有“夫文章者，原出五经”的说法，后世更有归类于“经”的文体谱系，明黄佐《六艺流别》把古代文体分别系于《诗》《书》《礼》《乐》《春秋》《易》六经之下，四库馆臣称“是书大旨以六艺之源皆出于经，因采摭汉、魏以下诗文，悉以六经统之”[2]，该书“首次以选本建构文本六经的谱系”[3]。黄宗羲则以经学的“兴、观、群、怨”论诗的类型谱系，称：“兴，后世咏怀、游览、咏物之类是也”；“观，后世吊古、咏史、行旅、祖德、郊庙之类是也”；“群，后世公宴、赠答、送别之类皆是也”；“怨，后世哀伤、挽歌、遣谪、讽喻皆是也”；“古今事物之变虽纷若，而以此四者为统宗”。[4]

以“经”的话语论“文”，转化是关键，有时是直接切换，有时运用“断章取义”的方法，把它们从经学系统中抽绎、抽象出来，于是成为学术的公共话语。传统文论从经学截取命题，并不拘泥于原义，而是创造性地解读，使其随着时代的发展而具有开放性，实现了某一时代的“当代化”。经学的学术经验给予传统文论的榜样，或在精神方面，如诗话、

1 （南朝梁）刘勰著，詹锳义证：《文心雕龙义证》，上海：上海古籍出版社，1989年，第78—79页。

2 （清）永瑢等：《四库全书总目》，北京：中华书局，1965年，第1746页上。

3 吴承学：《中国古代文体学研究》，北京：人民出版社，2011年，第392页。

4 （清）黄宗羲：《南雷文定前后三四集》南雷文定四集卷之一，清康熙刻本。

词话的兴起，其漫笔而书、随意发挥、记事评诗、笔调轻松，学术以追求适志性的休闲生活的面目出现，也受到孔子所谓“诗可以兴，可以观，可以群，可以怨。迩之事父，远之事君，多识鸟兽草木之名”的影响，接受孔子提倡过一种适性有情趣的学术生活的精神传统。或在制度方面，如南朝宋设立的儒、玄、史、文四学馆，未始没有受到汉代为经学立学官的影响。或在形式方面，如评点批评，本是经学批评所首创，《朱子语类》曰：“某曾见大东莱（吕居仁）之兄，他于《六经》《三传》皆通，亲手点注，并用小圈点。《注》所不足者，并将《疏》楷书，用朱点。无点画草。某只见他《礼记》如此，他经皆如此。”[1]毕竟经学是传统学问的领导学科，经学批评的方法被传统文论所袭用，是可以想见的。

经学典籍是因孔子的删述而生成的，“故《书传》《礼记》自孔氏”；孔子“自卫反鲁，然后乐正，《雅》《颂》各得其所”；“古者《诗》三千余篇，及至孔子，去其重，取可施于礼义”；“孔子晚而喜《易》，序《彖》《系》《象》《说卦》《文言》”；孔子“乃因史记作《春秋》”。[2]孔子以删述整理前代典籍而建立了经学，这种删述整理实是一种“批评”，是经学成熟的标志。诸经又在批评进程中突出了“道”的具体意义，《荀子·劝学》曰：“故《书》者，政事之纪也；《诗》者，中声之所止也；《礼》者，法之大分，类之纲纪也，故学至乎《礼》而止矣。夫是之谓道德之极。《礼》之敬文也，《乐》之中和也，《诗》《书》之博也，《春秋》之微也，在天地之间者毕矣。”[3]《礼记·经解》曰：“温柔敦厚，《诗》教也；疏通知远，《书》教也；广博易良，《乐》教也；絜静精微，《易》教

1 （宋）黎靖德编：《朱子语类》卷十，北京：中华书局，1994年，第175页。

2 （汉）司马迁：《史记·孔子世家》，北京：中华书局，1959年，第1936、1937、1943页。

3 （清）王先谦：《荀子集解》，北京：中华书局，1988年，第11—12页。

也；恭俭庄敬，《礼》教也；属辞比事，《春秋》教也。”[1]批评显示了经学的特点，批评的作用在于令经学深入人心并能够被准确接受。传统文论的批评意识就是比照经学批评的影响而形成的，如葛洪说汉、魏诸子，“时无圣人目其品藻，故不得骋骅騄之迹于千里之途，编近世之道于《三坟》之末也”[2]，称“无圣人目其品藻”而不得兴盛，以“圣人”作比照，可见传统文论批评意识形成之初的观念。刘勰称“自夫子删述，而大宝咸耀”，称“《易》张《十翼》，《书》标七观，《诗》列四始，《礼》正五经，《春秋》五例”[3]，认识到批评对于经学的作用，认为批评使经学得以充分展开。《文心雕龙》的撰作，就是步经学批评的后尘而来：“予生七龄，乃梦彩云若锦，则攀而采之。齿在逾立，则尝夜梦执丹漆之礼器，随仲尼而南行。”[4]

孔子早有作品批评的实践，《论语·八佾》载，子曰“《关雎》乐而不淫，哀而不伤”，子谓《韶》“尽美矣，又尽善也”，谓《武》“尽美矣，未尽善也”。[5]对经学典籍的批评，本身就成为传统文论的第一批成果，既是经学批评，也是文学批评。《世说新语·文学》载，谢公问子弟：“《毛诗》何句最佳？”遏（谢玄）称曰：“昔我往矣，杨柳依依；今我来思，雨雪霏霏。”谢公曰：“訏谟定命，远猷辰告”，“此句偏有雅人深致”。“雅人深致”，即从经学典籍中寻求文学意味，展示了从经学批评到文学批评的过程。[6]比照经学批评的实践，由先秦时期多为观念的提出，

---

1 《礼记正义》，《十三经注疏》，第1609页下。

2 （晋）葛洪：《抱朴子·尚博》，诸子百家丛书本，上海：上海古籍出版社，1990年，第258—259页。

3 （南朝梁）刘勰著，詹锳义证：《文心雕龙义证》，第58页。

4 同上书，第1907页。

5 《论语注疏》，《十三经注疏》，第2468页上、2469页上。

6 （南朝宋）刘义庆著，（南朝梁）刘孝标注，余嘉锡笺疏：《世说新语笺疏》，上海：上海古籍出版社，1993年，第235、276页。

发展到对作家、作品、文体等的具体评述，如司马迁《史记》为屈原、贾谊、司马相如等文学家立传并评价作品，以及班固《汉书·艺文志》"诗赋"单列对文体谱系的意义等，均展示了文学批评在新时代的发展与气象。这些文学批评是由史学著述呈现的，而扬雄"以为赋者，将以风也，必推类而言，极丽靡之辞，闳侈巨衍，竞于使人不能加也，既乃归之于正，然览者已过矣"的文体批评[1]，王充《论衡》的论文人、论辞赋、论夸张等写作手法，已完全是文学批评了。

汉代文论是所谓"言以经立"，如对屈原以及《离骚》的批评，继淮南王刘安之后，司马迁提出"《国风》好色而不淫，《小雅》怨诽而不乱，若《离骚》者，可谓兼之矣"[2]，可以说是在经学批评比照下的文学批评。刘勰《文心雕龙·原道》称"道沿圣以垂文，圣因文以明道"，"辞之所以能鼓天下者，乃道之文也"[3]，是论述"文以明道"。韩愈、柳宗元提倡以学习经学达到"文以明道"，所谓"本之《书》以求其质，本之《诗》以求其恒，本之《礼》以求其宜，本之《春秋》以求其断，本之《易》以求其动，此吾所以取道之原也"[4]。"经"最能体现"道"，传统文论以"道"为导引，要求自身所做的一切都是对"道"的追求，以此奠定了实现更高视野、更高境界的基础。虽然"文以明道"或有"重道轻文"之义，但强调文章对"道"的追求，提倡文学应该有宏大视野，进行宏大叙事，关注时代精神，"文章者经国之大业"意也在此。而且，传统文论在实施具体的文学评论及论述具体的文学问题时，也常常喜欢追寻文学的终极存在原因与终极价值、终极意义，期望以此作为对文学终极之

1 （汉）班固：《汉书·扬雄传》，北京：中华书局，1962年，第3575页。

2 （汉）司马迁：《史记·屈原贾生列传》，第2482页。

3 （南朝梁）刘勰著，詹锳义证：《文心雕龙义证》，第28页。

4 （唐）柳宗元：《答韦中立论师道书》，《柳宗元集》，北京：中华书局，1979年，第873页。

"道"的解释。如沈约《宋书·谢灵运传论》论述情文互用的文学史与声律，开篇先论述诗歌的产生，所谓"民禀天地之灵，含五常之德；刚柔迭用，喜愠分情"，"志动于中，则歌咏外发"。[1]沈约将文人诗歌传统创作与诗歌产生的原因建立逻辑上的必然联系，成为传统文论追根究底的一种品格。章学诚称："论诗论文而知溯流别，则可以探源经籍，而进窥天地之纯，古人之大体矣。"[2]传统文论追根究底的魅力在于以一种穷尽性的研究态势，让人感到其问题的答案是普遍的、永恒的、最终的、全面的，于是增强了说服力。传统文论对文学作品之家国情怀的褒扬、民生疾苦的关切、阳刚正义的鼓动等，都体现了对"道"的追求的积极意义。

二、传统文论以"成一家之言"为精神境界

传统文论或直接运用子学的某些命题，如《孟子》的以意逆志、知人论世、知言养气，《庄子》的自然、庖丁解牛、神化，《墨子》的"言有三表"与《荀子》的明道、宗经等。但诸子"成一家之言"以学术而自立的精神，以著述追求"不朽"的执着，对传统文论的境界更为关键。

第一，子书撰作"成一家之言"，表达个人的思想观点，文论家们也坚信所从事的事业是"成一家之言"。早期的文论多涵括在子书之中，曹丕的《论文》是《典论》中的一篇；葛洪《抱朴子》外篇"言人间得失，世事臧否"[3]，其中《钧世》《尚博》《辞义》《应嘲》《文行》等篇论述文学问

1 （梁）沈约：《宋书》，北京：中华书局，1974 年，第 1778 页。

2 （清）章学诚：《文史通义·诗话》，上海：上海古籍出版社，2015 年，第 188—189 页。

3 （晋）葛洪：《抱朴子·自叙》，第 336 页。

题；萧绎《金楼子》中有文学批评撰述《立言》篇；颜之推《颜氏家训》中有《文章》篇。子书为“论”，就要表达自己的观点，刘勰称撰写文论著作是“君子处世，树德建言”的表现，其云：“及其品列成文，有同乎旧谈者，非雷同也，势自不可异也；有异乎前论者，非苟异也，理自不可同也。同之与异，不屑古今，擘肌分理，唯务折衷。”[1] 文论家继承子书撰作传统，特别注重独立精神。曹植曾说，陈琳“不闲于辞赋，而多自谓能与司马长卿同风”，而自己不能妄加赞叹，“畏后世之嗤余也”。[2] 但世上又确有文学批评“妄叹者”，陆云论文“雅好清省”，而对其兄陆机“缀辞尤繁”却称“清新相接，不以为病”，于是刘勰批评陆云“盖崇友于耳”[3]，后世应引以为戒。因此，作为文论家，他们因其独立性而有充分的自信心，如史载钟嵘的事例：“嵘尝求誉于沈约，约拒之。及约卒，嵘品古今诗为评，言其优劣，云‘观休文众制，五言最优。齐永明中，相王爱文，王元长等皆宗附约。于时谢朓未遒，江淹才尽，范云名级又微，故称独步。故当辞密于范，意浅于江’。盖追宿憾，以此报约也。”[4] 假如此说可信，从中可以看出钟嵘对自己所具地位是十分自信的，认为文论家确实具有这样的权威；假如此说只是当时人们的一种传言，那也表明当时人们对钟嵘的地位还是十分崇尚的，认为文论家确实具有这样坚持己见的能力。

第二，史载春秋时臧文仲因“言得其要，理足可传”“其身既没，其言尚存”而“不朽”[5]，“成一家之言”对文论家是巨大的激励。建安时期

1 （南朝梁）刘勰著，詹锳义证：《文心雕龙义证》，第 1933 页。

2 （魏）曹植：《与杨德祖书》，（梁）萧统编，（唐）李善注：《文选》，北京：中华书局，1977 年，第 593 页下。

3 （南朝梁）刘勰著，詹锳义证：《文心雕龙义证》，第 1203 页。

4 （唐）李延寿：《南史・钟嵘传》，北京：中华书局，1975 年，第 1779 页。

5 《春秋左传正义》孔颖达疏，《十三经注疏》，第 1979 页中。

曹丕特别推扬“成一家之言”，他称赏徐幹“著《中论》二十余篇，成一家之言，辞义典雅，足传于后，此子为不朽矣”，又惋惜应玚“常斐然有述作之意，其才学足以著书，美志不遂，良可痛惜”。[1]所以，曹丕一方面批评“文人相轻”，另一方面又称必须对文学事业表达意见，谓“君子审己以度人，故能免于斯累，而作《论文》”，提出“文章者经国之大业，不朽之盛事”，成为一代文论家理论自觉的身份认定。《典论》也被称为“不朽之格言”，“其刊石于庙门之外及太学，与石经并，以永示来世”。[2]桓范著《世要论》，其《序作》篇称“著作书论”令人“不朽”，可以“奋名于百代之前，而流誉于千载之后”。[3]著书立说式的文论撰述，成为士人以“文章”从事“经国之大业”的最高层次与境界，它既不是“笔”类文字的朝廷文书，也不是“文”类文字的个人情趣，它是辨别得失的判断，是推演事义的理论，是面对文学现实的思考，表达上下追索的文学理想。

第三，诸子的“成一家之言”学说，本为政治治理方案，倡导有用于社会，典型者如墨子“言有三表”之“有用之者”，所谓“于何用之，废（发）以为刑政，观其中国家百姓人民之利”[4]，又如韩非子批评“好辩说而不求其用”。[5]以此为榜样，文学批评追求有用于创作，进而有用于社会。葛洪称“正经为道义之渊海，子书为增深之川流”，“虽津途殊辟，而进德同归，虽离于举趾，而合于兴化”[6]，称赏子书与经书一样，可以增

1 （魏）曹丕：《与吴质书》，（梁）萧统编，（唐）李善注：《文选》，第 591 页下。

2 （晋）陈寿：《三国志》裴松之注引《搜神记》，北京：中华书局，1982 年，第 118 页。

3 郁沅、张明高编选：《魏晋南北朝文论选》，北京：人民文学出版社，1996 年，第 60—61 页。

4 （清）孙诒让：《墨子间诂·非命上》，北京：中华书局，2001 年，第 266 页。

5 陈奇猷：《韩非子集释》，上海：上海人民出版社，1974 年，第 267 页。

6 （晋）葛洪：《抱朴子·尚博》，第 258 页。

进道德，有益教化。文论家以此为榜样，也把文论视作可以指导社会、指导人生的言论。文论家追求“有用”并非仅限于文学，而是以文论追求文学社会风气的改变，即曹丕所说的以“文章者经国之大业”，来实现“不朽之盛事”。具体而言，传统文论或以批评为创作的指导——或是对具体创作实践的指导，或是对创作风气的指导。如陆机《文赋》论述文士写作时的“用心”，其意当然是指导人们创作。沈约《宋书·谢灵运传论》提出声律说，也是期望人们用于创作实践。钟嵘《诗品序》批评社会上“随其嗜欲，商榷不同，淄渑并泛，朱紫相夺，喧议竞起，准的无依”的评诗风气，欲纠正“庸音杂体，各各为容”“自弃于高听，无涉于文流”的创作风气。[1] 李谔上书隋高祖，谈到“泗州刺史司马幼之文表华艳，付所司治罪”，又说“臣既忝宪司，职当纠察。若闻风即劾，恐挂网者多。请勒诸司，普加搜访，有如此者，具状送台”[2]，甚至要以法律的手段保证自己所认可的文学的正确方向。唐时高仲武《中兴间气集序》称前代的文章选家“因事造端，敷弘体要，立义以全其制，因文以寄其心，著王政之兴衰，表国风之善否，岂其苟悦权右、取媚薄俗哉”，这是夸赞前代文学批评家的气节以及对社会的贡献；又说自己编纂总集，“今之所收，殆革前弊，但使体状风雅，理致清新，观者易心，听者竦耳，则朝野通取，格律兼收。自郐以下，非所敢隶焉。凡百君子，幸详至公”[3]，这就是文论家对文学充满社会责任感的表白。

---

1 （梁）钟嵘著，曹旭集注：《诗品集注》，上海：上海古籍出版社，1994 年，第 62、54、58 页。

2 （唐）魏征等：《隋书·李谔传》，北京：中华书局，1973 年，第 1545 页。

3 （唐）高仲武：《唐中兴间气集序》，《唐人选唐诗（十种）》，上海：上海古籍出版社，1978 年，第 303 页。

三、传统文论以博通古今为学术境界

史学以保存材料为其重要功能，君王“动则左史书之，言则右史书之”[1]，史学记言记事的撰述是古代最早的文字著作之一。作为理论撰述的传统文论，其撰述形态也有记言记事一途，即所谓“本事”以及对当时文学批评的记载，诸如历代诗话以及历代文学纪事之类。《史记》《汉书》“多载有用之文”，文章总集出现之前，史书承担着载录文章以供世人阅读的功能。晋时出现了挚虞《文章流别集》，史书载录文章以供世人阅读的功能已为总集所替代，但前代史书之“载文”仍然在材料上支撑着总集的编纂。当然，传统文论并非仅仅是保存文学史史料，传统文论对史学的承袭之处在于，它把对文学的认识与判断奠基在历史—文学史的基座上，认定文学也立法垂宪，起着监察、警戒作用。

第一，传统文论注重诗歌与历史的关系。《诗经》研究的起步是诗序的以史证诗，其各篇的小序简述了作者、主题和写作的历史背景。《汉书·艺文志》称鲁、齐、韩三家诗曰：“汉兴，鲁申公为《诗》训故，而齐辕固、燕韩生皆为之传。或取《春秋》，采杂说，咸非其本义。与不得已，鲁最为近之。”[2]《毛诗》或近史事，如《载驰》序曰：“许穆夫人作也。闵其宗国颠覆，自伤不能救也。卫懿公为狄人所灭，国人分散，露于漕邑。许穆夫人闵卫之亡，伤许之小，力不能救，思归唁其兄，又义不得，故赋是诗也。”但多附会，如《葛覃》序曰：“《葛覃》，后妃之本也。后妃在父母家，则志在于女功之事，躬俭节用，服浣濯之衣；尊敬师傅，则可以归安父母，化天下以妇道也。”[3]诗序的以史证诗是要说，诗

1 《礼记正义》,《十三经注疏》，第 1473 页下—1474 页上。

2 （汉）班固:《汉书·艺文志》，第 1708 页。

3 《毛诗正义》,《十三经注疏》，第 320 页上、276 页中。

是与事件联系在一起的，诗是事件的一部分。汉末大儒郑玄以史证诗，按照《诗经》的国别和篇次，系统地整合史料，编成了《诗谱》，几乎给每篇诗都确定了时代。以史证诗的文学理论意义在于，认定诗是史事的一部分，诗的抒情是依托于事件的，诗只有在事件中才能被更深刻地理解。

于是又有以诗证史的“诗史”之说。传统文论汲取史学的理论资源，把具有深刻社会历史内容与见解的诗歌作品崇尚为“诗史”，如“杜（甫）逢禄山之难，流离陇蜀，毕陈于诗，推见至隐，殆无遗事，故当时号为‘诗史’”[1]；“一见于诗，读之可以知其世，学士大夫谓之‘诗史’”[2]。传统文论称赏“以诗为史”，称其叙重大时事，称其或补史之阙，多寓“忠愤感激”的褒贬之情。明人钟惺《古诗归》称曹操《蒿里行》《薤露行》为诗史，清人李珏称汪元量诗为诗史，清人徐嘉称顾炎武诗为诗史，都是此意。传统文论崇尚诗歌不仅仅是文学作品，还具有“史”的功用，这并不在于文学与史事在内容上完全对应，而在于文学与史学在精神上的同构，这种同构是传统文论的历史意识赋予文学的，传统文论以博通古今为学术境界。

第二，传统文论一项经常性的工作是述说文学史。正史中的“文学传”“文苑传”等文学家传构成了文学史书写，但传统文论视“文章志”之类为史书文学家传的基础，如晋挚虞《文章志》，章学诚称之为“叙文士之生平，论辞章之端委”。《隋书·经籍志二》的“簿录篇”著录有《文章志》四卷（挚虞撰）、《续文章志》二卷（傅亮撰）、《晋江

1 （唐）孟棨：《本事诗·高逸》，丁福保辑：《历代诗话续编》，北京：中华书局，1983 年，第 15 页。

2 （宋）魏庆之：《诗人玉屑》，上海：上海古籍出版社，1978 年，第 304 页。

左文章志》三卷（宋明帝撰）、《宋世文章志》二卷（沈约撰）等。刘师培《搜集文章志材料方法》称《文章志》是“以人为纲”的文学史。后世影响较大者有元钟嗣成《录鬼簿》、钱谦益《列朝诗集小传》等。史家有“书法”“笔法”之说，《左传》君子曰：“《春秋》之称，微而显，志而晦，婉而成章，尽而不污，惩恶而劝善。非圣人谁能修之？”[1]《毛诗序》曰：“至于王道衰，礼义废，政教失，国异政，家殊俗，而变风、变雅作矣。国史明乎得失之迹，伤人伦之废，哀刑政之苛，吟咏情性，以风其上，达于事变而怀其旧俗者也。”[2]文学之史也可以作为治国理政的监察与警戒。

第三，史书直接启发了传统文论的文学史叙说。沈约《宋书·谢灵运传论》考察文学史，得出“文体三变”、情文互用的规律以及“若夫敷衽论心，商榷前藻，工拙之数，如有可言”的声律规律。[3]钟嵘《诗品》叙说五言诗流别史，提出“诗之为技”可三品论之。《文心雕龙》通过“原始以表末”揭示诸文体的发展史，其《时序》在概括阐述文学史后得出这样的结论：“原始以要终，虽百世可知也。”传统文论的文学史叙说展示出文学批评探寻文学演变的规律并预知今后文学如何发展的自信，并不停留在就事论事探索具体问题的层面，而是探寻其规律性以及学理上的逻辑化，显示出深厚的理论形态。

传统文论博通古今的文学史叙说，蕴含着对文学发展规律的认识，即认为文学自身发展的动力是“新变”。萧子显考察了汉魏晋宋文学史后得出结论：“习玩为理，事久则渎，在乎文章，弥患凡旧。若无新变，不

---

1 《春秋左传正义》,《十三经注疏》，第 1913 页下。

2 《毛诗正义》,《十三经注疏》，第 271 页下—272 页上。

3 （梁）沈约：《宋书》，第 1778 页。

能代雄。”[1] 王国维说：“凡一代有一代之文学：楚之骚、汉之赋、六代之骈语、唐之诗、宋之词、元之曲，皆所谓一代之文学，而后世莫能继焉者也。”[2] 文学史发展的表象为文体的“代兴”，是文体的“新变”。“代兴”还表现在文体内部，严羽《沧浪诗话》论建安至北宋诗：“以时而论，则有建安体、黄初体、正始体、太康体、元嘉体、永明体、齐梁体、南北朝体、唐初体、盛唐体、大历体、元和体、晚唐体、本朝体、元祐体、江西宗派体。”[3] 以时代风格为征象的诗的“代兴”，构成了诗歌史的演进。文学批评通过对文学史“新变”的阐释，推动文学创作以形成新的时代文学。

四、传统文论以构筑“文”的大一统为理想境界

曹丕《典论·论文》称“奏议宜雅，书论宜理，铭诔尚实，诗赋欲丽。此四科不同，故能之者偏也，唯通才能备其体”，奏议、书论、铭诔、诗赋之类的“文章”，属于集部，是所谓“文学”，独立于经学、子学、史学之外，是传统文论的研究对象。当“文学”独立时，它期望自身摆脱经学等其他学科的控制，如任昉论文章缘起，就明确称“六经素有歌诗诔箴铭之类”，要建立“自秦汉以来，圣君贤士沿著为文章名之始”的系统。[4] 于是《文选序》有不录经、子、语、史的宣言。但另一方面，“文学”既然独立，它又渴望着如何壮大自身，壮大研究对象，于是

1 （梁）萧子显：《南齐书·文学传论》，北京：中华书局，1974 年，第 908 页。

2 王国维：《宋元戏曲史·自序》，上海：华东师范大学出版社，1995 年，第 1 页。

3 郭绍虞：《沧浪诗话校释》，北京：人民文学出版社，1983 年，第 52—53 页。

4 郁沅、张明高编选：《魏晋南北朝文论选》，第 311—312 页。

大“文统”建立，如何融通经、子、史进入“文统”，重任落到汲取经、子、史学术经验而成长壮大了的传统文论身上。

第一，经、子、史以文体谱系进入“文统”。刘勰《文心雕龙》称“本乎道，师乎圣，体乎经，酌乎纬，变乎骚”为“文之枢纽”，把“经”列入文体谱系，故称“经”为“极文章之骨髓者”。其“论文叙笔”中有“史传”“诸子”，所论文体谱系包括经、子、史、集。又有经、子、史以文体形式进入总集者。《文选》不录经、子、史，其理由之一是它们并非单篇形式。那么，经、子、史如果合乎条件，就可以进入文体谱系了，此进程自宋代开始。先是真德秀《文章正宗》从功能角度把文章撰述分为辞命、议论、叙事、诗赋四大类，叙事类“独取《左氏》《史》《汉》叙事之尤可喜者，与后世记、序、传、志之典则简严者”[1]入集，其方法是选摘“叙事之尤可喜者”成为新的文本形式，于是史部文字得以顺利进入总集。四库馆臣称：“总集之选录《左传》《国语》，自是编始，遂为后来坊刻古文之例。”[2]“子”类文字，如果某部分单行，就可以进入总集，如曹丕《典论》之《论文》入《文选》。宋时汤汉有《妙绝古今》，其中从《孙子》《列子》《庄子》《荀子》《淮南子》选摘文章，并不依诸子之书中原有的篇章，而是以“妙绝”为标准选摘一个个片段进入总集。“经”类文字进入明贺复征《文章辨体汇选》，其中收录《周礼·考工记》的部分内容；旧本题明屠隆撰《钜文》，杂选经传及古文辞，收录《考工记》《檀弓》诸圣贤经典之文；《古文观止》亦多录《礼记》之文。此是文学批评让“经”的文字放下身段，进入文体谱系。进而有总集“以经、史、

1 （宋）真德秀：《文章正宗》，《文渊阁四库全书》第1355册，上海：上海古籍出版社，1981年，第5—6页。

2 （清）永瑢等：《四库全书总目》，第1699页中。

子、集分部”[1]，如明陈仁锡编《古文汇编》，分别录入经、史、子、集的文章；曾国藩《经史百家杂钞》分为著述、告语、记载三门，下分为11类文体，除收录集部外，还录入经、子、史的文字，此从书名就可看出。

第二，经、子、史以作家谱系进入“文统”。《论语》有孔门四学之“文学：子游、子夏”，传统文论以圣人或孔子为“文统”之先，又以诸子、史家继之。唐令狐德棻《周书·王褒庾信传论》讲文学传统，从“圣人之述作”讲起，以下是“贤达之源流”的诸子，接着是屈原、宋玉、“赋《礼》《智》”的荀子，再述两汉魏晋南北朝的作家。[2]韩愈《送孟东野序》以“善鸣”为线索叙述作家，首称“凡载于《诗》《书》六艺，皆鸣之善者也”，其后有“孔子之徒鸣之”，有“庄周以其荒唐之辞鸣”等诸子的“皆以其术鸣”，又有“汉之时，司马迁、相如、扬雄，最其善鸣者也”[3]等，经、子、史、集的撰作者就全都包括在内了。

第三，以“文”而论经、子、史。汉代王充《论衡》开创以“文”论“经”传统，其在《艺增》中对《尚书》《易经》《诗经》《论语》《春秋》等经艺之“增”做了分析和肯定。《文心雕龙·宗经》称：“文能宗经，体有六义：一则情深而不诡，二则风清而不杂，三则事信而不诞，四则义贞而不回，五则体约而不芜，六则文丽而不淫。”[4]韩愈说：“作为文章，其书满家。上规姚姒，浑浑无涯；《周诰》《殷盘》，佶屈聱牙；《春秋》谨严，《左氏》浮夸；《易》奇而法，《诗》正而葩；下逮《庄》《骚》，太

---

1 （清）永瑢等：《四库全书总目》，第1763页上。

2 （唐）令狐德棻等：《周书》，北京：中华书局，1971年，第742—743页。

3 （唐）韩愈：《送孟东野序》，马其昶：《韩昌黎文集校注》，上海：上海古籍出版社，1988年，第233—234页。

4 （南朝梁）刘勰著，詹锳义证：《文心雕龙义证》，第83—84页。

史所录；子云、相如，同工异曲。”[1]他们都认定经、子、史同为“文章”。柳宗元说：“参之《谷梁氏》以厉其气，参之《孟》《荀》以畅其支，参之《庄》《老》以肆其端，参之《国语》以博其趣，参之《离骚》以致其幽，参之《太史公》以著其洁。此吾所以旁推交通而以为之文也。”[2]唐代论古文上溯西汉，又上溯经学，虽然有文本于经的意思，但“取道”的同时亦“取文”了。明孙鑛有《孙月峰评经》十六卷，其中《诗经》四卷、《书经》六卷、《礼记》六卷，非评经书的整体而论其篇章，四库馆臣批评说“经本不可仅以文论”[3]，但以“文”论经、子、史早就开始了。

从文体谱系看，“文统”包括经、子、史、集的文字；从作家谱系看，“文统”自圣人、孔子起始，诸子、史家继之；传统文论对经、子、史、集的文字，均以“文”论之。如此，经、子、史、集就融通为一体而成为大“文统”。

五、传统文论以“文”为“王天下”境界

传统文论走过的道路，先是汲取传承经、子、史的学术经验，或切换，或转化，开拓创新以生成壮大，并通过文体谱系，以“文”融通文学与经、子、史，建立起“文”的大一统。于是，圣人、孔子、诸子、史家还是圣人、孔子、诸子、史家，经、子、史还是经、子、史，但其中合乎“文”的部分已经两属，既是经、子、史，又属于集部，属于文

1 （唐）韩愈：《进学解》，马其昶：《韩昌黎文集校注》，第 46 页。
2 （唐）柳宗元：《答韦中立论师道书》，《柳宗元集》，第 873 页。
3 （清）永瑢等：《四库全书总目》，第 282 页下—283 页上。

学。“文”扩大了范围，经、子、史亦以其别样特色而更加光彩。

第一，传统文论坚持“文”为一切书写文字而皆为批评对象的立场。孔子称“文”，或为文化与学术，如“周监于二代，郁郁乎文哉！吾从周”，或为《诗》《书》六艺，所谓“行有余力，则以学文”。[1]从普遍意义上讲，“文之为德也大矣，与天地并生者何哉”[2]，与天文、地文并列的人文，其突出形式就是文字撰作。章太炎曰：“文学者，以有文字著于竹帛，故谓之文。论其法式，谓之文学。”[3]传统文论的基本指向是文章作法，“体大而虑周”的《文心雕龙》本质上是指导写作的书。而经、子、史进入文体谱系，追溯其原因就是为了文章作法，韩愈就是“究穷于经传史记百家之说”而“奋发乎文章”。[4]宋时学习《左传》等古文以应课试成为时尚，姚铉《唐文粹序》称，编纂“古文”入总集，“盖资新进后生干名求试者之急用”[5]；吕祖谦自称“谈余语隙，波及课试之文”，作《左氏博议》是“为诸生课试之作”[6]；真德秀《文章正宗》称取《左氏》《史》《汉》叙事之有可喜者入集是“以为作文之式”[7]。经、子、史的文字经过再造，既合乎文体体制以方便进入文体谱系的目的，也在于以其为“作文之式”而提高写作水平的需要。就文体谱系而言，不仅仅重在思辨与理论阐述，更重在应用。

第二，传统文论坚持以“文”而“王天下”的情怀，此为最高境

---

1 《论语注疏》，《十三经注疏》，第 2467 页中、2458 页上。

2 （南朝梁）刘勰著，詹锳义证：《文心雕龙义证》，第 2 页。

3 章太炎：《国故论衡》，上海：上海古籍出版社，2003 年，第 49 页。

4 （唐）韩愈：《上兵部李侍郎书》，马其昶：《韩昌黎文集校注》，第 143 页。

5 （宋）姚铉：《唐文粹》，四部丛刊初编本。

6 （宋）吕祖谦：《东莱先生左氏博议》，丛书集成初编本，北京：中华书局，1985 年，第 1 页。

7 （宋）真德秀：《文章正宗》，《文渊阁四库全书》第 1355 册，第 6 页。

界。传统文论以“文”而“王天下”，一是靠以文章为核心构成的文化建设、制度建设。《文选序》说：“逮乎伏羲氏之王天下也，始画八卦，造书契，以代结绳之政，由是文籍生焉。”[1]这是说“王天下”而创造出“文籍”。《易・系辞下》曰：“上古结绳而治，后世圣人易之以书契，百官以治，万民以察。”[2]这是说圣人“以书契”而“王天下”。《左传・文公六年》载“古之王者知命之不长，是以并建圣哲”，目的就是令贤能之人进行文化建设，其中就有“著之话言”“告之训典”等文章撰作，这些应该是传统文论所认定的“文”与“王天下”关系的基调，即“观乎人文，以化成天下”。[3]且不说经、子、史，单从文学、文章来说，《论衡・别通》谓“萧何入秦，收拾文书，汉所以能制九州者，文书之力也”，此即所谓“以文书御天下”[4]，也就是曹丕所说的“盖文章，经国之大业，不朽之盛事”。文学、文章统合经、子、史、集而为“文”，形成“文”之大一统，这就是自古以来崇尚的“文道”。《国语・齐语》所谓“隐武事，行文道”[5]，白居易所称“国家以文德应天，以文教牧人，以文行选贤，以文学取士，二百余载，焕乎文章”[6]，这些就是“文道”；韩愈《燕河南府秀才》诗谓“文人得其职，文道当大行”[7]，所讲的也是“王天下”的“文道”。

传统文论以“文”而“王天下”，二是靠“文”的情感力量，即人心的感染。传统文论视“文”的核心为思想感情问题。《易・系辞下》称

1 （梁）萧统编，（唐）李善注：《文选》，第 1 页。

2 《周易正义》，《十三经注疏》，第 87 页中。

3 同上书，第 37 页下。

4 （汉）王充：《论衡・定贤》，上海：上海人民出版社，1974 年，第 206 页。

5 《国语》，上海：上海古籍出版社，2015 年，第 160 页。

6 （唐）白居易：《策林六十八》“议文章碑碣词赋”，四部丛刊本《白氏长庆集》卷四八。

7 （唐）韩愈：《燕河南府秀才》，钱仲联：《韩昌黎诗系年集释》，上海：上海古籍出版社，1984 年，第 766 页。

"近取诸身，远取诸物，于是始作八卦"的目的，就是"以通神明之德，以类万物之情"。[1] 传统文论以言志、缘情为其核心价值，"发乎情，止乎礼义"，"志"虽然说含有封建礼教的内容，但其理路是值得肯定的，"情"提升为"志"即"情"应该上升为思想。挚虞《文章流别论》说"文章者，所以宣上下之象，明人伦之叙，穷理尽性，以究万物之宜者也"[2]，更强调文章表达的是思想。《文心雕龙》中，《原道》称"性灵所钟，是为三才"，称孔子"雕琢情性，组织辞令"，意谓"雕琢情性"才能锻炼出思想；《征圣》称"陶铸性情"，称"见乎文辞"者乃"圣人之情"；《宗经》称"性灵镕匠，文章奥府"。[3]《隋书·经籍志四》称："文者，所以明言也。古者登高能赋，山川能祭，师旅能誓，丧纪能诔，作器能铭，则可以为大夫。言其因物骋辞，情灵无拥者也。"[4] 强调"文"就是以"因物骋辞"而达到"情灵无拥"。"文"本与情志、性情、性灵、情灵相辅相成。《毛诗序》："风以动之，教以化之。"[5]《文心雕龙·风骨》："《诗》总六义，风冠其首，斯乃化感之本源，志气之符契也。"[6]"文"的产生与发生作用，即"在心为志，发言为诗"而"入心"，其力量也在于"入心"，所谓出己心、入彼心。

总之，"文"是与时俱进的，文章、文学反映社会矛盾，弘扬时代精神，从这个意义上说，传统文论促进了"王天下"与"文"的互动。国运盛则文章、文学强，文章、文学强则国运盛。此即所谓"文变染乎世

1 《周易正义》，《十三经注疏》，第 86 页中。

2 （唐）欧阳询：《艺文类聚》，上海：上海古籍出版社，1982 年，第 1018 页。

3 （南朝梁）刘勰著，詹锳义证：《文心雕龙义证》，第 4、22、33、88 页。

4 （唐）魏征等：《隋书·经籍志》，第 1090 页。

5 （梁）萧统编，（唐）李善注：《文选》，第 637 页下。

6 （南朝梁）刘勰著，詹锳义证：《文心雕龙义证》，第 1047 页。

情，兴废系乎时序”。什么样的时代有什么样的文学，这就是传统文论给“文”与时代确定的关系。由是可知传统文论的独特贡献，除了推动文学创作，影响文学思想和文学理论的发展，推动文学的传播与接受外，更注重引导文学不断扩大领地。中国古代“文”的含义，有由小到大的逻辑排列：文字、文辞、文章、文化。这就是传统文论的境界，从创立单独的理论、评价单独的作品起始，汲取经、子、史的资源而构成自身独立的体系，进而扩大学科范围，从对文学文章的批评，到对所有文章的批评，再到对所有语言文字作品的批评，从而实现以“文”而“王天下”的理想。

（原载《学术研究》2021 年第 12 期）

唐代踏歌文化构建及其域外流衍

基于民俗、文学、礼仪的考察

张之为 *

踏歌起源于原始歌舞，是一种踏地为节，手袖相连，整合歌、舞的音乐文艺形式。唐前踏歌文献载录甚少，至唐则陡然增多。唐代是踏歌盛行与衍变的关键阶段，不仅发展出丰厚的文化内涵，更流溉日本，递衍出新的文化产品。本文时间上涵盖有唐一代，空间上以中日两国为限，考察踏歌之精神内核、文化衍变、范型建构，重现、勾勒不同社会属群文化再生产、再创造的运行轨迹与历史细节。

* 云南大学文学院副教授。

一、探本：唐民间踏歌的民俗学渊源

唐代记载踏歌的文献广泛分布于史籍、笔记、诗文当中。唐踏歌有两个核心构成要素：一是月亮，二是女性。年代较早的一则见于《朝野佥载》："睿宗先天二年正月十五、十六夜，于京师安福门外作灯轮高二十丈，衣以锦绮，饰以金玉，燃五万盏灯，簇之如花树。宫女千数，衣罗绮，曳锦绣，耀珠翠，施香粉。一花冠、一巾帔皆万钱，装束一妓女皆至三百贯。妙简长安、万年少女妇千余人，衣服、花钗、媚子亦称是，于灯轮下踏歌三日夜，欢乐之极，未始有之。"[1] 踏歌节会时间在上元月圆之夜，参与主体是宫人以及长安、万年县的青年女子。诗歌中也有相关展现，如张祜《正月十五夜灯》："三百内人连袖舞，一时天上著词声。"[2] 张谔《月夜看美人踏歌》："天上姮娥遥解意，偏教月向踏歌明。"[3]

考虑到踏歌的历史源起，相较于具有一定礼仪性质的宫廷踏歌，民间踏歌无疑更接近其原生状态，亦能更有力反映这一活动的原初文化意蕴。唐代民间踏歌盛行，诗歌当中亦有记载，典型的如刘禹锡《踏歌词》其一、其二："春江月出大堤平，堤上女郎连袂行。""桃蹊柳陌好经过，灯下妆成月下歌。"[4] 民间踏歌中，月亮与女性两个元素同样鲜明，可以明确，它们是唐踏歌文化的核心点。月夜女子于户外群聚歌舞，具有一个极为重要的社会功能，就是男女交往。唐代民间踏歌的文学书写，以刘禹锡最典型，影响亦最显著。刘氏仕途多舛，奔波于朗州、连州、夔州

1 （唐）张鷟：《朝野佥载》，北京：中华书局，1979 年，第 69 页。

2 （清）彭定求等编：《全唐诗》，北京：中华书局，1960 年，第 5838 页。

3 同上书，第 10175 页。

4 陶敏、陶红雨校注：《刘禹锡全集编年校注》上，长沙：岳麓书社，2003 年，第 188—189 页。

等地，在贬所多有制作，这批诗歌带有强烈的地域性与写实性，后世多以“风土诗”视之，是当地自然风物、人文民俗的可靠文本记录。

刘禹锡表现踏歌活动的诗歌，一个集中的题材就是男女情爱。如《纥那曲》二首：“杨柳郁青青，竹枝无限情。周郎一回顾，听唱纥那声。”“踏曲兴无穷，调同词不同。愿郎千万寿，长作主人翁。”[1]而《踏歌词》其三尤其值得注意，堪称唐代踏歌民俗的实录式记载，提供了史志中很少被提及的关键信息：“新词宛转递相传，振袖倾鬟风露前。月落乌啼云雨散，游童陌上拾花钿。”[2]《踏歌词》组诗作于朗州。其一云“唱尽新词欢不见，红霞映树鹧鸪鸣”[3]，“欢”是男女间爱称，“鹧鸪”取其多对啼之意，爱情主题非常明确。其二云“为是襄王故宫地，至今犹自细腰多”[4]，则借楚王爱细腰之典，递写踏歌女郎之妙曼姿容。第三首与前二诗互相呼应，“月落乌啼云雨散”显然是用襄王神女事，写男女欢爱，末句“游童陌上拾花钿”，不是说踏歌女“振袖倾鬟”遗落钗钿，而是男女野合的含蓄反映。情爱固是文学的永恒主题，但此诗的特殊之处在于它描写的男女关系不是私密性的，而是在公共空间中发生、存在的，带有原始生殖文化与巫俗意味。楚地自先秦起即有人神杂糅、巫觋降神的传统，祭祀中娱神歌舞常带有人神相恋情节，这在《楚辞》中已多有体现。实际上，此类仪式常伴随两性求偶交配，因此朱熹言其“词既鄙俚，而其阴阳人鬼之间，又或不能无亵慢淫荒之杂”[5]。

《竹枝词》是刘禹锡最重要的踏歌诗，也是历代踏歌研究的重心。《竹

---

1 陶敏、陶红雨校注：《刘禹锡全集编年校注》下，长沙：岳麓书社，2003年，第797页。

2 陶敏、陶红雨校注：《刘禹锡全集编年校注》上，第189页。

3 同上书，第188页。

4 同上书，第189页。

5 （宋）朱熹：《楚辞集注》，上海：上海古籍出版社，2001年，第31页。

枝词九首》的引文记叙了其创作缘起："岁正月，余来建平，里中儿联歌《竹枝》，吹短笛，击鼓以赴节。歌者扬袂睢舞，以曲多为贤。聆其音，中黄钟之羽，其卒章激讦如吴声。虽伧儜不可分，而含思婉转，有淇濮之艳。昔屈原居沅湘间，其民迎神，词多鄙陋，乃为作《九歌》，到于今荆楚鼓舞之。故余亦作《竹枝词》九篇，俾善歌者飏之，附于末，后之聆巴歈，知变风之自焉。"[1]《新唐书·刘禹锡传》也有相应记载："禹锡贬连州刺史，未至，斥朗州司马。州接夜郎诸夷，风俗陋甚，家喜巫鬼，每祠，歌《竹枝》，鼓吹裴回，其声伧儜。禹锡谓屈原居沅、湘间作《九歌》，使楚人以迎送神，乃倚其声，作《竹枝辞》十余篇。于是武陵夷俚悉歌之。"[2]可见刘禹锡《竹枝》创作有明确的巫俗文化背景，原生《竹枝》是作为民间祭祀的一环而存在的。

《新唐书》中提及了《竹枝》的文化族属，乃是夜郎诸夷。后杨维桢倡《西湖竹枝词》，叙《竹枝》源流，亦云："《竹枝》本夜郎之音。依声制辞，实起刘朗州。"[3]关于原始《竹枝》的文化背景，学者已进行了比较深入的探讨，基本认同其源于夜郎国流传的"竹生人"感孕神话，《竹枝》在夜郎灭国后随流民迁徙传入巴地，是原始宗教祭祀的遗存。近年来，还有学者从"竹枝""女儿"的和声词入手，结合巴人土家族祭祀仪式进行分析，认为"竹枝""女儿"分别隐喻"竹生子"(男)、"女儿子"(女),《竹枝》踏歌是先祖祭祀活动中男女对歌的环节，论证有说服力。[4]竹王神话虽然解释了《竹枝》的民俗学渊源，但与唐代《竹枝》踏歌活动的实际情况存在差异。首先，竹王祭祀反映的是先祖崇拜，主祭者一

1 陶敏、陶红雨校注:《刘禹锡全集编年校注》上，第317页。

2 (宋)欧阳修、宋祁:《新唐书》，北京：中华书局，1975年，第5129页。

3 (明)宋绪:《元诗体要》卷4,《文渊阁四库全书》本。

4 周建军:《民族文学视野下的竹枝词研究》，北京：中央民族大学2012年博士学位论文。

般是男性，但唐代《竹枝》踏歌活动的主体却是女性。其次，竹王祭祀是在白天进行的，但踏歌活动却多在月夜举行。再次，从现存的《竹枝》歌辞看，也已经没有男女对歌的痕迹。刘禹锡《竹枝》创作追步屈子《九歌》，是为巴人演唱所创作的歌辞，能够反映当时巴人踏歌的表演形态，然而从句意、结构之逻辑看，其诗并非男女对歌。[1] 其后皇甫松、孙光宪《竹枝》，带有"女儿""竹枝"和声辞，应亦很接近当时《竹枝》表演的形态，他们的作品同样不是对歌体。[2] 刘禹锡、皇甫松、孙光宪三人《竹枝》的共同之处，反而皆是女性视角的叙述，主言情。比较合理的解释是《竹枝》的精神核心已产生偏移，从以先祖崇拜为精神核心的宗教祭祀，转向以婚恋为中心的世俗群体活动。先祖崇拜往往与祈求子孙繁盛的生殖诉求相联系，这成为两者实现沟通的精神桥梁。转变的契机，可能和夜郎灭国、民众迁徙及巴族融合有关。竹王崇拜的族属色彩非常强烈，在夜郎族融入其他族群的过程中，《竹枝》的曲调、踏歌的形式虽然保留了下来，但消融了特异性，整合为当地文化的组成部分。而巴人所居的巫山一带，恰是主司婚育之神"高禖"所在，刘亚虎《中国南方民族文学关系史》更直指巫山神女峰就是"高禖"之象征。[3] 综而论之，唐代以巴地为中心的《竹枝》踏歌，实则是以婚配、生育为精神核心的，因而它自发地聚合了原始生殖崇拜中一些最重要的元素：代表阴性、生殖的月亮与女性。

1　刘禹锡有《竹枝词》共 11 首，见陶敏、陶红雨校注：《刘禹锡全集编年校注》上，第 317—322、324—326 页。

2　（清）彭定求等编：《全唐诗》，第 10068、10133—10134 页。

3　刘亚虎、邓敏文、罗汉田：《中国南方民族文学关系史（先秦秦汉魏晋南北朝卷）》，北京：民族出版社，2001 年，第 146 页。

二、迁移：文学书写与新传统的形成

从刘禹锡开始，踏歌正式进入文人的创作视野，并且以群体唱和为契机扩散传播，逐渐形成创作传统，构成了与民间踏歌并立而相异的系统。

刘禹锡最早涉及踏歌的创作是《阳山庙观赛神》，元和四年（809）作于朗州："汉家都尉旧征蛮，血食如今配此山。曲盖幽深苍桧下，洞箫愁绝翠屏间。荆巫脉脉传神语，野老娑娑启醉颜。日落风生庙门外，几人连踏竹歌还。"[1] 宪宗永贞元年（805）九月，刘禹锡贬连州刺史，取道洛阳赴任，十一月，再贬朗州司马，于是改赴朗州。[2] 这是刘禹锡首次深入风俗迥异于北方的朗州，他以外乡人新异的目光，观察着一场乡土祭祀。此时诗人眼中的赛神、荆巫、踏歌，只是一道新奇的风景，唐代不少诗人都有类似的作品，本无特殊。然而人生命途难以揣测，从 34 岁到 43 岁，朗州成为刘禹锡生命的落点。特殊的遭际创造了契机，使得他长久浸淫其中，个中风物，不但是他诗歌表现的对象，更成为他倾泻情感的媒介。

刘禹锡的踏歌相关创作中，《竹枝词》《采菱行》带有自序。《竹枝词》序前文已引。《采菱行》序云："武陵俗嗜芰菱。岁秋矣，有女郎盛游于白马湖，薄言采之，归以御客。古有《采菱曲》，罕传其词，故赋之以俟采诗者。"[3]《竹枝》之远昭屈原，"后之聆巴歈，知变风之自焉"，与《采菱》"故赋之以俟采诗者"，实际都是高自标举、彰显自我的心理表现，在儒家观念的外衣下，带有很强的表现欲望与传播诉求。因此他

1 陶敏、陶红雨校注：《刘禹锡全集编年校注》上，第 94 页。

2 陶敏、陶红雨校注：《刘禹锡全集编年校注》下，第 1522 页。

3 陶敏、陶红雨校注：《刘禹锡全集编年校注》上，第 184 页。

的踏歌诗在优美的风土民俗描写当中，往往渗透非常个人化的情感表达，这与白居易新乐府系列诗歌完全以儒家价值体系为旨归的思想结构有很大差异，虽然话语表达类似，但本质上一者是公共写作，一者是私人写作。《踏歌词》其四就很有代表性："日暮江头闻《竹枝》，南人行乐北人悲。"[1]"北人之悲"是刘禹锡的肺腑之叹，生命经历融化在诗歌中，"踏歌"已不仅是单纯的表现对象或者异域风情的符号，而是人生体验、情感抒发的媒介，刘禹锡成功地为它赋予了新的意蕴。当然，这一意蕴仍带有很强的个人色彩，尚未脱离刘诗的语境而独立。

促使"踏歌"意象扩散并且固定下来的，是刘禹锡与其诗友的交流与创作。其中，白居易是最重要的一位。白居易创作《竹枝》最集中的时段是元和年间，这与刘禹锡开始创作踏歌诗，二人开始深入交往的时段正重合。此外，白居易任忠州刺史，亦是诱发《竹枝》写作的契机，这与刘禹锡因贬谪朗州、夔州而触发踏歌诗创作，具有相通之处。实际上，刘、白共同的朋友元稹也创作过《竹枝》歌辞，虽然现元稹集中无存，但白居易《竹枝词》其四"怪来调苦缘词苦，多是通州司马诗"[2]，就是明确证据。刘、白、元三人都曾在踏歌盛行的地区生活，驻官地域相近、民俗相同，可以推想惺惺相惜的诗人们在创作上的相互影响与促进。唐代诗人因为游幕、仕宦、出使等原因，多有游历各地的人生体验，进而激发具有浓厚地域色彩的创作。有时，地域元素由于某些机缘，内化为诗人回忆的支点、情感的依托，在创作中长期、反复出现。白居易正是如此，"竹枝"几乎贯穿了他的整个创作生命。乐天晚岁有《忆梦得》，自注云："梦得能唱《竹枝》，听者愁绝。"诗中有句："几时红烛下，闻唱《竹枝》

---

1 陶敏、陶红雨校注：《刘禹锡全集编年校注》上，第190页。

2 （唐）白居易著，朱金城笺校：《白居易集笺校》，上海：上海古籍出版社，1988年，第1183页。

歌?”[1] 显见《竹枝》是引发白居易对刘禹锡回忆的重要触点。对白居易而言,《竹枝》曾是引发议论的话题、交游的媒介，也是他变动命运中的情感支点，代表他与友人生命起落的回忆碎片。通过诗人们的叠次创作，“竹枝”被赋予了丰厚的情感内蕴：漂泊之感、羁旅之思、故人之情。

马林诺夫斯基《文化论》曾论述艺术创作与文化的关系：“个人所仿制的传统作品，总在传统之上加了一些新东西进去，而且，还多少使传统有些改变。个人的贡献化成和凝结在渐渐生长的传统中去，经调整后而变成某时期艺术设备的一部分。……个人的成绩不仅为他的人格，灵感及创造能力所决定，也为艺术的周围的各种关联所左右。”[2] 通过刘禹锡、白居易、元稹的文学书写，“竹枝”实际上已经拥有了两重属性，一是实指性，指向当下生活世界中的具体物象，二是特喻性，即此意象对诗人而言具有特别的意蕴，与其传统意义不同。[3] 以历时性视角考察，“竹枝”在刘禹锡等人的诗歌中，经历了实指性向特喻性的转变。在中晚唐诗歌中，“竹枝”意象开始在诗歌书写中扩散开来。如殷尧藩《送沈亚之尉南康》：“行迈南康路，客心离怨多。暮烟葵叶屋，秋月竹枝歌。”[4] 于武陵《客中》：“楚人歌竹枝，游子泪沾衣。异国久为客，寒宵频梦归。”[5] 郑谷《渠江旅思》：“故楚春田废，穷巴瘴雨多。引人乡泪尽，夜夜竹枝歌。”[6] 借助“竹枝”这一物象，诗人们表达的是游子意、故人情，与刘禹锡等人如出一辙。发轫于刘禹锡等人的“竹枝”意象，已形成固定的审

---

1 （唐）白居易著，朱金城笺校:《白居易集笺校》，第 1861 页。

2 〔英〕马凌诺斯基:《文化论》，费孝通译，北京：华夏出版社，2001 年，第 97 页。

3 参见侯体健:《刘克庄的文学世界——晚宋文学生态的一种考察》，上海：复旦大学出版社，2013 年，第 54—57 页。

4 （清）彭定求等编:《全唐诗》，第 5565 页。

5 同上书，第 6892 页。

6 同上书，第 7717 页。

美联想，超越了某位诗人的创作语境，被纳入唐诗的文本系统中，成为情感抒发的稳定载体。

三、增益：唐踏歌的政治化

唐踏歌有民间、文人、宫廷三种不同分型。宫廷踏歌从初唐开始，继有延续。唐代早期的宫廷踏歌仍比较接近民间，《朝野佥载》睿宗朝的材料已是说明。值得注意的是《云溪友议·李右座》之记载："举子尉迟匡……匡有《暮行潼关》之作……又《观内人楼上踏歌》曰：'芙蓉初出水，桃李忽无言。'"[1]诗题中出现"楼上踏歌"，显示出踏歌活动已从户外向户内发展。活动场域的转变有重大意义，这是唐踏歌转型的信号，意味着它正在转化为一种比较规范的宫廷音乐文艺样式。此外，成书于盛唐的《教坊记》所列教坊曲调当中，见有《缭踏歌》调名[2]，也是一个证据。

更详细的记载，出现在《唐语林》中：

> 旧制：三二岁，必于春时内殿赐宴宰辅及百官，备太常诸乐，设鱼龙曼衍之戏，连三日，抵暮方罢。宣宗妙于音律，每赐宴前，必制新曲，俾宫婢习之。至日，出数百人，衣以珠翠缇绣，分行列队，连袂而歌，其声清怨，殆不类人间。其曲有曰《播皇猷》者，率高冠方履，褒衣博带，趋赴俯仰，皆合规矩；有曰《葱岭西》者，士女踏歌为队，其词大率言葱岭之士，乐河湟故地，归国而复为唐

1 （唐）范摅：《云溪友议》，上海：古典文学出版社，1957 年，第 34 页。

2 （唐）崔令钦撰，任半塘笺订：《教坊记笺订》，北京：中华书局，1962 年，第 96 页。

民也；有《霓裳曲》者，率皆执幡节，被羽服，飘然有翔云飞鹤之势。如是者数十曲。教坊曲工遂写其曲奏于外，往往传于人间。[1]

此为宣宗时事。从引文可知，此时宫廷踏歌已发展为成规模、具规范的大型音乐表演，其面貌已与民间踏歌有显著差异，具有较强的礼仪性。国家礼仪的曲目选择一般带有政治寓意，遗憾的是，这批曲目的歌辞未曾保留下来，其旨意只能根据现有记载进行推测。在材料明确提及的三曲中，《播皇猷》《葱岭西》都是大中年间新制曲。《播皇猷》一曲，从曲名与"高冠方履，褒衣博带，趋赴俯仰，皆合规矩"的服饰、舞容看，应属文舞一类，宣文德教化。《葱岭西》一曲，为大中五年张义潮收复瓜、沙、伊、肃等十一州而作，河、湟自天宝末陷吐蕃，已百有余年，至是始悉归复于唐朝版图。此曲与《播皇猷》之颂文德对应，叙武功。

《霓裳》一曲的原型无疑是创于玄宗朝的道调法曲《霓裳羽衣曲》。繁华难永，但《霓裳羽衣》与诞育它的盛唐，成为唐人长久的骄傲与追忆。中唐以降，宫廷宴会仍用《霓裳》。白居易《霓裳羽衣歌》记曰："我昔元和侍宪皇，曾陪内宴宴昭阳。千歌百舞不可数，就中最爱《霓裳舞》。"[2]《碧鸡漫志》亦云："宪宗时，每大宴，间作此舞。"[3]文宗时期，《霓裳》更受重视，《新唐书·礼乐志》载："文宗好雅乐，诏太常卿冯定采开元雅乐制《云韶法曲》及《霓裳羽衣舞曲》。"[4]开成年间，文宗更亲自指定其为省试题目，事见《唐阙史》，其云："开成初，文宗皇帝耽玩经典，好古博雅，尝欲黜郑卫之乐，复正始之音。有太常寺乐官尉迟

---

1 （宋）王谠撰，周勋初校证：《唐语林校证》，北京：中华书局，2008年，第656页。

2 （唐）白居易著，朱金城笺校：《白居易集笺校》，第1410页。

3 （宋）王灼著，岳珍校正：《碧鸡漫志校正》，成都：巴蜀书社，2000年，第54页。

4 （宋）欧阳修、宋祁：《新唐书》，第478页。

璋者，善习古乐，为法曲箫磬琴瑟，戛击铿拊，咸得其妙，遂成《霓裳羽衣曲》以献。诏中书门下及诸司三品以上，具常朝服班坐以听。合奏相顾曰：'不知天上也，瀛洲也。'因以曲名宣赐贡院，充试进士赋题。"[1]《云溪友议》更记载了榜元及第者李肱之《霓裳羽衣曲诗》："开元太平时，万国贺丰岁。梨园献旧曲，玉座流新制。凤管势参差，霞衣竞摇曳。宴罢水殿空，辇余春草细。蓬壶事已久，仙乐功无替。讵肯听遗音，圣明知善继。"[2]值得玩味的是，白居易对《霓裳羽衣》的注意，主要集中在审美层面，对音乐、舞容、服饰的描写极尽精细，但体现在思想性上的，还是兴亡之感。到国力更衰的文宗时期，朝廷主导的音乐改编、列为试题等行为，显示出对《霓裳羽衣》政治文化资源的持续关注。《霓裳曲》代表的不仅是盛世追忆，更是对烈业永继、国祚久长的美好祈愿。被点为"第一人及第"的李肱《霓裳羽衣曲诗》，其中"讵肯听遗音，圣明知善继"一句，真可谓辞旨切至。

从上可见，宫廷表演的曲目选择、次第排列，具有非常清晰的内在逻辑与特定的意义指向，具备政治表述功能，而踏歌这一源于民间的演艺形式，已经被正式吸纳进入这种言说序列当中，被赋予了严肃的政治内涵。

四、流行：日本踏歌的两个维度

踏歌是一种普适性、开放性很强的音乐文艺样式，动作简单，参与

1 （唐）高彦休：《唐阙史》，《唐五代笔记小说大观》，上海：上海古籍出版社，2000 年，第 1351 页。

2 （唐）范摅：《云溪友议》，第 15—16 页。

性强，能够涵容大量不同曲调，这使得它很容易被模仿与移植。由此，踏歌不仅在本土流行，也流播海外，尤其是在受到唐乐文化强烈影响的日本，递衍出了新的文化产品。赵维平《中国古代音乐文化东流日本的研究》论证日本踏歌源于中国，乃是由“汉人”“唐人”传入，与日本歌垣融合而产生的，并以宫廷乐制为切入点，梳理了日本男女踏歌的演变过程。[1]有必要从文化层面进一步理解中日踏歌的关系。

日本踏歌在传入之初掌握在中国归化人手中，后日本贵族始有参与。《续日本纪》记录了天平十四年的一次踏歌：

> （天平）十四年春正月……壬戌，天皇御大安殿，宴群臣。酒酣奏《五节田舞》。讫更令少年童女踏歌。又赐宴天下有位人并诸司史生。于是，六位以下人等鼓琴，歌曰：“新年始迩，何久志社。供奉良米，万代摩提丹。”[2]

此例踏歌是在正月十六，大安殿宴会群臣时举行的。它透露出比较丰富的信息。《续日本纪》明确提到，踏歌举行之前，先进行《五节田舞》。《五节田舞》是日本传统女舞，林屋辰三郎《中世艺能史の研究》考察五节舞与田舞的关系，认为两者皆来自祈祝农耕丰登的舞蹈，五节舞很可能是从田舞中分离出来的舞蹈，“五节田舞”的名称，说明此时五节舞尚未完全与田舞分离。[3]《续日本纪》记载的唱辞也与五节舞的田祀

---

1 赵维平：《中国古代音乐文化东流日本的研究》，上海：上海音乐学院出版社，2004 年，第 113—144 页。

2 〔日〕藤原继绳、菅野真道编：《续日本纪》，《国史大系》本，东京：经济杂志社，1897 年，第 238 页。

3 〔日〕林屋辰三郎：《中世艺能史の研究》，东京：岩波书店，1960 年，第 157—164 页。

祭俗渊源完全吻合。

关于《五节舞》,《大日本史》还有一则重要记载:

> 明年(天平十五年)五月,宴群臣于内里,皇太子亲舞《五节》,帝使右大臣橘朝臣诸兄奏太上皇曰:“昔者飞鸟净御原御宇天皇尝谓:‘使上下和睦,天下静平者,在礼与乐,因创制此舞。’故令皇太子奏之御前,将欲使此乐永世承传弗绝。”上皇报曰:“今所奏舞乐,不啻事逸乐,其意在使天下人人知君臣父子之道。宜进一二人爵位。”于是亲王及大臣子弟,进位各有差。因使诸兄宣诏曰:“汝等其无忘君父,以忠诚奉事后王。”[1]

文中“皇太子”即阿倍内亲王,是日本首位女性皇太子,继位后称孝谦天皇。突破常规而立女性为太子,必定会承受巨大压力,圣武天皇让皇太子在群臣前亲舞《五节舞》,则是力图消解这种压力的一次政治表演。橘氏的奏言着重彰明了《五节舞》的政治含义:“使上下和睦,天下静平者,在礼与乐,(天武帝)因创制此舞。”将《五节舞》的创制归于天武天皇,其目的在于将《五节舞》体认为“礼乐”,并为其寻找圣人制礼作乐的历史依据。《五节舞》承载的是“君臣父子之道”,具备维护统治秩序的“礼乐”属性,因而皇太子的舞蹈表演,实际上是其统治身份合法性的强势展示。《五节舞》的转型,反映出日本在学习中国,建立礼乐体系的过程中,是如何将本土祭祀乐舞涵容、吸纳其中的。

《五节舞》具有如此严肃、重大的政治意义,继其而作的踏歌,当然不会随意而发,而是经过缜密的思虑与安排。踏歌的原初文化意蕴,带有原

1 〔日〕德川光圀编:《大日本史·礼乐志·礼乐十》,德川总子刻本,第10—11页。

始信仰中对“生”的强烈祈愿，它有两个维度，在生命数量上是祈祷丰产，在生命长度上是祈祷长生。“丰产”不仅指向人类生殖，也指向作物丰登。中国踏歌始终保留了“月亮”与“女性”两个核心元素，就是“丰产”意识的遗存与体现。马林诺夫斯基《文化论》曾敏锐地指出肥沃巫术举行的时间多在月圆之夜，而且常是女性的特权[1]，弗雷泽的经典名著《金枝》更列举大量实例，说明祈祷作物丰产的巫术，往往由女性主导[2]。在“丰产”这个维度上，唐踏歌在人类生殖、婚恋方面表现突出，而日本则更多指向祈祷五谷丰登的肥田巫术。君王是土地法理上的拥有者，具备主导丰田祭祀的资格，反过来说，祈祝作物繁盛，是他（她）身为统治者的职责。从这个角度看，踏歌表演被安排在起源于田祀，代表国家礼乐精神、统治秩序的《五节田舞》之后进行，逻辑自洽、内蕴丰满、寓意深刻。

以上主要论述日本踏歌文化中“丰产”维度的呈现。另一方面，“长生”诉求同样表现强烈。歌辞无疑是考察音乐文艺蕴义的重要线索。《大日本史》引《朝野群载》，记录了男踏歌二首、女踏歌七首，录之如下。《男踏歌章曲》二首云：

万春乐、万春乐、万春乐，我皇延祚亿千龄（万春乐）。元正庆序年光丽（万春乐），延历休期帝化昌（万春乐。“休期”一作“佳期”）。百辟陪筵华幄内（天人感呼），千般作乐紫宸场（万春乐）。

我皇延祚亿千龄（万春乐）。人霑湛露归依德（万春乐。“人”一作“仁”，“依”又作“休”），日暖春天仰载阳（万春乐）。愿以嘉辰常乐事（天人感呼），千千亿岁奉明王（万春乐）。

---

1 〔英〕马凌诺斯基：《文化论》，第60—63页。

2 〔英〕弗雷泽：《金枝》，徐育新等译，北京：中国民间文艺出版社，1987年，第580—613页。

《女踏歌章曲》七首云：

明明圣主亿千龄（万春乐）。无事无为唯赏豫（千春乐），凝旒端拱任群贤（千春乐）。网疏刑措还千古（天人感呼），治定功成太平年（千春乐）。

明明圣主亿千龄（千春乐）。深仁潜及三泉下（千春乐），鸿德遐充六合中（千春乐）。悦以使民民悦服（天人感呼。按此篇末脱一句）。

明明圣主亿千龄（千春乐）。上月韶光早先春（千春乐），阶前细草绿初新（千春乐）。南山雪尽春峰远（天人感呼），北阙烟生瑞气淳（千春乐）。

明明圣主亿千龄（千春乐）。君王晓奏旒苏帐（千春乐。"奏旒"疑"卷流"之讹），春日芳菲遣兴催（千春乐）。晓光偏著青樱柳（天人感呼），寒色金舞玉砌梅（千春乐）。

明明圣主亿千龄（千春乐）。宫女春眠常懒起（千春乐），被催中使绘妆成（千春乐）。云鬟尚恨无新样（天人感呼），雾殿还嫌色不轻（圣主亿千岁）。

明明圣主亿千龄（千春乐）。春歌清响传金屋（千春乐），双踏佳声绕玉堂（千春乐）。借问曲中何忆有（天人感呼），仙龄最祚与天长（圣主亿千龄。已上二首为破。按"最"疑"宝"之脱讹字）。

早年爱光华（千春乐）。春游不知厌，暮景落朱颜。犹恨韶光短（第二句以下疑脱"千春乐""天人感呼"等字），徘徊未欲还（圣主亿千龄。已上一首为急）。[1]

---

1 〔日〕德川光圀编：《大日本史·礼乐志·礼乐十三》，第7—8页。

上述踏歌辞的主旨明确，均是祈祝六合太平无事、君主寿与天齐，是典型的宫廷礼仪制作。《凌云集》收有小野岑守《奉和观佳人踏歌御制》：“春女春妆言不及，无量无数满华庭。心娇胆小羞踏步，声里微微寿千龄。”[1] 其描写正可与《大日本史》所记之歌辞互相印证。上述日本踏歌的精神内核，乃是“长生”祈愿。与中国的思维路径相似，这种“长生”诉求表面上指向君王，实则是对国家社稷的投射，祝颂君主寿长，亦即祷求国祚久永，两者是具象到抽象、个体到整体的关系。正如橘广相《踏歌记》揭示的那样：“踏歌者，新年之祝词，累代之遗美也，歌颂以延宝祚，寿词以祈丰年，岂啻纵游乐于管弦，惜时节于风景而已哉。”[2]

五、结　论

通过上述论证，可以对唐中日踏歌之思维结构、文化内蕴进行系统归纳：

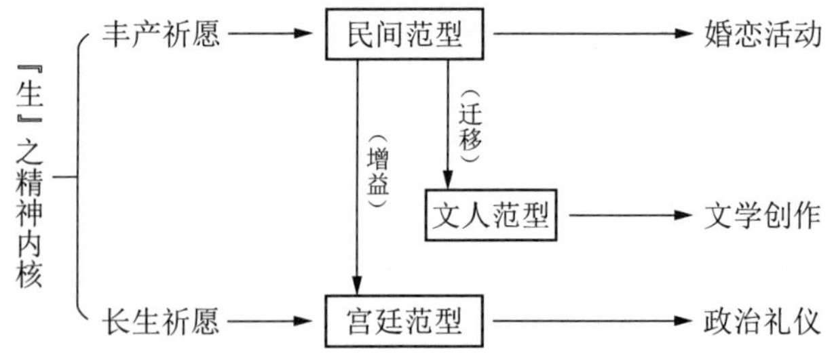

1 〔日〕小野岑守：《凌云集》，《群书类丛》本，东京：经济杂志社，1893 年。

2 〔日〕德川光圀编：《大日本史・礼乐志・礼乐十三》，第 6 页。

踏歌活动可推源至原始巫俗信仰，以“生”为精神内核，衍生出“丰产”与“长生”两重维度，分化为民间、文人、宫廷三种范型。民间踏歌是基本范型，最能体现踏歌活动的原初文化属性。文人范型的产生具有偶然性，刘禹锡等人因贬谪接触民间踏歌，激发踏歌诗创作，又将个人情感体验融入文学书写，并通过群体活动使之传播、扩散，最终被吸收、容受为诗歌系统的组成部分，推动踏歌文化产生迁移。宫廷范型则巧妙利用了踏歌的精神内蕴，将原始、朴素的宗教情感，创造性转化为政治礼仪，赋予踏歌活动严肃的政治内涵。

（原载《学术研究》2020 年第 10 期）

情理文化传统与晚明浪漫主义

妥建清[*]

恩格斯晚年在致约瑟夫·布洛赫的信中提出作为经济决定论之补充的有关历史创造的“合力说”。[1]恩格斯认为，尽管原因的原因的原因并不是原因，但是确定性结果的产生并不是单一的原因所致，而是源自于诸多的可以被视为整体的力量的合力。晚明颓废审美风格的出现正是恩格斯所揭橥的“合力说”的最佳注脚。晚明时期由于以白银资本为代表的商品经济、严重异化的政治生态、多元纷呈的思想文化等“合力”的作用，致使以程朱理学为代表的儒家文化出现“解合法化”的过程，向以崇高精神与人格是尚的主流文化显现出虚伪化的征兆。晚明文士躲避此种崇高精神与人格的规约，表现出具有文人人格特征的唯美—颓废审

* 山东大学文艺美学研究中心博士后，西安交通大学人文学院教授、博士生导师。

1 《马克思恩格斯全集》第 37 卷，北京：人民出版社，1971 年，第 461—462 页。

美风格。[1]晚明文士的唯美—颓废审美风格依托晚明商品经济的支撑以及消费文化的播散，日渐成为晚明社会的普遍性风尚，其以中国审美文化传统中被压抑的阴柔之美不断消解主流儒家文化所崇尚的阳刚之美，掀起晚明社会个性解放的风潮。

一、情理传统与理性传统：被压抑的感性史

占据中国审美文化主流地位的儒家美学表现出政教合一的审美风格，此种审美风格注重外在之“文”与内在之“质”的和谐，从而达至“文质彬彬”的君子人格的伦理目的，形成礼仪法典并且依靠制度作为规训与惩罚的手段。而晚明文士唯美—颓废审美风格以伦理化的身体名义肯定感性身体的合法性，不仅导致占据宋明思想文化主要地位的程朱理学面临“丸之走盘”的境地，而且标志着“人之觉醒”的可能。[2]

感性欲望与理性精神的辩证运动构成人类的历史。西方以理性精神为主导的文化传统，始自毕达哥拉斯以及毕达哥拉斯学派。直至文艺复兴时期，以复兴古希腊文化为己任，恢复人之为人的感性成为人之觉醒的标志。西方思想文化史既是一部理性精神发展的历史，又是一部感性被压抑的历史，西方思想文化正是在感性与理性的斗争中迂回发展，而

---

1 吴承学：《晚明小品研究》，南京：江苏古籍出版社，1998 年，第 387 页。

2 日本学者沟口雄三从中国思想史上公、私观念嬗变的角度指出，以阳明学为代表的中晚明儒学的重大变革在于对“私”与“欲”的肯定，即从宋儒天理与人欲对立意义上的分判转向中晚明文士的“人欲亦是天理”的妥协性观念。参见〔日〕沟口雄三：《中国前近代思想的演变》，索介然、龚颖译，北京：中华书局，2005 年，第 28 页。李泽厚亦指出，晚明社会情欲从伦常关系的滑落代表着个性解放思想的显现。参见李泽厚：《华夏美学》，《美学三书》，天津：天津社会科学院出版社，2003 年，第 377 页。

感性的每一次苏醒都代表着人的不断解放与进步。相异于以理性精神为主导的西方文化传统，以情理传统为主导的中国文化传统，尽管也强调理性对于情感的规约，但是与西方文化传统倾向于认知理性对于情感的压抑不同，中国文化传统则倾向于伦理理性对于情感的规正。以作为中国传统文化主流的儒家文化而言，情感并非是儒家文化付诸阙如的面向。孔子的“与点之志”业已寄托着他的情感之思，孔子从曾点的志向中真正体验到“大乐与天地同和”的艺术境界，此种艺术境界正是中国文化所崇尚的物我两忘、悦神悦志的至高境界。今人冯友兰[1]、钱穆[2]、李泽厚[3]等人均指出情感之维在传统儒家文化中的重要作用。当然，此情要符合“度”的实践理性要求，借此以礼节情的要求规约着情之律动。郭店楚简[4]、《乐记》[5]对此都有精彩的论述。

宋代儒学赓续孔孟传统以及汉代董仲舒的宇宙论儒学，开启了儒学史上新的时期。宋明儒家强调人心的完满道德自足性，将“情欲”归之于恶的领域，揭橥存天理而灭人欲。关学创始人张载在“气”一元论的基础上提出天地之性与气质之性。“天地之性”乃先天人人所有，故而是善的来源，“气质之性”人所不同，故有善恶之别。鉴于人性的二重性，张载强调要灭人欲而存天理。二程拈出“天理”之说将张载的存在论儒学转变为价值论儒学，进而将作为万物本源的天理贯通至具体事物的原理乃至于伦理道德，为儒家“天人合一”之说找到内在的根据。既然

1 冯友兰：《中国哲学史新编》第1册，北京：人民出版社，1982年，第131页。

2 钱穆：《孔子与论语》，台北：联经出版事业公司，1974年，第198页。

3 李泽厚：《论语今读》，天津：天津社会科学院出版社，2007年，第13页。

4 郭店楚简从情性关系的角度揭橥情是人的先天本性，道与礼皆源于情，是情感的合理化的表现，诸如“道始于情，情生于性”（《性自命出》），“情生于性，礼生于情”（《语丛二》）等。

5 《乐记》将“天理”与“人欲”对举，认为人的本然之性即是静，感于外物而生欲，设若人不能加以节制，必然为外物所化，陷溺于人欲而将天性泯灭。

“万物皆是一理”，那么人与天地万物自然都是一个整体，天理之“　”是其内在的终极根据，而天理于具体事物中的表现方式并不相同，则又有“分殊”之说。万物如是，人性亦是如是。从“理一”层面而言，人皆有普遍的、永恒的、作为至善的“天命之性”。从“分殊”层面而言，每个人都有具体的“生之谓性”。“生之谓性”有别于“天命之性”是由于“气”之不同。二程依据二重人性论形成天理与人欲相对立的主张。从“天命之性”而言，作为“天理”其是至善的，完满自足的，它在本体论意义上保证人的自我完善，但是现实之中，人由于受到“生之谓性”的影响，故而产生人欲，与天理相对的人欲是恶的渊薮，只有“灭私欲”，天理才能明。[1] 朱熹则从天命之性与气质之性的二重人性论推进至于心性二重论，将与天命之性相对应的心称为“道心”，与气质之性相对应的心称为“人心”。人心与道心并非是两个心，而是同一个心的体和用两方面，未发之前的心由于与天命之性相关涉，故而作为心之本体是至善的，道心的绝对善保证人人都能体认天理，具有修养成圣贤的种子。已发之心由于关涉“气质之性”，是与天理相疏离的，见之于“情”，故有或善或恶的可能。如果道心对于人心不加抑制，人心则有滑向邪恶的可能。因此，朱熹亦强调存天理、灭人欲。在新儒学的大传统中，陆王心学“别子为宗”。陆九渊从本体论的维度揭橥“心即理”的核心论旨，将程朱理学天理、人欲的分判所造成的天人相分状态予以统一。[2] 王阳明继承陆九渊“心即理”之说，但是他反思陆九渊不讲功夫致使本体无所挂搭的不足，并结合个人实践体验认为理不是寓于外物之中，而是藏于人的

---

1 （宋）程颐、程颢：《二程集》卷二十四，北京：中华书局，1981 年，第 312 页。

2 （宋）陆九渊：《陆九渊集》卷三十四，北京：中华书局，1980 年，第 395 页。

内心，心外求理必然忽视心的主动性，陷溺于外物而不能自明。[1] 如是种种，宋明儒学共同体内部尽管并非所有的观点都是一致的，但是其基于人心至善的逻辑预设以及“存天理，灭人欲”的基本观点则是相同的。

至中晚明之际，随着商品经济的发展，消费文化蔚然成风。此种“物”文化的流行必然冲击着“心”文化的秩序，如何化解“物”文化与“心”文化之间的紧张，已是中晚明文士必须要面对的问题。从宋明儒学发展史来看，朱熹将此种人的普遍的需求视为“公”，所谓“吃饭，天理也”，但是把超越此种需求的欲求归之为“私”，所谓“吃好饭，人欲也”，以“天理”来抑制“人欲”。朱子学于此出现了理论上的矛盾。朱熹一方面认为吃饭与吃好饭在本体意义上是相互分别的，一方面又认为吃饭与吃好饭在本体意义上是一致的，这自然出现二重本体论的矛盾。阳明学不满朱熹此种天理人欲相分的理论，将朱熹析心与物二分的说法改造成为“心即理”之说，此心并不是纯粹的理性实体的心，而是已经含有感性因素的心，由此伦理逐渐变为心理。阳明后学更是将宋儒天理与人欲的对立通过“复古以革新”的策略置换为人欲亦是天理的包容性说法，“私”与“欲”的观念由此被肯定。晚明文士唯美—颓废审美风格作为其文人人格之表征，不断地挑战以程朱理学为代表的儒家政教合一的审美传统，从而酿成晚明社会个性解放之风。

二、历史与叙述：晚明浪漫主义探源

晚明文艺思潮由于大张个性解放之风，常被冠之以“浪漫主义”的

1 （明）王守仁著，吴光等编校：《王阳明全集》卷一，上海：上海古籍出版社，2011 年，第 27 页。

称谓。任访秋[1]、林语堂[2]、朱维之[3]、刘大杰[4]、游国恩[5]、李泽厚[6]等人都认为晚明文学或文化由于肯定感性欲望的合理性，不断地反对宋明儒家伦理理性的规约，而具有浪漫精神。

“浪漫主义”（Romanticism）的说法源自中西跨语际交流的实践。浪漫主义是西方思想史上的重要转捩点之一，尽管其含义难以确定，但是浪漫主义的发生史以及词源史却是清晰可辨的。从发生史而言，“浪漫主义”主要是一场源自德国进而波及世界的文化运动，它以施勒格尔兄弟、诺瓦利斯等人为代表，通过标举泛审美化的诗学主张，深刻反思近代科学技术导致人的感性与理性分裂使人不复为人的现代性危机，开启对现代性的深刻的自我批判。此种德国早期的浪漫主义经由从文学领域向社会领域，从德国向欧洲其他国家乃至世界各地广泛传播，使浪漫主义最终成为世界性的文化思潮。纵使在 20 世纪，从里尔克到特拉克尔，浪漫诗人的吟哦依旧响彻寰宇；从海德格尔到本雅明，诗化哲学的主张不绝如缕；从卢卡奇到阿多诺，马克思的幽灵中仍然透露出浓郁的浪漫精神。从词源考古学的角度而言，“浪漫主义”的根词“浪漫”（romantic）源自古罗马拉丁语 Roma。到了 17 世纪，法语中出现 romantique 一词，英语出现 romantick。直至 18 世纪中期，这两个词语日趋流行。18 世纪 90 年代，德国早期浪漫主义的代表施勒格尔兄弟等人开始撰写浪漫主义的相关著作。在德国早期浪漫主义文学圈中，其所谓“浪漫主义”一词与

1　任访秋：《袁中郎研究》，上海：上海古籍出版社，1983 年。

2　林语堂：《有不为斋随笔 · 论文》，《论语》半月刊 1933 年第 15 期。

3　朱维之：《中国文艺思潮史略 · 自序》，上海：开明书店，1949 年。

4　刘大杰：《中国文学发展史》（下卷），上海：中华书局，1949 年，第 309 页。

5　游国恩等主编：《中国文学史》，北京：人民文学出版社，1964 年，第 80 页。

6　李泽厚：《美的历程》，《美学三书》，第 175 页。

“现代”或者“基督教”之意庶几近之，与“古代”相反，有时则指作为现代文体的“小说”。此后二十年间，“浪漫主义”成为文学思潮术语，在欧洲广泛流行。截至1813年，斯塔尔夫人的《论德国》一书的出版标志着浪漫主义作为与古典主义相区隔的一种文学思潮已经为世所公认。[1]

“浪漫主义”是典型的源自西方的产物。诚然，就汉语语境而言，“浪漫”一词古已有之，它是由浪与漫构成的，“浪”的含义为行为放纵而不拘泥于形迹，“漫”的含义为随意、散漫，合之含义是任情使意，放浪不羁，如苏轼所谓“年来转觉此生浮，又作三吴浪漫游”[2]，诗中浪漫之意即是放浪形骸、纵情任性。但是一般来说现代意义上的“浪漫”一词则为英语“romantic”的音义俱偕的汉译。刘禾指出，“浪漫蒂克”（romantic）是近代西方传播至中国文化场域的音译词，是中西跨语际交流的产物。[3]在近现代中西文化文学的相遇过程中，西方的浪漫主义思想及其浪漫主义文化文学思潮传至中国，进而被中国文化场域所接受，中国在自身的文化传统中寻找到汉语“浪漫”来对译“romantic”，由此形成今天意义上的“浪漫”“浪漫主义”“浪漫思潮”等说法。此种借由汉语“浪漫”来翻译“romantic”的跨语际交流的实践委实发挥了一种“比附、转译和理解的作用”[4]。在此跨语际交流实践过程中，“新”知识并未与“旧”语词相互割裂，“旧”语词因“新”知识的召唤而被赋予新意，“新”知识则借“旧”语词的方式而被广泛接受，此种新知识与旧语词的

1 〔美〕迈克尔·费伯：《浪漫主义》，翟红梅译，南京：译林出版社，2019年，第4—8页。

2 （宋）苏轼：《与孟震同游常州僧舍三首》（其一），（清）王文诰辑注：《苏轼诗集》第4册，北京：中华书局，1982年，第1349页。

3 〔美〕刘禾：《跨语际实践：文学、民族文化与被译介的现代性（中国，1900—1937）》，宋伟杰等译，北京：生活·读书·新知三联书店，2008年，第447页。

4 葛兆光：《中国思想史·导论》，上海：复旦大学出版社，2007年，第86—87页。

遇合乃是双向选择的结果。

“晚明浪漫主义”的说法源自五四新文化运动，透露出五四新文学“影响的焦虑”。五四新文化运动的代表人物胡适、周作人等，竭力表彰晚明文学及其文士所表现的个性解放的精神，此种文化“内卷化”倾向不仅是为了追宗晚明，确认五四新文学的历史合法性，而且“晚明浪漫主义”说法本身亦受到五四新文化运动的影响。胡适认为五四新文化运动即是中国的文艺复兴，它的目标和前途就是一个古老民族和古老文明的再生。[1] 梁实秋将五四新文学视为浪漫主义。[2] 李欧梵亦认为取浪漫主义而非文艺复兴更能反映五四新文学的实质。[3] 五四文人的气质与形象以“浪漫”称之若合符契，郁达夫、徐志摩等人堪称中国现代作家的浪漫一代。而张申府[4]、侯外庐[5]、萧萐父[6] 等人则以启蒙思想为依归来解释明清思想嬗变乃至五四新文化运动。文艺复兴、浪漫主义、启蒙运动等五四新文化运动多面性的解释，足以证明五四新文化运动本身的两歧性乃至复杂性。五四新文化运动从“文艺复兴”向“启蒙运动”解释的变化亦表明中国思想文化的变迁。余英时曾以文艺复兴还是启蒙运动的设问反思五四新文化运动，他认为五四新文化运动由文化规划到政治规划解释范式的变化恰恰代表着中国现代激进主义思想的播散，进而认为“五四必

---

1 〔美〕格里德：《胡适与中国的文艺复兴：中国革命中的自由主义（1917—1937）》，鲁奇译，南京：江苏人民出版社，2005 年，第 268—269 页。

2 梁实秋：《现代中国文学之浪漫的趋势》，《中国现代文学研究丛刊》1987 年第 2 期。

3 〔美〕李欧梵：《中国现代作家的浪漫一代》，王宏志等译，北京：新星出版社，2005 年，第 296 页。

4 张申府：《五四纪念与新启蒙运动》，《认识学刊》1937 年创刊号。

5 侯外庐：《中国早期启蒙思潮史》，北京：人民出版社，1956 年。

6 萧萐父、许苏民：《明清启蒙学术流变》，沈阳：辽宁教育出版社，1995 年。

须通过它的多面性和多重方向性来获得解释”[1]。如是种种，说明正是五四新文化运动多面性的理解影响了对晚明文化文学的多方面的解释，晚明浪漫主义则是受到五四新文化运动的浪漫主义解释的影响。在此意义上而言，晚明浪漫主义是五四学人的发明。

五四新文化运动的先觉者念兹在兹于晚明文学，乃至将五四新文学的源头追溯至晚明，乃是由于晚明与五四时期的历史、文化的相通性所致。就五四与晚明的时代特征而言，都以“杂”而著称。“白银资本化”加剧晚明社会的流动性，尊与卑、雅与俗、士与商等各种边界日益模糊，竟至于僭逆无涯之境。五四时期亦复如是，新与旧、情与理等各种因素相互交织，构成一幅多姿多彩的历史画卷。就精神品格而言，晚明由于文人文化的兴起，人的觉醒与文的觉醒相辅相成，尚奇慕异成为时代的主潮。五四时期亦与之相埒。因此，无论是就“王纲解纽”的时代而言，还是以人的觉醒与文的觉醒的个性解放精神来说，晚明与五四时期都庶几近之。正是此种时代相通性，使得五四中人在接受西方近代浪漫主义思想的同时，亦不断地发现自身的浪漫主义资源。某种意义而言，五四中人接受西方的浪漫主义即是受到自身传统的浪漫主义文化资源的“前理解”所致。此与萨义德所谓的“理论旅行”之说是有区别的。[2]萨义德“理论旅行”的逻辑预设在于，其认为理论传播是一种单向旅行的理想情境，实际上任何理论都并非是在真空中传播的，首先需要追问的不是理论如何旅行，而是理论旅行何以可能的问题。换言之，理论旅行实际上是一个双向选择的过程，不是单方面理论输入或者理论侵略，而是理论

---

1 〔美〕余英时：《文艺复兴乎？启蒙运动乎？——一个史学家对五四运动的反思》，《现代危机与思想人物》，北京：生活·读书·新知三联书店，2005年，第99页。

2 〔美〕爱德华·萨义德：《旅行中的理论》，《世界·文本·批评家》，李自修译，北京：生活·读书·新知三联书店，2009年，第401页。

输出者和输入者相互选择的结果。海德格尔认为前理解筹划了理解的视野和方向[1]，理解表面上的"怎么都行"往往遮蔽前理解的限制。理解与其说是被理解的过程，不如说是被选择相互理解的过程。此种解释学意义上的理论旅行的双向性特征尤能阐明五四学人缘何选择西方的浪漫主义，乃至以浪漫主义来称谓五四新文学以及晚明文学。由于中国传统文化悠久而坚韧，其对于外来思想和文化的接受往往是有所选择的，并非全盘接受，此种接受的选择机制取决于文化传统的"前理解"。就浪漫主义思想而言，中国在接受西方浪漫主义思想的同时，也不断发现自身的浪漫思想资源，诸如五四中人对于晚明文学浪漫主义思想的发掘，李泽厚对楚骚汉赋的浪漫主义文学传统的论述，以及刘小枫对庄子浪漫精神的阐释等。

综上，称晚明唯美—颓废审美风格所代表的文人文化为"浪漫主义"，此既是五四新文化运动"以我观物"的结果，又是在晚明发现中国浪漫资源的历史使然。诚然，晚明浪漫主义的说法强调中西文学文化相互会通的一面，具有一定的解释效力，但是它未能深切反思晚明浪漫主义与西方近代浪漫主义的差异性，存在着将中西浪漫主义予以同质化的风险。因此，厘清晚明浪漫主义与西方近代浪漫主义的差异意义重大。

三、复浪漫主义：晚明中国与西方近代的浪漫主义

浪漫主义作为"家族相似"的开放概念具有丰富的内涵。《简明大不

---

1 〔德〕海德格尔：《存在与时间》，陈嘉映、王庆节译，北京：生活·读书·新知三联书店，1987年，第185页。

列颠百科全书》指出，浪漫主义从广义而言，即是“同个性、主观、非理性、想象和感情共为一体的”[1]。正是在此广义的浪漫主义基础上，中西浪漫主义才具有会通的可能。但浪漫主义研究的重点不是中西浪漫主义的共通性，而是中西浪漫主义的差异性，只有通过对中西浪漫主义普遍性基础上的特殊性的分疏，才能凸显中西文化的不同特质。

晚明唯美—颓废审美风格所代表的浪漫主义与西方近代浪漫主义的差异性，首先在于西方近代的浪漫主义是体系性的言说，形成一套浪漫主义理论和浪漫主义哲学，而晚明浪漫主义则是一种浪漫精神，并无浪漫主义的理论，只有一定的浪漫精神或者浪漫思想的片段资源。以想象理论而言，西方浪漫主义秉承康德、费希特等人的“想象”理论以及欧洲新柏拉图主义的情感理论，为启蒙主义所追求的脱魅的世界重新赋予迷魅。有别于迄自柏拉图在“原本—影像”公式中将想象贬低为不在场的影像的认识论，康德提出“创造的想象力”之说，此种想象力是一种“想象中再生的综合”，在认识论层面具有融合诸多感觉因素形成单一整体的综合的能力，把本身不在场的对象置于直观面前，而且通过连接感性直观和知性概念形成图式。在审美意识层面，一方面，此种想象既符合知性规律，又不滞于知性规律，借由游戏的方式使得知性概念自由活动而不逾矩；另一方面，此种想象力通过感性直观的形象显现出一种审美理想、理念，以此有限的感性形象表现出非言语的无限的东西。由此，想象在康德的哲学中是介于感性世界与理性世界的一座桥梁，从而改变西方自苏格拉底—柏拉图以来贬低不在场的影像的认识论传统。费希特发展了康德哲学，将康德借由想象来沟通知性与直观转变为借由想象来

1 《简明大不列颠百科全书》第5卷，北京：中国大百科全书出版社，1985年，第128页。

沟通我的无限性与我的有限性。[1] 德国早期浪漫主义受到康德、费希特哲学思想的影响，认为想象是较理性更高级和更具创造力的能力，正如迈克尔·费伯所言，西方浪漫主义主要是一种重视想象，强调个人、内心和情感价值的现代性的重要类型。[2]

而晚明无论是尚“奇”的审美主潮，还是以情为代表的主情文化，都表征着丰富的浪漫资源，但是这种浪漫资源并不是以体系性的理论的方式予以呈现的。萨弗兰斯基认为，作为时代的浪漫主义与作为精神姿态的浪漫是不同的。浪漫主义是浪漫精神的极致表现，但浪漫精神不局限于浪漫主义时期。[3] 实际上，晚明与西方浪漫主义差异的实质即是“浪漫”与“浪漫主义”的差异。追溯此种差异的深层根源，这主要是由中西思维方式的不同所造成的。西方文化传统意义上重视理性逻辑思维，理论传统源远流长，尤以体系性的言说见长。中国文化传统意义上重视直觉、非理性，常常以感悟性的言说为主，故而理论并非其所长。由于中国传统思维方式的特殊性，晚明浪漫主义并未形成“主义”式的理论言说，更多地表现出丰富的浪漫精神，所以应称之为浪漫精神而非浪漫主义。

其次，晚明与西方近代的浪漫主义都是以追求人的完整性为己任，揭橥感性对理性的规正作用，但是晚明浪漫主义以人欲的天理化来反抗以程朱理学为代表的儒家伦理理性，吁求人的个性解放，西方近代的浪漫主义则以非理性来反抗启蒙理性之于人的压抑，成全人的完整性。西方近代浪漫主义赓续中世纪基督教文化传统，勠力复兴为启蒙理性所压抑的诸多充满神秘的、感性的“幽暗的本能”，以此来超克现代性的危

---

1 〔德〕费希特:《全部知识学的基础》，王玖兴译，北京：商务印书馆，1986 年，第 135 页。

2 〔美〕迈克尔·费伯:《浪漫主义》，翟红梅译，第 12—13 页。

3 〔德〕吕迪格尔·萨弗兰斯基:《荣耀与丑闻：反思德国浪漫主义》，卫茂平译，上海：上海人民出版社，2014 年，第 12 页。

机。[1]西方文艺复兴以及启蒙运动以对理性的皈依、深度否定对上帝的信仰为宗旨，将犹太—基督教的救赎历史转变成为启蒙进步的宏大历史。黑格尔在“法国革命德国版”的纲领性著作《精神现象学》中，充满激情地宣布以进步为标志的新的时期的来临。[2]黑格尔还未充分享受到新的世界的阳光，卢梭的幽灵就已经在启蒙主义者的面前投下长长的阴影。作为浪漫主义父执的卢梭质疑和批判理性进步的正当性，揭橥个体感情、自然的重要性，开启浪漫主义激进性地反抗启蒙理性对于人性压抑的传统。席勒心系法国大革命，致力于以精神的革命来超越法国大革命的血腥，开出游戏的审美药方来拯救人的理性与感性渐行渐远的病痛。诺瓦利斯力主以想象的方式重新赋予万事万物以迷魅，夺回被启蒙主义所否定的非理性的迷魅。要言之，西方近代浪漫主义的兴起是基于现代性的危机，浪漫主义的发展证明的不是启蒙主义的胜利，而是对启蒙主义的更深入的批判与反思。

有别于西方近代浪漫主义对于启蒙理性的反抗，晚明浪漫主义主要是对以程朱理学为代表的新儒家伦理理性的反拨。新儒家并不否定人的基本需要，但是其以中和的伦理道德规约着超过人的正常需要的欲望。逮至晚明，商品经济的高度发展致使晚明社会“一切等级的和固定的东西都烟消云散了”，曾经被压抑的生命激情并非就范于程朱儒家所标举的禁欲的教条主义的束缚，而是以伦理化的身体的名义不断肯定着感性身体的合法性。晚明浪漫主义正是借助此种“复古以革新”的方式，迂回地反抗程朱儒家伦理理性的压抑。以晚明文学而言，早已严重背离儒家所表现的温柔敦厚的伦理审美风格。《牡丹亭》中的“园”已成为杜、柳

---

1 〔德〕海涅：《论浪漫派》，张玉书译，北京：人民文学出版社，1988 年，第 5 页。

2 〔德〕黑格尔：《精神现象学 · 序言》，贺麟、王玖兴译，北京：商务印书馆，1979 年，第 7—8 页。

二人生死情切、缠绵不已的情感空间。此种“花园”想象不仅有别于桃花源等传统的理想化的伦理和谐的空间，而且已把作为欲望的情场上升至神圣的空间，礼赞为儒家伦理所压抑的情感。明末清初的李渔《男孟母教合三迁》更是以假风虚凰的不伦之恋颠覆儒家婚姻伦理。王德威认为李渔以此丰富的想象力揭露了儒家伦理和性道德的矫情与虚饰。[1] 要言之，晚明文人文化所代表的浪漫主义主要是以人欲天理化的迂回的方式消解新儒家伦理理性的压抑，在在表征着人的觉醒。

最后，晚明浪漫主义与西方近代浪漫主义都重视人的感性，旨在成全人的完整性，但是西方近代的浪漫主义以情感为本体，晚明文人文化所表征的浪漫主义则侧重于文人个性的张扬。晚明文士由于经济力量的支撑、政治生态的异化以及科举文化的压抑等合力，致使其躲避程朱儒家所标举的崇高精神与人格，不断追求以狂、傲等人格是尚的文人人格。因此，晚明浪漫主义主要表现在文人个性的解放。此可以由“romantic”的意译词“风流”来证明。冯友兰指出，西方所谓“浪漫”或“浪漫主义”类似于中国古代的“风流”之意。[2] 成中英亦认为“风流”是由风的流动所形成的一种自然、洒脱的境界。[3] 尽管“romantic”是西方的语词，但是汉语“风流”一词的意译表明，“浪漫”就中国文化而言，主要指的是人格的自由和洒脱。就晚明文士唯美—颓废审美风格所表现的浪漫精神而言，无论是王阳明的“狂者胸次”以及“圣狂”，还是徐渭从生活至艺术的狂怪表现，诸如其绘画务求“狂扫”“狂墨”，所谓“黄鸟小窗幽，狂挥墨欲流”[4]，

---

1 〔美〕王德威：《被压抑的现代性——晚清小说新论》，宋伟杰译，北京：北京大学出版社，2005 年，第 78 页。

2 冯友兰：《中国哲学简史》，天津：天津社会科学院出版社，2005 年，第 211 页。

3 〔美〕成中英：《美的深处：本体美学》，杭州：浙江大学出版社，2011 年，第 93 页。

4 （明）徐文长：《玉簪》（其二），《徐渭集》第 3 册，北京：中华书局，1983 年，第 837 页。

"恨不颠狂如大阮，欠将一哭恸兵闺"[1]等，抑或是三言二拍、《金瓶梅》等晚明文学中屡屡使用"足狂了半夜"等语词，都已表明作为唯美—颓废审美风格的"狂"已成为晚明文士个性化的文化和生活风尚。西方近代的浪漫主义亦强调表现自我，但它是以情感为本质，视诗为改造现实与人生的本体。相较于启蒙主义者所推崇的理性，浪漫主义秉承夏夫茨博里、休谟、亚当·斯密等人重视道德情感的说法，认为情感才是社会道德和社会生活的基础。无论是歌德《少年维特之烦恼》极尽煽情之能事，还是波德莱尔念兹在兹于"忧郁"之情，浪漫主义都是将情感视为生命的中心。诗歌作为浪漫主义所推崇的情感的载体，则受到浪漫主义者高度的肯定。

浪漫主义标举开放性艺术的主张，认为诗不是艺术品，而是普遍性的艺术精神。艺术品的存在方式窄化了诗的空间，使诗仅仅成为语言的艺术，但是其并未打破诗与其他艺术门类、诗与生活的界限。诗作为普遍性的艺术精神，一方面统摄各种因现代性的分化所造成的分门别类的艺术种类，凡是发生为艺术的就是诗，由此诗与画、诗与舞的边界都被消解；另一方面，浪漫主义以作为艺术精神的诗来统一由启蒙运动所造成的理性与感性、智者与庶众的分裂，诗便成为沟通艺术与生活的普遍性的审美精神。诗在此与其说是艺术品，不如说是事件。事件的偶然性与随机性使得生活中处处有诗，只要人类秉有赋形的能力与工作的热情，生活本身就是诗，结果诗与生活的界限被取消。雪莱礼赞诗是"神圣之物"，认为只有诗才能高飞至人类的永恒领域。[2]诺瓦利斯在诗与思的比

1 （明）徐文长：《拟吊苏小墓》，《徐渭集》第1册，第280页。

2 〔英〕雪莱：《诗辨》，伍蠡甫主编：《西方文论选》（下），上海：上海译文出版社，1979年，第56页。

较中，认为本体的诗是哲学的目的，只有诗才能为人建立普遍性的幸福的家园。[1] F. 施勒格尔则以诗体形式的浪漫化为进路，探寻生命的诗意化。有别于唯美—颓废主义“为艺术而艺术”的诗学主张，施勒格尔承认诗的本体性存在，以诗的浪漫化来实现人生的诗意化，进而拒斥理性的片面化发展所造成的人与世界的异化。[2] 由此，诗无论从艺术内部而言，还是从艺术外部而言，都已成为普遍性的本体的存在。浪漫主义由于揭橥开放性艺术的观念，视诗为本体性的存在，从而抬举诗人的地位，提出泛诗人的主张。浪漫主义认为，诗人的身份早已不是作为艺术种类的诗歌的作者，而是寰宇间的立法者、英雄、先知等。雪莱认为诗人是未经公认的“立法者”，他们是祭祀，可以对非理性的灵感予以解释；他们是镜子，可以预见未来；他们是言辞，表现理性不能理解的事物；他们是号角，纵使不知所感的力量为何，但依然为战斗而歌唱；他们是力量，是不动的推动一切的力量。[3] 诺瓦利斯宣称诗人是改造世界的英雄。[4] 基于现代性的危机，浪漫主义者强调本真性的情感，进而提出开放性艺术、泛诗人等主张。如是种种，都表明西方近代浪漫主义以情感为本真的存在，反抗现代性使人与世界陷溺于沉沦之境。

综上，中西浪漫主义尽管都重视个性、感情，都代表着人之觉醒的重要阶段，具有会通的一面，但是有别于西方浪漫主义以体系性的理论，旨在以情感本体反对理性对人的压抑，救正人之为人的完整性，晚明浪

---

1 刘小枫：《诗化哲学》，上海：华东师范大学出版社，2007 年，第 40 页。

2 〔德〕施勒格尔：《浪漫派风格——施勒格尔批评文集》，李伯杰译，北京：华夏出版社，2005 年，第 71 页。

3 〔英〕雪莱：《诗辨》，伍蠡甫等主编：《西方文论选》(下)，第 56—57 页。

4 〔美〕迈克尔·费伯：《浪漫主义》，翟红梅译，第 42—43 页。

漫主义则是以非体系性的言说，借由人欲天理化的名义，迂回地反抗宰制儒家伦理的压抑，表现出个性解放的精神。

四、结　语

自20世纪中后期开始，赓续19世纪浪漫主义的大传统，西方思想文化场域出现“身体”转向。西方思想以理性为主导的身心二元论传统开启理性压抑感性的历史，“身体”始终处于被“遗忘的角落”。此种身体美学的出场表征着感性欲望重新取得被理性所褫夺的意义和价值。[1] 无论是梅洛-庞蒂现象学的身体，还是马尔库塞的新感性革命，抑或是米歇尔·福柯的“我的身体”，都是在强调身体的权力。西方身体美学的转向力图以回到生活世界、吁求情感之维来超克自笛卡尔以降身心二元论所导致的身心分裂的严重困境。中国美学素来重视情感之维，尤其是晚明浪漫主义文化更是将情感推向极致。因此，中西浪漫主义的传统尽管不尽相同，识者往往以时间先后的不同而强调二者的异质性，但是设若从共通性而言，二者都代表着人之觉醒的可能。海德格尔曾言：“思想何时开始呢？惟当我们已经体会到，千百年来被人们颂扬不断的理性乃是思想最冥顽的敌人，这时候，思想才能启程。”[2] 海德格尔所批判的恰是西方以主客二分思想是尚的理性传统，强调只有走出此种传统，新的思想才

1 汪民安、陈永国编：《后身体：文化、权力和生命政治学》，长春：吉林人民出版社，2000年，第92—93页。

2 〔德〕海德格尔：《尼采的话“上帝死了”》，《林中路》，孙周兴译，上海：上海译文出版社，2004年，第280页。

能启程。而新的思想的出现代表着人的新的觉醒。实际上，何止走出西方理性传统如此，晚明时代，走出程朱儒家伦理理性的压抑，恢复人之为人的完整性，又何尝不是一种新的思想的启程呢？

（原载《学术研究》2019 年第 11 期）

中国诗歌的开放诗学

顾明栋 *

中国诗歌源远流长，至今已有几千年的历史，探讨诗歌创作、阅读和欣赏的诗话和评点注疏也有两千多年的历史，形成了有别于西方文论，颇具鲜明中国特色的诗学。在中国古典诗论中，王国维的《人间词话》上承中国古代诗话，下接西方现代诗学，对中国人诗歌创作、阅读和欣赏产生了很大的影响。但笔者认为，王国维作为古代文论的最后一人和现代文论的第一人，仍然置身于传统诗话和现代诗学的门槛之上，其诗歌评论仍然带有传统文论感悟性评点和印象式批评的特征，尚未触及古典诗歌的深层机制，因而还不能完全算是现代诗学。本文的目的就是要沿着王国维开辟的道路，探索中国诗歌的语言媒介、形式结构和诗歌话语的意指表现机制，尝试建立反映中国诗歌特征的诗学。如王国维和古典

* 扬州大学外国语学院特聘教授、美国达拉斯德州大学中国文学和比较文学教授。

诗话所示，中国诗歌的诗学存在于诗篇之中。因此，选取一些脍炙人口的诗篇，目的不是要生产新的有意义的解读，而是要试图从现代诗学的视角分析这些诗歌的深层结构，揭示这些诗歌所隐含的诗学洞见。由于笔者在其他文章中重点讨论了中国古代诗论，本文并不打算聚焦古代诗论中的概念性见解和批评洞见。[1]笔者欲探讨的中心问题是：中国古诗的永恒价值来自何方？左右其创作和欣赏的是一种什么诗学？这样的诗学建立在什么样的概念性基础之上？与西方的诗学有什么不同之处？通过从现代诗学的视角分析所选的诗歌，笔者试图回答这些有关古典诗学的核心问题。本文的主要论点是：中国的古诗有着大于字母文字诗歌的开放性机制，文言的特殊意指和表现形式对中国诗歌的开放性起着决定性的作用。

一、空间形式与语言经济

诗歌是语言艺术。其艺术性是依据时间和序列认知的。当讨论诗歌的创作和阅读时，我们不可避免地要探讨诗歌的表意和诠释空间，特别是以书面语写就的诗歌，其意指机制和表现形式可以被视为具有不同维度的空间形式。一首诗由页面上的词语构成，诗中的词语不单单是意义的符号；它们还是关系的占位符，占据着页面空间。一首诗的建构

---

1 请参见拙文《文学的开放性：中西文论双向对话的一个共同基础》，《文艺理论研究》2008年第6期；《审美暗示——中国古代的开放性文论》，《北京大学学报》2011年第4期；《诗性无意识：跨文化诗学的理论基石》，《北京大学学报》2012年第4期；《中国美学思想中的摹仿论》，《文学评论》2012年第6期；《文气论：艺术创造的总体性美学理论》，《艺术百家》2012年第6期；《文气论的现代诠释与美学重构》，《清华大学学报》2014年第1期。

涉及词语的序列安排，与建筑物的建构并无不同。现代建筑大师之一密斯·凡·德·罗曾经说过："建筑是拥有语法规则的一种语言。语言可以用于如散文一样的规范的日常生活目的。如果用得非常好，你就是个诗人。"[1] 建筑与诗歌之间的审美等值意味着诗歌结构也涉及各个部分的协调，进而构成一个统一的整体，在诗歌中，这就是词语复杂的组合关系。因此，诗歌的意指和表现是一个语言问题。由于诗歌——尤其是中国抒情诗——使用的是古汉语（文言），短小精悍且很少展现叙事冲动，所以，空间安排就比在叙事或散文中显眼得多。

在建构其现代建筑理论时，密斯·凡·德·罗提出了作为其建筑理论的核心原则："少即多。"就建筑设计而言，这意味着，与前现代建筑风格的浓墨重彩相比，现代建筑以内部和外部的极简装饰为特征，这种极简风格所带来的好处是更多的空间，更好的照明，更新鲜的空气和更大的使用价值。在某种意义上，一首中国古典诗歌具有极简的形态和组合约束，其极简装饰类似于现代风格的建筑。在把词语建构成审美大厦时，中国古代诗人采纳了语言的经济原则，刘若愚将其总结为"以少说代多说的原则，或就其极端形式而言，就是以无言代替尽言"[2]。

无言就是沉默。文本中的沉默不是空间中词语的缺席。沉默是未言。"未言并不纯粹是被剥夺了声音，"海德格尔说，"它是尚未言说，尚未知晓，尚未浮出地表。依然未予言说的东西，无论是什么，都将保留在未言之中。它将在不可展示因而被隐藏之物中徘徊。"[3] 这里，海德格尔

1 转引自 David Spaeth, *Mies Van Der Robe*, New York: Rizzoli, 1985, p. 8。

2 James Liu, *Language-Paradox-Poetics: A Chinese Perspective*, Princeton: Princeton University Press, 1988, p. 56.

3 Martin Heidegger, "The Way to Language", in *Basic Writings*, New York: Harper Collins, 1993, p. 409.

所说的“保留”与中国传统诗学的“含蓄”之意相吻合。海德格尔还暗示说，沉默使人聆听，因此它比意指的噪声更重要。他所传达的观念是所谓的于无声处听惊雷。当沉默与惊雷一样震耳时，其效果不是声音的，而是心理的。因此，为诠释空间之开放性做出贡献的是语言经济，这种语言经济依赖于既是空间的又是心理的排列原则。对开放性和开放诗学的探讨既是一项语言学的事业，也是心理学的事业。更确切说，这是符号性的事业。

所谓“符号性”，笔者指的是茱莉亚·克里斯蒂娃（Julia Kristeva）把诗歌语言当作“符号系统”之机制的思想，这个符号系统具体表现为意识形态、心理学和语言学的综合。在对诗歌语言的探讨中，克里斯蒂娃同意雅各布森的观点，即诗歌语言不能被视为对语言规范的偏离。她没有把诗歌语言视为语言符码的次符码，而视其为语言之无限可能性的代表。由此她论证说：“文学实践是对语言之各种可能性之探讨和发现；是把主体从语言、心理和社会网络中解放出来的一种活动；是打破语言习惯之惰性、给语言学家研究符号意指生成之唯一可能性的动力。”[1] 在现存的中国诗歌研究中，重心一直放在诗歌语言作为再现手法的作用上。我们需要从这一重心移开，而侧重于诗歌语言作为意指实践的机制，作为言说主体以自觉或不自觉的动机，在社会、文化和历史语境中生成的符号系统上。

本文中，笔者将探讨中国古诗所含有的隐性诗学，即其意指和表现在真实的诗歌创作实践中的形成，其形式在何种程度上取决于一首诗中诸种因素得以组合的多种方式，为何具有字母语言所难以达到的开放程度。笔者认为，中国传统诗歌的开放性衍生于众多复杂的方面，即诗歌

---

1 Julia Kristeva, *Recherches pour une sémanalyse*, Paris: Seuil, 1969, pp. 178–179.

语言在历史、社会、文化等特定语境中意指和再现的方式。通过不同的组合，汉语诗歌语言能够把符号的三大想象——象征（涉及象征意识）、形式（涉及范式意识）和功能（涉及组合意识）——予以最大化[1]而产生开放意指单位，以至于超越创作者的原始意图而自行生成意义。在本文中，笔者将选择几首著名诗歌和诗行（大多是抒情诗），分析其意指机制，研究其生产文学开放性的作用。笔者的分析将遵循逐渐深化的程序。首先，笔者要识别出促进诗歌开放性的一些明显因素，接着检验隐藏于缝隙之中的不太明显的因素，最后深入到诗心深处，以揭示诗歌无意识何以把宽泛的思想压缩成一个潜在的开放空间。

二、开放性之眼

在中国传统诗歌批评中，有一个文学术语叫“诗眼”。该术语源自对唐代五言诗的批评研究。人们相信五言诗的艺术性在于一首诗的一个关键词，这个关键词就叫作“诗眼”。随着这个术语的使用，其内涵逐渐扩大。现在它可能指一首诗中最卓越的关键因素。[2]正如从语言学角度分析古诗的学者高友工和梅祖麟所言：“正如眼睛是人脸之中心，诗眼则是一首诗的火花、生命。”[3]笔者可以把这个比喻向另一个方向引申：正如一个人的眼睛是心灵的窗口，诗眼则可以带你进入诗的内在机制而

1 参见 Roland Barthes, “The Imagination of the Sign”, in *Critical Essays*, Evanston, IL: Northwestern University Press, 1972, pp. 205–211。

2 参见《词源》，北京：商务印书馆，1988 年，第 1570 页。

3 Kao and Mei, “Syntax, Diction, and Imagery in Tang Poetry”, *Harvard Journal of Asiatic Studies* 31(1971):120.

获得真知灼见。

在传统诗话中，诗眼一般是一个动词。在王安石的“春风又绿江南岸”和贾岛的“僧敲月下门”中，“绿”(在此为使役动词)和“敲”都为诗眼。在本文结尾，笔者将展示这两个词如何给这两首诗以深度和多重含义。在这方面，诗眼成为诗歌的“开放之眼”。为此，笔者斗胆发明这个术语“开放之眼”。但“开放之眼”这个术语与传统文学批评中的“诗眼”却极为不同。首先，并不是所有诗眼都是开放的，因为在许多情况下，诗眼就是捕捉一个人、一个场面或一种情感之本质的词。在这方面，诗眼反倒限制了而非促成了意指的嬉戏。其次，诗眼主要是一个语言学的术语，而开放之眼则是一个心理语言学的术语。如“心灵之窗”这个比喻所示，它使读者不仅窥见诗的意义，而且窥见创作时诗人之心的内在机制。在这个意义上，它接近于弗洛伊德梦释理论中的一个术语，即“结点”。一个结点是一场梦的关键时刻，“许多梦思在这里汇聚”，并揭示与梦之构成相关的若干意义。[1]另一个差别是，诗眼一般是一个动词，而开放之眼则可能是任何一个文本因素：动词、名词、短语、诗行，甚或某一形式结构。它是诗中的一个因素，把诗的内容与文本内和语境内的其他因素关联起来。一句话，它是诗人以及诗本身的灵魂之窗。

(一)作为开放之眼的难解之谜

在辛弃疾的《清玉案·元夕》中，开放之眼是一个不确定的形容词。就眼下目的而言，笔者只需引用该诗的第二部分：“蛾儿雪柳黄金缕，笑

1　Sigmund Freud, *The Interpretation of Dreams*, New York: Avon, 1965, pp. 317–318.

语盈盈暗香去。众里寻他千百度，蓦然回首，那人却在，灯火阑珊处。”[1] 在古代汉语中，“他”可以指第三人称，无论男女。与后文的“那人”所指一样是不可确定的。使用身份不明的人物使我们想到《诗经·蒹葭》中的一个相同用法。由于人物的性别身份不明，诗中的这个词便成了一个难解之谜。迄今有两个众所接受的阐释。一个是直义的：这是寻找爱人的一首爱情诗。另一个是寓言的：诗人把他自己的高尚情操赋予一个远离权力中心、但非因循守旧之人。[2] 如果我们把该诗与诗人不得志的政治生涯联系起来，我们就会有不同的解读，可把寻找的对象视为诗人的他我。根据这第三种不同的解读，我们可以认为该诗形象地描写了诗人的内心斗争：对灯火辉煌之场面的细腻描写说明诗人仍然心系民众，只是在激烈的内心斗争之后他才发现了真正的生存场所。在这个意义上，寻找的对象就成了丢失了的自我。当直义理解性别含混的“他”时，也许其他阐释又出现了。如果认为“他”指一个女性人物，那么寻找的目标就可能是秘而不宣的爱人。在现代汉语中，“他”通常指男性，那么，不懂该词之古典性别含混之用法的现代读者就会自然把寻找对象视为男性。据这个观点，当我们把这个人与辛弃疾的政治生涯联系起来时，就可能有了另一种解读。在整个政治生涯中，他自始至终坚持自己的政治立场，跨过长江，收复蛮夷占领之地。但他的主张并没有得到统治贵族的支持。朝中支持他的人要么被迫害，要么被罢黜。鉴于此，该诗可以读作：诗人希望在朝中找到一个同情他政治立场的人，但令人气馁的是，他发现那个人已被驱逐出权力中心了。

---

1 （南宋）辛弃疾：《稼轩集》，武汉：长江文艺出版社，1990 年，第 91 页。

2 《唐宋名家词欣赏》，台北：草叶出版社，1977 年，第 208—209 页。

（二）作为开放之眼的诗歌标题

任何文本的标题都起着传达主题和主体立场的重要作用。在中国古典诗歌中，诗的标题往往与画的标题起着相同的作用。看一幅画时，画面上的形象当然会传达所再现的意义，但由于一个形象与其他形象相关时会产生多元意义，那么，一幅画的总主题就会导致不同的甚至矛盾的阐释。然而，画家用的标题会清晰地阐明画的主题。在一首诗中，标题不仅隐含主体、主题、态度、语境或风格，而且也给读者设定一个阅读该诗的主体立场。没有标题，诗的意义就将完全不可确定。具有寓言意图的诗歌尤其如此。朱庆馀的流行诗就是一个典型例子："洞房昨夜停红烛，待晓堂前拜舅姑。妆罢低声问夫婿，画眉深浅入时无？"[1] 没有标题，读者会认为此诗生动地描写了一个新娘紧张的心理状态，因为她要见公婆，然而该诗的标题"近试上张弘水部"，使我们意识到这是描写一个人参加科举考试前的焦虑。

一个标题通常会把一个主体立场强加给诗歌及其读者。然而，在有些情况下，它并不强加明确的立场，而是让主体立场敞开。在有些环境中，一个特殊标题会起到方向错乱的功能，把一首诗当作邀请读者超越表层意义的另一首诗。比如，以"无题"为题的诗就常常意图与情感相矛盾。诗人想要表达郁积已久的情感，但由于某种原因不得不隐藏起意图。然而，他担心读者会不理解诗中传达的思想和情感，因此，会自觉地将诗题名为"无题"。无题这种标题比明确的标题具有更丰富的内涵。在中国诗歌中，无论前现代的还是现代的，许多诗人由于政治、社会、个人和道德约束而难于明确标题，用"无题"作题，以表达想要表达的意义，传

1 （唐）朱庆馀：《朱庆馀集》，四部丛刊续编集部，第 33a 页。

达想要传达的信息。李商隐和鲁迅就是喜欢以“无题”作诗名的诗人。鲁迅总共写了 59 首古体诗，其中 11 首“无题”。李商隐有一组诗称作“无题”。下面是其中之一：“相见时难别亦难，东风无力百花残。春蚕到死丝方尽，蜡炬成灰泪始干。晓镜但愁云鬓改，夜吟应觉月光寒。蓬山此去无多路，青鸟殷勤为探看。”[1] 关于这首诗有许多种阐释：隐蔽地求助当权者，与宫女的秘密相爱，或与道姑的恋情。[2] 所有这几种阐释都是可能的，但笔者冒昧地指出，这个“无题”之标题也许是诗人自觉地与奔放不羁的情感和混乱的思想达成一致，进而扰乱读者对他创作此诗之真实意图的猜测。可以理解的是，诗人的前文本意图或许就是要隐藏其意图。这与分析《诗经》时的情况有所不同。在《诗经》传统中，有些诗歌由于语境和主体立场的丢失而拥有众多主题。在李商隐的无题诗中，他成功地创造了语境和主体立场的丢失，故意让读者知道他有意不选标题。从读者的观点来看，无题之题把读者解放出来，不再受诗中相关细节的约束，如假定的所指和向单一主题的归纳。该诗因而实际上是开放的。何为“东风”？“百花”指什么？第五句中对着镜子因云鬓变色而忧愁的人是谁？第六句中觉月光寒的主体是谁？他们是同一个人还是两个人？该诗是在哀叹未得到回报的爱，还是歌颂非同寻常的忠诚？最后但同样重要的是，这是祈求当权者还是暗指一次秘密的风流韵事？在某种悖论的意义上，“无题”实际上是一个多义的标题。它邀请读者给它确定一个标题。仅就无题之题使诗歌开放这一点而言，我们可以说它是“开放之眼”。

---

1 刘学锴、余恕诚：《李商隐诗歌集解》，北京：中华书局，1988 年，第 1461 页。

2 James Liu, *The Poetry of Li Shangyin: Ninth-Century Baroque Chinese Poet*, Chicago: University of Chicago, 1969, pp. 66–67.

（三）作为开放之眼的无结尾

所有诗都有形式上的结局。如在普通的语言环境或音乐表演中一样，诗人将提供其诗接近尾声的信号。没有结尾，读者将感到适当结局的缺失，因而对诗表示不满。芭芭拉·史密斯曾对诗的封闭性进行过精当的研究，她说："在诗歌中如在音乐中一样，结尾最常见于一种封闭的特殊手法之中，而作品的结构本身并不去确定结局。"[1] 结尾宣布诗不再写下去了，给人一种完成和终结感，在语言艺术中人们尤其重视这一点。在后现代艺术出现之前，结尾几乎是不可或缺的，它给读者的阅读以一种统一和连贯性，读者从它所提供的有利视点而纵览全部论说因素，进而从诗的总体设计将其判断为构思完好的艺术品。然而，在中国传统诗歌中，有些诗是没有结尾的，况且，结尾的缺席大多是为取得特殊艺术效果而故意安排的。汉乐府诗中的《陌上桑》就是一个例子。这首诗很长，这里笔者只总结其主题，集中讨论其开放因素，尤其是结尾。该诗叙述罗敷的故事。罗敷是一位普通民间家庭的美女，她机智而成功地拒绝了一位权贵的诱惑胁迫。全诗共分三个部分。第一部分描写罗敷的美。所用的描写策略可说是暗示。诗中没有直接描写罗敷的美，而是通过描写旁观者的反应而暗示了她的美，因此读者的想象是开放的："行者见罗敷，下担捋髭须。少年见罗敷，脱帽著帩头。耕者忘其犁，锄者忘其锄。来归相怨怒，但坐观罗敷。"[2] 在第一节以及全诗中，没有一个字提到罗敷的美，其他人的反应给读者留下了想象她有多美的空间。在这个意义上，该诗印证了司空图的含蓄说："不著一字，尽得风流。"

1　Barbara Herrnstein Smith, *Poetic Closure: A Study of Poems End*, Chicago: University of Chicago, 1968, p. 188.

2　（南北朝）徐陵编：《玉台新咏》卷 1，四部丛刊本，第 4a—b 页。

第二和第三部分叙述了地方官的勾引和罗敷的抵制。通过假装有位身居高位的丈夫，罗列他非凡的个性和才能，她把地方官置于卑贱的地位，成功地逃避了一次可能的绑架。整个第三部分都是罗列丈夫的美德。当读者想要知道那官员该如何反应，该诗应如何结束时，她的宣讲戛然而止，使得该诗在没有结尾的情况下结束了。由于没有结尾，该诗在形式和主题上都变成开放的了。形式的开放是说它看起来没有完整、统一、连贯的结构。从主题上，它的开放是因为结尾的缺席给读者留下了想象一个结尾的空间。众所接受的解读是罗敷成功地抵制了诱惑。沿着这一线索，可以想象罗敷多么得意洋洋，而那官员又是多么沮丧。但是，笔者可以提出相反的解读。那官员不可能是容易上当的白痴。诗中提到他有跟班，所以他能够发现实情。所以，他可以给罗敷罗织一个欺骗上司的罪名，而惩罚就是逮捕她，对她肆无忌惮。也许，诗人可能意识到了这样的后果。所以故意不要结尾。于是，结尾的缺席就成了开放之眼。这首诗充满了开放因素。除了笔者已经讨论过的，还有一个开放因素就是诗人没有讲罗敷是否真的结婚了，她的丈夫是否真的是一位高官。这些未明因素构成了该诗一种有意识的开放性。

（四）作为开放之眼的形而上暗示

陶潜的《饮酒二十首》广为人知，第五首被认为中国抒情诗之伟大诗篇之一："结庐在人境，而无车马喧。问君何能尔？心远地自偏。采菊东篱下，悠然见南山。山气日夕佳，飞鸟相与还。此中有真意，欲辨已忘言。"[1] 其开放之眼可以说包括在其形而上的暗示之中。该诗之所以广受

---

1 龚斌：《陶渊明集校笺》，上海：上海古籍出版社，1996年，第210—220页。

欣赏是因为学界一致认为它表达了超然世外的高尚情操、自然的恬静和人与自然的融合。学者们尤其喜欢中间的对句："采菊东篱下，悠然见南山。"而对笔者来说，最后的对句才是最有意义、最富情感的。正如詹姆斯·海陶玮所说："一个根本真理似乎得到了传达，哪怕是诗人暗示的，而没有用任何词语构成。"[1]高友工和梅祖麟也持一个众所接受的观点："当陶潜写出这行名句时……他（不仅）重申了庄子的思想，而且表达了当时流行的意见。"[2]他们指的是庄子"得意忘言"的告诫。朱自清也表达了一种意见，涉及庄子思想的一个不同方面："'真意'指'真思'，而'真思'当然指'原心'，所以它指自然。"[3]刘若愚给这两行诗的解读增添了一点新意："最后一行的意思并不完全是诗人想说的，只不过他达到了一定的领悟程度而不再需要词语来表达他想说的东西了。"[4]

上述意见当然是正确的。但在笔者看来，最后两句不仅仅认识到语言的不充分性，或无力用语言表达充分的再现。最重要的，这是一个策略，使得诗歌能够暗示超越书面文字所能表达的意思。"此中"的所指是含混的，我们不知道它是否指一个诗行的意思还是全诗的意思，抑或是诗人面对的景色。作为策略，它提示读者他在诗中表达的不只是眼之所见，可以说打开了通往他心灵的一个比喻性窗口，通过这个窗口，读者可能会瞥见诗人生活、职业和性情的重要方面。该诗促使笔者更深刻地理解了萨义德的观点："文本是多维结构，从头至尾贯穿作者的生涯。一个文本是一个人想要成为作家的欲望之根……在整个复杂和差异的范畴

1 James Robert Hightower, *The Poetry of Tao Ch'ien*, Oxford: Clarendon, 1971, p. 130.

2 Kao and Mei, "Meaning, Metaphor, and Allusion in Tang Poetry", *Harvard Journal of Asiatic Studies*, 38(1978):322.

3 朱自清：《朱自清古典文学论文集》，上海：上海古籍出版社，1982 年，第 68 页。

4 James Liu, *Language-Paradox-Poetics: A Chinese Perspective*, p. 43.

中，文本具化了给作家的心理、时代和社会压力。”[1]

笔者确信很少有读者会读完该诗而不苦苦猜测其基本事实是什么。要得到答案，读者不仅需要检验文本本身，而且要走出文本检验陶潜的生活、人格和作品。在关于诗歌与诗人之间关系的一次颇有见地的研究中，宇文所安认为陶潜的自传式诗歌是一面“完美的”镜子，反映了他的双重性、隐秘动机以及表象之下的内在自我。[2]笔者所讨论的陶潜的诗歌就是这样一面镜子。在某种意义上，可以视其为窗口，透过它我们可以瞥见他的生活、自我和真实本性。我们可以说该诗表达了诗人摆脱尘世、回归山野的一种自由感。如他的《归园田居》第一首中所说：“久在樊笼里，复得返自然。”[3]也可以说，该诗篇歌颂诗人对简朴和恬淡生活的热爱。在形而上层面上，可以说该诗歌颂的是获得内在超越的能力。在心理维度，可以说该诗表达了诗人在静谧的自然中达到忘我的一种心境，隐士所追求和经常寻觅的一种精神境界：无我无他的境界，这是忘记财富和贫穷、光荣和羞辱、高贵和卑贱、优越与低下的更高境界。除此之外，可以说该诗触及了罗曼·罗兰所说的“宗教情感的真正源泉”，“一种永恒感，一种无边无际——仿佛‘海洋’般浩渺的感觉”。[4]弗洛伊德把这种“海洋浩渺感”解作婴儿时代区别自体—客体的危机，一种无边际并“与宇宙合一的感觉”，而宇宙曾经是母亲。[5]这种无法消解的合一感，与整个外在世界合一的感觉，一定是陶潜对自然之爱的起源。可以说该诗

1 Edward Said, *Beginnings: Intention and Method*, New York: Basic Books, 1975, p. 196.

2 Stephen Owen, “The Self’s Perfect Mirror: Poetry as Autobiography”, in Shun Fu Lin and Owen, eds., *The Vitality of the Lyric Voice*, Princeton: Princeton University Press, 1986, pp. 71–102.

3 龚斌：《陶渊明集校笺》，第 73 页。

4 关于这一感觉，参见 Sigmund Freud, *Civilization and Its Discontent*, New York: Norton, 1961, pp. 11–12。

5 Sigmund Freud, *Civilization and Its Discontent*, pp. 13–14.

歌颂了向婴儿时代中自然生活的回归，也就是向拉康所说的镜像阶段之前的主客不分时期的回归。这些附加的阐释都在诗中找到了根据：着迷的专注，回归的飞鸟，与自然母亲的融合，自我的忘却，而最重要的，如在其他作品中表达的对自然的由衷的热爱："少无适俗韵，性本爱丘山。"[1] 在某种意义上，我们甚至可以说该诗预示了他在《自祭文》中表达的思想，即把人生世界当作旅馆、把死亡视为"本宅"的观点："陶子将辞逆旅之馆，永归于本宅。"[2] 尽管如此，诗人并未清楚地表达这些思想。对自由的歌颂，对简朴生活的热爱，归家的感觉，与大自然母亲的轻松合一——所有这些都可以说是其"真意"。但诗人不愿意为读者澄清这一切。通过最后两句，诗人敞开该诗，挑战读者，让读者去思考其真正意义是什么。该诗的伟大之处不仅在于所表达的，更在于其未予表达的内容。

（五）作为开放之眼的不确定主体

在论《诗经》的诠释的一章中，笔者用很长篇幅讨论了诗歌建构的方式，即把诗中的主题或人物完全开放给读者的反应。[3] 但在《诗经》传统中，开放性大多是无意造成的。对比之下，《诗经》之后的中国抒情诗的开放性却是有意为之的。其中有些诗，诗人在创作时就抱有令读者难以确定的动机。白居易的《花非花》就是一例："花非花，雾非雾。夜半来，天明去。来如春梦不多时，去似朝云无觅处。"[4] 诗中，诗人给了我们关于

---

1 龚斌：《陶渊明集校笺》，第 73 页。

2 同上书，第 462 页。

3 参见拙文《〈诗经〉阐释的盲点与洞见——兼论其对中国诗学理论的贡献》，《江苏社会科学》2017 年第 3 期。

4 （唐）白居易著，顾学颉校点：《白居易集》，北京：中华书局，1988 年，第 244 页。

某物和某人的素描。它既不是花也不是雾。那么是月亮还是幽会的秘密情人？是梦还是幻觉？诗人没有说明，而是迫使读者发挥其想象力。该诗的神秘性质把读者置于一个悬置的精神状态之中，充满了好奇和审美快感。我们无法确定该诗创作的动机。诗人可能在玩文字游戏，或对某一神秘客体表达一种情感依附。前四句是依据悖论建构的。最后两句是依据明喻建构的。由于开放之眼没有公开命名，所以这是一个不确定的结构。

三、对立审美情感的共生

见于中国诗歌的另一种文学开放性是矛盾情感和审美情感的共存，陈子昂的《登幽州台歌》就是一例："前不见古人，后不见来者。念天地之悠悠，独怆然而涕下。"[1] 笔者自十几岁初读这首诗时，就有一种难以名状的反应。一方面，笔者发现诗中有一股强烈的悲愤、忧郁甚或绝望。但另一方面，笔者本能地感到诗中焕发出一股强力的光辉，在悲怆之中出现接近英雄主义和崇高之情感。笔者知道本人的直观感觉与对该诗的众所接受的阐释相矛盾，宇文所安在对唐初诗歌的精彩研究中充分表达了众所接受的阐释："该诗直接而动人地描写了个人在时空中的孤独，与过去和未来隔绝，为宇宙之无限而感渺小。"[2] 据这众所公认的阐释，该诗有一个格调上悲观、自卑甚至悲哀的主题。但笔者从来不觉得这个阐释是令人满意的。如果对该诗进行重新语境化，我们就能够在悲观主义、自卑和悲怆精神的表面之下看到另一个维度，那是英雄主义、豪放和悲

1 《全唐诗》卷 84，台北：宏业书局，1977 年，第 908 页。

2 Stephan Owen, *The Poetry of Early Tang*, New Haven: Yale University Press, 1977, p. 175.

剧崇高的维度。根据传记，创作该诗的那天，陈子昂登上蓟北楼，回忆起过去的英雄们，为其英雄壮举所激励，于是泪流满面写了几首诗。[1] 对历史上英雄人物的回忆令他为失意英雄之悲惨而感怀，同时其英雄气概又激励他写出了一首慷慨之诗，把诗人呈现为一位开拓者，骄傲地屹立于永恒宇宙的背景之中。因此，该诗的格调不可能完全是悲观伤感，而是掺杂着豪放。该诗意指矛盾的内涵。我们可以通过两个矛盾主题进行两种不同的解读。一个以这个众所接受的阐释为例，暗示诗人正在旅行，但他停下来沉思他的孤独。笔者想要遵循传统的解读，但又希望把该诗视为时空、生活和历史中的一次隐喻之旅。一方面，我们可以想象诗人以传统方式开始旅行——传统方式意在说明这是短暂的一生中每个人都在进行的旅行。比诗人先来到这个世界的古人们早就进行了这样的旅行；而在诗人之后出生的新来者们则在诗人之后进行这种旅行。据这种传统解读，诗人发现自己来到了一个前无古人后无来者的场景。他置身于一片无人之境，被浩渺的宇宙包围着。除了孤独和漫无方向感，他感到宇宙的绝对力量与自己的绝对渺小。他痛苦，流下了绝望和无助的泪水，那是感到迷失之人的眼泪。

另一方面，我们可以以非传统方式阅读这首诗。诗人仍然在进行他穿越时空、生活和历史的生命之旅。但不是在每个人都走过的失败的轨道上。他是先驱者、开拓者、拓荒者。他在走一条从未有人走过的道路。由于这条新路带来了艰难险阻，他没有发现步其后尘的后来者。他在从事一项史无先例也不会重复的空前绝后的事业，即中国成语之所谓“前无古人，后无来者”。他独自立于时空之中，俯瞰人生和历史。宇宙浩瀚无限，但他没有产生自己显得渺小之感。相反，通过在荒野中开拓一条

1 转引自郭石山等：《中国古典文学讲座》，长春：吉林大学出版社，1987 年，第 203 页。

新路，他证明自己是位胜利者。在观察宇宙之无限浩大与人类之卑贱渺小之间的差距时，他油然产生一种强烈的崇高感。这不仅是诗人赋予宇宙之绝对伟大的一种属性，而且是与诗人自己相关的一种重要属性。在沉思“天地之悠悠”时，诗人在自己英勇拓路的壮举中发现了崇高。这就是康德所描写的那种崇高：“我们愿意称这些物体为崇高，因为它们把灵魂的能量抬高到习惯的高度之上，在我们自身内部发现一种完全不同的抵抗力，它给我们勇气去面对自然表面的万能。”[1]他泪流满面，但那不是绝望的泪水，而是痛苦且快乐的泪水。如果说诗中有悲伤这因素的话，那它便产生于这样一种认识，即没有人能与他分享这种崇高感。这种悲伤恰恰是康德所说的“否定快感”[2]。

陈子昂的诗衍生于屈原《远游》诗中的一节：“唯天地之无穷兮，哀人生之长勤。往者余弗及兮，来者吾不闻。”[3]在将陈子昂诗与屈原的诗进行详细比较时，宇文所安说：“陈子昂相信《远游》的作者是屈原，通过飞跃天国进入超然状态而摆脱了人类道德困境。陈子昂自己也隐迹索居，痛哭流涕，但其环境的悲怆力是由《远游》的背景所强化的。”[4]此说触及陈子昂诗之总题的一个重要方面。另一个方面则是笔者刚才详尽分析的包含冲突的那一段话。宇文所安正确地指出，尽管陈诗中四句有三句可追溯到屈原原诗，但陈诗之伟大却丝毫未减。是什么使一首本质上抄袭前人意义的诗如此伟大？笔者以为陈以完全不同的一道光辉重塑了原诗。结果，两首诗不仅在程度上而且在种类上截然不同。虽然原诗以超然感为特征，

1 Immanuel Kant, “Analytic of the Sublime”, in *Critical Theory since Plato*, San Diego: Harcourt Brace Jovanovich, 1971, p. 396.

2 *Ibid.*, p. 395.

3 洪兴祖：《楚辞补注》，北京：中华书局，1983 年，第 163—164 页。

4 Stephan Owen, *The Poetry of Early Tang*, p. 176.

但其格调基本上是无助和哀恸。宇宙的永恒与人生的痛苦之间的对比，尤其是由这种鲜明对比所感发的悲痛，意味着诗人无法超越死亡的限制，无论在想象上还是在情感上都无法超越。这当然没有陈诗中微妙表达的那种崇高感，那种豪放的视野，那种敢于把人的有限力量与宇宙的绝对无限性相媲美的英雄气概。总之，陈诗具有阳刚之美的豪放和崇高。在笔者看来，正是这种崇高把陈诗改造成不同于其原诗的一首诗。当然，笔者并不是说陈诗只具有这种崇高的阳刚之美。相反，笔者完全承认悲怆、婉约和阴柔之美的存在。在天地之无限之下感到自身的渺小，这当然与美相关，因为这种感觉产生于一种毫无利害关系的沉思，而这正是美所导向的哲思。我以为，陈诗最迷人的地方就是崇高的阳刚之美与婉约的阴柔之美的共存。可被识别为崇高的东西同时也是优美的东西。陈诗之所以在审美上比原诗更令人着迷，是因为它保留了原诗的超然状态，同时扩大了容纳两种对立之美的审美光谱。正如它隐约地涵盖了崇高和美的两极一样，它也在读者心中唤起了各种反应，从最豪放的英雄气概到最阴柔的悲怆心态，这取决于特定时代特定状况下个人的精神机制。因此，使陈诗最终为各代读者所喜爱的则是其充溢的审美暗示。

四、形而上之虚空

在中国诗歌传统中，王维的诗受到历代高度评价。这有许多原因。笔者认为其中一个重要理由是其多元的审美内涵，以及伴随而来的诗学赋予王诗表面上无限的诠释空间。王维是诗人、画家、书法家、音乐家，在某种程度上还是一位哲学家。他擅长所有这些艺术和思想领域。他的诗自然从这些综合的知识中流溢而出，得益于从各种诗歌再现媒介中获取的真知灼见。笔者所要表明的不是这些知识分支如何对他的诗歌发生了影响，而希望集中讨论一首短诗，来展示王维诗歌的审美开放性，探讨其创作诗学。所选的诗是《鹿柴》。这仅仅是首四行五言诗，总共20个字，但却迷住了历史上跨越不同文化边界的读者。我认为其永久的魅力在于其开放的诠释空间，引发出不同的阐释。为便于讨论，现将全诗直译如下：

Empty mountain/not see people	空山不见人，
But hear/people seek/sound	但闻人语响。
Returning light/enter deep wood	返景入深林，
Again shine/green moss/top	复照青苔上。[1]

该诗并未向读者讲述很多。实际上，几乎读不出该诗有什么主题或中心思想。它实际上是虚空的，或如第一个字所表明的，没有清晰表达的思想。在这个意义上，该诗满足了中国古典审美状态的两个条件：清庙之瑟和祭祀大羹。正如清庙之瑟的余音和大羹的遗味，王维的诗由于其虚空而成为充满不确定意义的一次飨宴。我们且来分析一下，看从这首诗中能获得哪些可能的解释。

对该诗的一种被广为接受和容易的解释就是将其看作对王维住宅附近某一风景的栩栩如生的描写，一个叫“鹿柴”的地方。空山中不见人影，但能听到隐约的人声。黄昏的阳光穿过树林照在青苔上。隐约的人声强化了深林中的寂静。这是标准版诗集中的解释。[2] 这种解释再现了该

1 《全唐诗》卷128，第1239页。

2 湖南师范学院古代文学教研室编：《中国历代作家小传》，长沙：湖南人民出版社，1981年，第110页。

诗的表层意思。由于我们知道王维是笃信禅宗的虔诚佛教徒，一个具有哲理精神的人，那么，这种解释就不过是隔靴搔痒。

王维把其庄园的大部分捐献给了一个佛教寺庙，所以该诗的标题或许具有佛教内涵。文学史告诉我们，王维的确在名为“鹿柴”的地方附近拥有一片土地。尽管笔者不确知这个地方何以以此命名，但有理由相信该诗的标题间接地指印度萨那斯的“鹿苑”，佛祖就是在那里做第一次布道的。根据这一指涉，尽管我们不能说王维有意把他住宅附近的鹿柴看作是印度鹿苑的复制品，但有理由推断他可能认为这个地方就像佛教圣地一样安宁静谧。按照这一思路，我们甚至可以说王维孕育了他已经获得佛性的想法，而那是许多佛教徒所努力获取的：空山象征着生命和存在之空，而安宁静谧则是获得彻悟之人的心境。

读者可以反对这种解释，指出作为虔诚的佛教徒，王维不会如此傲慢以至于自认为获得了佛性。他充其量会自视达到理想的悟境。在这方面，该诗代表了一次深刻的内心体验。程抱一就认为它描写了山里的一次散步，同时也是“一次精神体验，对空的一次体验和与自然溟合的一次体验”[1]。抱有相同看法的拉美著名诗人奥克塔维奥·帕斯（Octavio Paz）也认为这是一首佛教自然诗。落日余晖暗指阿弥陀佛。或更确切说，指“极乐世界之光”。因此，该诗的主题就是“黄昏时分，佛家坐禅冥想，仿佛于林中青苔中获得了顿悟”。[2]

笔者的阐释与上述不同。我认为该诗获灵感于坐禅，描写坐禅体验的过程。该诗使用的是公案用词。我的阐释在诗歌内外均能找到支

1 François Cheng, *Chinese Poetic Writings*, Bloomington: Indiana University Press, 1982, p. 25.

2 Eliot Weinberger and Octavio Paz, *Nineteen Ways of Looking at Wang Wei*, Mt. Kisco, NY: Moyer Bell, 1987, p. 31.

持。就文本外而言，据说王维与许多佛教徒交往甚密。据历史记载，他与道光禅师研习禅宗十年，为道光和禅宗六祖慧能写了碑碣。就文本内而言，该诗与禅宗偈语有多处相像。第一，其内容与佛教偈赞的主题相一致。第二，其风格与禅宗偈赞极为吻合。偈赞总是由四个短句或四行韵文组成，且不论每行有多少文字。慧能禅师关于菩提树的传奇偈赞就无疑确立了二者之间的近似性：二者都用四行写成，都是五言诗。第三，与其他禅宗诗一样，王维诗是由对立项、对仗和否定之否定构成的（空 / 满，不见人 / 人语声，去 / 返，离开 / 回来等）。第四，全诗格调是普遍性、非个人性和时间之永恒——所有这些属性都导向超然的顿悟状态。

笔者可以继续沿着宗教的思路，给该诗以另一种解释。由于该诗写于王维晚年，因此可能再现了他对老年的思考。落日常常被视为老年的象征，那么，回归之光就可能是一位老人的智慧。据此，“深林”可能象征着无意识的人类精神正在思考生命、社会和宇宙的意义。“山”可能象征着一生之成就。“青苔”原本就是一种低级生命形式，象征着人类无足轻重的地位。当智慧进入深深的精神港湾时，诗人突然意识到一个人该是多么渺小。他的世俗成就是空，没有意义，即便在有生之年看似辉煌。

上述所有阐释全依靠我们把该诗放在王维传记所提供的语境之中。如果读者不了解王维的生平，而仅仅依靠对该诗文字的细读，那么，该诗就可能被置入一种完全不同的阅读之中，产生一系列不同的阐释。熟悉城市生活的现代读者会发现这首诗赏心悦目，因为它提供了一幅全新的自然风景，因此视该诗为一次户外旅行的描写，及其对旅行者心灵的影响。与城市里充满人与交通的喧嚣形成对比，山空人稀。但山并非完全空无一人，因为人声意味着游客已来此地，被青山绿树遮蔽了身影。

黄昏时分的自然景色更加迷人。当落日渗入浓密的树林，把最后一线余晖涂在深林之中时，甚至青苔也有了自己的生命。

不同于佛教徒视生命为虚空的理解，读者可以给出另一种不同的阐释。山看起来空旷，但却呈现一派繁忙景象。在茂密树木的掩盖之下，存在着不同的生命形式，从食物链上的最高级生物——人类，到最低级的形式——青苔。他们的存在不是随便可以看得到的，但时不时地会显现出来。听到的声音可能是樵夫的伐木声，猎人的吆喝，或农夫的喊叫。如果想要找到他们，就能够找到。甚至青苔这种最低级的生命形式，虽然生长在阴暗潮湿的地方，但当阳光穿透浓密的树林，射入这种人迹罕至的地方时，也能呈现生命的活力和意义。于是，该诗隐含的主题就是否认世界之空。生命充满了意义，生存的意义只能在正确的时间、正确的地点并在正确的人身上自行呈现。

笔者已经提供了足够的关于该诗的阐释。现在需要做一点总结，谈谈与该诗相关的诗学的构成。我认为在写作该诗的时候，王维可能以道家和佛教禅宗的生命、存在、艺术观念作为理论基础。写作所涉及的技巧是以罕见的方式建构词与行，构思如此罕见，以至于该诗没有一个总体的结构或统一的视野。但恰恰因为这一点，该诗才适合于各种不同的甚至矛盾的解释。借用当代文学思想来说，王维诗可以说是一个空篮子，一个空架子，一个空格式。该诗的第一个字，“空”，并不仅仅形容山林，也形容该诗自身：它传达的是一条空的信息，因此是开放的。苏轼对诗歌艺术的禅式思考充分地捕捉到了王维诗的玄学之空：“欲令诗语妙，无厌空且静。静故了群动，空故纳万镜。”[1]

---

1 （清）王文诰辑注：《苏轼诗集》，北京：中华书局，1982 年，第 906 页。

五、序列形式与定向开放

达尔文曾经说过："梦是不自觉的诗。"这意味着诗的开放性是无意为之的。笔者对中国诗歌的研究可以颠倒达尔文的说法："诗是自觉的梦。"这里隐含的意思是说，诗的开放性常常是有意为之的。在中国诗歌传统中，有许多例子说明诗人从事的是一种自觉的、有指向的诗歌创作，因此提供了开放性。苏蕙是公元 4 世纪的一位女性诗人，为了修复与丈夫已经疏远的婚姻，创作了一首回文诗，用锦帕织就。根据中国历史上唯一女皇帝武则天的说法，八寸见方之锦帕上织就八百多字的二百多首诗。[1] 这首针织诗称作"回文璇玑图"。令历代诗人爱不释手的是，这幅图有其自己的生命，能够从现存文字中生发出新诗。有人引用苏蕙的话说："徘徊宛转，自为语言，非我家人，莫之能解。"[2] 13 世纪女诗人朱淑真认真研读了这首回文诗，对其自生程序曾做如下描述："处中一方，太微垣也，乃叠字四言诗。其二方，紫微垣也，乃四言回文。二方之外四正，乃五言回文。四维乃四言回文。三方之外四正，乃交首四言诗，其文则不回也。四维乃三言回文。三方之经以至外四经，皆七言回文诗，可周流而读者也。"[3] 就表面来看，该图有二百首诗，但是，由于它可以横读、竖读、从任何方向读，锦帕上的文字就能构成不同坐标，诗的数量也便是原来数量的许多倍了。据说一位道士经过严密解读后，从中获得长度不等的诗有 3 752 首（三言、四言、五言、六言和七言诗）。[4] 她的诗

---

1 Wu Zetian, "On Su Hui's 'Silk-Woven Palindromic Verse'", in Chang and Saussy, eds., *Women Writers of Traditional China: An Anthology of Poetry and Criticism*, Stanford: Stanford University Press, 1999, p. 670.

2 转引自 *Women Writers of Traditional China: An Anthology of Poetry and Criticism*, p. 670。

3 *Ibid.*, p. 676.

4 出处同上，还有资料说可以分析出七千多首诗。

不仅成功地修复和巩固了婚姻关系，而且为后世留下了一种了不起的诗歌形式，令人想起后现代的序列诗形式。在当代西方诗歌中，后现代序列诗是定向和自觉生产开放性的一种主要诗歌形式。序列诗基于序列思想，对此，艾柯（Umberto Eco）给予了清晰描述："一个如同星系的序列是一个生成多元选择的可能性场域。有可能构想一个大的组合链（如斯多克豪森的音乐'群'，行为绘画的'物质'总汇；从不同语境抽取出来的，又作为新的表达插入一个话语之中的语言单位，在这种话语中，重要的是在连接中出现的意义，而不是自然语境中组合单位的基本意义；如此等等）——这些组合链作为表达后的例证与其初始表达建立关联。"[1]

约瑟夫·孔特对后现代序列诗进行过精细的研究，他说："后现代理论家提出一种提供可能性、选择和机会的开放结构。序列思想是一种世界概念的表达，它充分地存在于系统化与无政府之间的各种可能性之中。"[2]有些学者认为序列诗源自艾兹拉·庞德的《诗章》。罗伯特·封·哈尔博格认为："威廉（威廉·帕特森）所引领的是穿过奥尔森从《诗章》中获取的任意序列结构的一条指点迷津（Ariadnethread）之路。"[3]由于庞德创作《诗章》的原则严重依赖中国古典诗歌，因此，说后现代序列诗在某种意义上与中国古典诗歌相关并不牵强。实际上，序列诗之许多典型的开放特征也见于中国古典诗歌。如果苏蕙的回文诗《璇玑图》是一个例外，不能用来证明中国总体诗歌形式的流动性，那么，在下节中，笔者将讨论几首中国诗，证明中国诗人如何运用诗意的中文

---

1 Umberto Eco, *The Open Work*, Cambridge, MA: Harvard University Press, 1989, p. 220.

2 Joseph M. Conte, *Unending Design: The Forms of Postmodern Poetry*, Ithaca and London: Cornell University Press, 1991, p. 24.

3 Robert Von Hallberg, *Charles Olson: The Scholar's Art*, Cambridge, MA: Harvard University Press, 1978, p. 59.

创造了一种比西方序列诗更具有内部开放性的诗歌形式。选中的一首诗是孟浩然的《宿建德江》："移舟泊烟渚，日暮客愁新。野旷天低树，江清月近人。"[1] 诗歌要有意义，序列性是必要的，但是，有些中国古典诗歌和后现代序列诗超越了序列意指。在一首中国诗歌游戏中，你可以按任何顺序重组一首诗中的词，而仍然是一首很有意义的诗。孟浩然诗就是一个最好的例子。为节省篇幅，我只需要把诗倒过来读就够了："人近月清江，树低天旷野。新愁客暮日，渚烟泊舟移。"

孔特指出："在古典思想中，这种形式是系统的、等级制的和预先构造的。但是，序列思想，如布莱兹所论，'创造了它所需的客体以及每次有机会表达自身时所需的组织形式'。序列形式瞬间从一组运动和断续的客体中建构了自身；在下一个瞬间又从不同组合的客体中再造了自身。每一次新的组合都产生一个新的意义，作为一个新的审美客体重新确定方向。"[2] 孟浩然的诗歌形式恰恰是这种易变的形式。作为读者，我可以在任何一点上进入该诗，从第一个词、第二个词、第三个词，或任何一个什么词，或从最后一个词读到第一个词。每一次不同的进入都产生一首新的有意义的诗。尽管每次阅读的一般主旨都有相近性，细节却相当不同。这些细节的意义足以生成不同的阐释。这个自由滚动的特征赋予该诗循环的或周期性的结构，具有自我生成的潜力。笔者提出的实验性阅读当然只是一种词语游戏。然而，其目的却是要展示中国诗歌的流动程度，以及中国诗歌形式在哪些方面相似于西方后现代的序列形式。

笔者在上面已经提出，中国诗歌的流动性使得诗人能够以很大程度上的并列结构而非主从结构构思诗歌。通过并列的诗歌结构，中国诗通

---

1 徐鹏：《孟浩然集校注》，北京：人民文学出版社，1998 年，第 282 页。

2 Conte, *Unending Design*, p. 24.

过序列和数列两种形式获得了开放性。在这方面，中国古代诗的构思原则与后现代序列形式并不相左，后者也大多取决于并列结构。孔特认为主从和并列把数列和序列区别开来："一个数列是主从结构（意义'一个接一个地排列'），这个结构的诸因素从属于或依赖于其他因素而获取意义。……而序列则是并列结构（意义'并列排列'），其诸因素虽然事实上与系列相关，但仍然是自治的。比如，每晚六点刚过，街道上就停泊一列小汽车，它们自行组合成一个总体。小汽车是由从保险杠到保险杠的相临性及其对这一现象的参与而相关联的。然而，小汽车的牌子和型号却是不同的，它们沿着路边井栏排列的次序也常常发生变化；它们也不在相同的时间到达和离开。它们的关系是序列或并列的，从属于多元结合的原则。"[1] 孔特以生动有趣的泊车类比解释了序列形式的原理，但在笔者看来，我用孟浩然诗说明重组的易变性将是一个更好的选择。在某种意义上，以中国诗歌为依据的中国再现模式具有纵横字谜的多样性。与英文字母一样，中文的单音节字在页面上占据一个固定位置，但比起英语词来，却具有更大的自由与其他字构成组合。在纵横字谜中，字母可以横向、纵向、斜对角地与其他字母结合而构成新词。英语写作中近乎相等的是詹姆斯·乔伊斯的《芬尼根守灵夜》的新造词。艾柯这样描述该书："《芬尼根守灵夜》是一部开放之书。因此是一部天方夜谭（游戏、字谜、天方夜谭的故事）、密码设计仪，万花筒，易变形图，二重真理和设计的语尾词。"[2] 乔伊斯充分利用了英语音节的组合造词能力，在某种意义上与中国诗歌（尤其是回文诗）一样发挥意指功能，横向的、纵

1　Conte, *Unending Design*, p. 22.

2　Umberto Eco, *The Aesthetics of Chaosmos: The Middle Ages of James Joyce*, Tulsa, OK: University of Tulsa, 1982, p. 66.

向的、斜对角的、逆向的，用每个词作为开头构成一首新诗。在中国历史上，有许许多多诗歌是以这种方式写成的。它们常常被当作文字游戏而打发掉，但这种诗歌却常常传递出重要的信息。

笔者想指出的是，因古汉语而成为可能的这种写作模式在很大程度上促成了中国诗歌中有意为之的开放性，也可能对序列思想的开放性予以极大支持。孔特指出："序列思想认识到，客体的每一次接合都有一个意义；客体能够重新排列；后续的排列也具有意义，而且决不'次要于'初始表达的意义。初始表达也不决定这些后续表达的格式或结构。这种重组属性并不否定形式；反而承认形式在扩展的、相对的宇宙中的易变性。"[1] 中国古典诗歌在页面上常常没有标点符号，其次序恰好与现代阅读范式相反（即从右到左，从上到下）。除了这种形式表现之外，中国古代诗歌可以说在序列形式发明之前很早就完成了后现代的序列形式。清代著名文人纪昀有一次给乾隆皇帝抄写了一首诗。这首诗是王之涣著名的《凉州词》："黄河远上白云间，一片孤城万仞山。羌笛何须怨杨柳？春风不度玉门关。"[2] 他一时不慎漏掉了第一句最后一个字。皇帝发现了，说他犯下了欺君之罪。纪昀灵机一动，说他不是抄写王之涣的诗，而是在写一首词："黄河远上，白云一片，孤城万仞山。羌笛何须怨？杨柳春风，不度玉门关。"他之所以能成功地瞒过了他的笔误，是因为他巧妙地利用了文言短句的灵活性和古汉语的断句法。[3] 这件轶事代代相传，然而，乾隆绝不是傻瓜，他饶了纪昀，其实是看出了后者的做法有着超出

1 Conte, *Unending Design*, p. 25.

2 （清）蘅塘退士编、（清）陈婉俊补注：《唐诗三百首》卷八，北京：中华书局，1959 年，第 23 页。

3 这件轶事源自纪昀，但还有其他出处。参见陆家骥编著：《文艺趣谈》，台北：海王印刷有限公司，1987 年，第 294—295 页。

博人一笑的价值。从现代诗学的角度看，纪昀聪明的断句法不仅仅保住了他的脑袋，还代表了一种前现代的阅读和创作方式，它并非被动的消费性阅读，而是一种重新定位的新意义的产生和对诗歌语言重新组合之可能性的最大化使用。在实践意义上，他涉及法国作曲和指挥大师布莱兹（Pierre Boulez）在谈论音乐创作时提到的序列思想形式："这里（在序列思想内部），不存在预先构思的音阶——就是说，没有可以把特殊思想刻写其上的总体结构。作曲家的思想是根据特定方法运作的，创造它所需要的客体，以及每次有机会表达自身时所需要的组织形式。"[1] 布莱兹关于序列思想的提法是与音乐创作相关的。艾柯将其扩展到任何艺术创作，认为它是任何一部开放性作品的基础："关于开放可能性之定向生产的这一假设，涉及经验选择的激励，经常对既定语法的质疑，这是关于'开放作品'之任何理论的基础，在音乐中以及在任何一种艺术样式中都如此。开放作品的理论不过是序列思想之诗学。"[2]

无独有偶，中国传统诗歌的创作原则与巴特和艾柯识别出的能够进行开放性创造的后现代序列形式非常相像。中国古代诗人也许没有自觉地构思相似于序列思想的东西，但我相信他们有些人一定本能地感觉到了这样一种取向。关于苏蕙《璇玑图》的讨论就是佐证。武则天的评论是，无论你竖着读、横着读、从任何一个方向来读，那都是诗。[3] 这是关于阅读的真知灼见，把创作冲动从综合轴抛到了选择轴。朱淑真提出的关于璇玑图原理的洞见也证明有一种对范式关系与组合关系之间的协调："因悟璇玑之理，试以经纬求之，文果流畅。"[4] 如苏蕙自己所言：当它漫

1 Pierre Boulez, *Relevés d'apprenti*, p.297. 英译引自 Eco, *The Open Work*, p. 218。

2 Eco, *The Open Work*, p. 218.

3 Chang and Saussy, eds., *Women Writers of Traditional China*, p. 670.

4 转引自 Chang and Saussy, eds., *Women Writers of Traditional China*, p. 676。

无目的地徘徊，九曲回肠，便有了自己的格局。[1] 这似乎说明，她是在自觉地实验一种诗歌形式，其中没有可刻写某一特殊思想的预先构思的序列，而只有对活动符号的安排，这些符号的组合是滚动的；特定的符号每一次按某种方法协调组合都会生产出新的意义星系。

当然，在诗歌创作实践中，使得中国诗人完成序列形式的是中国诗歌的一个特征，可以从符号学的角度把中国诗歌描写为这样一种诗歌形式，其符号的组合关系是灵活的、流动的。这个性质非常接近符号的组合想象。巴特提出了这种组合想象而不再依据“深度”（或象征）关系来看待符号，但据其“之前和后续的关联，它把搭建的桥梁伸向了其他符号”[2]。巴特讨论了符号组合的审美复杂性。像序列这种文学形式是“链条或网络的一种‘衍生’想象”，他们负责“对活动的、替代性部分的安排，这些部分的组合产生意义或更一般意义上的新客体”。[3] 中国诗歌恰恰发挥着生产多价性和多义性的相同功能。

笔者对所选诗歌的分析表明，形式逻辑是中国诗歌的弱项。实际上，中国诗歌不为形式逻辑所控，而为一种组合逻辑所支配。这种逻辑基于一条未言的“规则”：在话语中每一个词可以与任何其他一个词组合，只要这组合在一定语境中具有意义。这个组合逻辑与孔特所举的小汽车在人行道边排列的序列形式相似：对汽车的牌子、型号、到达和出发的时间没有限制，一辆汽车只是一系列汽车之组合的一部分。“序列既不要求总体也不要求排除。相反，它是一种组合形式，其排列允许各种花色的物质组合。”[4] 正如孔特所说，“序列是一种开放形式，大多是由于它不要

---

1 转引自 Chang and Saussy, eds., *Women Writers of Traditional China*, p. 670。

2 Barthes, *Critical Essays*, p. 210.

3 *Ibid.*

4 Conte, *Unending Designs*, p. 21.

求某一外部组织的‘机械’控制”，在中国诗歌中，每一个字都是一个模块，在意指过程中通过与其他字组合而获得自身的位置。中国传统诗歌的开放性主要基于这些复杂的多面的方法，其中，一个词与其他词构成不同的坐标。这个坐标并不完全是由自觉意图决定的，而常常由无意识的语言过程所决定，这就是诗性无意识的作用。

六、结语：走向开放性诗学

中国古代诗学的鲜明特色与古汉语文言的意指机制相关，古诗不同于西方诗歌的关键之处是文言灵活多样的表现形式，其永恒价值在于创作和阅读过程中的诠释开放性。根据从现代诗学的视角分析所选诗歌的探讨，我们可以下一个初步的结论：中国古诗的语言媒介、意指机制和再现形式决定了开放性创作、开放性阅读、开放性欣赏，中国古典诗学的两个观念——“意在言外”和“不尽之义”，是对开放性创作、阅读和欣赏的高度概括。“意在言外”是作者在创作时力求“言有尽而意无穷”，“不尽之义”是读者在阅读欣赏时去体会“文外之旨”“言外之意”和“韵外之味”。因此，我们有理由说，中国古代的诗学在很大程度上是一种开放性诗学。

（原载《学术研究》2018 年第 2 期）

翁方纲诗学的取法途径与理论支点

蒋　寅*

自20世纪40年代郭绍虞《肌理说》一文发表以来，学界多因袭其说，先入为主地将肌理说视为翁方纲诗学的核心观念，在肌理说与当时不同诗学观念的对立中把握不同层面的诗学问题，以致对翁方纲诗学的诠释和评价产生诸多分歧意见[1]，并使翁方纲诗学的面目变得模糊不清。其实，正像同时代的其他诗论家一样，翁方纲的诗学观念也与他对传统的接受和师法途径有关，考究其取法之途与理论支点，就会看到他诗论的重要成果是建立起以杜韩苏黄元为宗尚的师法谱系和以"事境"概念为核心的学人诗观念，只有抓住这两点，我们才能看清翁方纲诗学的理

* 华南师范大学文学院教授、博士生导师。

1 关于翁方纲诗学研究的综述和反思，可参见郑才林《肌理派研究述评》(《中国韵文学刊》2005年第4期)、唐芸芸《翁方纲"肌理"说研究现状思考》(《井冈山大学学报》2012年第6期)两文。

论架构和历史定位，从而由新的角度做出更贴近诗学史过程的诠释和适当的价值评判。

一、杜韩苏黄元：取法之途与终极理想

翁方纲虽以才学博赡著闻，诗文书画兼长，又精于金石鉴赏，但起初诗学并非其所长，他后来成为乾隆朝最用功于诗学的人，诗学著作最为丰富，与早年从钱载游、切磋诗学有很大的关系。钱载虽是翁方纲乾隆十九年（1754）同科进士，但已是45岁的成名诗人，而翁方纲当时还是年未及冠的后生才俊。乾隆二十四年（1759）春，钱载自藜光桥移居宣南坊，与翁方纲居相邻近，自此往来切磋，乐数晨夕，每有诗成，相互评赏。钱载近年颇为学界关注[1]，他与翁方纲的诗学交涉也有学者讨论，指出他的诗论是翁方纲肌理诗说的一个当世渊源[2]，非常中肯。不过，翁方纲后来论诗渐与钱载分道扬镳，尤其是对杜诗两人的看法分歧很大。分歧究竟在哪里，今已无从得知，只知道自乾隆三十年（1765）视学广东起，翁方纲的诗学倾向就开始转变，逐渐由独尊唐诗转向唐宋兼师[3]，以杜甫为核心确立起杜韩苏黄的宗法谱系。

生当唐人之后，如何创新是每个时代都不能不面对的问题。在翁方纲看来，"宋人精诣，全在刻抉入里，而皆从各自读书学古中来，所以不

1 有关钱载诗歌的研究，可参见程日同《盛世的变徵与正声——清代诗人钱载研究》，长沙：岳麓书社，2014年。

2 潘中华：《从诗文看钱载与翁方纲交往》，《新美术》2008年第1期；程日同：《钱载诗学是"肌理说"的一个当世渊源》，《河北学刊》2010年第7期。

3 韩胜：《清代唐诗选本研究》，北京：中国社会科学出版社，2010年，第127页。

蹈袭唐人也。然此外亦更无留与后人再刻抉者，以故元人只剩得一段丰致而已，明人则直从格调为之。然而元人之丰致，非复唐人之丰致也；明人之格调，依然唐人之格调也。孰是孰非，自有能辨之者，又不消痛贬何、李始见真际矣”[1]。如此说来，宋以后学唐者分为三路，一为宋人之深刻，二为金元之丰致，三为明人之格调。其中明人的格调是他极力排斥的，他评价诗人通常就按是否模拟格调来褒贬进退；宋人的深刻则为他所宗尚；金元的丰致他也有所取法，盖丰致又可称为风调，“大约自元遗山而降，才气化为风调，逮乎杨廉夫、顾仲瑛之属，一唱百和，残膏賸馥，一撇一拂，几于人人集中有之。即后来西泠、云间诸派风调所沿，其源何尝不出自唐贤，讵可以相承相似而废之耶？”[2]此后可取者只有国初前辈中由唐人入手而出入于宋元的王渔洋和朱竹垞，这两家也是他心目中最能独辟蹊径的诗人。王渔洋讲神韵，尤系“合丰致、格调为一而浑化之”。这样，一个尖锐的问题就摆在包括他自己在内的乾隆诗人面前：“渔洋先生则超明人而入唐者也，竹垞先生则由元人而入宋而入唐者也。然则二先生之路，今当奚从？”他的答案是：“吾敢议其甲乙耶？然而由竹垞之路稳实耳！”[3]权衡斟酌的结果是朱彝尊更值得取法，或者说在今日走朱彝尊的路更容易成功。

到乾隆时代，经过从叶燮迄袁枚的有力论辨，唐宋诗的艺术价值之争已被超越，剩下的问题是从师法策略得出的对唐宋诗典范性的不同判断。翁方纲清楚地看到诗坛在这个问题上认识的偏差：“今论者不察，而

---

1 （清）翁方纲:《石洲诗话》卷四，郭绍虞编选:《清诗话续编》第3册，上海：上海古籍出版社，1983年，第1427页。

2 （清）翁方纲:《石洲诗话》卷五，郭绍虞编选:《清诗话续编》第3册，第1468页。

3 （清）翁方纲:《石洲诗话》卷四，郭绍虞编选:《清诗话续编》第3册，第1427页。

或以铺写实境者为唐诗，吟咏性灵、掉弄虚机者为宋诗。”[1] 这样的区分当然是不靠谱的，甚至恰好说反了唐宋诗的特征。应该说写实境才是宋诗所长，而这种长处又是从杜甫、韩愈诗中发展出来的。于是朱彝尊的由元而入宋而入唐，就被翁方纲具体化为由元好问而入苏、黄，由苏、黄而入杜、韩。《苏斋笔记》卷九有云：

> 诗必以杜为万法归原处，诗必以杜为千古一辙处，学者皆知此义也。而无如博稽古今，见《选》体以上，若似乎五言必力追杜以前矣；又见宋元以后诸家格调之变、家数之不同，若似乎未能专以杜为定程者。是以诗道纷歧，无又率循也。[2]

针对这两个使人犹豫不定的疑惑，他举出“杜以叙述乱离为长”和“杜不长于绝句”这两个最典型的议论，说明诗不可貌取而必须从精神上领会。“惟不以貌取，而后知上而风雅颂之典则，即皆杜诗也；下而宋元明之流别，即皆杜诗也。于是乎真诗学出焉矣！”[3] 不只是杜甫，继杜甫后开宗立派的苏东坡，也只有如此理解，才能透悉他和杜甫的血脉相通之处：“宋之有苏诗，犹唐之有杜诗，一代精华气脉全泄于此。苏亦初不学杜也，然开卷荆州五律何尝不从杜来？其后演迤宏肆，令人不能识其诣所至耳。”[4] 为此他不无自得地启发后学说：“窃尝为喜读苏诗者进一辞，曰：能知杜法，则苏诗皆真诗矣，皆无一处之滋弊矣。持此说以读苏、黄，

1 （清）翁方纲：《石洲诗话》卷四，郭绍虞编选：《清诗话续编》第 3 册，第 1429 页。

2 （清）翁方纲：《苏斋笔记》卷九，《复初斋文稿》，《清代稿本百种汇刊》，台北：文海出版社，1974 年影印，第 8657 页。

3 同上书，第 8658 页。

4 （清）翁方纲：《苏斋笔记》卷十，《复初斋文稿》，《清代稿本百种汇刊》，第 8687 页。

皆此义也；持此说以上下千古，该遍百家，皆此义也。”[1] 这样，他就建立起杜韩苏黄元这一祖四宗的宗法谱系。其中元好问是他夙为心仪、一再推崇的七古大家，韩愈是被叶燮与杜甫、苏东坡相提并论的古今三大家之一，惹人注目的只有黄庭坚的入围。[2]

翁方纲对黄庭坚诗的评价本来是有所保留的，总体看法是："诗至坡公，才力之雄肆，风格之深厚，殆无可以复变矣。是以山谷用逆笔矫变出之，实即坡诗之小变，遂以苏黄并称。又，其使事工于运用，无□鞲之迹而肌理所从出，则实仍杜法也。一变而为陈后山，则与杜又远；再变而为陈简斋，乃又若于杜稍近，皆非其真也。吾所以最服遗山论诗曰：'古雅难将子美亲，精微全失义山真。论诗宁下涪翁拜，未作江西社里人。'此其不欲以黄诗侪诸西江派，而于论义山之精纯连类及于山谷，乃真知山谷者也，乃真善言杜法者也。”[3] 但问题是，对于翁方纲这样的诗人来说，诗的难处不在于妙悟，而在于铺陈、排比，更难的是铺排而后能化。“化”是与“大”相联系的概念，也是区分天工和人巧的境界，所谓“大，可为也；化，不可为也，其李（白）之谓也”[4]。在他心目中，李白五律是“自然入化”的代表，此外他肯定的例子还有苏东坡《夜泛西湖五绝》，谓“以真境大而能化，在绝句中，固已空绝古人矣”[5]。以善写真境而达到化的境地，苏东坡所以成就其超越古今的大家地位，这也成为翁方纲终极的理想。事实上，能不能超越时代，的确是大家、名家所以

1 （清）翁方纲：《苏斋笔记》卷十，《复初斋文稿》，《清代稿本百种汇刊》，第 8690 页。

2 有关翁方纲对黄庭坚诗歌的接受，可参见邱美琼《由求同到证异：翁方纲对黄庭坚诗歌的接受》，《江西社会科学》2007 年第 10 期。

3 （清）翁方纲：《苏斋笔记》卷十，《复初斋文稿》，《清代稿本百种汇刊》，第 8693 页。

4 （清）翁方纲：《石洲诗话》卷一，郭绍虞编选：《清诗话续编》第 3 册，第 1373 页。

5 （清）翁方纲：《石洲诗话》卷三，郭绍虞编选：《清诗话续编》第 3 册，第 1408 页。

成立的重要标志。[1]翁方纲谈到宋人不祖苏而祖黄的现象，曾指出："宋诗之大家无过东坡，而转祧苏祖黄者，正以苏之大处，不当以南北宋风会论之。舍元祐诸贤外，宋人盖莫能望其肩背，其何从而祖之乎？"[2]他不仅看出苏东坡在宋代正像杜甫在唐代一样，有着难以超越的位置，同时更认定这样的大家必有难以效法的独绝之处，因而只能退而求其次，仿效王渔洋之取道于山谷。郭绍虞曾说："渔洋虽不废宋诗，却不宗宋诗中之江西诗派，而覃溪所得则于山谷为多。"[3]这里指出翁方纲多得益于黄庭坚，大体不错；但要说王渔洋不宗江西派，却又不尽然。王渔洋恰恰是清代最早力挺黄庭坚诗的重要人物，门人查慎行更是使黄诗流行于世的重要推手，曾宣称："涪翁生拗锤炼，自成一家，值得下拜。江西派中无第二手也！"[4]其难弟嗣瑮也有诗响应："后五百年谁再到，香留一瓣待涪翁。"[5]由此黄庭坚的身价扶摇日上，稳踞宋诗的代表诗人之位。翁方纲的推崇更提升了黄庭坚诗的典范性，使之与杜、韩并列为清代后期诗坛的不祧之宗。不过，翁方纲之倾倒于黄诗，却并不是由钻研王渔洋诗学而窥入山谷境界，乃是受到钱载的启迪，从而体会到黄庭坚逆笔的魅力。

前人论文章向有用逆之说，清初文章批评家吕留良曾说："文之一气呵成者，必用逆不用顺。盖用逆势，则一句磬一句，一层剥一层，澗翻云涌，势不可遏，读至终篇，恰如一句方佳。"[6]钱载论诗，最忌顺滑而重视

---

1 这个问题我曾在《家数・名家・大家——有关古代诗歌品第的一个考察》(《东华汉学》第15辑，2012年6月）一文中略有阐述，可参看。

2 （清）翁方纲：《石洲诗话》卷四，郭绍虞编选：《清诗话续编》第3册，第1426页。

3 郭绍虞：《中国文学批评史》，上海：上海古籍出版社，1979年，第592页。

4 （清）查慎行：《初白庵诗评》卷下，乾隆四十二年张氏涉园观乐堂刊本。

5 （清）查嗣瑮：《送同年陈秋田之官长宁三首》其二，《查浦诗钞》卷十，乾隆刊本。

6 （清）曹鍴辑：《吕晚村先生论文汇钞》，俞国林编：《吕留良全集》第2册，北京：中华书局，2015年，第597页。

逆笔，为的是严防顺笔轻滑之弊。批翁方纲《七榕行》“此珠当已历百年，百年前事凭谁溯”一联曰：“此句放手即不入调，软而俗、轻而滑矣。”批《春日药洲杂咏十首》其一又曰：“此首顺而滑，删之。”[1]从他批《题朱竹幛子》“少逆笔，则轻滑不免”[2]可见，顺滑之弊缘于无筋骨，所以《王右丞画江南初冬欲雪时歌》钱载批语有“熟极而清泻，无钩勒之筋骨”[3]的说法。翁方纲《七言诗歌行钞》曾引钱载说“山谷纯用逆笔”[4]，他很可能就是受此启迪，而专门写作了《黄诗逆笔说》，将逆笔解释为李后主的拨镫法：

> 逆者意未起而先迎之，势将伸而反蓄之。右军之书势似欹而反正，岂其果欹乎？非欹无以得其正也。逆笔者，戒其滑下也。滑下者顺势也，故逆笔以制之。长澜抒泻中时时有节制焉，则无所用其逆矣。事事言情，处处见提掇焉，则无所庸其逆矣。然而胸所欲陈，事所欲详，其不能自为检摄者，亦势也。定以山谷之书卷典故，非襞积为工也。比兴寄托，非借境为饰也。要亦不外乎虚实乘承、阴阳翕辟之义而已矣。[5]

陈伟文研究清代前中期黄庭坚诗接受史，曾论及逆笔，就其节制笔势的作用做了很好的阐发。[6]这里还可以补充的一点是逆笔的节制，同时意在

---

1 潘中华、杨年丰：《〈钱载批点翁方纲诗〉整理》，《古代文学理论研究》第36辑，上海：华东师范大学出版社，2013年，第276页。

2 同上书，第277页。

3 同上书，第282页。

4 （清）翁方纲：《七言诗歌行钞》卷十，苏斋丛书本。

5 （清）翁方纲：《黄诗逆笔说》，《复初斋文集》卷十，《清代诗文集汇编》第382册，上海：上海古籍出版社，2010年，第105页。

6 陈伟文：《清代前中期黄庭坚诗接受史研究》，北京：中国人民大学出版社，2012年，第105—108页。

蓄势。翁方纲曾经在《与友论太白诗》中，以李白《圯桥》为例阐明逆笔“势蓄而不泻”的原理。他认为黄庭坚的逆笔源于学杜。在他看来，历来学杜“不必与杜合而不容不合”者，只有李商隐和黄庭坚两人：“义山以移宫换羽为学杜，是真杜也；山谷以逆笔为学杜，是真杜也。”[1]这并不是他个人的独见，其他诗论家也有类似的看法。杜甫《奉济驿重送严公》“几时杯重把，昨夜月同行”一联，许印芳评：“第四句乃逆挽法，老杜惯用此法，学杜者亦多用之，不独温、李二家。”[2]这里的逆挽法就是逆笔。姚莹也指出：

> 七言律诗，五六两句最难工，以上四句雄骏直下，至此力竭，气难转运故也。昔人论此，推义山《马嵬》一首，其五六云：“此日六军同驻马，当时七夕笑牵牛。”盖用逆挽法也。然此法亦本少陵。《诸将》第一首云：“见愁汗马西戎逼，曾闪朱旗北斗殷。”第二首云：“胡来不觉潼关隘，龙起犹闻晋水清。”义山实本于此。盖以锁上斗转，更开收结，章局既变化，而气骨益见开拓。[3]

无论怎么说，逆笔只是章句调运的一种模式，虽能营造独特的艺术魅力，但与大家之大尚无必然联系。翁方纲阁苏而取黄无非是寻觅可觅的路径，借鉴可鉴的艺术手法，可以视为现实的取法策略。这再度提醒我们，取法之途历来就与终极理想不是一回事。

---

1 （清）翁方纲：《同学一首送别吴谷人》，《复初斋文集》卷十五，《清代诗文集汇编》第382册，第158页。

2 （元）方回选评，李庆甲集评校点：《瀛奎律髓汇评》卷二十四，上海：上海古籍出版社，1986年，第1028—1029页。

3 （清）姚莹：《识小录》卷五，合肥：黄山书社，1991年，第143—144页。

王渔洋提倡黄庭坚诗虽有助于其地位的提升，但还不足以赋予黄诗以典范的品位，可与杜、韩、苏相提并论。乾隆前期秦武域称边连宝“以杜为主，韩、苏为辅，斯道未坠，必有英绝领袖之，舍先生其谁与？”[1] 黄庭坚还没有进入宗师行列中。要经过翁方纲的具体阐发、剔抉，他才得与杜、韩、苏共享俎豆。前引翁方纲《粤东三子诗序》告诫后学“吾学侣宜博精经史，而后其诗大醇。诗必精研杜、韩、苏、黄以厚根柢，而后其词不囿于一偏”[2]，虽然宗旨仍不离质厚二字，但已填充了具体的典范谱系和取法路径，与蒋士铨、姚鼐对黄庭坚的推崇相呼应，最终奠定乾隆中叶以后诗歌取法的基本走向。[3] 这到乾隆末年，在崇尚性灵抒发的袁枚眼中已是很无奈的现实：“今之士大夫，已竭精神于时文八股矣；宦成后，慕诗名而强为之，又慕大家之名而挟取之。于是所读者，在宋非苏即黄，在唐非韩则杜，此外付之不观。”[4] 不光是他不理解，至今我也觉得很难说清，究竟是一股什么样的力量，将清代诗歌的趣味和艺术取向推到了这一方向。

二、事境：翁方纲诗学的理论支点

如果说杜、韩、苏、黄为质厚的美学提供了一个取法的路径，那么

1 （清）边连宝：《病余长语》卷七，济南：齐鲁书社，2013 年，第 256 页。

2 《岭海楼黄氏家集》卷首，广州富文斋刊本。

3 这一点陈伟文已指出，参见《清代前中期黄庭坚诗接受史研究》，北京：中国人民大学出版社，2012 年，第 104—105 页。关于翁方纲对苏、黄的具体评价，可参见张高评《翁方纲〈石洲诗话〉论宋诗宋调——以苏轼、黄庭坚诗为核心》，《文与哲》第 22 期，高雄：“中山大学”中国文学系、清代学术研究中心，2013 年 6 月。

4 （清）袁枚：《随园诗话》卷四，南京：江苏古籍出版社，2000 年，第 93 页。

接着产生的问题就是从哪个层面去学这些作家，或者说取法的落脚点在什么地方。这的确是个问题。翁方纲所景仰的前辈王渔洋，因反拨格调派而讲求神韵，对诗艺的探究用功于体制和声调为多，对表现技法较少开陈，尤其疏于语言层面的探讨。沈德潜的新格调诗学致力于重新塑造传统，却于诗歌艺术无所建树，以至于陆廷枢序翁方纲诗，不得不感叹“格调流于空疏，神韵沦于寥阒”[1]；而几乎与翁方纲同时在江南崛起的袁枚性灵说，又将诗学讨论引向内心体验的表现方面，另辟一条鉴赏式的批评之路。这些具有全国性影响力的诗学似乎都走在陆游所谓“功夫在诗外”的道路上——如果我们从文本的意义上来把握“诗”的话。不知不觉中，诗学仿佛来到一个岔路口，这时在通向文本的方向，有一个概念像盏灯在迷茫中亮起，它就是“切”。

乾隆诗坛不约而同地开始关注“切”的问题，鲍桂星、金德瑛、袁枚等人都有相关议论。唐陆龟蒙称赞张祜“善题目佳境，言不可刊置别处，此为才子之最”一说，当时常被人讨论。翁方纲也认可“此段论诗极有见”，但随即又加以拓展道：“所谓不可刊置别处，非如今日八股体，曲曲钩贯之谓也。乃言每一篇，各有安身立命处耳。如太白《远别离》、《蜀道难》等篇，极其迷离，然各篇自有各篇之归宿收拾。即如乐府各题，各自一种神气。以此易彼，则毫厘千里矣。”[2]他将“切”的含义由紧扣题咏对象推广为紧扣题旨，显示出对艺术表现的整体关注，这就使诗学又回归于诗歌表达功能的实现上来。事情本来如此，无论持什么样的艺术观念，诗的完成最终还是落实于表现手段。翁方纲在精研王渔洋诗学后，不由得深有感触：“诗家之难，转不难于妙悟，而实难于‘铺陈终

---

1 （清）翁方纲:《复初斋诗集》卷首,《清代诗文集汇编》第 381 册。

2 （清）翁方纲:《石洲诗话》卷二，郭绍虞编选:《清诗话续编》第 3 册，第 1396 页。

始、排比声律’。此非有兼人之力、万夫之勇者，弗能当也。”[1]如果说王渔洋神韵论是回到诗歌魅力本身，是关于诗美构成的诗学，那么翁方纲的诗学则可以说是回到诗歌写作过程，是关于意图实现的诗学。它首先基于这样一个追问：诗歌之成立始于何处？结论是言有物；如何方为有物？结论是切于事境。

翁方纲一方面欣赏陆龟蒙题善切境的主张，一方面却又认为他本人的创作实开晚唐松浮之渐。问题出在“不揣其本而齐其末”，“后之不从事于大本大原，而专以捋撦斗凑为事者，实此一种启之”。何以这么说呢？“此事必要从源头打出，方是真境，即圣人所谓言有物也。”[2]这里给出三个关键词：源头、真境、言有物。源头即所谓大本大原，从广义说是六经，往狭义说是《三百篇》，即《苏斋笔记》所述儒家返本之说：“圣人言礼乐必返诸本始，则文章岂有不返本者乎？班孟坚言赋者古诗之流，是即赋家崇本之言，诗则根本于《三百篇》。”[3]又曰：“文必根本六经，诗必根本《三百篇》，盖未有不深探经学而能言诗文者。治经以义理为主，固不可以后世诗文例之，然未有不深究《三百篇》之理而能言诗者，亦未有不深究于诗教原流正变而能读《三百篇》者。此诗家最上第一义。”[4]源头既明，真境也就不难理解：

诗所以分别雅郑，所以分别正体伪体者何？在乎言者心之声，声者谁之声欤？文以意为主，意者谁之意欤？持身立品，因时切地，全恃乎诗中有我而已，未有不真而可云诗者也。上而敷陈雅颂，远

---

1 （清）翁方纲：《石洲诗话》卷一，郭绍虞编选：《清诗话续编》第3册，第1373页。

2 （清）翁方纲：《石洲诗话》卷二，郭绍虞编选：《清诗话续编》第3册，第1399页。

3 （清）翁方纲：《苏斋笔记》卷十二，《复初斋文稿》，《清代稿本百种汇刊》，第8775页。

4 （清）翁方纲：《苏斋笔记》卷九，《复初斋文稿》，《清代稿本百种汇刊》，第8649页。

而咏史论古，迩之人伦赠酬，大之山川境域，细之一名一物、一卉木虫鱼，每有托兴，必切此身所处分际，乃所谓不苟为炳烺也。即如一贺祝之嘏词，必其中有关赠言之真谊，乃谓之言有物也。不然，则幕客拜缄之套子耳，何取于诗乎？[1]

针对王渔洋神韵派的空洞和沈德潜格调派的肤廓，翁方纲强调诗不仅要有情感内涵，更要有因时切地、切身所处的具体内容。这一主张似乎又由追求真切而回到了康熙诗学"诗中有人"（真情感）和"诗中有我"（真面目）的命题。但我们知道，这绝不会是简单的重复。旧命题的重新使用，总会在新语境中注入不同的义涵。翁方纲显然加强了"必切此身所处分际"即切合作者身份、境遇的权重——让人联想到沈德潜对立言失体的批评[2]，这是当时诗论家特别注意的问题，涉及对诗歌抒情方式的基本理解。翁方纲也曾尝试用传统诗学的本末观来阐述同样的问题：

人之性情无古今一也，至于赋事写景，则有日出不穷者，有百变不一者。若以本性求情，作忠教孝，亦必缘所赋之事、所即之境以达之。是故千花万叶皆可以寻其根，千涂万辙胥所以适于道也。不揆其本，则末将焉附？不究其末，则本亦不能孑然独立。斯则华实相需，意言互发，非可尽以心声天籁，藉口于诗有别才，非关学矣。[3]

1 （清）翁方纲：《苏斋笔记》卷十一，《复初斋文稿》，《清代稿本百种汇刊》，第 8763 页。

2 （清）沈德潜《说诗晬语》卷下："若小小送别，而动欲沾巾；聊作旅人，而便云万里。登陟培塿，比拟华、嵩；偶遇庸人，颂言良哲。以至本居泉石，更怀遁世之思；业处欢娱，忽作穷途之哭。准之立言，皆为失体。"《沈德潜诗文集》第 4 册，北京：人民文学出版社，2011 年，第 1961 页。

3 （清）翁方纲：《苏斋笔记》卷十一，《复初斋文稿》，《清代稿本百种汇刊》，第 8746 页。

在肯定性情永恒和事景无常的前提下，必缘所赋之事、所即之境以道性情，成为诗歌创作的核心问题。又基于本同末异的辩证关系，诗学的关注点于是落实到事、境这两个概念上，同时又与学问联系起来。

事境对举绝不是翁方纲偶然的灵机，它们多次出现在翁方纲的论诗文字中，而且与许多重要概念发生关联。首先是与“理”相关联，见于《言志集序》：“理者，民之秉也，物之则也，事境之归也，声音律度之矩也。”[1]其次是与“法”相关联，见于《延晖阁集序》：“泥于言法者，或为绳墨所窘；矜言才藻者，或外绳墨而驰。是皆不知文词与事境合而一之者也。”[2]再次是与风格相关联，见于《朱草诗林集序》：“予尝论古淡之作，必于事境寄之；放翁亦言绝尘迈往之气，于舟车道路间得之为多。”[3]翁方纲将诗的构成分析为文词和事境两部分，前者即诗的语言形式，后者为诗的素材。《神韵论下》在辨说神韵非空寂之意时写道：“渔洋之诗，虽非李、何之滞习，而尚有未尽化滞习者。如咏焦山鼎，只知铺陈钟鼎款识之料；如咏汉碑，只知叙说汉末事。此皆习做套语，所以事境偶有未能深切者，则未知铺陈排比之，即连城玉璞也。”这里的铺陈、排比，在翁方纲诗学中是有特殊含义的，指正面叙写对象。王渔洋咏焦山鼎只铺陈款识等内容，咏汉碑只叙述汉末历史，都未正面触及鼎和碑本身。这就让翁方纲对赵执信不切事境的非议也不能不承认“亦何尝不中其弊乎？”[4]在他看来，题咏之作就应该紧扣对象本身，鼎的形制和碑的内容是事，观摩、玩赏的过程及感想是境，两者既然在特定的时空融合为诗歌的素材，这就意味着事、境也可添加“时”以凸显其在场性，如《诗

1 （清）翁方纲：《志言集序》，《复初斋文集》卷四，《清代诗文集汇编》第382册，第53页。

2 同上书，第52页。

3 同上书，第44页。

4 （清）翁方纲：《复初斋文集》卷八，《清代诗文集汇编》第382册，第87页。

法论》所谓“同一时同一境同一事之作，而其用法之所以然，父不能得之于子，师不能传之于弟；即同一在我之作，而今岁不能仿昨岁语，今日不能用昨日之语”[1]。很显然，这种以时、事、境为核心要素的诗学观念，不同于传统的以情、景、事、理为核心要素的道性情诗观，它完全抛开情—景、意—象这些基于抒情的意象化表现而形成的诗学话语，将诗学的美学关注转移到纪实性的关注上，同时将具体的、日常化的生活内容当作诗歌的主要素材，换言之即以诗歌来提升日常生活的品位，渲染日常生活的诗意，这样一种动机成了诗学的核心问题。这很容易让人联想到白居易式的诗歌美学，联系到杜甫诗中萌生、在中唐诗里日益凸显的日常生活审美化的发展趋势。尽管我们的确看到，翁方纲称“白公之妙，亦在无意，此其似陶处也”[2]，给予很高的评价，但翁方纲对诗歌的态度更像是源自宋人的书房趣味，可能也与韩愈的写作意识相通。程千帆先生论韩愈，曾说：“韩愈是要将不是诗的东西硬做成诗，而且要人承认它是诗。”[3] 程先生主要说的是韩愈处理素材的方式，到翁方纲则变成选择素材的倾向，一种宋代之前所没有的、与士大夫日常生活的变化——由诗征酒逐、歌台舞榭到赏玩古董、书画，考订金石、文史——相关的内容作为新素材进入了诗中，这对诗歌观念和写作意识将产生什么样的影响呢？

相对于传统诗学讲比兴，翁方纲论诗以赋笔为主，推崇正面表现[4]，以求获得切己的效果而避免浮泛。晚年所撰《咏物七言律诗偶记》跋论

1 （清）翁方纲：《复初斋文集》卷八，《清代诗文集汇编》第 382 册，第 82—83 页。

2 （清）翁方纲：《石洲诗话》卷二，郭绍虞编选：《清诗话续编》第 3 册，第 1391 页。

3 蒋寅：《立学私记》，《学术的年轮》，北京：中国文联出版社，2000 年，第 217 页。

4 唐芸芸：《翁方纲“正面实作”诗学观研究》（《中国诗学》第 23 辑，北京：人民文学出版社，2017 年）对此有专门论述，可参看。

及体物的工切问题，更强调人地事境的贴切，从而另辟不同于唐诗家数的蹊径：

> 以愚往复研求作者利弊，则凡题人写照者，不惟工于写景，必期惬当其人，岂惟惬当其人，必期于在我之交谊亲疏，与见在之时地际遇。或赠酬之际，喻申忠孝之箴；或劝惩之间，矢结韦弦之佩。皆于寄兴，灼见指归，而叙景之工切，第于此中相依而出，不止缘情绮靡也。[1]

不过同时，他虽然喜欢在诗中叙写古书画器物考论的内容，却不涉议论，尝自称“予于文学从来不为史题史论之作”[2]，这又不合于宋诗家数。他似乎要在唐宋两大传统之间维持一个平衡。赋笔最宜于七言古诗，翁方纲的写作尤其是居京期间的大量题咏之作，体裁多为七言古体，可见对诗体的功能有清楚的意识。至于律诗，则多用于应酬的场合，同样以切己为旨归，以区别于拟古、效古之类的代言体。《唐人律诗论》曾以文章为参照来说明诗的体性：“若作诗则切己言志，又非代古立言之比；至于律诗，则更非衍拟古、效古之比矣。”[3] 相比前人的“诗中有人”和“诗中有我”，翁方纲更强调“切己”，即重视具体的在场感，也就是事—境之“境”，它意味着一个超脱于世俗尘氛的诗意之境。在翁方纲看来，真正的诗就诞生于此。在谈到曹学闵晚年以理趣入诗时，他曾说：“夫诗之

1 （清）翁方纲：《咏物七言律诗偶记》，嘉庆十一年刊本。

2 （清）翁方纲：《与谢蕴山论咏史诗》，《复初斋集外文》卷二，《清代诗文集汇编》第 382 册，第 641 页。

3 （清）翁方纲：《唐人律诗论》，《复初斋文集》卷八，《清代诗文集汇编》第 382 册，第 88 页。

涉应酬者，不必言也，即其工声律者，亦非尽由己出也。若夫陶冶性灵，以恬澹闲适为诗者，斯近于诗味矣。”汲汲于应酬者俗，耽于声律者迷，都不足以言切己；只有像曹学闵那样不为文饰，“所发皆有用之言，而非所谓理过乎辞者也”，才算是“见道切己”。[1] 这种超脱世俗功利、达致恬澹闲适的境界，最接近翁方纲心目中的诗的本质。也正是基于切己的要求，这才有《诗法论》反对“隔时地分古今而强我以就古人之法，强执古人以定我之法”的宗旨。法由此被分为两类：“法之立也，有立乎其先、立乎其中者，此法之正本探原也；有立乎其节目、立乎其肌理界缝者，此法之穷形尽变也。”前者可知是既定的成法，后者是随机应变的活法。成法固然必求诸古人，就是活法，“大而始终条理，细而一字之虚实单双，一音之低昂尺黍，其前后接笋、乘承转换、开合正变，必求诸古人也”[2]。

更重要的是，当事和境成为诗的基本素材后，就再不能像传统的诗歌写作那样言情状景，走不著一字、不落言筌的空灵路子，而必须用事（事由、对象）和境（活动、背景）填充作品，尤其是当“事”主要对应于翁方纲及其周围文士日常生活中的风雅之事时，它就格外地与学问关系密切起来。乾隆五十九年（1794）八月，翁方纲为门人谢启昆作《谢蕴山诗序》，给诗下了这样一个定义：“夫诗，合性情卷轴而一之者也。”[3] 不是从习惯的功能论（道性情）角度而是从本质论角度下的这个定义，没有用“学问”而用了“卷轴”，并不是仅指风雅生活；从他将徐祯卿学

1 （清）翁方纲：《慕堂诗钞序》，《复初斋集外文》卷一，《清代诗文集汇编》第382册，第633页。

2 （清）翁方纲：《诗法论》，《复初斋文集》卷八，《清代诗文集汇编》第382册，第82—83页。

3 （清）翁方纲：《徐昌谷诗论一》，《复初斋集外文》卷一，《清代诗文集汇编》第382册，第635页。

古未臻大成归结于未能“由性情而合之学问”[1]，可知这个定义也不纯然是就学人之诗而言。尽管《谢蕴山〈咏史诗〉序》将诗的家数分为才人和学人两路，但学问是两者都不可偏废、不可或缺的：“有才人之诗，有学人之诗，二者不能兼也。山谷云以古人为师，以质厚为本，然吾尝见山谷手迹，荟萃史事，巨细不遗。自后山以下得其隶事之法，而所以学其学者，知者盖罕矣。”[2]这里在学问与质厚之间划了一条连线，前文指出的进入翁方纲诗学的路径终于接近了中心。历来论者都认为，翁方纲是为纠正神韵说之空虚而提倡学人之诗的，现在看来还有着迁就自己典型的学人生活的意图。细味《苏斋笔记》卷九这段议论，其实说得很清楚：

有学人之诗，有才人之诗，有专取兴象、专取性灵之诗。若以诗言志论之，则性灵为主，而兴象佐之，古人原以天籁为真诗也。然而世运与学问相乘而生焉，若必尽效祖咏春雪四句，意尽辄足，则渔洋所谓三昧者，直若举古今学者皆归于空中之音，作禅房入定之兴象，以为超诣。渔洋固云举一而反三也，吾则为拟一语云举一而废百也。再若必尽推伫兴而就之灵妙，则又恐启陈白沙、庄定山之流弊矣。所以诗家竞言才矣，曰才思，曰才力，曰才藻，思与力皆自己出，藻则资学矣。因时因地，□古宜今。士生今日，百年以前尚沿明朝人貌袭古人之弊。惟我国朝考订之学，博洽则追东汉，精研则兼南宋，际此通经稽古之会，则其为诗也，必以学人之诗为职志，乃克有以自立耳。[3]

---

1 （清）翁方纲：《徐昌谷诗论一》，《复初斋文集》卷八，《清代诗文集汇编》第382册，第89页。

2 （清）翁方纲：《谢蕴山〈咏史诗〉序》，《复初斋集外文》卷一，《清代诗文集汇编》第382册，第635页。

3 （清）翁方纲：《苏斋笔记》卷九，《复初斋文稿》，《清代稿本百种汇刊》，第8655—8656页。

举古往今来天下之诗不外乎三类：才人之诗、性灵之诗和学人之诗。才人之诗是自古以来的传统，王渔洋为其宗匠；性灵之诗是当今流行的时尚，袁枚独领风骚。两者各擅胜场，但都主于天性，逞才思而易至局促，纵才力而不免流荡。至于学人之诗，则寄托于学问，独富文藻，因时因地，各适其宜。尤其是正值举世崇尚通经学古、博洽覃思之际，学人之诗正可附丽世运，润色鸿业。因此他断言为诗必以学人之诗为职志，乃能有所成就。从内心说，他其实是瞧不起性灵诗的，只有王渔洋代表的才人诗堪为值得一驳的对手，故而他甚至不惜点名批评这位一向敬慕的前辈。非但如此，他还特地将学人之诗与才人之诗又做了一番比较：

> 山川草木之变态，图书载籍之奇赏，宣泄不尽，而千枝万叶皆见根源，所以千途万辙皆适正路，此为学人诗也。若夫才人之诗，第骋奇于句调字声，则自李长吉、杨廉夫之徒启之。长吉皆非无本也，奈后人以无本之学学之，则其弊□不可胜诘矣。[1]

至此，以质厚为归的学人诗论终于到达它的终点，其中包括的理论命题和经验之谈也呈现出纲举目张的系统结构。不过在翁方纲看来，自己系统建构的工作还没有完成，他意识到有必要对学人诗的理论边界做一些限定。

这无疑是很有必要的，学人诗尚学的主张推到极致，很容易在诗歌基本观念上造成一些偏见。首先面临的问题就是如何对待学问和书卷，他历数诗学史上有代表性的看法，然后表明自己的态度：

1 （清）翁方纲：《苏斋笔记》卷十一，《复初斋文稿》，《清代稿本百种汇刊》，第 8760 页。

> 且如严沧浪谓诗有别才，非关学也，何尝不是？但后人□执此语，遂可以性灵谈诗，其流为陈白沙、庄定山之徒矣。乃若渔洋竟拈妙悟以言诗，岂不亦开学者束书不读之弊乎？杜少陵则曰“法自儒家有”，曰“读书破万卷”，所以为学第一不可畔程朱，然却非执理语以为诗也；次则最不可薄视考订之学，然却又非呈博辨以为诗也。[1]

这就为学人诗划定了底线，既不能以理语为诗，也不能以考据为诗。比起洪亮吉、汪中、孙星衍等学者兼作家来，翁方纲明显是更开通的人，论诗力主创新，提倡多样化，偶尔还讲“情景脱化”[2]，并认为诗人不一定非得从事考证。《考订论》甚至说：“诗文家竟有不事考订者，此固无害其为专长。秀水钱载，诗人也，不必善考订也。”[3]但问题是他本人长年的书斋生活，使日常诗歌写作无法摆脱与学问的关联[4]，不仅崇尚学问，更常常以学问为诗歌素材。以致论者每将金石考据入诗视为翁方纲的创作特点，这无疑是只看到了问题的表面。让我们来玩味一下恽敬《坚白石斋诗集序》的说法：

> 自乾隆以来，凡能诗者，不得不自辟畦径，各尊坛坫，是故秦权汉尺以为质古，山经水注以为博雅，牦轩竭陀以为诡异，街谈春

1 （清）翁方纲：《苏斋笔记》卷十一，《复初斋文稿》，《清代稿本百种汇刊》，第 8759 页。

2 （清）翁方纲：《石洲诗话》卷三，郭绍虞编选：《清诗话续编》第 3 册，第 1423 页。

3 （清）翁方纲：《考订论》中之二，《复初斋文集》卷七，《清代诗文集汇编》第 382 册，第 78 页。

4 郭康松、郗韬：《论乾嘉学人诗——以翁方纲诗为中心》，《中南大学学报（社会科学版）》2013 年第 2 期。

相以为真率，博徒淫舍以为纵丽，然后推为不蹈袭，不规摹。[1]

这段话提醒我们，以学问内容入诗，不只是当时作者普遍的学术兴趣对诗歌写作的自然影响，也是他们试图以此求变的自觉努力。换言之，学人诗风也应该放到清代中叶独创性焦虑的心态背景下来加以理解。当时的情况是，不仅学者们的诗歌喜欢阑入考据和题咏古物，就是胡天游、黄景仁一辈性灵派诗人也乐此不疲，让人感觉到确实是一时风气如此。乘运而起的翁方纲，试图为这种新鲜的诗歌经验建立一套理论，但事、境两个概念只涉及写作的素材层面，还无法构筑完整的理论基础，他显然需要更多的概念、范畴。为此，翁方纲不仅对格调和神韵做了诗学概念的还原，还从文本或形式的意义上，吸纳了若干在理论层面上有交叉的概念，最显赫的是体格、家数、音节，他在《苏斋笔记》中阐明它们是诗中交相为用的三个基本要素。[2]

这样，翁方纲就逐步建构起他自己的诗学理论系统，具体地说，就是一套以质厚为艺术理想、以事境为核心、以杜韩苏黄元为师法典范、更具操作性和技术含量的诗学理论。在这个理论系统中，肌理的概念并不占据核心位置，翁方纲也不曾以它为主干来构建其理论框架，称之为肌理诗学是明显不合适的，更准确的名称应该是“学人诗论”。因为它的理论旨趣以学问为基本内容，艺术典范指向杜韩苏黄元这些历来被视为以文字为诗、以议论为诗的诗人，这都直接影响到嘉道以后的学人诗观念，成为清代后期学人诗风的理论号角。相对来说，肌理虽以概念的新

---

1 （清）李銮宣著，刘泽、孙育华、陈金戈点校：《坚白石斋诗集》，太原：山西人民出版社，1991 年，第 526 页。

2 关于这一问题，笔者将在《吸收与还原：翁方纲与传统诗学观念》一文中专门论述。

颖而为人注意，但它只处于翁方纲诗学理论的底层，还不足以成为支撑学人诗理论的骨干概念。它的意义只在于弥补了向来诗学对文本组织层面关注的不足，以一个形象的概念阐明了文理与句法、修辞的关系，从而将若干传统文法概念包括正面铺叙、逆笔、笋缝等统摄起来，使古典诗学在文本层面获得一组清晰合用的概念群。只有这样来认识翁方纲诗学的理论框架和实用品格，才能看清翁方纲诗学的现实意义和历史定位，同时更准确地理解肌理说的内涵及其自身的理论展开。

（原载《学术研究》2017 年第 6 期）

中国传统文学批评中的“体认”功夫论

党圣元[*]

“体认”是中国传统思想固有的一个重要范畴。“体认”范畴之形成与演变，是一个较为复杂而叠错的思想演化过程和观念史进程，其涵盖范围也比较广泛，联结着包括中国古代文学思想在内的传统思想之各个门类，当然又以理学、佛道、文学为主要体现方面。中国传统文学批评中的“体认”功夫论，是在历代文学批评的话语实践过程中逐步萌蘖、形成的，具有非常深厚的哲学底蕴，精义叠出，思想内涵丰富，为传统诗文评增添了思理辉光。本文拟从“体认”“功夫论”之历史语义分析、传统文学创作论中的“体认”功夫论、传统文学接受与鉴赏中的“体认”功夫论三个方面进行论析，以使其义理得到彰显，并且使传统文学批评中的“体认”功夫论这一重要文论范畴之当代价值得以释放，引起关注。

* 中国社会科学院外国文学研究所研究员、博士生导师。

不足之处，祈请方家同行批评指正。

一、“体认”“功夫论”之历史语义分析

就一般的认识论哲学层面上来讲，以及从较为宽泛的意义上言之，“体认”可以视为是认知主体为达到某种认识或实践目标而采取的程序、方法或手段。在认识的层面上，“体认”规定了达到真理的路径与方法。而在实践层面上，“体认”则更多地与价值理想、心性工夫的实现过程相联系。在传统的“功夫”论中，所谓的“体认”，源自认知主体的意义需求与目标感，是认知主体存在与自我实现的重要甚或是唯一方式。我们知道，在中国传统思想关于天、地、人整体关联的意义世界建构中，在万物一体、体用不二、知行合一的理论预设中，经由“体认”之功夫路径，在宇宙万物的知识体系和主体实践的价值体系之间，搭建起了主客、心物之间的互动相生、同步共振关系，从而把宇宙世界、人伦世界精神化、价值化。因此，“体认”的“功夫”，不仅仅是一种知识搭建的途径与过程，更是价值与信仰的确证途径与过程，是目标与过程之合一，因而具有复杂多面的意义脉络与诠释维度。

在体认的过程中，认知者之认识能力、道德品格以及审美情趣呈现出相互融合的关系。在传统认知学说中，精神本体并不是以分离、分析的方式呈现，而是具有统一的特质，以整体的形式而存在，并构成统一的精神之域。因此，在中国传统认识论中，精神本体是客体与主体或个体的同生共在，并完全融化为主体的存在方式，与主体合二为一。就此意义而言，由方法而本体，由功夫而境界，“体认”因此而具有了本体论的色彩，进入了形而上学的论域。

概而言之，体认是功夫之学，具有返身性的特点。《淮南子·氾论训》云：“故圣人之道，宽而栗，严而温，柔而直，猛而仁。太刚则折，太柔则卷，圣人正在刚柔之间，乃得道之本。积阴则沉，积阳则飞，阴阳相接，乃能成和。夫绳之为度也，可卷而伸也，引而伸之，可直而睎，故圣人以身体之。”[1] 此处所言之“体”，即是体验、体认。在“以身体之”的形式下，体认带有返身性特征。朱子说：“不可只把做面前物事看了，须是向自身上体认教分明。”[2]“如何是礼？如何是智？须是着身己体认得。”[3] 朱子认为，在认知过程之中，越是要把握具体的内涵，就越离不开反求诸己的体验。而且，朱子还认为，这种体认的功夫，必须是向内的，虽然可以借助于“学”的途径方式，但又与“学”不同。就主体的价值实现而言，体认包含了“学”的功夫。“学”的功夫是向外的，而体认的功夫则是向内的。《论语·学而篇》所谓“学而时习之”，“学”是一种实践活动，也是一种知性积累。体认则是一种状态，也是一个过程。因此，朱子又说：“体认省察，一毫不可放过。理明学至，件件是自家事。”[4] 这种体认省察，不仅是一个由微到著的自我领悟过程，而且还涉及对体认成果的审视，是成人成圣、优入圣域的必修功夫。

作为一种自我领悟的途径和过程，体认是自然、人生经验的自我升华，有一个动态的养成过程，此过程与逻辑、语言、概念分析构成的知识过程并非完全无涉，而是既有连接又有超越，连接中有超越，超越中有连接，两者处于知识的不同层面，然而又互相交错、浑然一体而难以

---

1 （西汉）刘安著，何宁集释：《淮南子集释》，北京：中华书局，1998 年，第 1368 页。

2 （宋）朱熹著，黎靖德编，王星贤点校：《朱子语类》，北京：中华书局，1986 年，第 142 页。

3 同上书，第 182 页。

4 同上书，第 140 页。

剖分。因此，熊十力认为："中国哲学有一种特别精神，即其为学也，根本注重体认的方法。体认者，能觉入所觉，浑然一体而不可分；所谓内外、物我、一异种种差别都不可得。唯其如此，故在中国哲学中无有象西洋形而上学，以宇宙实体当作外界存在的物事而推穷之者。"[1] 熊十力强调体认在中国思想阐释中的重要性，他认为天道的本体必须通过体认实践而得来，并且还从根本上反对用西方体系哲学的概念方式来建构中国思想。故而熊十力又指出："然儒者在其形而上学方面，仍是用体认工夫。孔子所谓'默识'，即体认之谓。孟子所谓'思诚'，所谓'反身而诚'，所谓'深造自得'，亦皆体认也。(思诚者，诚谓绝对的真理；思者，体认之谓，非通途所谓思想之'思'。思诚，谓真理唯可体认而得也。反身而诚者，谓真理不远于人，若以知解推求，必不能实见真理。唯反躬体认，即灼然自识，深造自得者。所谓真理，必由实践之功，而后实有诸己。)自儒家之见地，则真理唯可以由体认而实证，非可用知识推求。"[2]

人类对于世界的认知，无非是采用两种方式进行。一种通过思辨的、逻辑推衍的方式，这通常是理性的认知；一种是采用体悟的方式，这通常是感应、体验、非严格逻辑化和思辨程序的认知。中国式的体认功夫属于后者。张岱年曾在《中国哲学大纲》绪论中认为，知行合一、一天人、同真善，重人生而不重知论，重了悟而不重论证，既非依附科学亦不依附宗教，是中国式体认的主要特点，其中"一天人，重了悟"也是中国艺术及艺术思维的重要特点，这是与中国传统文化直觉方法、"模糊性"的思维特点相联系的。张岱年还对传统格物致知的方法做了研讨，将中国哲人求得其知的方法分为六种，分别是：1. 验行。即以实际活动

1 熊十力：《十力语要·答马格里尼》，沈阳：辽宁教育出版社，1997 年，第 126 页。

2 同上书，第 127—128 页。

或实际应用为依据的方法，这是墨子的方法。2. 体道。即直接地体会宇宙根本之道，是一种直觉法，这是老子、庄子的方法。3. 析物。即对于外物加以观察辨析，这是惠子、公孙龙及后期墨家的方法。4. 体物或穷理。即由对物的考察以获得对于宇宙根本原理之直觉，兼重直觉与思辨，可以说是体道与析物两法之会综。5. 尽心。即以发明此心为方法，亦是直觉法。6. 体道与尽心。均为直觉的方法，只是一个向外一个向内。[1] 中华民族有着悠久而独具特色的文化传统，从其特有的文化背景和思维方式出发，中国古代形成了有别于西方世界的思维认知方式，而传统的思维认知方式，除了形成中国传统哲学之体性与体貌而外，对于中国传统文艺创作、批评鉴赏理论和方法所产生的塑型作用，无论如何估量也是不会过分的。总体而言，建立在“体认”哲学基础上的中国传统文学创作与鉴赏批评，将诗文书画等艺事及其鉴赏视为是一个对宇宙人生的感悟体验过程，从而形成了传统文论中的“体认”功夫论，并且不以建立完整系统的理论为目的，而重视灵感的闪现，注重直觉和身体力行的体验。以下分而析之。

二、传统文学创作中的“体认”论

先说传统文学创作中的“体认”论。对于作文，清代唐彪在《读书作文谱·临文体认功夫》中引用杜静台的话说：“文无他诀，惟贵体认。体认者，谓设以身处其地，处其时，而体认其理也。理之体认既真，则

1 参见张岱年《中国哲学大纲》“序论”部分，北京：中国社会科学出版社，1982 年，第 5—9 页。

经书非先圣、先贤之言，乃吾身真实固有之理。由是发为文章，句句皆真诠实谛，格自然佳，词自然畅，气自然顺矣。”[1]这里的意思是说，文章写作没有别的诀窍，贵在作者体察万物之理，设身处地，对表现对象进行体察，只有体察入微方能描绘准确，表达情意才能生动活泼、自然流畅，说理才会更透辟，这样写作的文章才能入情入理，气充体圆，真气饱满。钱锺书在论述中国古代历史写作的时候也说：“史家追叙真人实事，每须遥体人情，悬想事势，设身局中，潜心腔内，忖之度之，以揣以摩，庶几入情合理。盖与小说、院本之臆造人物，虚构境地，不尽同而可相通；记言特其一端。”[2]在这里应特别关注钱锺书关于历史写作和小说创作必须设身处地的论述，亦即“设身局中，潜心腔内，忖之度之，以揣以摩”才能入情合理地写好历史人物和历史事件的写作规律，其中“遥体人情，悬想事势”的论述更与前文所述的“体贴人情物理”的意思相通，精神相近。

文学写作，不仅要体贴人情，更要体贴物理。比如山水诗就是体贴物理、“体悟得神”的艺术创造。清代朱庭珍《筱园诗话》中对山水诗创作的论述，最为典型。朱庭珍首先将山水和“道”联系起来进行论说：“山水秉五行之精，合两仪之撰以成形。其山情水意，天所以结构之理，与山水所得于天，以独成其胜者，则绝无相同重复之处。”这与刘勰《文心雕龙·原道》中的论述有异曲同工之妙，尽管论说不尽相同，但其间蕴含的道理无非是如六朝画论家宗炳所言之“山水以形媚道”，以及如刘勰所言之天地山川“皆道之文也”，与传统哲学中的“道”论理一分殊。以人而论，其游山水所感，每每不相同，会因人因时因地

1 王水照主编：《历代文话》第 4 册，上海：复旦大学出版社，2007 年，第 3468 页。

2 钱锺书：《管锥编》第 1 册，北京：中华书局，1979 年，第 166 页。

而异，或心旷神怡而志为之超，或心静神肃而气为之敛，或探奇选胜而神契物外，或目击道存而心与天游。关于山水欣赏的主体，朱庭珍用了“志”“气”“神”和“目击道存”等与“体道”相关的语汇，可见在朱庭珍看来，对山水的观照就是对“道”的体悟。在论述了主体和客体各自的情况之后，朱庭珍又说：

> 作山水诗者，以人所心得，与山水所得于天者互证，而潜会默悟，凝神于无朕之宇，研虑于非想之天，以心体天地之心，以变穷造化之变。扬其异而表其奇，略其同而取其独，造其奥以泄其秘，披其根以证其理，深入显出以尽其神，肖阴相阳以全其天。必使山情水性，因绘声绘色而曲得其真，务期天巧地灵，借人工人籁而毕传其妙，则以人之性情通山水之性情，以人之精神合山水之精神，并与天地之性情、精神相通相合矣。以其灵思，结为纯意，撰为名理，发为精词，自然异香缤纷，奇彩光艳，虽写景而情生于文，理溢成趣也。使读者因吾诗而如接山水之精神，恍得山水之情性，不惟胜画真形之图，直可移情卧游，若目睹焉。造诣至此，是为人与天合，技也进于道矣。此之谓诗有内心也。[1]

对于朱庭珍的这段话，我们比较关心作者所阐述的主体对山水体悟的理论，以及由此所产生的由技进乎道的艺术表达、人与山水产生的互动关系，尤其是“以人之性情通山水之性情，以人之精神合山水之精神，并与天地之性情、精神相同相合矣”的物我交融、合一的境界。审视这一说法，我们分明看到的是庄子所言的“体道”境界。中国美学中“相看

1 郭绍虞编选：《清诗话续编》(下)，上海：上海古籍出版社，1983年，第2345页。

两不厌，只有敬亭山”（李白）、“我见青山多妩媚，料青山见我应如是”（辛弃疾）的审美境界是西方移情说所解释不了的，必须在“体道”的意义上去审视，才能得到正解，才能得到妙解，因为其间有“以心体天地之心”的“体”这一思维方式的介入。为此，笔者认为，中国传统文论中的“体物得神”之说中的“体物”，除了对事物进行详尽的描绘、体现的意思之外，更应该注意诗人在营构意象时对外物进行的“以物观物”的心“体”，这是一种类似于庄子“齐物”的体悟。庄子把这种思维概括为“以天合天”，是指在虚静状态中以主体的合目的性去契合客体的合规律性，从而进入深刻把握对象境地的体悟过程。唐时日僧遍照金刚在《文镜秘府论·南卷·论文意》中云：“夫置意作诗，即须凝心，目击其物，便以心击之，深穿其境。”王昌龄也在《诗格》中认为诗歌创作要“搜求于象，心入于境，神会于物，因心而得”。这就是说，审美主体在取用外物时，必须在“目睹其物”的同时“以心击之”，让“心入于境”，才能“深穿其境”“神会于物”，也就是只有用心“体”之，才能达到客观物象与主观情思的契合、交触。这种契合、交融是心与物在创作过程中建立新的联系的结果，而这种所谓新联系就使得物象变成了意象。深刻认识文学意象形成过程中心“体”的作用，对认识文学创作是有重要意义的。

陆机在《文赋》中指出，文学创作是一个“课虚无以责有，叩寂寞而求音”的过程，对于这句话中的“虚无”“寂寞”的解释，历来有分歧，其中一种观点认为，这里的“虚无”“寂寞”应该指的是宇宙的本体——道。如汤用彤指出：“万物万形皆有本源（本体），而本源不可言，文乃此本源之表现，而文且各有所偏。文人如何用语言表现其本源？陆机《文赋》谓当‘伫中区以玄览’。盖文非易事，须把握生命、自然、造化而与之接，‘笼天地（形外）于形内，挫万物于笔端’。文当能‘课虚无以责有，叩寂寞以求音’。盖文并为虚无、寂寞（宇宙本体）之表现，而人善为文（善用此媒介），则方可成就笼天地之至文。至文不能限于‘有’（万有），不可囿于音，即‘有’而超出‘有’，于‘音’而超出‘音’，方可得‘弦外之音’‘言外之意’。文之最上乘，乃‘虚无之有’‘寂寞之声’，非能此则无以为至文。”[1]因此文章具有体道的性质，写作具有达道的功能。文章是“道”之文，是宇宙本体的表现；文学创作是一个“体物得神”的过程，其思维是一个“神与物游”的过程。众所周知，文学创造的核心之一是创构意象。作家在创构意象的过程中，先要通过与对象的神合，实现对象的内在生命与主体精神的贯通。也就是说，艺术家在感悟对象时，通过调动人生经验去体悟对象，透过物象而把握到对象的内在精神，乃至达到物我神合的境界。由神合而更深入地体悟对象的精神，才能在表达中得心应手，传神地表达对象。优秀作家的创作经验证明，创作过程中体物的过程往往是与物合一的过程，是庄周梦蝶、不知物我的过程。“神与物游”向来被视为中国传统文学创造和审美欣赏的方式，从审美方式上来讲，这显然不是用感官去感知，不是用逻辑去分析，而是用心灵去体验，是用己心去会物之神，而“物之神”也就是物之“道”，由此文学创作也成了显现“道之文”的过程。关于文和“道”的这种关系，刘熙载《艺概·诗概》中有这样的说法：“《诗纬·含神雾》曰：‘诗者，天地之心。’文中子曰：‘诗者，民之性情也。’此可见诗为天人之合。”“天人之合”，这不仅是对诗的概括，也可以说是对中国古代各门艺术乃至整个美学思想的概括。中国自古强调艺与道通，文也与道通。既然如此，文学创作也是与“道”相通的，也是需要“体认”的思维方式介入的。

---

1 汤用彤：《魏晋玄学与文学理论》，《理学·佛学·玄学》，北京：北京大学出版社，1991 年，第 325 页。

三、传统文学接受与鉴赏中的“体认”功夫论

古人认为，文学创作过程是“体认”“体道”的过程。古人也认为，文学鉴赏的过程同样是一个以心合心的过程。如果我们承认文学创作是一个“体认”“体道”过程，那么对于阅读鉴赏而言，更应该是如此。因为“文者，天地真粹之气也，所以君五常，母万象也。纵出横飞，疑无涯隅，表乾里坤，深入隐奥。非夫腹五常精，心万象灵，神合冥会，则未始得之矣”[1]。又，刘昼《刘子·正赏》曰：“赏者，所以辨情也。”[2]这是把鉴赏视为体察作者内在情感的过程。关于文学鉴赏中的“体认”功夫，古人之说法甚多。如苏轼《东坡诗话》云：“‘两边山木合，终日子规啼’，此老杜云安县诗也。非身到其处，不知此诗之工。”[3]又《题渊明诗》云：“陶靖节云：‘平畴交远风，良苗亦怀新’，非古之耦耕植杖者，不能道此语；非余之世农，亦不能识此语之妙也。”[4]南宋陈善《扪虱新话·读书须知出入法》则云：“读书须知出入法。始当求所以入，终当求所以出。见得亲切，此是入书法；用得透脱，此是出书法。盖不能入得书，则不知古人用心处；不能出得书，则又死在言下。惟知出知入，乃尽读书之法。”[5]也就是说，读书如要体察作者之情，就需感同身受，引起共鸣，此乃是入乎其内，即透过作品的文字，借助意象体悟作品的意蕴与内在精神。为此，读者首先须沉潜其中，设身处地地体悟作者当时的境

1 （清）仇兆鳌：《杜诗详注》第5册，北京：中华书局，1979年，第2238页。
2 杨明照校注，陈应鸾增订：《增订刘子校注》，成都：巴蜀书社，2008年，第718页。
3 （宋）苏轼著，王文龙编纂：《东坡诗话全编笺评》，重庆：西南师范大学出版社，1996年，第138页。
4 同上书，第123—124页。
5 （宋）陈善：《扪虱新话》第2册，北京：中华书局，1985年，第39页。

遇及其文化背景，从而达到与作品中的人物和意象同情同感的境地。姜夔《白石道人诗说》说“三百篇美刺箴怨皆无迹，当以心会心”[1]，强调的就是读者与作者的心合，就是读者将自己置身于作者所创制的情境之中，以己心体合作者之心。

宋代杨时在《龟山先生语录》卷三中论《关雎》如何解读时，谈了下面看法：“仲素问诗如何看？曰：诗极难卒说。大抵须要人体会，不在推寻文义。在心为志，发言为诗，情动于中而形于言，言者情之所发也。今观是诗之言，则必先观是诗之情如何；不知其情，则虽精穷文义，谓之不知诗可也。子夏问：‘巧笑倩兮，美目盼兮’，何谓也？子曰：‘绘事后素。’曰：‘礼后乎？’孔子以谓可与言诗。如此全要体会。何谓‘体会’？且如《关雎》之诗，诗人以兴后妃之德，盖如此也。须当想象雎鸠为何物，知雎鸠为挚而有别之禽；则又想象‘关关’为何声，知‘关关’之声为和而通，则又想象‘在河之洲’是何所在，知‘河之洲’为幽闲远人之地，则知如是之禽，其鸣声如是，而又居幽闲远人之地，则后妃之德可以意晓矣——是之谓‘体会’。惟体会得，故看诗有味，至于有诗，则诗之用在我矣。”[2]在杨时看来，“诗极难卒说，大抵须要人体会，不在推寻之义”，“惟体会得，故看诗有味”。杨时同时还将这种思维方式延及一切阅读。他在《与陈传道序》里就学习“六经”提出：“士之去圣远矣，舍六经亦何以求圣人哉？要当精思之、力行之，超然默会于言意之表，则庶乎有得矣。”“精思力行”“超然默会”，这是作为思维方式的“体”的精要，是整体直觉思维，此说很有深意。明人顾宪成在《东林会

1 （宋）姜夔著，郑文点校：《白石诗说》，北京：人民文学出版社，1962 年，第 30 页。

2 王大鹏、张宝坤、田树生等编选：《中国历代诗话选》(一)，长沙：岳麓书社，1985 年，第 239—240 页。

约》中言："学者试能读一字，便体一字；读一句，便体一句。"从中可以见出，文学阅读中的"体""体会"或者"体认"等说法，明显与"体道"有关系。

以上所引诸人之言，系从学理上探讨欣赏中的"体认"功夫，传统诗文评中更有以实际的阐释事例来说明"体认"功夫的。如叶燮《原诗·内篇下》在阐述杜甫《玄元皇帝庙作》中"碧瓦初寒外"一句诗时说："然设身而处当时之境会，觉此五字之情景，恍如天造地设，呈于象、感于目、会于心。意中之言，而口不能言；口能言之，而意又不可解。划然示我以默会想象之表，竟若有内、有外，有寒、有初寒。特借'碧瓦'一实相发之，有中间，有边际，虚实相成，有无互立，取之当前而自得，其理昭然，其事的然也。"[1] 通过对作者境遇的揣摩、体悟，通过想象中的设身于境，应目而会心，才能体认到作品中所描述情景真切自然，从而自得诗意。

中国文学常常以象造境、因情造境，读者要"披文入情"，体契文境，感悟文意，就需"设身而处当时之境会"，这一过程可以用"呈于象、感于目、会于心"来概括之，其核心在于把握"当时之境会"，在于心会、意会。这种方法确实把握住了诗之"机心"，确如叶燮《原诗·内篇下》所云："诗之至处，妙在含蓄无垠，思致微渺，其寄托在可言不可言之间，其指归在可解不可解之会，言在此而意在彼，泯端倪而离形象，绝议论而穷思维，引人于冥漠恍惚之境，所以为至也。"[2] 意境是直觉、体验式的艺术至境，中国诗歌的这种特点决定了对中国诗歌的任何西方形式主义文论的解释，均有可能是徒劳而无功的，而通过"体认""体会"

---

1 （清）叶燮著，霍松林校注：《原诗》，北京：人民文学出版社，1979 年，第 30 页。

2 同上。

得其心会才是正途。也就是说，在人们的审美实践中，只有在会心、会意中才能达到与文本、与作者情投意合、心心相印的“物我两忘”境界。诗有不可言不可解之处，读者只有将自己身心融入其中，返身求诸内心，才可以自得其妙，而所得的结果也是如陶渊明在《饮酒》诗之五中所说的那样，“此中有真意，欲辨已忘言”。因为诗之“真意”，往往是“恍兮惚兮”而“不知其名”的，是“视之不见，听之不闻”的；往往不能从外界查究而得，而只能向内体悟。这些看法是中国诗学中比较常见的，甚至是老生常谈，然而其对文学欣赏具有重要的意义，尤其对如今深受西学知识论解读方法影响下的文学批评和文学欣赏具有重要的矫枉意义。[1]

对此，中国古代文论、诗论多有申说。姜夔《白石道人诗说》云：“三百篇美刺箴怨皆无迹，当以心会心。”况周颐《蕙风词话》(卷三)说：“善读者约略身入境中，便知其妙。”清代黄子云《野鸿诗的》说：“学古人诗，不在乎字句，而在乎臭味。字句魄也，可记诵而得；臭味魂也，不可以言宣。当于吟咏之时，先揣知作者当日所处之境遇，然后求我之心，求无象于窅冥惚恍之间，或得或丧，若存若亡。始也茫焉无所遇，终焉元珠垂曜，灼然毕现我目中矣。”[2] 刘开《读诗说中》说：“然则读诗之法奈何？曰：从容讽诵以习其辞，优游浸润以绎其旨，涵泳默会以得其归，往复低徊以尽其致，抑扬曲折以循其节，温厚深婉以合诗人之性情，和平庄敬以味先王之德意。不惟熟之于古，而必通之于今，不惟得之于心，而必验之于身，是乃所为善读诗也。”[3] 朱庭珍《筱园诗话》

1 有关的论述请详参叶维廉《中国诗学》中关于“中国古典诗中的传释活动”一文，北京：人民文学出版社，2006 年，第 14—35 页。

2 （清）王夫之等：《清诗话》(下)，上海：上海古籍出版社，1978 年，第 847—848 页。

3 （清）刘开：《刘孟涂集》卷一《读诗说中》，胡经之主编：《中国古典文艺学丛编》(三)，北京：北京大学出版社，2001 年，第 132 页。

卷一说："设身处地，以会其隐微言外之情，则心心与古人印证，有不得其精意者乎？而又随时随地，无不留心，身所阅历之世故人情，物理事变，莫不洞鉴所当然之故，与所读之书义，冰释乳合，交契会悟，约万殊而豁然贯通，则耳目所及，一游一玩，皆理境也。"[1] 近人马其昶在《古文辞类纂标注序》中说："若夫古人之精神意趣，寓于文字中者，固未可猝遇。读之久，而吾之心与古人之心冥契焉，则往往有神解独到，非世所云云也。"在这些论述中，值得注意的有"心体身验""交契会悟""冥契"等与前述"体"的思维特征相近的表述。

可见，中国古代文论家大多主张在读诗等接受活动中，消泯主客体之间的对立，以使主体进入艺术作品所提供的艺术情境之中，尤其强调主体需要"设身处地""验之于身""以心换心"，即以全身心、全人格、全灵魂进入作品之中，以获得感同身受的身心体验，而最终与作品或者审美对象所传达的生命精神乃至形而上的"道"相契合、相贯通，甚至融为一体。《庄子》中的那些体道者、真人、至人、大宗师所追求的，无非也是如此这般的境界。需要说明的是，在中国思维，尤其是文学艺术思维中，这种"体""体知""体认"的方法是普遍存在的。因此，钱穆概括说："中国文学，必求读者反之己身，反之己心，一闻雎鸠之关关，即可心领神会。"[2] 关于读者如何通过以心换心、设身处地的体认功夫而进入艺术作品的境况，古人所论甚多。张彦远在《论画体工用榻写》中说："遍观众画，唯顾生画古贤，得其妙理。对之令人终日不倦，凝神遐想，妙悟自然，物我两忘，离形去智。身固可使如槁木，心固可使如死

---

1 郭绍虞编选：《清诗话续编》（下），第 2331 页。

2 钱穆：《中国现代学术论衡》，长沙：岳麓书社，1986 年，第 229 页。

灰，不宜臻于妙理哉？所谓画之道也。”[1] 这段话中的“身固可使如槁木，心固可使如死灰”一句，典出《庄子 · 齐物论》，讲的是体道者如何达到“道”之境，而张彦远则意味读画时也可达到这一“道”之境。又，胡应麟在《诗薮》中记录了他读王维诗时的状况，说读王维诗可使“身世两忘，万念俱寂”。金圣叹则在《第六才子书》中记述了他读《西厢记》时的情形，更是形象逼真，其曰如：“记得圣叹幼年初读《西厢》时，见‘他不睬人待怎生’之七字，悄然废书而卧者三四日。此真活人于此可死，死人于此可活，悟人于此又迷，迷人于此又悟者也！不知此日圣叹是死、是活，是迷、是悟，总之悄然一卧，至三四日，不茶不饭，不言不语，如石沉海，如火灭尽者，皆此七字勾魂摄魄之气力也。”[2] 上述诸家所描述的进入作品之后身世两忘的境界，与庄子所描绘的“佝偻丈人承蜩”的忘我境界，情形颇为一致。

除了以心会心、设身处地的意思之外，“体”还有亲临其地或者亲临其境的意思，对此中国古代诗论或者诗话中也多有言说，主要意思是说读者如果没有亲身体验，许多诗句及其所传达的诗境便不能得到理解或者解释，但是等到处在某种机缘之下，读者身临其地或者亲临其境，才觉得诗中所写的妙处是不可言传的。我们可以将这种“体”分为身之“体”和心之“体”两种体认功夫类型。就身之“体”而言，是指身体力行，亲身到达某种情境之中获得切实的感受。如周紫芝《竹坡诗话》中记载：“余顷年游蒋山，夜上宝公塔，时天已昏黑，而月犹未出，前临大江，下视佛屋峥嵘，时闻风铃，铿然有声。忽记杜少陵诗：‘夜深殿突

---

1 （唐）张彦远著，俞剑华注释：《历代名画记》，上海：上海人民美术出版社，1964 年，第 40—41 页。

2 （清）金圣叹评，傅开沛、袁玉琪校点：《第六才子书西厢记》，郑州：中州古籍出版社，1987 年，第 74 页。

兀，风动金琅珰。’恍然如己语也。又尝独行山谷间，古木夹道交阴，惟闻子规相应木间，乃知‘两边山木合，终日子规啼’之为佳句也。又暑中濒溪，与客纳凉，时夕阳在山，蝉声满树，观二人洗马于溪中。曰：此少陵所谓‘晚凉看洗马，森木乱鸣蝉’者也。此诗平日诵之，不见其工，惟当所见处，乃始知其为妙。”[1]这里的“当所见处”说法，类似于王夫之在《姜斋诗话》中所言的“身之所历，目之所见，是铁门限”，说的正是作者创作和读者欣赏都必须以身心体验为基础。周紫芝总结的诗歌鉴赏中的体认功夫具有普遍意义，更有诗论家的见解为佐证。如洪亮吉《北江诗话》说：“大抵读古人之诗，又必身亲其地，身历其险，而后知心惊魄动者，实由于耳闻目见得之，非妄语也。”袁枚《随园诗话补遗》也说：“诗中境界，非亲历者不知。”所有这些，都在强调亲身经历对于读者与作者产生共鸣的重要性。宋代罗大经《鹤林玉露》中记载：“唐子西诗云：‘山静似太古，日长如小年。’余家深山中，每春夏之交，苍藓盈阶，落花满径，门无剥啄，松影参差，禽声上下。午睡初足，旋汲山泉，拾松枝，煮苦茗啜之。随意读《周易》《国风》《左氏传》《离骚》《太史公书》及陶杜诗、韩苏文数篇。从容步山径，抚松竹，与麋犊共偃息于长林丰草间。坐弄流泉，漱齿濯足。……归而倚仗柴门之下，则夕阳在山，紫绿万状，变幻顷刻，恍可人目。牛背笛声，两两来归，而月印前溪矣。味子西此句，可谓妙绝。然此句妙矣，识其妙者盖少。彼牵黄臂苍，驰猎于声利之场者，但见衮衮马头尘，匆匆驹隙影耳，乌知此句之妙哉！”[2]意谓置身于美妙之境，得身心之余闲，方能体贴诗歌的妙境，冥会诗境与诗意。明代胡震亨《唐音癸签》卷十一记载：“余友姚叔祥尝

1 （清）何文焕辑：《历代诗话》（上），北京：中华书局，1981 年，第 343 页。

2 （宋）罗大经著，王瑞来点校：《鹤林玉露》，北京：中华书局，1983 年，第 304 页。

语余云：余行黄河，始知‘孤村几岁临伊岸，一雁初晴下朔风’之为真景也。余家海上，每客过，闻海唑声必怪问，进海味有疑而不下箸者，益知‘潮声偏惧初来客，海味惟甘久住人’二语之确切。”[1]清代王士禛《渔洋诗话》卷中有记载说：“陈户部子文诗云：‘斜日一川汧水北，秋山万点益门西。’未入蜀，不知其写景之妙。”可见身“体”之于创作和欣赏都是重要的。然而，即如元好问在《论诗绝句三十首》中所说的那样，“画图临出秦川景，亲到长安有几人”，人生也有涯，不可能事事亲身体验，所以在文学创作和欣赏中，更多的则是心之“体认”功夫。

王国维在《人间词话》中说：“诗人对于宇宙人生，需入乎其内，又出乎其外。入乎其内，故能写之；出乎其外，故能观之。入乎其内，故有生气；出乎其外，故有高致。”这里的“入乎其内”是不是一种心之“体认”的功夫呢？笔者以为是的，其包括心灵的体验、体会物情（“与道同体”）和身体力行的众多意思，实际上已经概括了“体认”这一概念的所有动词性意义。关于心之“体认”，古人常常强调设身处地，“处当时之境会”，这种设身处地不是指亲身经历，而是通过调适自己，在作者所设置的氛围中将自己置身其间，以己心来体会、体认作者所传达的情感，以获得感同身受、情同此理的共鸣。关于这种认识，可以追溯到《诗经》时代。《诗经·小雅·巧言》就有“他人有心，予忖度之”的说法，意思是说，别人有了心事，自己设身处地用情理去推测。《孟子·梁惠王上》曰：“诗云：‘他人有心，予忖度之。’夫子之谓也。夫我乃行之，反而求之，不得吾心。夫子言之，于我心有戚戚焉。”《诗经》中也有以诗的语言来说明不被理解之苦恼的，比如《诗经·王风·黍离》：“知我者谓我心忧，不知我者谓我何求？”以上例证从正反两方面说明

---

1 （明）胡震亨：《唐音癸签》，上海：上海古籍出版社，1981年，第111页。

“体”“体认”的重要性。设身处地是艺术审美中的重要要求，如黄生在《杜诗说》中认为杜诗“读杜律如读一篇长古文，其用意之深、取境之远、制格之奇、出语之厚，非设身处地，若与公周旋于花溪草阁之间，亲陪其杖履，熟闻其謦咳，则作者之精神不出，阅者之心孔亦不开”。这是比孟子的“知人论世”更进一层次的要求，所强调的正是设身处地的重要性。如前文所述，清代黄子云《野鸿诗的》、朱庭珍《筱园诗话》都强调这种独到的、带有体温的深度体验与体认，显然也是“知人论世”的解读方法所不能达到的。从这个意义上讲，文学欣赏和批评可以看作是作者的体认在读者内心的回溯与反照，是作者内心体验在不同主体心中的“游履”[1]，是创作主体与欣赏主体在文学文本所提供的氛围与情境中的一次心灵契合，一次精神交融。

四、作为体认功夫的“涵泳”

在中国古人看来，不仅对于文学作品要设身处地地进行体验、体认，所有的读书也应该如此，比如刘宗周在《明儒学案》卷十三《会录》中说：“人须用功读书，将圣贤说话反复参求，反复印证一番，疑一番。得力须是实，实将身体验，才见圣人说话是真实不诳语。”其实，这种心体的读书方法在宋代已经上升到了方法论的地位，由宋明理学和阳明心学生发出来的“涵泳体味”读书方法，对中国艺术鉴赏理论和方法不能不说是一大贡献。何为“涵泳”？“涵”者，沉入也；“泳”者，游水也。从字面意义上讲，“涵泳”就是沉浸其中的意思。“涵泳”概念，最早是由

1 在佛学理论中，则以“心识之所游履攀缘”为“境”。

二程使用的，后经朱熹熔炼，最终成为一种体认方式。据宋代理学家谢良佐（显道）记述，“明道先生善言诗，未尝章解句释，但优游玩味，吟哦上下，便使人有得处”。（吕祖谦：《吕氏家塾读诗记》卷一《纲领》。按：《二程外书》卷十二引《上蔡语录》中“未尝章解句释”一句为“他又浑不曾章解句释”）吕祖谦也曾记述说：“明道之言《诗》也，未尝章解而句释也，优游吟讽，抑扬舒疾之间，而听者涣然心得矣。”（吕乔年编：《丽泽论说集录》卷三《门人所记诗说拾遗》）《二程外书》卷十二云：“伯淳尝谈《诗》，并不下一字训诂，只转却一两字，点掇地念过，便教人省悟。又曰：古人所以贵亲炙也。”朱熹论读《诗》，说“看诗不要死杀看了”、“看诗且看他大意”，又说：“诗可以兴，须是反复熟读，使书与心相乳入，自然有感发处。”（朱鉴：《诗传遗说》卷一）这里所强调的是读书时经过涵泳，书和人心就会达到水乳交融的境界。从涵泳的本质意义上讲，朱熹所讲“涵泳”就是“虚心涵泳”（朱熹语），其间糅合了老庄的“虚静”观和禅宗体验法修身之道，也接受了老庄、禅学追求“言外之意”的认知方法。可见，涵泳作为读书方法和审美方式，表示的是一种排除外因、直入本体、虚静沉潜、反复讽咏、细加咀嚼、获取真谛的过程。“涵泳”不仅是作为获得“理”之真谛的心理条件，还是读诗的鉴赏方法和论诗的标准，这种方法在宋代文献之中出现的很多。比如朱熹在《答何叔京》中解析《大雅·域朴》一章时说：“此等语言自有个血脉流通处，但涵泳久之，自然只见得条畅浃洽，不必多引外来道理言语。”又比如魏庆之在《诗人玉屑》卷十三就曾经引用朱熹的话说：“看诗不须着意去里面分解，但是平平地涵泳自好。”涵泳的方法具有整体性、体味性，带有很浓郁的体验与体认色彩，因此也具有审美性，是一种适合于文艺的鉴赏方法。王世贞在《艺苑卮言》卷一中说：“日取《六经》、《周礼》、《孟子》、《老》、《庄》、《列》、《荀》、《国语》、

《左传》、《战国策》、《韩非子》、《离骚》、《吕氏春秋》、《淮南子》、《史记》、班氏《汉书》，西京以还至六朝及韩柳，便须铨择佳者，熟读涵泳之，令其渐渍汪洋。”[1]可见，“涵泳”的方法是一种历代比较公认的文艺鉴赏方法。那么，何为“涵泳”读书法呢？朱熹将之生动地表述为“通身下水”，他说：“解诗，如抱桥柱浴水一般。”[2]又说：“须是踏翻了船，通身都在那水中，方看得出。”[3]曾国藩曾这样形象地描绘“涵泳”读书法：“涵泳二字，最不易识，余尝以意测之。曰：涵者，如春雨之润花，如清渠之溉稻。雨之润花，过小则难透，过大则离披，适中则涵濡而滋液；清渠之溉稻，过小则枯槁，过多则伤涝，适中则涵养浡兴。泳者，如鱼之游水，如人之濯足。程子谓鱼跃于渊，活泼泼地；庄子言濠梁观鱼，安知非乐？此鱼水之快也。左太冲有‘濯足万里流’之句，苏子瞻有夜卧濯足诗，有浴罢诗，亦人性乐水者之一快也。善读书者，须视书如水，而视此心如花如稻如鱼如濯足，则涵泳二字，庶可得之于言意之表。”[4]禅宗言“如鱼饮水，冷暖自知”，涵泳之法，讲究的就是沉潜于物中或者境中，追求物我合一、心与心交会的“体认”功夫。对此，刘永济曾说：“朱子谓：‘读《诗》者，当涵咏自得’，即舍人‘深入’‘熟玩’之义，亦即余性灵领受之说，合而参之，鉴赏之事，不中不远矣。”[5]可见“涵泳”之说，并不是像有的专家所说的那样具有神秘性，而是与刘勰等人的说法相通。“涵泳”作为一种“体认”功夫，被广泛运用于文学欣赏实践之中。

---

1 （明）王世贞著，罗仲鼎校注：《艺苑卮言校注》，济南：齐鲁书社，1992 年，第 39—40 页。

2 （宋）朱熹著，黎靖德编，王星贤点校：《朱子语类》，第 2096 页。

3 同上书，第 2756 页。

4 （清）曾国藩：《曾国藩全集》第 20 册，长沙：岳麓书社，1994 年，第 364 页。

5 刘永济：《文心雕龙校释》，北京：中华书局，1962 年，第 188 页。

况周颐论读词之法时说：“读词之法，取前人名句意境绝佳者，将此意境缔构于吾想望中。然后澄思渺虑，以吾身入乎其中而涵泳玩索之。吾性灵与相浃而俱化，乃真实为吾有而外物不能夺。”[1]意思是说，读者要在想象中再现和重塑作者所创构的意境，并通过虚静自己而入乎其内，使读者的内在情感与作品的境界相互交通而浑然为一，把作者心中的境象变成读者心中的境象，达到自己的性灵与作者所创构的意境相互渗透，最后达到化合为一，见道不见物，见神韵而不见形迹，亦即达到“相浃而俱化”的境界。况周颐还生动形象地描写了这种物我合一的心灵境界说：“人静帘垂。灯昏香直。窗外芙蓉残叶飒飒作秋声，与砌虫相和答。据梧瞑坐，湛怀息机。每一念起，辄设理想排遣之。乃至万缘俱寂，吾心忽莹然开朗如满月，肌骨清凉，不知斯世何世也。斯时若有万端哀怨枨触于万不得已；即而察之，一切境象全失，唯有小窗虚幌、笔床砚匣，一一在吾目前。此词境也。三十年前，或月一至焉。今不可复得矣。”[2]王夫之在《姜斋诗话·夕堂永日绪论·外编》二九中有“熟绎上下文，涵泳以求其立言之指，则差别毕见矣”之说；又在《姜斋诗话·诗译》三中指出：“‘采采芣苢’，意在言先，亦在言后，从容涵泳，自然生其气象。”在王夫之看来，“意在言先”意味着作者的审美体验是作品文本不能直接传达的，读者可以通过对文学作品语言的“从容涵泳”引发自己的审美想象和心理体验，从而在心中“自然生其气象”。这一过程不是从语言中生发的，语言及文学文本只是一个引发读者体验的诱发因素，主要的在于读者设身处地进入文学所创造的情景或者意境，体会出作者的用意。中国文学尤其是诗歌“状难写之景如在目前，含不尽之意见于言

---

1 （清）况周颐著，王幼安校订：《蕙风词话》，北京：人民文学出版社，1960年，第9页。

2 同上。

外”的审美特征，更是需要读者“从容涵泳”的。方玉润在《诗经原始》中谈到上述那首《芣苢》时这样写道：“读者试平心静气，涵泳此诗，恍听田家妇女，三三五五，于平原绣野、风和日丽中群歌互答，余音袅袅，若远若近，忽断忽续，不知其情之何以移而神之何以旷。”[1]所谓于文字中产生身临其境之感，也就是这样的了，而这种身临其境之感，是在“涵泳”中实现的，而并非诗歌语言的呈现。沈德潜则在《唐诗别裁·凡例》中直截了当地提出读诗的方法，他说：“读诗者心平气和，涵泳浸渍，则意味自出。”这种方法实际上就是“体认”功夫。王士禛谈诗之鉴赏时说：“宋景文云：左太冲‘振衣千仞冈、濯足万里流’，不减嵇叔夜‘手挥五弦，目送飞鸿’。愚按：左语豪矣，然他人可到；嵇语妙在象外。六朝人诗，如‘池塘生春草’‘清晖能娱人’，及谢朓、何逊佳句，多此类。读者当以神会，庶几遇之。”[2]这可以看作为深得鉴赏之妙的中的之论。“涵泳”和“神遇”（“神会”）的理论对后世审美理论影响甚大，其意义正如有的论者所言：“‘涵泳’是艺术的道体论和美的体道论之间的桥梁，是体道感性学之所以可能的前提，它奠定了宋以后的审美理论的基础。”[3]

宋儒所强调的内视冥思、涵泳之法，注重的是将人的主观意志代入文本，是一种主体融入性思维，亦即体验性思维。王国维在《人间词话》第三则中如是说：“有我之境，有无我之境。‘泪眼问花花不语，乱红飞过秋千去’，‘可堪孤馆闭春寒，杜鹃声里斜阳暮’，有我之境也。‘采菊东篱下，悠然见南山’，‘寒波澹澹起，白鸟悠悠下’，无我之境也。有我

1 （清）方玉润著，李先耕点校：《诗经原始》，北京：中华书局，1986 年，第 85 页。

2 （清）王士禛著，张宗柟纂集，夏闳校点：《带经堂诗话》卷三“入神类”，北京：人民文学出版社，1963 年，第 69 页。

3 刘旭光：《格物与涵泳——朱熹思想对中国国美学的意义》，《兰州大学学报（社会科学版）》2002 年第 3 期。

之境，以我观物，故物皆著我之色彩。无我之境，以物观物，故不知何者为我，何者为物。”[1] 王国维的“以物观物”“无我之境”表达了与庄子几乎相同的思想：自然浑全之美，宇宙的本体和生命（道、气），通过“以物观物”的感应万物方式而获得，体现了传统中国思维中物我一体的观念，抑或说是由“丧我”而达到体道的“物化”妙境。蔡小石《拜石山房词序》中关于读词感受的一段话，可以作为这种妙境的最好注解：“始读之，则万萼春深，百色妖露，积雪缟地，余霞绮天，一境也。再读之，则烟涛倾洞，霜飙飞摇；骏马下坡，泳鳞出水，又一境也。卒读之而皎皎明月，仙仙白云，鸿雁高翔，坠叶如雨，不知何以冲然而澹，翛然而远也。”[2] 其中“皎皎明月，仙仙白云，鸿雁高翔，坠叶如雨，不知何以冲然而澹，翛然而远也”的境界，亦即宗白华所说的“灵境”，也就是主体最终达到物我两忘、体验到与天地同流的自由和游心于物的境界。

传统文学批评中的“体认”功夫论之迁延变化，影响遍及诗文、小说、戏曲、绘画、书法，所论涉及主体的审美心胸，又涉及客体的特征；既指示了文学创作与文学批评鉴赏之终极目的，又标示了主客一体的审美境界，确实值得重视。笔者以为，“体认”功夫确实关涉中国艺术思维的一些奥秘，然而因笔者学力所限，目前尚不能对其做出理想的梳理和阐释，更为细致而深入的研究，则只能待之来日或俟诸同道了。

（原载《学术研究》2016 年第 10 期）

---

1 （清）王国维著，徐调孚、周振甫点校：《人间词话》，北京：人民文学出版社，1960 年，第 191 页。

2 孙克强、杨传庆、裴哲编著：《清人词话》（中），天津：南开大学出版社，2012 年，第 1205 页。

玩物：晚清士风与碑拓流通*

程章灿**

晚清72年，经历了道光后期（1840—1850）、咸丰（1851—1861）、同治（1862—1874）、光绪（1875—1908）以及宣统（1909—1911）五朝。其中，光绪朝前后达34年，几乎占据晚清一半岁月，最为引人注目。晚清时局动荡，第一次鸦片战争、太平天国运动、第二次鸦片战争、洋务运动、中法战争、戊戌变法、庚子事变以至辛亥革命等历史事件纷至沓来，然而，士人集古玩碑的风气，不但未曾衰减，反而与日俱增，与时局形成了强烈的反差。此一局面的形成，既有士人逃避时世的因素，更是有清一代学风发展的必然之势。

肇始于北宋的士人集古之风，到乾嘉时代盛极一时。以王昶《金石

* 本文系国家社科基金重大项目“中国古代文献文化史”（10&ZD130）的阶段性成果。

** 南京大学文学院教授、教育部长江学者特聘教授。

萃编》、钱大昕《潜研堂金石跋尾》和翁方纲《两汉金石记》等人书为代表的金石学，是乾嘉考据学中最为耀眼的领域之一。盛清士人雅好集古，疆臣大僚如毕沅、阮元等亦不例外。他们收藏碑拓，令属下官吏访碑，辇运藏石，还在幕府中养士，以编修金石之书自娱。身历乾隆、嘉庆和道光三朝的阮元（1764—1849）和包世臣（1775—1855），是嘉道碑学兴起的两位关键人物。[1] 阮元的《南北书派论》《北碑南帖论》和包世臣的《艺舟双楫》，鼓吹北碑的艺术价值，激起了士人对于碑拓空前的收藏兴趣和研究热情，“迄于咸同，碑学大播，三尺之童，十室之社，莫不口北碑，写魏体，盖俗尚成矣”[2]。随着“碑学大播”，咸同光宣四朝碑拓之玩赏、买卖与流播，成为其时士风与学风的重要内容，实在顺理成章，有如水到渠成。

一、晚清士风、学风与碑拓流通

对于晚清的学风，清末民初学者早有敏锐的观察。震钧《天咫偶闻》云：“方光绪初元，京师士大夫以文史、书画、金石、古器相尚，竞扬榷翁大兴（方纲）、阮仪徵（元）之余绪。当时以潘文勤公（祖荫）、翁常熟（同龢）为一代龙门，而以盛（昱）、王（懿荣）二君为之厨顾。……厂肆所售金石、书画、古铜、瓷玉、古钱、古陶器，下至零星砖甓，无不腾价蜚声。而士夫学业，亦不出考据、鉴赏二家外。”[3] 胡思敬《国闻备

1 叶鹏飞：《碑学先声：阮元包世臣的生平以及艺术》，上海：上海书画出版社，2005 年。

2 （清）康有为著，姜义华、张荣华编校：《广艺舟双楫》卷一《尊碑第二》，北京：中国人民大学出版社，2010 年，第 12 页。

3 （清）震钧：《天咫偶闻》，北京：北京古籍出版社，1982 年，第 71 页。

乘》卷二“朝士嗜好”条亦有类似的概括：“光绪初年，学派最杂，潘祖荫好金石，翁同龢、汪鸣銮好碑版，洪钧、李文田好舆地，张之洞好目录，张之万好书画，薛福成、王先谦好掌故，虽不能自成一家，亦足觇其趋向。”[1] 这种学风既然成为“朝士嗜好”，也就可以称为士风。不管是震钧笔下“光绪初元”的“士夫学业”，还是胡思敬所谓“光绪初年学派”，其实皆可认为是晚清学术的代名词。

早在道同时代，这种学风即已兴起。例如，同治十一年（1872）夏，潘祖荫发起“消夏六咏”唱和，题为搨铭、读碑、品泉（钱）、论印、还砚、检书。先后参与者有张之洞、王懿荣、严玉森、李慈铭、胡澍、陈乔森六人。七月五日，潘祖荫又组织郑康成（玄）生日雅集，参加者除上述六人外，又增加陈彝、谢维藩、许赓扬、吴大澂、顾肇熙五人。[2]“消夏六咏”的前三题，皆与金石学相关，而且，参加这两场雅集的文士中，潘、王、吴、顾等人，都是晚清有名的金石学家。易言之，金石碑拓可以说是这一时期“士夫学业”的核心。值得注意的是，被《国闻备乘》列为金石碑版之学核心人物的潘祖荫和翁同龢二人，其实代表了这样一类人物：他们出身世家，科举高第，或贵为帝师，或位居清要。他们所组织的艺文雅集，以及以他们为中心的精英文士社交圈子，对引领一时士风产生了显著作用。光绪初年的这种学风，推演而为晚清一代士风，与这些核心人物的影响是分不开的。围绕这类核心人物，京城士大夫形

1 胡思敬：《国闻备乘》，北京：中华书局，2007 年，第 53 页。

2 预此雅集的张之洞有诗存世，题为《潘少司农嗜郑学，名其读书之室曰郑盦，属张掖张君据高密汉人石刻画像摹写为图，以同治十一年七月五日康成生日置酒展拜，会者十一人，因题小诗二首》，载赵德馨主编：《张之洞全集》第 12 册，武汉：武汉出版社，2008 年，第 10486 页。参见陆胤：《同光体与晚清士人群体》，《国学研究》第 22 辑，北京：北京大学出版社，2008 年，第 303—350 页。

成了金石碑版之学的第一层核心圈，而外省士大夫又通过种种人事流徙和碑拓传递，构成第二层核心圈，于是，这种学风和士风不仅覆盖了晚清时代从京城到地方、从上到下的广大空间，又因为声气相通、嘤鸣相求，而构成了细密的网状联结。

除了被当时京师士大夫尊为"一代龙门"的潘祖荫和翁同龢二人之外，在京城之外，一些晚清疆臣达官也组织幕僚进行艺文雅集，上继盛清毕沅、阮元二公之盛，并与京城潘、翁二人形成内外呼应之势。这里可以举张之洞武汉幕府（1889—1907）为例。彼时张氏幕府中，聚集了众多海内学者名士，举其要者，则有杨守敬、顾印愚、周家禄、辜鸿铭、吴保初等，他们相与讲求金石、舆地、书画、辞章之学，蔚为一时之盛。[1] 当然，即使武汉这样的地方中心，或者如苏州那样的文化古城，其所拥有的学者人脉与文物资源，与京城相比，无疑都是相形见绌的。

不过，京城及外省已经成名的金石学家，也可以通过言论著作，对外地有金石碑拓兴趣的年轻士子，产生积极的影响。光绪二十七年（1901）十一月，已经卓然成家的金石学者叶昌炽为其甫脱稿的《语石》撰写自序时，曾回忆自己从事金石之学的经过。他在家乡苏州之时，就已经与王颂蔚、管礼耕等人"从事碑版之学"，"又习闻缪筱珊（荃孙）、魏稼孙（锡曾）两公之绪言"，但真正大开眼界，升堂入室，乃在"通籍居京师"之后。那时，他才有机会"与陆蔚庭（继辉）、王廉生（懿荣）两前辈、梁杭叔（于渭）同年、沈子培（曾植）比部游，上下其议论，益浩然有望羊之叹"[2]。他在《语石》一书中，不止一次提到他得益于当时

1　陆胤：《同光体与晚清士人群体》，《国学研究》第 22 辑，第 303—350 页。

2　（清）叶昌炽：《语石序》，（清）叶昌炽撰，柯昌泗评：《语石·语石异同评》，北京：中华书局，1994 年，第 1 页。

“京都士大夫以金石相赏析”的风气。沉浸于这种风气中的京城士大夫，往往“捐俸醵资，命工访拓”。[1]“士大夫既屡有集资拓碑之举，碑贩亦往来奔走，每遇新品，必致都下。”[2]于是，都下自然成为碑拓集散的中心，“欲网罗古刻，非至都门，终为坐井观天”[3]。

碑拓汇聚京城与京城士大夫金石相赏的风气之间，是彼此推进、互为因果的。京城士风的需求，吸引了碑拓的汇聚；而大量碑拓汇聚京城，更进一步推扇了士夫赏玩金石的风气，并由都中而遍及都外。古刻碑拓兼具文物与商品的双重身份。作为文物，它们便于观赏、携带、交换，为士人从事金石之学提供了极大的方便；作为商品，它们被迅速雅玩化、礼品化，成为京城社交圈中的宠物，其流通上及疆臣，下至举子：“疆臣述职而来者，举子之与计吏偕者，选人之赴部者，骚人墨客，游食于兹者，莫不携其乡之名迹，以当羔雁。故有穷荒绝徼、著名难得之碑，厂肆时或见之。”[4]这些贽礼又通过流通渠道进入厂肆，丰富了厂肆的货源。叶昌炽就曾从厂肆碑估手中，买到来自遥远的广东、广西、云南乃至西夏的碑拓，几有“踏破铁鞋无觅处，得来全不费工夫”之慨。京城成为名副其实的碑拓流通中心。

要之，晚清时代盛兴的碑学学风，为士大夫赏玩碑拓营造了大的时代氛围；而上至疆臣高官，下至举子选人，各阶层文士出于各自不同的需要，以不同的方式介入碑拓流通，碑拓的身影经常出现于当时士人的

---

1 （清）叶昌炽:《语石》卷二,《语石 · 语石异同评》，第 71 页。

2 柯昌泗:《语石异同评》卷二,《语石 · 语石异同评》，第 73 页。

3 （清）叶昌炽:《语石》卷二,《语石 · 语石异同评》，第 71 页。

4 （清）叶昌炽:《语石》卷二,《语石 · 语石异同评》，第 71 页。此种风气一直延续到北洋时期，据柯昌泗言，最早的南朝墓志石之一刘宋《刘怀民墓志》即被人收购，携以入京，献给曹锟，后收藏于天津曹氏别业，参见《语石 · 语石异同评》，第 245 页。

社会交往之中，成为不可或缺之物。无论是出于衷心喜爱的真正收藏，还是达官贵人的附庸风雅，或是作为变相利益交换方式的雅贿流通，受这种社会风气吹扇，碑拓买卖逐渐脱俗，日益雅化，玩赏碑拓成为彼时士人一项突出的身份标识。此风既开，不仅培育了晚清碑拓流通市场，而且刺激这一市场蓬勃发展。具体说来，士人之介入碑拓流通，既是广泛而深入的，又是复杂而多层次的。

二、晚清碑拓流通的特点

在石刻文献的三种形态亦即石刻、碑拓和录文中，碑拓处于中间形态，它既具有录文所没有的文物属性，又比笨重的石刻易于携带存藏，便于占有与玩赏。考察晚清碑拓流通，需要着重从以下三个方面入手：碑拓资源来自何处？哪些人参与了这一过程，各自发挥了怎样的作用？流通主要有哪几种方式？

碑拓资源的分布，可以从原生地和集散地来看。所谓原生地，是指碑拓的原生之地，亦即碑拓据以制作的原石刻所在之地。由于历史的原因，汉唐古都西安和洛阳这两座城市，拥有其他城市无法比拟的石刻和碑拓资源。山东嘉祥等地之于汉画像，曲阜孔林之于历代碑刻，也都有得天独厚的资源优势。以西安碑林为例，“开成石经在焉。其余汉唐以下石刻林立。碑估资为衣食，朝夕椎拓。……碑林中当当拓石之声，终年不绝。《庙堂》、《皇甫》、《玄秘塔》诸碑，旬月之间，化身千亿，以应四方之求”[1]。西安碑林拥有的各类历代石刻不胜枚举，对碑估来说，是取之

1 （清）叶昌炽：《语石》卷二，《语石·语石异同评》，第 67 页。

不尽、用之不绝的宝贵资源。再如曲阜孔林，其地的汉唐碑刻，也多被人传拓，作为商品售卖，吸引了许多往来曲阜的过客。[1]

所谓集散地，主要是分布于全国各地的书肆碑估，也包括某些碑拓收藏家。晚清苏州观前街一带、南京夫子庙状元境以及上海福州路等地，都有很多书肆及文玩商店，往往兼营碑拓，有许多碑估出入其间，借此谋生。北京琉璃厂（海王村）更是全国碑拓的集散中心。琉璃厂兴起于康乾以来，晚清以降，人们习惯简称为厂肆。仅据叶昌炽《缘督庐日记》记载，晚清厂肆中经营碑拓的店肆（不包括只卖书者）就有数十家，包括稽古堂、文林阁、益文堂、鉴清阁、集古堂、佩珍斋、德古斋、含英阁、尊汉阁、集雅斋、翰墨林、庆云堂、修文斋、访古斋、文古斋、澄云阁、黼华阁、宜古斋、隶古斋、翰文斋、富华阁、肆雅堂、文昌馆等，而刘鹗日记中所见厂肆，则有宜古斋、翰文斋、茹古斋、大观斋、萃古斋、正文斋、永宝斋、存古斋、征赏斋、汲修斋、论古斋、寄观阁、得宝斋、文珍斋等，不一而足。这些都是叶、刘二人曾经巡访过的店肆。其所售卖的碑拓，来源多样。有的是如前引叶昌炽文所言，由各种来京人士"携其乡之名迹，以当羔雁"的，后来因种种原因，流入厂肆。其中有些颇为稀罕，如《南诏德化碑》和《西夏感通塔碑》等。有的则是碑估收购了某些金石大家的旧藏，然后集中转卖。对这些大家旧藏，厂肆碑贾向来最为关注，对有关动向也高度敏感，一旦藏家有意出让，他们往往可以在第一时间到场，出手收购或接洽买家。当然，对于玩赏碑拓的士人而言，这也是绝佳的机会，无论如何不能放过。晚清金石学者缪荃孙曾自言，他的不少珍藏就是在这些场合收买的。光绪二年（1876），缪荃孙成了翰林，此后供职京师十余年，"时韩小亭观察（泰

1 《管庭芬日记》："高鲁桥，离曲阜仅六十里，其地多卖孔林汉唐碑帖。"参见《管庭芬日记》第2册，北京：中华书局，2013年，第652页。

华）、马砚孙封翁（书奎）、瑛兰坡（棨）、崇雨聆（恩）两中丞、樊文卿（彬）大令所藏悉归厂肆，典衣质物，而悉收之”。道咸间著名金石家刘喜海的拓本，在其死后多归上海金石家沈树镛所有，沈死后，其拓本三千多种流入吴门碑肆，亦被缪荃孙“以重值收之”[1]。

厂肆不仅是碑拓资源的集散中心，也是碑拓信息的集散中心。叶昌炽在苏州时，与汉贞阁碑贾唐仁斋多有来往，并从他那里获得不少碑拓信息。光绪十四年（1888），叶昌炽获得友人“以江阴吴冠英丈所藏心经幢拓本见赠，此幢造于开元廿八年四月，张晏撰序，书人名已泐。旧闻之唐仁斋，云六舟和尚旧物”[2]。唐仁斋以前提供的一条信息，为叶昌炽准确判断此拓的来历提供了帮助。碑贾固然主要以牟利为目标，但他们长年接触碑拓，往来接触金石圈内人士甚多，经眼碑拓众多，千锤百炼，久而久之，此行业中也不乏精通金石目录版本之人。唐仁斋并不是仅有的一位。出身北京厂肆的张彦生以及洛阳碑贾郭玉堂，也都精擅此道。张彦生著有《善本碑帖录》，郭玉堂撰有《洛阳石刻时地记》，二书都是碑拓目录的专精之著，他们的学问都是在参与碑拓流通过程中积累的经验和真知。郭玉堂居号“十石经斋”，铺号“墨景堂”，“以售碑帖为业，魏志为所访得、鬻出者十之八九。随手记出土时地，成《洛阳石刻时地记》。……所记至详，洛下魏志流传之绪，具在此书”。[3] 即使纯粹从

1 缪荃孙：《艺风堂金石文字目 · 前言》，张廷银、朱玉麒主编：《缪荃孙全集》金石部第一册，南京：凤凰出版社，2013 年，第 7 页。

2 （清）叶昌炽撰，王季烈编：《缘督庐日记钞》第 2 册，北京：北京图书馆出版社，2007 年，第 9 页。

3 叶昌炽语，参见《语石 · 语石异同评》，第 243 页。按：张彦生年辈比郭玉堂晚，其经历、背景、身份皆与郭玉堂相似。南京大学图书馆藏有郭玉堂致金陵大学中国文化研究所主任李小缘信，介绍洛阳出土石刻情况，参见洪银兴主编《南京大学藏近现代名人手迹选》上册，南京：南京大学出版社，2012 年，第 111 页。

字面意义上，《洛阳石刻时地记》一书也可以说是有关洛阳石刻的信息集散中心。

碑拓与一般商品不同，它不是维持生存的生活必需品，但对保证文士的生活质量，维持他们的闲情逸致，又具有至关重要的意义。碑拓的价格首先取决于其供需关系。碑学兴起之后，云峰山郑文公碑倍受珍视，但此碑“巍然露处，非架木为台不能拓，故绝无传本”，“初架木时，吴退楼（云）观察得一本，至费五十金”，可见其稀罕珍贵。“后来者因台旧贯，役省功倍，其值递减至二十之一，好古者家置一编矣。”[1] 其次，供需关系又与文士生活状态及其所处的时局密切关联。承平时代，碑估会囤积居奇，投机炫售，哄抬物价，甚至翻刻作伪，以次充好，以假作真，谋取暴利。从前对碑拓有所谓“黑老虎”之说，指的是有些碑拓真伪难辨，害人匪浅；然则参与作伪的固然有金石学者，也有碑贾，或为二者合谋。[2] 而一旦遭逢战乱，文士颠沛流离，也就顾不上到厂肆赏玩购买碑拓了。晚清其他事变战乱，大抵对北京影响不大，唯有发生于北京的庚子（1900）事变，则给京城以致命打击，官绅流徙，百业萧条。当时恰好居留北京的叶昌炽，亲身体验了这一剧变对个人生活、社会秩序以及碑拓市场的沉重打击。从世家旧藏流散而出的碑拓甚多，有些碑拓的价格跌到不及承平时的十分之一。[3]

承平时期，京城士人或进京文士巡游厂肆，是他们日常生活中极为常见、也十分重要的内容。巡游中倘有看中的碑拓，可以先看后买，可

1 （清）叶昌炽：《语石》卷二，《语石·语石异同评》，第 78 页。

2 《天咫偶闻》卷七：“京师士夫好藏金石，旧本日贵。看法亦各有诀，如某碑以某字完为某时拓，某帖以某处不断为最初本，价之轩轾因之，然黠贾亦即因而作伪。”参见《天咫偶闻》，第 171 页。

3 （清）叶昌炽撰，王季烈编：《缘督庐日记钞》第 2 册，第 576—592 页。

以讨价还价，可以先买后退，若有需要还可以进行调换。厂肆碑估经常根据自家所掌握的客源，送货上门，向主顾展示所收各种碑拓。碑估也允许熟客将碑拓暂留家中，以便其先行玩赏和研讨，再定去留。《张佩纶日记》中，就有因碑估索价太高而议价不谐，将暂时寄放家中的碑帖数种璧还隶古斋的记载。有一次，碑估送来一种米芾字碑帖，张佩纶虽然爱不释手，但毕竟价格太贵，其妻“暇中双钩之，惟妙惟肖，亦闲中一乐也”[1]。张佩纶并不以金石之学专长，亦不以收藏碑拓见称，其日记所载，正可代表晚清普通文士参与金石流通的情况。至于缪荃孙、刘鹗、叶昌炽等金石收藏家的日记中，有关此类巡览厂肆、暂借碑拓以及买卖议价的记载，就更数不胜数了。苏州汉贞阁碑估唐仁斋，还时常不远千里，将其所收碑拓寄给北京的叶昌炽，供其拣择选购；北京碑估也曾携拓南下，向缪荃孙等人推销。这种长途定向销售的模式，是晚清的新现象，当时并不罕见。

士人学者若有急需或难得的碑拓，可以留下名目，委托厂肆寻找，或者向碑估订购。所谓“捐俸醵资，命工访拓”，实即集资定购，这也是晚清厂肆新兴的风气。金石学家而兼目录学家的缪荃孙，是最早也最热衷于利用碑估拓工访碑拓碑的一位。光绪初年，他在京城任职时，曾与潘祖荫、王颂蔚、梁于渭、叶昌炽等多人集资，委托琉璃厂碑估兼拓工出身的李云从，前往顺天、易州、宣化、真定等地拓碑，“大半前人所未见，即辽刻得一百十六种，其他可知”。光绪十七年（1891），他出掌山东济南泺源书院，又通过门生找到泰安拓工黄士林，“尽拓泰安、肥城、汶上、东阿、济宁、兰山、沂水、蒙阴十余县”。光绪二十二年（1896），

1 （清）张佩纶著，谢海林整理：《张佩纶日记》，南京：凤凰出版社，2015年，第495—536页。

他出掌南京钟山书院，“又得江宁聂明山，为拓江宁、句容、溧水，上江之太平、当涂、潜山、桐城、贵池，下江之常熟、松江、太仓等处”[1]。可以说，碑估和拓工既延伸了金石家的手和眼，又拓展了碑拓资源及其市场。

金石学家出资，碑估拓工出力，碑拓的生产者和销售者（流通者）与订购者和消费者（使用者）之间通力合作，这种现象在晚清碑拓市场上经常可以看到。其具体过程往往是这样的：出资方的金石学家事先调查好目录，开列访碑名目，而拓工则用金石家提供的资金购买纸墨及其他工具，外出访碑。在访碑过程中，他们往往风餐露宿，不辞辛劳，十分敬业。例如，受雇于潘祖荫、缪荃孙、叶昌炽等人的拓工李云从，外出拓碑时，“荒岩断硐，古刹幽宫，裹粮遐访，无所不至，夜无投宿处，拾土块为枕，饥寒风雪，甘之如饴”[2]。李云从是晚清最为著名的拓工，其生平经历颇具传奇性。他一生拓碑，足迹遍及京畿、河北、山东、山西等地。缪荃孙修《顺天府志》时，所用拓本几乎都出自李云从手拓。[3]光绪六年（1880），吉林省辑安县发现《晋好大王碑》，但最初流出的拓本多为煤烟拓，效果不佳，于是，王懿荣、潘祖荫、叶昌炽等人集资，“派李云从携纸去拓”[4]，获得了较好的拓本。

在晚清碑拓流通中，拓工的作用空前突显。一方面，他们是拓本的制作与生产者，另一方面，他们又身兼碑估，奔波于石刻现场、碑肆与

---

1 缪荃孙：《艺风堂金石文字目·前言》，第 7 页。

2 （清）叶昌炽：《语石》卷十，《语石·语石异同评》，第 565 页。

3 叶昌炽曾说：“光绪四五年间，重修《顺天府志》。碑估李云从承当事之命，裹粮襆被，狂走京畿诸邑。”（《语石·语石异同评》，第 50 页）又云：“碑估李云从往山西拓碑，道出井陉，访得韩吏部题壁。与裴晋公一刻同时同地，又为之一喜。”（同上书，第 484 页）关于李云从的拓碑事迹，参见徐建新：《高句丽好太王碑早期拓本制作者李云从考》，《中国学术》第 19、20 合辑，北京：商务印书馆，2005 年。

4 张彦生：《善本碑帖录》，北京：中华书局，1984 年，第 55 页。

碑拓主顾之间，有力促进了碑拓流通。一份精致完整的拓本，要求拓工有责任心，具备职业精神，例如，椎拓前要先对石面细心洗剔，椎拓时，要不遗漏额阴侧顶以及题刻等。叶昌炽曾批评某些“近时拓工惜纸，其磨泐处皆不拓，岁久尘埋，下半截深入土中，亦未尝举而出之”，这些拓工不够敬业，不能精益求精，当然不可能拓出“精本整本”。[1] 而被叶昌炽称为“北李南聂”的李云从和聂明山，是晚清拓工中的佼佼者。他们技术高超，吃苦耐劳，不仅搜访拓取了很多新碑拓，已有旧拓者亦能后出转精。[2] 李云从尤其敬业，他“每拓一碑，必于纸背书在某村、某寺或某家，距某县城若干里”。叶昌炽对此赞不绝口，称许李云从为“有心人”，因为这种做法体现了石刻文献的目录意识，后人“依此著录”，即可按图索骥。[3] 李云从在京多年，“久与潘、王、盛诸君相周旋”，与缪荃孙和叶昌炽往来亦多，可谓交游广泛，见多识广，积累了丰富的金石目录与碑拓赏鉴知识，“其金石之学甚精”[4]，有时连专业的金石学家也自愧弗如。有一次，翰林学士黄绍箕（仲弢）收到一块大安纪年碑，认定是金代石刻。李云从纠正说：“金大安只有三年，即改元崇庆。此碑立于大安六年，乃辽刻耳。”[5] 李云从良好的石刻年代学修养，使黄绍箕也不能不佩服。

光绪十七年（1891）九月，并无金石学兴趣的袁世凯本人，从朝鲜

---

1 （清）叶昌炽：《语石》卷一，《语石·语石异同评》，第 27 页。

2 叶昌炽云：“筱珊（缪荃孙）在南中，得江南聂某（明山），善搜访，耐劳苦，不减李云从。余所得江上皖南诸碑，皆其所拓，戏呼为‘南聂北李’云。”参见《语石·语石异同评》，第 565 页。

3 （清）叶昌炽：《语石》卷二，《语石·语石异同评》，第 65 页。

4 （清）刘鹗：《壬寅日记》，刘德隆等编：《刘鹗及〈老残游记〉资料》，成都：四川人民出版社，1985 年，第 148 页。

5 （清）叶昌炽：《语石》卷一，《语石·语石异同评》，第 50 页。

携回《平百济碑》拓本。这不是出于玩赏的兴趣，亦非为了研讨的需要，而是出于实用的目的，以此充当谒见僚友或上司的“羔雁”。[1] 一个对金石真正有兴趣的士人，如果有机会外任，通常会凭借地利之便，寻访当地的碑拓。王同愈出任湖北学政时，就利用观风之便，访拓湖北多地的碑拓。[2] 光绪末年，叶昌炽出任甘肃学政，在其后的四年任期中，他巡行了甘肃省的各府州县，收集了很多陇右碑拓，包括敦煌莫高窟的碑拓。对某些珍贵的石刻，他们也会制作多份拓本，用于同道友好之间的相互交换。以河朔访碑著称于清末民初的顾燮光，“随时访获石刻，必广为拓传，与海内同好互相流通，邮筒投赠无虚日，老而不衰”[3]。这种交换既是道友之间的信息沟通与互通有无，也是赏鉴眼光与标准的交流甚至较量。缪荃孙、叶昌炽与王同愈三人的日记中，常见关于这种交换与交流的记述。光绪十七年（1891），王懿荣以刘燕庭旧藏精拓《雁塔圣教序》赠给张佩纶，张佩纶以新得珍品《平百济碑》拓本回赠[4]，则是投桃报李式的礼物交换。

士人学者不仅通过厂肆碑估，联系或安排拓工去定向寻访碑刻，还委托自己在异地任职的同道友人，请他们代为物色拓工，椎拓当地石刻。1873 年到 1876 年，素好金石的吴大澂出任陕甘学政，有地利之便，陈介祺遂托其拓苍颉庙、石门以及敦煌等地的诸种石刻，吴氏遂委请石门拓工张茂功，工价预给。《裴岑碑》《沙南侯碑》二种刻石远在新疆，为了得到此二碑拓本，吴大澂动用了在当地任职的疆臣左宗棠的关系，请其帮助访拓。实际上，吴大澂的交往圈中，弥漫着浓厚的传拓风气，透

1 （清）张佩纶著，谢海林整理：《张佩纶日记》，第 398—399 页。

2 顾廷龙编：《王同愈集》，上海：上海古籍出版社，1998 年，第 294—374 页。

3 （清）叶昌炽：《语石》卷二，《语石 · 语石异同评》，第 66 页。

4 （清）张佩纶著，谢海林整理：《张佩纶日记》，第 403 页。

露出对于集藏碑拓的强烈兴趣。在拓碑方面，他有时委托别人，有时则受人委托，亦即委托人与被委托人一身二任。他与三位擅长传拓的幕友陈佩纲、尹元鼒、黄士陵之间的密切互动，不仅体现了他与拓工的亲密关系，也是晚清时代拓工深度介入碑拓流通的生动例证。[1]

值得注意的是，晚清金石收藏家中，有一些专门收藏石刻原物者。相对于碑拓收藏，石刻收藏更具文物价值，还可以从源头上垄断拓本制作，抬高拓本价值。但一般来说，石刻收藏对资金和储存空间有更高要求，保存传承也更不容易，故非力大金多者不能办。晚清致力于收藏石刻者，有潘祖荫、端方、丁树桢（幹圃）等人，皆是力大金多者。光绪十六年（1890），潘祖荫卒于北京，其“所藏古器物，辇归苏州。家人以为砖石不便舟车，就京中斥卖之。……石刻大半为幹圃购得”[2]。道光年间，山东掖县出土西晋《郛休碑》，光绪中为端方“购置京邸，建亭覆之”，可惜“易世后，陶斋藏石尽散，此碑以钜重无过问者，尚屹立邸中”，后来辗转仍归鲁人收藏。[3] 此事可见藏石传承之艰难。晚清的藏石风气持续到20世纪30年代，张钫、李根源等人受其影响，收藏唐代墓志石。好在他们的收藏最后都转化为公藏，张钫在其私人藏石的基础上，建立了千唐志斋博物馆。

总之，活跃在晚清碑拓市场的，除了碑贾拓工，还有专业金石学者和有玩赏碑帖爱好的士人，其身份或为学者，或为文士，或为官员，或兼而有之。他们玩赏碑拓，态度不同，侧重也不同，大体可以分为三种类别：以潘祖荫为代表的鉴赏家，以缪荃孙为代表的收藏家，以叶昌炽

1 此段论述，参考白谦慎：《吴大澂和他的拓工》，北京：海豚出版社，2013年。

2 柯昌泗：《语石异同评》卷二，《语石·语石异同评》，第88页。

3 同上书，第80页。

为代表的学问家。这当然是就各自的侧重点而言。实际上，潘祖荫收藏颇富，而叶昌炽的经幢收藏既丰富又有特色，更有很好的赏鉴眼光。此外，吴大澂、端方二家，也以有钱、有闲、有力、有圈子，而成为晚清碑拓收藏流通的大家。

三、晚清碑拓流通的国际化

晚清碑拓流通的国际化，包括中国学者收藏国外碑拓和外国人收藏中国碑拓两个方向。中国学者收藏国外石刻碑拓，亦始于晚清时代。分析起来，这又包括三个方面：一是搜集外国石刻拓本，例如潘祖荫、黄绍箕等人收藏埃及石刻等，潘祖荫还将其“示门下士，各有考释”[1]；二是搜集流落到域外的中国古刻拓本，主要是外流日本的旧拓本或翻刻本；三是搜集域外汉文石刻，尤其是唐代朝鲜半岛的汉文石刻。后两种都属于域外汉文石刻文献，促进了域外汉文献的搜集与流通。

清代金石家早就关注海东碑拓，故海东人士来京观光，常“载古刻而来”，大受翁方纲、阮元、刘喜海等收藏家欢迎。刘喜海编撰《海东金石苑》，即得朝鲜友人之助力。咸丰初，潘祖荫、鲍康、杨继震等收藏家“于丽人之至京者，犹喜晋接之”。其后，朝鲜人渐渐摸清了此中的门道，投其所好，每以海东石刻墨本为“望门投谒，藉通竿牍”之资，潘祖荫等人不胜其烦，“至戒阍人毋通谒”，“自是海东墨本稍难得矣”。[2] 物

1 （清）叶昌炽：《语石》卷二，《语石·语石异同评》，第 147 页。

2 （清）叶昌炽：《语石》卷二，《语石·语石异同评》，第 140 页。关于刘氏此书的编刊与版本，参见柳向春：《刘喜海〈海东金石苑〉刊行始末》，《传统中国研究集刊》第 7 辑，上海：上海人民出版社，2009 年。

以稀为贵。在海东石刻中，出自权怀素之手的唐碑《平百济碑》，书法“重规叠矩，鸿朗庄严”[1]，尤其引人注目。光绪十七年（1891）九月，从朝鲜“乞假回籍”的袁世凯，赠给张佩纶“权怀素《平百济碑》一通”，一个多月后，张佩纶即以此拓本转赠王懿荣，以回报王氏前此寄赠的珍拓。经由王懿荣的绍介，《平百济碑》在金石学人圈内广为所知，从而激起了厂肆碑估的兴趣。光绪十九年（1893）三月，“富华阁碑贾王春山，欲赴朝鲜拓碑，乃廉生（王懿荣）所荐”[2]，此时距离王懿荣获赠《平百济碑》还不到一年半时间。叶昌炽自言藏有《平百济碑》一本，乃“厂估王某渡海精拓”所得，其所谓“厂估王某”，当即王春山其人。[3]王春山所拓《平百济碑》应有多本，主要当在富华阁售卖，但至迟光绪二十三年（1897），其他厂肆碑估亦有兜售此碑者，其货源如果不是来自富华阁，即可能另有人渡海拓取此碑。从一本五金的价格来看，此拓在当时还是相当稀罕，故奇货可居。[4]从携拓回国的袁世凯，到受赠拓本又转手赠人的张佩纶，再到相互交换珍拓的王懿荣，最后到跨海拓碑的碑贾王春山，地理空间从域外到中国，又从都中到域外，透过这本《平百济碑》拓本的串联，一幅晚清碑拓的国际流通图由此呈现出来。

自1840年中国被迫打开国门以来，越来越多的外国人，包括一些来华寻宝的学者、探险家或文化商人，纷至沓来，其中不乏对金石碑拓有兴趣者。这些外国人士的介入，使晚清的碑拓买卖初步形成国际市场。在这些外国人中，既有日本人，也有德国人、俄国人和美国人。他们不

---

1 （清）叶昌炽：《语石》卷二，《语石·语石异同评》，第141页。

2 （清）张佩纶著，谢海林整理：《张佩纶日记》，第531页。

3 （清）叶昌炽：《语石》卷二，《语石·语石异同评》，第141页。

4 王同愈光绪二十三年（1897）元月十七日日记载：“文林阁宋估来，购得《平百济碑》（五金）。”参见顾廷龙编：《王同愈集》，第218页。

仅四处访古拓碑，更倚仗雄厚的经济实力，收购珍贵古刻，将其运至国外，甚者使这些碑拓在国内销声匿迹，从而造成了中国石刻文献的流失。

石刻碑拓流入日本，自不始于晚清，但在晚清特多，罗振玉《海外贞珉录》中已有记述。其中荦荦大者，则有“诸城王氏所得陶斋藏石，精品大半售于日本贾人江藤氏”，又“有中村不折者，购致法帖碑本，兼及藏石”。[1] 1899年和1906年，日本人大谷光瑞两次来中国游历考察，其行程包括到关中访古拓碑，拓取昭陵碑刻。[2] 宣统初元（1909），山东嘉祥、肥城等县新出一批汉画像石，共十石，都被日本人购买。运载出境之车经过济南，幸而当时的山东提学使罗正钧（顺循）得悉，出面阻留，最后补偿了日本人的购石之资，将这批汉石收归济南金石保存所。[3] 这类事件不止发生过一次，不见得每次都能追回原石。现在欧美日等地博物馆收藏的中国古代石刻，包括画像、造像、碑志等，大多是晚清以后逐渐从中国各地、经由各种渠道流出去的。有的通过厂肆碑估，有的通过其他民间私人买卖，有的则是内外勾结，通过当地文物贩子盗买盗运出境。

在第二次鸦片战争（1860）中，俄国与清政府签订了不平等的《中俄北京条约》，割占乌苏里江以东包括库页岛在内的约40万平方千米的领土，其中包括海参崴。这片被割让的土地上的古代石刻，也随之被俄国占有。例如，“黑龙江口有永宁寺碑，今在俄国浦（盐）斯德大学”[4]。所谓浦盐斯德，即海参崴的日本译名，俄名称符拉迪沃斯托克。晚清中国的政治痛史，也引出了一段段文物流散的痛史。

---

1 柯昌泗:《语石异同评》卷二,《语石 · 语石异同评》, 第145页。

2 柯昌泗:《语石异同评》卷一,《语石 · 语石异同评》, 第36页。

3 柯昌泗:《语石异同评》卷二,《语石 · 语石异同评》, 第80页。

4 柯昌泗:《语石异同评》卷八,《语石 · 语石异同评》, 第507页。

英国人斯坦因（Marc Aurel Stein，1862—1943）和法国人伯希和（Paul Pelliot，1878—1945），是晚清来华探险、掠买中国古文献数量最多、影响也最大的两位。在斯、伯二人掠买的大量敦煌写本文献中，有几件唐代拓本十分珍贵。光绪末（1900），敦煌藏经洞发现唐太宗行书《温泉铭》、欧阳询《化度寺碑》和柳公权《金刚经》三件唐拓，《温泉铭》《金刚经》和《化度寺碑》前两页为伯希和所得，现藏法国，《化度寺碑》后十页则入斯坦因之手，现藏英国。人们往往将敦煌文物流散，说成是晚清中国文物流失的典型痛史，却很少注意这些流失的敦煌文物中，还有十分珍贵的古代碑拓。

晚清来华的其他外国探险家和调查团，其名声虽然不及斯坦因和伯希和，在碑拓流通史上，却是不可忽视的。据柯昌泗回忆，宣统二年（1910），湖北襄阳出土了北魏《程虔墓志》，"石出未几，即为德国人购去"[1]。这个德国人是谁，柯昌泗未载明，有待考索。晚清时代很多石刻或碑拓外流的过程，至今都无法追溯，皆是因为缺乏相关的文献记载。在近代来华的外国学人中，德裔美国汉学家、后来长期服务于芝加哥富地自然历史博物馆（Field Museum of Natural History）的劳费尔（Berthold Laufer，1874—1934，译名亦作罗佛、洛佛尔）[2]，花费很多精力访碑寻拓，并带回了很多古代中国的石刻和碑拓。在1901年至1904年、1908年至1910年间，劳费尔多次来到中国探险，搜访各类文物。到中国之后，他才认识到中国古代石刻碑拓的特殊性及其对于研究中国历史文化的重要性，于是决定将石刻碑拓作为搜访的重点。他利用一切机会，广

1　柯昌泗语，参见《语石·语石异同评》，第14页。按：柯昌泗于同书页91又记当时丙寅年（1926）发现的一对汉石柱被"卖于美国，今在波士顿图书馆"，则是入民国以后的事了。

2　贺昌群：《悼洛佛尔氏》，《贺昌群文集》第3卷，北京：商务印书馆，2003年。

泛搜集各地的拓本，所获多达3336件。这些碑拓源自安徽、浙江、福建、河南、河北、北京、热河、甘肃、江西、江苏、广东、陕西、山东、云南、湖南、广西、四川等地，最初收藏在位于纽约的美国自然历史博物馆，后来移藏富地自然历史博物馆。在搜集碑拓的过程中，劳费尔认识到有必要组织一支国际学术团队对碑拓史料展开深入的研探。为此，他初步制订了一个雄心勃勃的研究计划，可惜由于他英年早逝，这个研究计划半途而废，十分遗憾。[1]

劳费尔重视碑拓的学术思路，很可能受到沙畹的影响。法国汉学家沙畹（Edouard Chavannes，1865—1918）"是这一研究领域中真正的先锋和改革者，是第一位运用扎实的批判的方法钻研这一难题并获得无可非议成功的欧洲学者"[2]，可以说是一位名副其实的碑铭学家。"沙畹经常向旅行者们征购碑拓，有时还写信请求传教士和驻华外交官为他搜集拓本，由此不断地获得各个地区的铭刻资料。"[3] 1891年，沙畹就从山东泰安碑估手中买到武梁祠汉画像拓本。20世纪初，又通过一个神父帮助，"获得一套比较完整的西安碑林拓本"。1907年，他第二次前往中国，重点就是研究古代碑铭，为此他开始大规模访碑，搜集了大量碑刻资料，其成果汇集为1909年出版的《华北考古记》。沙畹谢世后，他收集的这些碑铭分散在吉美博物馆、国家图书馆、亚细亚学会、塞尔努什基博物馆等几家法国机构。[4]

沙畹还十分关注其他欧洲人收集的拓本，并据以展开研究，如1898

---

1 详细可参见程章灿：《拓本聚瑛——芝加哥富地博物馆藏中国石刻拓本述论》，《中国文化研究》2012年秋之卷（总第77期）。

2 〔美〕劳费尔：《沙畹》，〔法〕沙畹著，邢克超选编：《沙畹汉学论著选译》，邢克超、杨金平、乔雪梅译，北京：中华书局，2014年，第362—366页。

3 〔法〕戴仁：《沙畹和法国的中国碑铭学》，《法国汉学》第6辑，北京：中华书局，2002年，第587—601页。

4 〔法〕戴仁：《爱德华·沙畹——同时代汉学研究第一人》，《沙畹汉学论著选译》，第1—14页。

年至1900年夏尔-厄德·邦尼（Charles-Eudes Bonin）出使东方带回的一批河西走廊以及西域的碑刻，1898年法国工程师勒普兰斯-兰盖（Leprince-Ringuet）考察龙门石窟时拍摄的照片和购买的拓本，1906年由亨利·奥龙（Henri d'Ollone）带领的使团在中国西部云、贵、川、青、甘、晋、蒙古诸地考察时所拓彝、苗、回等少数民族文字碑刻。[1]他所关注的碑刻，涉及秦始皇刻石、汉画像、哈剌和林景教碑刻、佛教碑刻以及蒙古、南诏、西域等地的碑铭，他对四裔碑刻、少数民族碑刻以及宗教碑刻情有独钟。更难得的是，他在上述多个领域都留下了研究成果。1918年，沙畹去世，劳费尔曾专门撰文，重点表彰沙畹在古代中国碑铭学研究上的贡献，既表达了对这位前辈的深沉怀念，也含蓄地表明了自己与他的学术渊源。

总之，晚清时代碑拓流通的国际化，实际上是国门开启所带来的必然结果之一。中国碑拓进入国际文物市场，参与国际学术交流，从好的方面来说，可以使石刻碑拓这种极具中国文化特色的文献形式，为越来越多的外国学者甚至普通外国人所了解与喜爱，加深他们对中国历史文化的了解，促进中外文化和学术的交流。从不好的方面来说，这些外国人凭恃财力与强权，掠买古代石刻和碑拓，至少客观上造成了对古代石刻文物的破坏，导致珍贵碑拓流失境外，尽管我们也得承认，这些石刻碑拓后来在外国博物馆或图书馆中，躲过了国内历次战乱和革命，大多得到了较好的保藏。[2]

---

1 〔法〕戴仁：《沙畹和法国的中国碑铭学》，《法国汉学》第6辑，第587—601页。

2 亦有例外。如北凉《沮渠安周造寺碑》（亦称《沮渠安周造像记》），光绪八年（1882）出土于今新疆吐鲁番高昌故城，1902年被格伦威德尔率领的德国第一次吐鲁番探险队购取，运往柏林途中即断裂为二，"二战"后不知下落。幸而光绪三十二年（1906）赴欧考察宪政的端方，在柏林见到此碑，诧为瑰宝，曾设法拓得一本。参见卢芳玉《沮渠安周造寺碑》，《人民日报》（海外版）2010年12月13日第08版。

四、小结：晚清碑拓流通与学术文化

近年来大量影印或者整理出版的晚清日记，为我们了解晚清文士的日常生活提供了丰富的材料和生动的细节。“当光宣之际，访碑盛极一时。”[1]访碑求拓，彼此交换，题品赏鉴，相互交流，成为晚清文人日常生活的重要内容。缪荃孙的《艺风老人日记》、叶昌炽的《缘督庐日记》、王同愈的《栩缘日记》、刘鹗的《壬寅日记》等最为典型。如果说文士访碑求拓是赏鉴与治学的结合，是艺术欣赏与学术研究的融合，那么，厂肆的碑拓买卖也可以说兼有商业经营与文艺雅玩的属性，是雅文化与俗文化的融合，是俗的提升与雅的推广的交集点。

碑拓流通既是商品流通的一种，也是文化传播的途径。碑估促进故家收藏的散出和流通，其积极意义是促进了碑拓的传播。从信息汇聚角度来看，当时的厂肆相当于后来的博物馆、图书馆或文保所，而碑估相当于图书馆员乃至文物专家，前文所举郭玉堂、张彦生二人就是例证。晚清时代兼职访碑与碑贩的拓工，一改在此前文化史上模糊的身影，清晰地确立了自身的专业形象。在李文藻《琉璃厂书肆记》和叶昌炽《藏书纪事诗》中，我们可以看到，书估碑贾被他们视为同道。叶昌炽曾对苏州兼卖碑拓的老书估侯念椿表示佩服，因为他“见书籍装订，即知其从何地来。拓本亦然，收之既久，见之既多，何省拓本，不难一望而知”[2]。

碑拓的流通，是晚清书刻艺术传播的重要推动力。碑拓尤其魏碑成为晚清书法篆刻界的新宠，成为时尚书风的基础。晚清书法名家赵之谦、

1 柯昌泗：《语石异同评》卷二，《语石 · 语石异同评》，第 91 页。

2 （清）叶昌炽：《语石》卷十，《语石 · 语石异同评》，第 555 页。

吴昌硕、张裕钊、沈曾植、孙诒经、李文田、陶濬宣、李瑞清等人，其书风皆与碑学有关。西泠印社更以“保存金石”为号，积极倡导碑学。而晚清碑学的核心人物康有为，其名著《广艺舟双楫》撰成于光绪十五年（1889）。其时，遭遇政治挫折的康有为以金石陶遣自我，尽观京师藏家之金石凡数千种，成书六卷27篇，其中尊碑、购碑、本汉、备魏、取隋、卑唐、碑品、碑评等篇，均可见其对碑拓的取资和推重。此书光绪十七年刻成，凡十八印，可见其影响之广。戊戌变法失败之后，此书于1898年和1900年两次奉旨毁板，但其流传已不可阻遏。

对一般文士而言，无论习字临帖，还是欣赏书法艺术，碑拓既经济实用，又方便流通。谭献亲手装裱碑帖之后，曾引昔人之语，表达自己的欣喜之情：“得古刻数行，终身临之不尽。”[1] 碑拓的欣赏与传播，可以挂墙，可以嵌壁，可以装册，可以翻印流通，可以满足量大、地广的消费需求。晚清园墅中嵌刻法帖的风气亦应运而生，虽然这些法帖多为重刻、翻刻。碑拓市场的哄抬物价与作伪之风，也因兹而起。汉魏石经以奇货可居，多有伪石或伪拓。汉朱博残碑，罗振玉《石交录》已确认其出于尹祝年（彭寿）伪造。而围绕隋《苏慈墓志》碑拓的真伪，则聚讼纷纭，意见不一。王仁堪坚持此拓出于李文田伪造，而李文田坚决否认。[2] 无论如何，这场争论都证明了碑拓流通过程的复杂性。

晚清文士热衷收集碑拓，致力于古刻碑拓的发现与流通，有助于古刻文献的传承。前代文献所记古刻之存佚情况，有些不够准确。如陆游《老学庵笔记》卷二记宋乾道末年刻于瞿塘峡峭壁之上的《中兴颂》已破

---

1 （清）谭献撰，范旭仑、牟晓朋整理：《谭献日记》，北京：中华书局，2013年，第255页。

2 叶昌炽语，参见《语石·语石异同评》，第227页。又参见《缘督庐日记钞》第2册，第82—83页。

碎不存，而缪荃孙于同治末年路经夔峡，却“搜得此刻”，并请友人“募工拓传于世”，可见陆游所言乃得之传闻，不足为据。[1]总之，晚清士人对于碑拓的搜罗更专业，调查更精确。当然，这是与晚清交通设施与物质条件的改善分不开的。

晚清士人对于碑拓的兴趣，也影响到地方政府与官员的态度。洛阳、安阳、邺下等地相继设立了古迹保存所，济南和南京等地也成立了金石保存所，古刻碑拓的调查与保护，开始有了制度和机构的保障。这些保存所是西安碑林博物馆和洛阳石刻艺术馆之类专题博物馆的前身。缪荃孙作为金石学家、目录学家和图书馆学家，致力于碑拓收集、金石目录编撰和图书馆建设，直接奠定了今日国家图书馆碑拓收藏的基础。大浪淘沙，沧海桑田，很多旧家大户的碑拓收藏，民国以后逐渐归入国家图书馆、上海图书馆以及南京图书馆等公藏机构。晚清以来在碑拓流通过程中积累的丰富版本、完整目录和专家题跋，成为这些公藏机构宝贵的文物资源，为当代层累了文化资本。

晚清碑拓流通，促进了学术文化的深广进展。“广”表现在各种金石目录编纂和利用碑拓资料编撰方志，以缪荃孙为代表；“深”表现在传统金石学的学科体系化与现代化，以叶昌炽为代表。晚清碑拓流通，也促进了传统金石学的与时俱进，其中一点，是更加重视边疆史地和经世致用。咸丰九年（1859）进士出身、官至礼部侍郎的李文田，是晚清著名的蒙古学和碑学名家。他因收藏秦《泰山石刻》与汉《华岳庙碑》珍拓，特地在广州筑泰华楼以作纪念。他还结合自己的蒙古学特长，撰作《塞北路程考》和《和林金石录》，与关注四裔碑刻的沙畹和劳费尔等汉学家遥相呼应。要之，晚清碑拓流通的国际化，也使金石学加入世界汉学和

1 柯昌泗:《语石异同评》卷四,《语石・语石异同评》, 第 226 页。

东方学的发展潮流之中。

处晚清数千年未有之变局中，传统金石学亦随之近代化，产生了新的碑拓流通方式，创造了新的文化学术环境。碑拓资源由私藏向公藏汇聚，促进了新的学科形态的构成。伴随着以玩物为主旨的传统士大夫金石学衰落的，是现代专业考古学与面向大众的文博事业的兴起，石刻碑拓文献的保护、流通与应用也提升到了更高的层次。

（原载《学术研究》2015 年第 12 期）

中体西用：关于中国神话文学移位研究的思考

宁稼雨 *

神话是文学的母亲，这本来是基本的常识。但以往的神话研究的角度多半集中在历史学研究、宗教学研究，以及文化人类学研究方面。在这些研究中，神话材料扮演的角色是这些研究由于史前文字材料匮乏而起到的史料替代作用，而神话的文学价值，尤其是它对后代文学所产生的母体哺乳滋养作用没有得到足够关注和研究。鉴于此，本文通过对中国神话研究历史的反省，借鉴西方原型批评关于神话文学移位学说的理论，以及西方民间文学研究领域主题学的研究方法，从构建中国式神话研究体系的角度提出在神话研究领域以“中体西用”取代“西体中用”的理论设想和具体操作程序，试图扭转中国古代神话研究的角度和视野，

* 南开大学文学院教授、博士生导师。

把中国神话的历史学、宗教学和文化人类学研究拉回到文学研究的本体中来。

一、中国古代神话研究的回顾

神话研究在中国起步较晚。虽然秦汉以来的各种典籍中不乏与神话相关的材料，但多为对各种神话题材的文学演绎，其涉及神话研究的部分零散而不系统。现代意义上的中国神话研究是受20世纪以来包括学术研究范式在内的西方文化渗透影响的结果。这期间的神话研究有过三种神话研究热潮。

第一，20世纪20年代以顾颉刚为代表的“古史辨”派的疑古思潮。其疑古工作的重头戏就是推翻主要由神话传说构成的中国上古历史，认为“盘古开天地、女娲造人、三皇五帝”等所谓中国上古历史记载都是虚诞的神话传说，并非信史，应该将其剔除于中国历史之外。[1]这种学术背景是胡适以“大胆假设，小心求证”为手段的“整理国故”思潮，而该思潮来自19世纪以来盛行于西方学界的实证主义思潮。因此，古史辨派的学术根基在西方，是通过中国古史的考证来实践实证主义学术思想。它解决的核心问题是中国古代神话能否当作信史的问题，至于神话是产生中国文学历史的母体功能并未得到关注和解决。

第二，20世纪以来，尤其是1949年以来，受马克思主义影响的历史唯物主义神话研究。20世纪50年代以后的各种与神话有关的多数文

1 田旭东：《二十世纪中国古史研究主要思潮概论》第五章、第六章，北京：中华书局，2003年。

学史、小说史均属这个潮流。虽然在古代神话的系统整理和材料发掘方面取得了这个时期神话研究的重要收获（如袁珂先生的系统神话研究工作），但此说把中国古代神话材料作为历史唯物主义对于人类文明和历史起源产生规律解释的一个侧面。其核心理念就是马克思在《〈政治经济学批判〉导言》中关于神话“是已经通过人民的幻想用一种不自觉的艺术方式加工过的自然和社会形式本身”的说法，是通过神话来解释和揭示远古时期人类创造世界和历史的途径之一，并且用来阐明阶级斗争推动人类社会历史发展的意识形态理念。作为文学史和小说史，他们的确发现了神话与后代文学之间的关联。如游国恩本《中国文学史》列数了古代神话对诗赋散文和小说戏曲在文学题材和形象方面影响的轮廓，但这一影响的线索在后面历代文学描述时没有能够得到系统的勾连和贯通，无法形成一个对早期神话各种题材在后代展衍形态的完整系统印象。该书有关神话内容的核心主线基本上是对马克思那段神话定义的诠释。如编者认为《女娲补天》神话在后代“俗说中的解释部分渗入了阶级社会的意识，它把被剥削阶级的‘贫贱凡庸’说成是先天注定的，同时为剥削阶级的特殊地位找到了理由”[1]。类似的阶级斗争口吻在书中每每可见，这种以意识形态理念统摄古代文学研究的方式显然偏离了学术自身的科学客观精神，不利于对神话所反映的历史文化真实面貌的准确解读。

第三，20世纪80年代改革开放以来，在西方学术文化思潮再次强烈冲击中国的背景下，神话学研究再次呈现热潮。自80年代以来，何新、萧兵、谢选骏等人的神话学研究在继承传统神话学研究的基础上又吸收借鉴了西方人类学的研究方法，在很大程度上开拓了神话学研究的视野，使中国神话学研究呈现出一个崭新的面貌。近年来，叶舒宪的一

1 游国恩等:《中国文学史》，北京：人民文学出版社，1963年，第21页。

系列神话学研究著作又在前者的基础上有较大突破，被称为中国文学人类学的重大创新与突破。在这个学术背景下起步形成的中国神话研究有两个突出特点：一是其研究范式的体系是“西学为体，中学为用”。即以西方的学术范式为体系框架，以中国神话的内容为材料加以论证分析；二是其研究领域主要集中在历史学、考古学、文化人类学方面，即把神话材料作为还原解析没有文字记载的远古时代的珍贵史料，来复原勾勒那个遥远的时代。尽管他们的切入角度和结论各有差异，但这两个特点基本上是共同具备的。

尽管三个阶段的中国神话研究各自取得不菲的成就，但总体上可谓殊途同归，都是20世纪以来西方文化和学术范式铸造的产物，而这个结果和过程在很大程度上带有被迫性和盲目性。一个半殖民地半封建的国家不仅在国家主权方面受到外力干涉和左右，而且文化学术诸多方面也必然受到波及，成为政治主权受制的副产品。遗憾的是，一旦政治主权得以恢复，文化和学术的话语权与研究范式没有随之得以复归，而是延续被外来文化和学术范式左右的惯性定势。

二、如何寻找构建中国神话研究的体系

自1949年以来，从国家领导人到各种媒体使用频率很高的一种声音就是中国人民站起来了，重新当家做主了。这当然是好事，但人们在欢呼政治主权的恢复的同时，似乎没有深入反省文化主权和学术主权的恢复与建立问题。如果上述关于20世纪以来中国神话研究的回顾中对此命题已经足以管中窥豹、一叶知秋的话，那么进入21世纪后，中国神话研究的本位复归就是十分必要而且迫切的任务了。因此，在政治

主权当家做主已经半个多世纪之后，反思文化价值和学术话语权的民族主体权力已经是刻不容缓的重要问题了。在此背景下，关于中国神话研究的深化我以为应该从两个问题寻找突破口。一是要不要变“西学为体，中学为用”为“中学为体，西学为用”，寻找和建立中国自己的学术研究体系？二是要不要跳出以历史学、考古学、文化人类学为研究归宿的神话学研究，回归神话的文学研究本体上来？平心而论，尽管神话研究在诸位先贤的努力下已经成果斐然，但还有巨大的潜力空间需要挖掘和弥补。而中西体用关系的置放顺序和神话的文学本体回归，则是其中的要点所在。这两个问题的解决不但关系到中国神话研究本身的创新出路，更关系到整个中国学术研究范式的母体血液是姓西还是姓中的问题。

首先，用西方格局的学术研究范式来研究包括神话在内的中国叙事文学作品，存在一些削足适履的困境，需要重新考虑体用关系。现代意义上的以小说戏曲为主的中国古代叙事文学研究始自 20 世纪初，以王国维《宋元戏曲考》和鲁迅《中国小说史略》为两面旗帜，拉开了现代史上中国叙事文学研究的大幕，奠定了中国古代叙事文学研究的现代框架格局。20 世纪中国叙事文学研究的学术范式主要集中在文体史研究和作家作品研究，这两个方面的确取得了历史上无与伦比的成就，但同时也掩盖了其难以克服的矛盾问题。作家作品和文体史的研究，其重心主体分别是作家生平思想和作品思想内容，以及作为文体历程的小说、戏曲的体裁历时发生过程。尽管这两个重心主体的构想和操作范式对于 20 世纪学术局面的形成功莫大焉，但如果换一个角度，从故事主题类型学的角度看，无论是作家作品研究，还是文体史的研究，都无法全面揭示和解释那种既超越单一作品，又跨越单一文体的个案故事主题类型的发生过程及其动因的全面阐释。以著名的《西厢记》故事类型为例，除了大量与西厢故事有关的诗词散文和通俗讲唱文学之外，最能代表西厢故事类型发展演变阶段特征的作品至少有三种：文言传奇小说《莺莺传》、诸宫调《西厢记》、元杂剧《西厢记》。按照20世纪以来的文体史和作家作品的研究模式，这三部作品分别属于不同的文体体裁阵营，对它们的研究也就自然形成三个不同的营垒。然而它们相互之间所构成的西厢故事类型系统却没有成为研究的重心和主角。这种情况在神话母题研究中表现得更为鲜明。比如女娲、精卫神话均为中国神话的重头戏，但在以往的神话研究中，后代女娲、精卫神话在各类文学作品中的演绎再生情况却鲜有涉及。事实上，女娲、精卫神话是中国文学中女娲、精卫两类题材的渊薮，后代不但相关题材的诗词散文数以百计，而且把女娲、精卫神话故事题材作为故事蓝本搬演的叙事文学作品也数量可观。然而，由于文体研究和作家作品研究的樊笼所限，很少有人能从故事类型的系统角度关注研究二者各自故事的系统流变过程形态和内在原因。这就有必要从中国叙事文学作品的实际出发，考虑以故事类型作为叙事文学关注切入的研究视角，并以之作为中国叙事文学研究的体制范式。

其次，包括神话在内，人类早期的文字记载具有多方面的功能价值，应该得到全面的开发。迄今为止，人们对于中国神话的研究范围，主要集中在历史学、考古学、人类文化学，以及民间信仰等方面。比较突出的是“古史辨”派的神话研究。该派参与学者多，而且均为学术名家，成果皇皇可观。但该派关注问题的重心是历史学，经过充足的考证，证明与上古历史内容相关的神话内容多为虚妄，故应将神话剔除在信史之外。在考古学方面，学者们希望把考古成果作为神话研究的重要源泉：“神话研究离不开考古学，考古学家为了解释自己的发掘品，再现历史的本来面貌，也要熟悉神话学，只有把神话研究同历史学、考古学、民族学、宗教学等结合起来，才能达到上述目的。”[1] 从这些角度进行神话研究的确非常必要，不能丢弃，但神话的文学属性及其相应研究却没有引起足够关注和研究，这是非常遗憾并迫切需要弥补的。事实上，神话与包括诗词歌赋、小说戏曲在内的中国古代文学之间的千丝万缕联系，尤其是作为个案的神话原型在后代文学宝库中不断演绎再生以至于形成浩如烟海的盛况，至今尚未得到足够的关注和全面系统的深入研究。不仅如此，除了神话题材在后代不断演绎外，随着各种文体的不断成熟和繁荣，不同文体对于同一神话母题的不同阐释和演绎也是五彩缤纷的，既有阅读价值，也有学术研究价值，从文学角度对于中国神话的关注与研究，是一项意义重大而又十分有趣的研究课题。

回归“中学为体”而以故事类型研究为范式的研究角度和打通神话与中国文学宝库的关联，回归神话的文学本体研究都是有意义的工作，它的体系建构和操作程序则是亟待解决的重要问题。“中体西用”指的是在中国体制格局下适当采用西方学术营养，并不意味着对西方学术要素彻底剥离。

三、他山之石，可以攻玉

构建中国体系的文学神话研究来自两块他山之石的启发。一是神话原型批判理论的神话移位说，二是民间文学领域的主题学研究理论。两者的结合，就是本文中国神话的文学移位研究的理论杠杆。

---

1 宁稼雨：《故事主题类型研究与学术视角换代——关于构建中国叙事文化学的学术设想》，《山西大学学报》2012 年第 3 期。

首先，在神话研究领域，一个重要的问题似乎被人们忽略了：当神话结束它的历史使命，转而为一种历史的积淀和文学的素材时，神话原型的内蕴怎样在新的历史环境和变异载体中绽放出新的生命活力？按照弗莱的观点，在古代作为宗教信仰的神话，随着其信仰的过时，在近代已经移位变成文学，并且是各种文学类型的原型模式。[1] 对此，张隆溪先生有过这样的描述：

> 在古代作为宗教信仰的神话，随着这种信仰的过时，在近代已经“移位”即变化成文学，并且是各种文学类型的原型模式。从神的诞生、历险、胜利、受难、死亡直到神的复活，这是一个完整的循环故事，象征着昼夜更替和四季循环的自然节律。弗莱认为，关于神由生而死而复活的神话……之所以只有一个故事，是因为各类文学作品不过是用不同方式、不同细节讲述这同一个故事，或者讲述这个故事的某一部分、某一阶段：喜剧讲的是神的诞生和恋爱的部分，传奇讲的是神的历险和胜利，悲剧讲的是神的受难和死亡，讽刺文学则表现神死而尚未再生那个混乱的阶段。文学不过是神话的赓续，只是神话“移位”为文学，神也相应变成文学中的各类人物。[2]

在西方，《圣经》成为后代各种文学样式的文学海洋的母体和渊薮，《圣经》与后代文学的关联也引起历代学者的足够关注。然而在中国文学的研究领域，神话题材怎样在后代各类文学体裁中绽放出新的花蕾，神话如何向文学移位的？这些涉及中国文学发展过程的重大问题显然没有

---

1 〔加〕诺斯普罗・弗莱：《批评的剖析》，陈慧、袁宪军、吴伟仁译，天津：百花文艺出版社，1998 年。

2 张隆溪：《诸神的复活——神话与原型批评》，《读书》1983 年第 6 期。

受到人们足够的关注，所以它理应成为神话的文学研究（而不仅仅是宗教学、民俗学和人类学）的重要课题。尽管神话已经消失，但神话的母题在繁花似锦的文学百花园和各种文化遗产中却获得了无限生机。当然，神话文学移位的走向和轨迹也要受到各种社会条件的制约和限制。神话题材和意象在文学移位过程中的盛衰消长正是后代社会各种价值观念取向的投影。搜索神话在后代文学作品中的身影，咀嚼其主题变异中的文化变迁意蕴，对于把握人类文化主题的走向，寻找中国文学深层的血脉根源，都有十分重要的意义。

如果说原型批评的移位说为我们提供了一个宏观把握中国神话研究的路径视野的话，那么西方的主题学研究则为我们的中国式文学意义上的神话研究提供了具体的操作程序借鉴。主题学研究是近年来比较文学研究的一个分支。它强调从某一主题入手，打破时空界限，探索同一主题、题材、情节、人物典型等叙事文学单元在不同历史时期、不同民族作家笔下的不同处理。这个术语的提出虽然是由19世纪德国学者F. 史雷格尔和格林兄弟对民俗学的研究而肇始，20世纪70年代末才传入中国港台地区，80年代初才传入中国大陆，但实际上20年代顾颉刚、钟敬文等人所发表的部分民俗学研究论文，如钟敬文《中国与欧洲民间故事之相似》（1916）、顾颉刚《孟姜女故事的转变》（1924）等已经与主题学研究不谋而合。顾颉刚之后，我国的主题学研究处于中断状态。自80年代以来，大陆学者在顾颉刚等人开创的研究基础上，吸收西方学者对于主题学研究的方法思路，对中国文学进行主题学研究，出现了许多可喜成果。尤其是王立的主题学系列研究在中国文学主题学的系统性方面取得了卓有成效的突破。

不过，主题学研究尽管对中国神话的文学移位研究很有参考借鉴价值，但不能完全照搬。其原因是，主题学的理论主要是依据和针对西方民间故事，对神话部分和东方中国涉及较少，难以涵盖和揭示中国民间故事和神话。同时，国内的主题学研究也在一定程度上表现出对西学体系的依赖性和归属感。目前国内和西方关于中国民间故事主题学的研究基本上还是在西方主题学体系的樊笼之下来运行操作的。一方面，主要表现为在民间故事类型索引的编制上完全照搬西方的"AT 分类法"，如丁乃通的《中国民间故事类型索引》，在民间故事个案的研究上也主要集中在民间口头文学领域。鉴于此，主题学在中国叙事文学领域的应用需要另起炉灶，从头做起。另一方面，目前国内文学领域的神话研究主要偏重于民俗学和民间文学的角度。多数这方面的神话研究著作和民间文学传说风俗相贯通，而缺少与规模浩大的中国古代书面文学的联系贯通。这正是我们中国神话文学移位研究需要解决的重心问题。

四、故事类型研究的属性意义

我们的中国神话文学移位研究正是基于对以上各种问题的解决和调整，希望从中国学术体系重建的高度来审视把握这种研究角度和方法。

以"西体"为主导的 20 世纪中国叙事文学研究的重心是以小说戏曲为中心的文体史研究和大量的作家作品研究，它所忽略和难以解决的中国叙事文学比较普遍的问题是跨越各种文体和跨越若干作家作品的故事类型研究。因此，作为"中体"的核心构建就应该对以故事类型为中心的中国叙事文学主流现象予以全面认识和解决，其核心主线是围绕故事类型来构想中国叙事文化学的研究体系和范式。

故事主题类型作为叙事文学作品的一种集结方式，具有单篇作品和文体研究所无法涵盖和包容的属性和特点。故事主题类型的核心构成要素是情节和人物及其相关意象。但它们与单一的相应范畴所指有所不同，它更需要注意的是同一要素不同阶段形态变异的动态走势。故事主题类型中的情节更多需要关注的是在同一主题类型中不同文本在情节形态方面的异同对比。因为只有清晰地厘定不同文本故事情节的形态差异，才能为故事主题类型的文化分析提供可能。与之相类，故事主题类型中的人物既要关注同一人物在该类型故事演变过程中的流变轨迹，也要注意该故事流变过程中各个人物形象的出没消长线索，从而为文化分析寻找契机。显而易见，它与单篇作品和文体研究所关注的情节人物的最大区别就是离开了单一情节和人物，去关注多个作品中同一情节和人物的异同轨迹。正是这些情节和人物在不同作品中的变异轨迹，才能为整个该故事主题类型的动态文化分析提供依据和素材。

在故事主题类型中与情节人物同步相连的还有以该故事主题类型内容为意象，出现在诗文等非叙事文体中的典故等材料。以王昭君故事为例，像《明妃曲》等大量吟咏王昭君的诗文作品，与《汉宫秋》等叙事文学作品的昭君故事在题材上本属同一类型，但在以往的研究中它们被分割在戏曲研究和诗歌研究两个不同的领域。戏曲和诗文研究者一般不会去关注对方的文本中与自己的研究对象在题材和文化内涵上有什么关联。然而，如果我们打破文体和单篇作品的壁垒，从故事主题类型的角度来观照与昭君故事相关的文献材料，就会理所当然地把《明妃曲》和《汉宫秋》等文体不同、各自独立的文本视为一个系列整体，梳理和把握其中的相关连接点，尤其是把《明妃曲》等诗文材料中的相关内容意象与《汉宫秋》等叙事文本的相关内容对照勘比，从中发现和挖掘诗文方面的相关意象与叙事故事文本之间的异同和关联，为该故事主题类型的整体把握提供有效素材。

故事主题类型属性的最大特点就是对于文体和单篇作品范围界限的

突破和超越。它的视野不再仅仅局限于小说、戏曲、诗歌、散文这些文体樊笼和单个作品的单元壁垒，而是把故事主题相关的各种文体、各样作品中的相关要素重新整合成为一个新的研究个案。同时，以故事类型为核心，牵连各种相关文学材料的集结方式具有明显的中国叙事文学呈现特征。所以，以故事类型为研究视角本身就是“以中为体”学术理念的明确体现。这样，也就为小说、戏曲等叙事文体文学的研究提供了一个新领域。

五、中国神话文学移位研究的具体构想

根据以上的思路和设想，我们把以中为体的中国叙事文化学分为两个互有关联的组成部分：编制《中国叙事文学故事主题类型索引》，对各个故事主题类型进行个案梳理和研究。

对于具备条件的故事主题类型，其个案研究操作程序有以下步骤。首先，调动一切文献考据手段，对该故事主题类型进行材料搜索。就其文体分布状况来说，应该以小说戏曲为主，同时兼顾史传、诗文、方志、通俗讲唱文学等一切与该故事主题类型相关的材料。在这个方面，“竭泽而渔”应该是此项工作不懈的坚定目标，因为这是个案的故事主题类型研究的全部基础。其中，作为《中国叙事文学故事主题类型索引》第一部分的《先唐叙事文学故事主题类型索引》已编制出版。[1]

其次，在对已掌握的材料进行充分阅读的基础上，对该个案故事主题类型进行要素解析。其中分为外显的结构层面和内在的意蕴层面。结

1 宁稼雨编著:《先唐叙事文学故事主题类型索引》，天津：南开大学出版社，2012 年。

构层面是指那些通过文字阅读可以直接了解认知的外部可见的结构要素，包括情节、人物、背景与环境等。所谓要素解析工作主要是就某一要素（如情节或人物等）在该主题类型不同文本中的形态流变进行细致勘比。具体梳理出在同一要素线索中，相同者与相异者有哪些？比如在情节和人物的演变中，哪些成分为一成不变，哪些为前后相异等，均须细致勘比清楚。这一步骤是对材料挖掘搜集工作的清理，也是为内隐层面的清理铺路奠基。意蕴层面是指在对结构层面诸要素的观照把握和细致分析的基础上，对该个案故事主题类型中所蕴含的文化意义进行爬梳厘定。一个故事主题类型在其演变过程中，往往涉及几方面文化要素。这些文化要素往往随着文本形态在不同时代作家手中变化而呈现出动态演进。研究者要对该文化侧面的全貌有基本了解，更要对这一文化侧面在该故事主题发展中的呈现清晰辨认。到了这一步，个案故事主题类型研究已呈水到渠成之势。

最后，对该故事主题类型的特色和价值做全局的归纳和提炼，并进入到具体成文的收尾阶段。其中最重要的就是在此前工作的基础上，对该故事主题类型进行故事演进过程所蕴含的核心意蕴进行归纳概括，提炼出能够贯通该故事全部材料和要素的核心灵魂，用以统摄全部研究过程，把握全部材料。

作为这个整体构想的组成部分，中国神话的文学移位研究是中国叙事文化学的系列个案研究组群中的一个。它以重建中国叙事文学研究体系为使命，以中国叙事文化学研究为方法依托，旨在对中国神话各主要原型与中国古代文学的密切关联进行全面彻底梳理和研究，为中国神话乃至整个中国叙事文学研究摸索一点创新做法。依据西方原型批评的代表人物弗莱有关神话“移位”为文学题材的观点和主题学研究，关注同一故事主题在不同时期和地域流传变异的方法，应以个案故事类型为单位，对中国古代神话中的若干经典原型由神话传说逐渐转变为文学作品题材的过程进行挖掘梳理和分析研究，其中包括材料挖掘和文化分析两个部分。材料挖掘部分包括：各神话故事在后代小说戏曲等叙事文学中的题材表现和形态变异，该神话故事在后代诗文作品中作为典故的出现情况，以及该神话故事在后代的风物遗址及其相关传说等。文化分析部分包括对该神话故事在后代叙事文学作品中的形态变异状况，诗文典故使用的意向所指和风物遗址中的具体时代的文化蕴涵进行深入研究和分析，尤其是挖掘分析神话移位为文学的过程中民族文化精神形成的内在轨迹。比如《女娲神话的文学移位》一题在充分掌握有关材料的基础上，应详细深入分析论述女娲神话中三个基本要素造人（含造物）、补天，以及女皇之治等如何成为后代文学家展现天赋才华的用武之地，同时如何折射出封建父权社会对女权排异的痕迹。

在具体操作的程序上，首先坚持运用传统的文献考据学方法，将散见于古籍中的该神话原型和主题故事材料网罗殆尽；其次则是将该故事的丰富材料进行缕析梳理，寻找出其中各种故事要素的异同点，并从历史文化和文学嬗变的角度进行深入分析，为故事流传变异寻找出合理的解释。

以往的中国神话研究和主题学研究尽管成果可喜，但因为研究视角的不同，从文学和文化角度来研究神话有两个遗憾是需要解决和弥补的。一是材料匮乏和缺失。无论是广度上还是深度上，中国神话研究乃至中国文学主题学研究在材料发现和使用上都存在很多疏漏甚至硬伤。其中最为突出的问题就是某一神话原型在后代的文学移位过程中，各种体裁再现其题材原型的准确数字没有人做过精确或接近精确的统计，因而有必要下苦功对此予以最大可能的解决。二是有的放矢的思想文化意蕴和文学嬗变分析薄弱。人类学的神话研究注重的是神话原型中的原始文化因子的内涵，有些包括神话研究在内的中国文学主题学研究则比较关注某种文学意象自身的文学特性。相比之下，对神话原型在后代逐渐走入文学殿堂之后的轨迹的描述，以及这种形成和造成这种轨迹横向的社会文化和文学氛围的原因则没有受到应有的关注。以女娲为例，我们的视角与以往的人类学和主题学神话研究的根本区别就在于，不是立足于神话原型的溯源工作，而是把重心放在探流上。也就是主要探索女娲神话在后来不同时代的文学发展过程中，有哪些作家使用哪些文体再次搬演了这个题材？这种搬演受到了哪些社会文化和时代文学氛围的制约？它对于文学的进步发展起到了怎样的作用？等等。神话移位为神话带来了无限生机，希望中国神话文学移位研究也能为中国神话乃至整个叙事文学研究带来新的生机。

（原载《学术研究》2014 年第 9 期）